考試分數大躍進
累積實力
百萬考生見證
應考秘訣

根據日本國際交流基金考試相關概要

精修版

新制日檢 絕對合格 N1 N2 N3 N4 N5 必背聽力大全

吉松由美、西村惠子、田中陽子
山田社日檢題庫小組　合著

山田社

前言 preface

想在日檢考試拿下合格好成績的您，
距離合格老缺臨門一腳的您，
就要用聽力來搶分！

《精修版 新制日檢！絕對合格 N1,N2,N3,N4,N5 必背聽力大全》
再出日檢全級版了！

聽力是日檢大門的合格金鑰！
只要找對方法，就能改變結果！
即使聽力成績老是差強人意，也能一舉過關斬將，得高分！

★ 日籍金牌教師編著，百萬考生推薦，應考秘訣一本達陣！！
★ 被國內多所學校列為指定教材！
★ N1,N2,N3,N4,N5 聽力考題 × 日檢制勝關鍵句 × 精準突破解題攻略！
★ 魔法般的三合一學習法，讓您制霸考場！
★ 提昇國際競爭力、百萬年薪跳板必備書！
★ 目標！升格達人級日文！成為魔人級考證大師！

為什麼每次考試總是因為聽力而失敗告終？
為什麼做了那麼多練習，考試還是鴨子聽雷？
為什麼總是找不到一本適合自己的聽力書？
您有以上的疑問嗎？

其實，考生最容易陷入著重單字、文法之迷失，而忘記分數比重最高的可是「聽力」！日檢志得高分，聽力是勝出利器！一本「完美的」日檢聽力教材，教您用鷹眼般的技巧找對方向，馬上聽到最關鍵的那一句！一本適合自己的聽力書可以少走很多冤枉路，從崩潰到高分。

本書【四大必背】不管聽力考題怎麼出，都能見招拆招！

★ 聽力內容無論是考查重點、出題方式、設問方式，完全符合新制考試要求。為的是讓考生培養「透視題意的能力」，透過做遍各種「經過包裝」的題目，就能找出公式、定理和脈絡並直接背起來應用，就是抄捷徑的方式之一！

★ 本書幫您整理出 N1,N2,N3,N4,N5 聽力最常出現的單字，只要記住這些關鍵單字，考試不驚慌失措，答題輕鬆自在！

★ 精闢解析助您迅速掌握對話的重點，句句精華，所有盲點一掃而空！答案準確又有效率！

★ 本書將對話中的解題關鍵句都標出來了！配合中譯和精闢解析，秒速解題不再只是空想！

本書四大特色，內容精修，全新編排，讓您讀得方便，學得更有效率！聽力成績拿高標，就能縮短日檢合格距離，成為日檢聽力高手！

1. 掌握考試題型，日檢實力秒速發揮！

本書設計完全符合 N1,N2,N3,N4,N5 日檢的聽力題型，為的是讓您熟悉答題時間及字數，幫您找出最佳的解題方法。只要反覆練習就能像親臨考場，實戰演練，日檢聽力實力就可以在幾分幾秒間完全發揮！

問題一題型

課題理解

▼ 問題１では、「このあとどうするか」「どうすることにしたか」が問われます。

於聽取完整的會話段落之後，測驗是否能夠理解其內容（於聽完解決問題所需的具體訊息之後，測驗是否能夠理解應當採取的下一個適切步驟）。

考前要注意的事

作答流程 & 答題技巧

聽取說明：先仔細聽取考題說明

聽取問題與內容：仔細聆聽問題與對話內容，並在聽取建議、委託、指示等相關對話之後，判斷接下來該怎麼做。

內容順序一般是「提問 ➡ 對話 ➡ 提問」

預估有 7 題

1 首先要理解應該做什麼事？第一優先的任務是什麼？邊聽邊整理。

2 並在聽取對話時，同步比對選項，將確定錯誤的選項排除。

3 選項以文字出現時，一般會考跟對話內容不同的表達方式。

答題：再次仔細聆聽問題，選出正確答案

2. 日籍老師標準發音光碟，反覆聆聽，打造強而有力的「日語耳」！

同一個句子，語調不同，意思就不同了。本書附上符合 N1,N2,N3,N4,N5 考試朗讀速度的高音質光碟，發音標準純正，幫助您習慣日本人的發音、語調及語氣。希望您不斷地聆聽、跟讀和朗讀，拉近「聽覺」與「記憶」間的距離，加快「聽覺 · 圖像」與「思考」間的反應。此外，更貼心設計以「一題一個音軌」的方式，讓您不再一下快轉、一下倒轉，面臨找不到音檔的窘境，任您隨心所欲要聽哪段，就聽哪段！

3. 關鍵破題，逐項解析，百分百完勝日檢！

每題一句攻略要點，都是重點中的重點，時間緊迫看這裡就對了！抓住關鍵句，才是破解考題的捷徑！本書將每一題的關鍵句都整理出來了！解題之前先訓練您的搜索力，只要聽到最關鍵的那一句，就能不費吹灰之力破解題目！

解題攻略言簡意賅，句句精華！包含同級單字、同級文法、日本文化、生活小常識，內容豐富多元，聽力敏感度大幅提升！

4. 聽覺、視覺、大腦連線！加深記憶軌跡！

本書採用左右頁對照的學習方式，藉由閱讀左頁翻譯，對照右頁解題、[單字 ・ 文法] 註解，「聽」、「讀」、「思」同步連線，加深記憶軌跡，加快思考力、反應力，全面提高答題率！

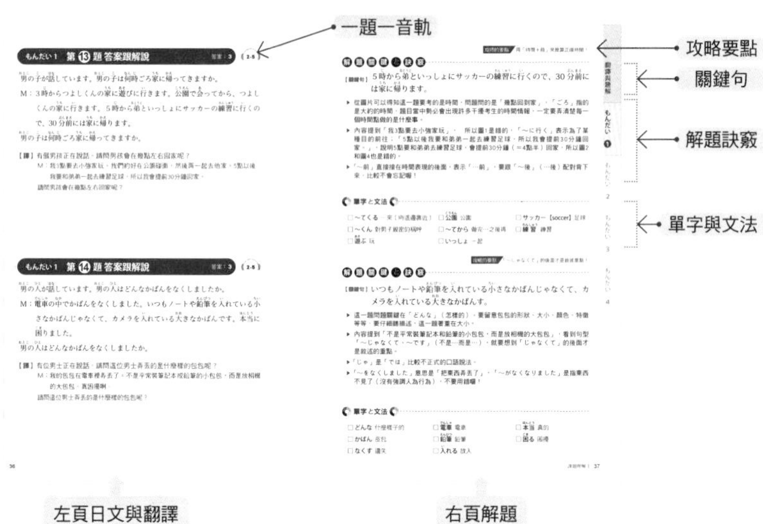

目錄
contents

N5 題型分析

測驗科目（測驗時間）		試題內容				
		題型			小題題數＊	分析
語言知識（25分）	文字、語彙	1	漢字讀音	◇	12	測驗漢字語彙的讀音。
		2	假名漢字寫法	◇	8	測驗平假名語彙的漢字及片假名的寫法。
		3	選擇文脈語彙	◇	10	測驗根據文脈選擇適切語彙。
		4	替換類義詞	○	5	測驗根據試題的語彙或說法，選擇類義詞或類義說法。
語言知識、讀解（50分）	文法	1	文句的文法 1（文法形式判斷）	○	16	測驗辨別哪種文法形式符合文句內容。
		2	文句的文法 2（文句組構）	◆	5	測驗是否能夠組織文法正確且文義通順的句子。
		3	文章段落的文法	◆	5	測驗辨別該文句有無符合文脈。
	讀解＊	4	理解內容（短文）	○	3	於讀完包含學習、生活、工作相關話題或情境等，約 80 字左右的撰寫平易的文章段落之後，測驗是否能夠理解其內容。
		5	理解內容（中文）	○	2	於讀完包含以日常話題或情境為題材等，約 250 字左右的撰寫平易的文章段落之後，測驗是否能夠理解其內容。
		6	釐整資訊	◆	1	測驗是否能夠從介紹或通知等，約 250 字左右的撰寫資訊題材中，找出所需的訊息。
聽解（30分）		1	理解問題	◇	7	於聽取完整的會話段落之後，測驗是否能夠理解其內容（於聽完解決問題所需的具體訊息之後，測驗是否能夠理解應當採取的下一個適切步驟）。
		2	理解重點	◇	6	於聽取完整的會話段落之後，測驗是否能夠理解其內容（依據剛才已聽過的提示，測驗是否能夠抓住應當聽取的重點）。
		3	適切話語	◆	5	測驗一面看圖示，一面聽取情境說明時，是否能夠選擇適切的話語。
		4	即時應答	◆	6	測驗於聽完簡短的詢問之後，是否能夠選擇適切的應答。

＊「小題題數」為每次測驗的約略題數，與實際測驗時的題數可能未盡相同。此外，亦有可能會變更小題題數。

＊有時在「讀解」科目中，同一段文章可能會有數道小題。

＊符號標示：「◆」舊制測驗沒有出現過的嶄新題型；「◇」沿襲舊制測驗的題型，但是更動部分形式；「○」與舊制測驗一樣的題型。

資料來源：《日本語能力試驗 JLPT 官方網站：分項成績・合格判定・合否結果通知》。2016年1月11日，取自：http://www.jlpt.jp/tw/guideline/results.html

N4 題型分析

測驗科目（測驗時間）		試題內容				
		題型			小題題數＊	分析
語言知識（30分）	文字、語彙	1	漢字讀音	◇	9	測驗漢字語彙的讀音。
		2	假名漢字寫法	◇	6	測驗平假名語彙的漢字寫法。
		3	選擇文脈語彙	○	10	測驗根據文脈選擇適切語彙。
		4	替換類義詞	○	5	測驗根據試題的語彙或說法，選擇類義詞或類義說法。
		5	語彙用法	○	5	測驗試題的語彙在文句裡的用法。
語言知識、讀解（60分）	文法	1	文句的文法1（文法形式判斷）	○	15	測驗辨別哪種文法形式符合文句內容。
		2	文句的文法2（文句組構）	◆	5	測驗是否能夠組織文法正確且文義通順的句子。
		3	文章段落的文法	◆	5	測驗辨別該文句有無符合文脈。
	讀解＊	4	理解內容（短文）	○	4	於讀完包含學習、生活、工作相關話題或情境等，約100~200字左右的撰寫平易的文章段落之後，測驗是否能夠理解其內容。
		5	理解內容（中文）	○	4	於讀完包含以日常話題或情境為題材等，約450字左右的簡易撰寫文章段落之後，測驗是否能夠理解其內容。
		6	釐整資訊	◆	2	測驗是否能夠從介紹或通知等，約400字左右的撰寫資訊題材中，找出所需的訊息。
聽解（35分）		1	理解問題	◇	8	於聽取完整的會話段落之後，測驗是否能夠理解其內容（於聽完解決問題所需的具體訊息之後，測驗是否能夠理解應當採取的下一個適切步驟）。
		2	理解重點	◇	7	於聽取完整的會話段落之後，測驗是否能夠理解其內容（依據剛才已聽過的提示，測驗是否能夠抓住應當聽取的重點）。
		3	適切話語	◆	5	於一面看圖示，一面聽取情境說明時，測驗是否能夠選擇適切的話語。
		4	即時應答	◆	8	於聽完簡短的詢問之後，測驗是否能夠選擇適切的應答。

＊「小題題數」為每次測驗的約略題數，與實際測驗時的題數可能未盡相同。此外，亦有可能會變更小題題數。

＊ 有時在「讀解」科目中，同一段文章可能會有數道小題。

＊ 符號標示：「◆」舊制測驗沒有出現過的嶄新題型；「◇」沿襲舊制測驗的題型，但是更動部分形式；「○」與舊制測驗一樣的題型。

資料來源：《日本語能力試驗JLPT官方網站：分項成績・合格判定・合否結果通知》。2016年1月11日，取自：http://www.jlpt.jp/tw/guideline/results.html

N3 題型分析

測驗科目（測驗時間）		試題內容				
		題型			小題題數＊	分析
語言知識（30分）	文字、語彙	1	漢字讀音	◇	8	測驗漢字語彙的讀音。
		2	假名漢字寫法	◇	6	測驗平假名語彙的漢字寫法。
		3	選擇文脈語彙	○	11	測驗根據文脈選擇適切語彙。
		4	替換類義詞	○	5	測驗根據試題的語彙或說法，選擇類義詞或類義說法。
		5	語彙用法	○	5	測驗試題的語彙在文句裡的用法。
語言知識、讀解（70分）	文法	1	文句的文法1（文法形式判斷）	○	13	測驗辨別哪種文法形式符合文句內容。
		2	文句的文法2（文句組構）	◆	5	測驗是否能夠組織文法正確且文義通順的句子。
		3	文章段落的文法	◆	5	測驗辨別該文句有無符合文脈。
	讀解＊	4	理解內容（短文）	○	4	於讀完包含生活與工作等各種題材的撰寫說明文或指示文等，約150～200字左右的文章段落之後，測驗是否能夠理解其內容。
		5	理解內容（中文）	○	6	於讀完包含撰寫的解說與散文等，約350字左右的文章段落之後，測驗是否能夠理解其關鍵詞或因果關係等等。
		6	理解內容（長文）	○	4	於讀完解說、散文、信函等，約550字左右的文章段落之後，測驗是否能夠理解其概要或論述等等。
		7	釐整資訊	◆	2	測驗是否能夠從廣告、傳單、提供各類訊息的雜誌、商業文書等資訊題材（600字左右）中，找出所需的訊息。
聽解（40分）		1	理解問題	◇	6	於聽取完整的會話段落之後，測驗是否能夠理解其內容（於聽完解決問題所需的具體訊息之後，測驗是否能夠理解應當採取的下一個適切步驟）。
		2	理解重點	◇	6	於聽取完整的會話段落之後，測驗是否能夠理解其內容（依據剛才已聽過的提示，測驗是否能夠抓住應當聽取的重點）。
		3	理解概要	◇	3	於聽取完整的會話段落之後，測驗是否能夠理解其內容（測驗是否能夠從整段會話中理解說話者的用意與想法）。
		4	適切話語	◆	4	於一面看圖示，一面聽取情境說明時，測驗是否能夠選擇適切的話語。
		5	即時應答	◆	9	於聽完簡短的詢問之後，測驗是否能夠選擇適切的應答。

資料來源：《日本語能力試驗JLPT官方網站：分項成績・合格判定・合否結果通知》。2016年1月11日，取自：http://www.jlpt.jp/tw/guideline/results.html

N2 題型分析

測驗科目（測驗時間）			試題內容			
			題型		小題題數＊	分析
語言知識、讀解（105分）	文字、語彙	1	漢字讀音	◇	5	測驗漢字語彙的讀音。
		2	假名漢字寫法	◇	5	測驗平假名語彙的漢字寫法。
		3	複合語彙	◇	5	測驗關於衍生語彙及複合語彙的知識。
		4	選擇文脈語彙	○	7	測驗根據文脈選擇適切語彙。
		5	替換類義詞	○	5	測驗根據試題的語彙或說法，選擇類義詞或類義說法。
		6	語彙用法	○	5	測驗試題的語彙在文句裡的用法。
	文法	7	文句的文法1（文法形式判斷）	○	12	測驗辨別哪種文法形式符合文句內容。
		8	文句的文法2（文句組構）	◆	5	測驗是否能夠組織文法正確且文義通順的句子。
		9	文章段落的文法	◆	5	測驗辨別該文句有無符合文脈。
	讀解＊	10	理解內容（短文）	○	5	於讀完包含生活與工作之各種題材的說明文或指示文等，約200字左右的文章段落之後，測驗是否能夠理解其內容。
		11	理解內容（中文）	○	9	於讀完包含內容較為平易的評論、解說、散文等，約500字左右的文章段落之後，測驗是否能夠理解其因果關係或理由、概要或作者的想法等等。
		12	綜合理解	◆	2	於讀完幾段文章（合計600字左右）之後，測驗是否能夠將之綜合比較並且理解其內容。
		13	理解想法（長文）	◇	3	於讀完論理展開較為明快的評論等，約900字左右的文章段落之後，測驗是否能夠掌握全文欲表達的想法或意見。

	讀解*	14	釐整資訊	◆	2	測驗是否能夠從廣告、傳單、提供訊息的各類雜誌、商業文書等資訊題材（700字左右）中，找出所需的訊息。
聽解（50分）		1	課題理解	◇	5	於聽取完整的會話段落之後，測驗是否能夠理解其內容（於聽完解決問題所需的具體訊息之後，測驗是否能夠理解應當採取的下一個適切步驟）。
		2	要點理解	◇	6	於聽取完整的會話段落之後，測驗是否能夠理解其內容（依據剛才已聽過的提示，測驗是否能夠抓住應當聽取的重點）。
		3	概要理解	◇	5	於聽取完整的會話段落之後，測驗是否能夠理解其內容（測驗是否能夠從整段會話中理解說話者的用意與想法）。
		4	即時應答	◆	12	於聽完簡短的詢問之後，測驗是否能夠選擇適切的應答。
		5	綜合理解	◇	4	於聽完較長的會話段落之後，測驗是否能夠將之綜合比較並且理解其內容。

資料來源：《日本語能力試驗JLPT官方網站：分項成績・合格判定・合否結果通知》。2016年1月11日，取自：http://www.jlpt.jp/tw/guideline/results.html

N1 題型分析

<table>
<tr><th colspan="2" rowspan="2">測驗科目
（測驗時間）</th><th colspan="5">試題內容</th></tr>
<tr><th colspan="3">題型</th><th>小題
題數
*</th><th>分析</th></tr>
<tr><td rowspan="10">語言知識、讀解</td><td rowspan="4">文字、語彙</td><td>1</td><td>漢字讀音</td><td>◇</td><td>6</td><td>測驗漢字語彙的讀音。</td></tr>
<tr><td>2</td><td>選擇文脈語彙</td><td>○</td><td>7</td><td>測驗根據文脈選擇適切語彙。</td></tr>
<tr><td>3</td><td>同義詞替換</td><td>○</td><td>6</td><td>測驗根據試題的語彙或說法，選擇同義詞或同義說法。</td></tr>
<tr><td>4</td><td>用法語彙</td><td>○</td><td>6</td><td>測驗試題的語彙在文句裡的用法。</td></tr>
<tr><td rowspan="3">文法</td><td>5</td><td>文句的文法 1
（文法形式判斷）</td><td>○</td><td>10</td><td>測驗辨別哪種文法形式符合文句內容。</td></tr>
<tr><td>6</td><td>文句的文法 2
（文句組構）</td><td>◆</td><td>5</td><td>測驗是否能夠組織文法正確且文義通順的句子。</td></tr>
<tr><td>7</td><td>文章段落的文法</td><td>◆</td><td>5</td><td>測驗辨別該文句有無符合文脈。</td></tr>
<tr><td rowspan="3">讀解*</td><td>8</td><td>理解內容
（短文）</td><td>○</td><td>4</td><td>於讀完包含生活與工作之各種題材的說明文或指示文等，約 200 字左右的文章段落之後，測驗是否能夠理解其內容。</td></tr>
<tr><td>9</td><td>理解內容
（中文）</td><td>○</td><td>9</td><td>於讀完包含評論、解說、散文等，約 500 字左右的文章段落之後，測驗是否能夠理解其因果關係或理由。</td></tr>
<tr><td>10</td><td>理解內容
（長文）</td><td>○</td><td>4</td><td>於讀完包含解說、散文、小說等，約 1000 字左右的文章段落之後，測驗是否能夠理解其概要或作者的想法。</td></tr>
</table>

		11	綜合理解	◆	3	於讀完幾段文章（合計600字左右）之後，測驗是否能夠將之綜合比較並且理解其內容。
		12	理解想法（長文）	◇	4	於讀完包含抽象性與論理性的社論或評論等，約1000字左右的文章之後，測驗是否能夠掌握全文想表達的想法或意見。
		13	釐整資訊	◆	2	測驗是否能夠從廣告、傳單、提供各類訊息的雜誌、商業文書等資訊題材（700字左右）中，找出所需的訊息。
聽解		1	理解問題	◇	6	於聽取完整的會話段落之後，測驗是否能夠理解其內容（於聽完解決問題所需的具體訊息之後，測驗是否能夠理解應當採取的下一個適切步驟）。
		2	理解重點	◇	7	於聽取完整的會話段落之後，測驗是否能夠理解其內容（依據剛才已聽過的提示，測驗是否能夠抓住應當聽取的重點）。
		3	理解概要	◇	6	於聽取完整的會話段落之後，測驗是否能夠理解其內容（測驗是否能夠從整段會話中理解說話者的用意與想法）。
		4	即時應答	◆	14	於聽完簡短的詢問之後，測驗是否能夠選擇適切的應答。
		5	綜合理解	◇	4	於聽完較長的會話段落之後，測驗是否能夠將之綜合比較並且理解其內容。

＊「小題題數」為每次測驗的約略題數，與實際測驗時的題數可能未盡相同。此外，亦有可能會變更小題題數。

＊有時在「讀解」科目中，同一段文章可能會有數道小題。

＊符號標示：「◆」舊制測驗沒有出現過的嶄新題型；「◇」沿襲舊制測驗的題型，但是更動部分形式；「○」與舊制測驗一樣的題型。

資料來源：《日本語能力試驗JLPT官方網站：分項成績‧合格判定‧合否結果通知》。2016年1月11日，取自：http://www.jlpt.jp/tw/guideline/results.html

問題一題型

課題理解

於聽取完整的會話段落之後，測驗是否能夠理解其內容（於聽完解決問題所需的具體訊息之後，測驗是否能夠理解應當採取的下一個適切步驟）。

考前要注意的事

作答流程 & 答題技巧

聽取說明

先仔細聽取考題說明

聽取問題與內容

仔細聆聽問題與對話內容，並在聽取建議、委託、指示等相關對話之後，判斷接下來該怎麼做。

內容順序一般是「提問 ➡ 對話 ➡ 提問」

預估有 7 題

1 首先要理解應該做什麼事？第一優先的任務是什麼？邊聽邊整理。

2 並在聽取對話時，同步比對選項，將確定錯誤的選項排除。

3 選項以文字出現時，一般會考跟對話內容不同的表達方式。

答題

再次仔細聆聽問題，選出正確答案

N5 聴力模擬考題 もんだい 1

もんだい 1 では　はじめに、しつもんを　きいて　ください。それから　はなしを　きいて、もんだいようしの　1から4の　なかから、いちばん　いいものを　ひとつ　えらんで　ください。

1-1　1ばん

答え：①②③④

1

2

3

4

1-2　2ばん

答え：①②③④

1

2

3

4

1-3 3ばん

答え：①②③④

1

2

3

4

2-4 4ばん

答え：①②③④

1

2

3

4

第 1 部分請先聽提問，在聆聽敘述與對話之後，於作答紙上，自 1 至 4 的選項中，選出一個最適當的答案。

もんだい 1　第 1 題 答案跟解說

答案：4　1-1

男の人が話しています。男の人はこのあと初めに何をしますか。

M：明日から、日本へ旅行に行きます。日本に持って行く大きなかばんがありませんので、今からデパートへ買いに行きます。それから本屋に行って、日本の地図を買います。

男の人はこのあと初めに何をしますか。

【譯】有位男士正在說話。請問這位男士接下來首先要做什麼呢？

M：我明天要去日本旅行。我沒有可以帶去日本的大包包，所以現在要去百貨公司買。接著要去書店買日本地圖。

請問這位男士接下來首先要做什麼呢？

もんだい 1　第 2 題 答案跟解說

答案：2　1-2

バスの前で、男の人が大勢の人に話しています。この人たちはこのあと初めに何をしますか。

M：今からバスに乗って大阪へ行きます。バスにはトイレがありませんので、バスに乗る前に、皆さんトイレに行ってください。お弁当はバスの中で食べますよ。大阪では、きれいな花を見に行きますので、カメラを忘れないでくださいね。

この人たちはこのあと初めに何をしますか。

【譯】有位男士正在巴士前對眾人說話。請問這些人接下來首先要做什麼呢？

M：我們現在準備要搭巴士去大阪。巴士上面沒有廁所，所以請大家在上車前先去洗手間。我們會在巴士裡享用便當唷。到了大阪以後，要去欣賞美麗的櫻花，所以也別忘記帶相機喔。

請問這些人接下來首先要做什麼呢？

攻略的要點 要注意事情的先後順序！

解題關鍵と訣竅

【關鍵句】今からデパートへ買いに行きます。

- 這題問的是接下來首先要做什麼，這類題型常會出現好幾件事情來混淆考生，這時就要留意表示事情先後順序的連接詞，這些連接詞後面的內容通常就是解題關鍵。
- 首先，快速預覽這四個選項，並立即在腦中反應日語怎麼說。這一題的重點在「今からデパートへ買いに行きます」，關鍵的連接詞「今から」（現在就）要去百貨公司買什麼呢？必須還要聽懂前面的「因為我沒有可以帶去日本的大包包」，才能知道答案是 4 ，要去買大包包。
- 後面的「接著要去書店買日本地圖」，表示去書店買地圖這件事情，是在去百貨公司之後才做的，所以圖 2 、圖 3 都是不正確的。
- 表示事情先後順序的連接詞還有：「これから」（從現在起）、「その前に」（在這之前）、「あとで」（待會兒）、「今から」（現在就…）、「まず」（首先）等等。

單字と文法

- □ **このあと** 之後
- □ **旅行** 旅行
- □ **ので** 因為…
- □ **今** 現在
- □ **に行く** 去…〔地方〕
- □ **それから** 接下來
- □ **本屋** 書店
- □ **地図** 地圖

攻略的要點 注意「後項推前項」的題型！

解題關鍵と訣竅

【關鍵句】バスに乗る前に、皆さんトイレに行ってください。

- 一看到這四張圖馬上反應相對應的動作有「バスに乗る、トイレに行く、お弁当を食べる、写真を撮る」。這道題要問「這些人接下來首先要做什麼」。對話一開始，知道大家準備要「バスに乗って」去大阪。不過接下來一句，請大家在上車前「トイレに行って」，讓「上廁所」的順序排在「搭巴士」前面。知道答案是 2 。
- 至於，「お弁当」是在巴士裡享用，暗示「吃便當」是排在「搭巴士」之後，所以圖 3 不正確；而使用到「カメラ」，必須是到了大阪以後才做的動作。所以四個動作的排序應該是「2 → 1 → 3 → 4」。
- 由於動作順序的考題，常會來個前後大翻盤，把某一個動作插入前面的動作，也就是「用後項推翻前項」的手法。因此，一定要集中精神往下聽，不到最後不妄下判斷。
- 生活小知識：為了飛航安全，出國時美工刀、打火機等不能隨身攜帶上飛機。上飛機坐定之後，也要關掉手機及所有個人電子用品的電源！

單字と文法

- □ **バス【bus】** 公車
- □ **乗る** 乘坐
- □ **トイレ【toilet】** 廁所
- □ **皆さん** 各位
- □ **きれい** 美麗的
- □ **カメラ【camera】** 照相機
- □ **忘れる** 忘記
- □ **ないでください** 請不要…

もんだい 1　第 3 題 答案跟解說

答案：3　1-3

男の人が話しています。きょうの天気はどうですか。

M：きのうは一日中雨でしたが、きょうは午後からいいお天気になるでしょう。午前中は少し雨が降りますので、洗濯は午後からしたほうがいいでしょう。きょうの午後から日曜日までは、雲がないいいお天気になるでしょう。

きょうの天気はどうですか。

【譯】有位男士正在說話。請問今天的天氣如何呢？

M：雖然昨天下了一整天的雨，但是今天從下午開始天氣就會轉好。上午仍有短暫陣雨，建議到下午以後再洗曬衣物。從今天下午直到星期天，應該都是萬里無雲的好天氣。

請問今天的天氣如何呢？

もんだい 1　第 4 題 答案跟解說

答案：1　1-4

女の人が話しています。散歩のとき、女の人はいつもどうしますか。

F：わたしは毎日散歩をします。いつも音楽を聴きながら、家の近くを 30 分ぐらい歩きます。公園では犬といっしょに散歩している人によく会います。

散歩のとき、女の人はいつもどうしますか。

【譯】有位女士正在說話。請問平常散步時，這位女士會做什麼呢？

F：我每天都會散步。我總是聽著音樂，在自家附近散步大約30分鐘。我經常在公園遇見和狗一起散步的人。

請問平常散步時，這位女士會做什麼呢？

攻略的要點 聽清楚時間副詞！

解題關鍵と訣竅

【關鍵句】きょうは午後からいいお天気になるでしょう。午前中は少し雨が降りますので…。

- 這一題問題關鍵在「きょう」（今天），如果提問出現「きょう」，題目通常會有「きのう」（昨天）、「あした」（明天）等單字來混淆考生，要小心。
- 這道題要問的是「今天的天氣如何」。一開始男士說「一日中雨でした」這是昨天的天氣，是干擾項。接下來才是關鍵「きょうは午後からいいお天気になるでしょう」（今天從下午開始天氣就會轉好）後面再加上一句「午前中は少し雨が降ります」（上午仍有短暫陣雨），暗示了今天的天氣是由雨轉晴。正確答案是 3。
- 「Aは～（が）、Bは～」（A 是…，B 則是…）是前後對比關係的句型，常出現在考題，很重要的。
- 天氣常見用語，如:「晴れ」(晴朗)、「曇り」(陰天)、「台風」(颱風)及「雪」(雪)等。

單字と文法

- □天気 天氣
- □一日中 一整天
- □午前 上午
- □少し 一些
- □洗濯 洗衣物
- □ほうがいい …比較合適
- □日曜日 星期天
- □雲 雲

攻略的要點 對話中的「歩きます」＝提問中的「散步」！

解題關鍵と訣竅

【關鍵句】いつも音楽を聴きながら、家の近くを 30 分ぐらい歩きます。

- 「どうしますか」用來詢問某人採取行動的內容、方法或狀態。會話中一定會談論幾種行動，讓考生從當中選擇一項，迷惑性高，需仔細分析及良好的短期記憶。
- 這一題首先要注意到「いつも音楽を聴きながら、家の近くを30分ぐらい歩きます」，知道她喜歡邊聽音樂邊散步，可別選「只在走路」的圖 4。正確答案是 1。
- 題目另一個陷阱在，女士說我經常在公園遇見「犬といっしょに散歩している人」（和狗一起散步的人）表示女士只是常常遇到遛狗的人，可別以為遛狗的是這名女士。
- 「動詞＋ながら」表示一個主體同事進行兩個動作，注意此時後面的動作才是主要動作喔！
- 「ぐらい」表示大約的時間；「家の近くを」的「を」後面接有移動性質的自動詞，如「歩く」、「散步する」及「飛ぶ」，表示移動的路徑或範圍。

單字と文法

- □散歩 散步
- □いつも 總是
- □毎日 每天
- □聴く 聽〔音樂〕
- □ながら 一邊做…一邊…
- □近く 附近
- □ぐらい 大約
- □会う 遇見

1-5 5ばん

答え：① ② ③ ④

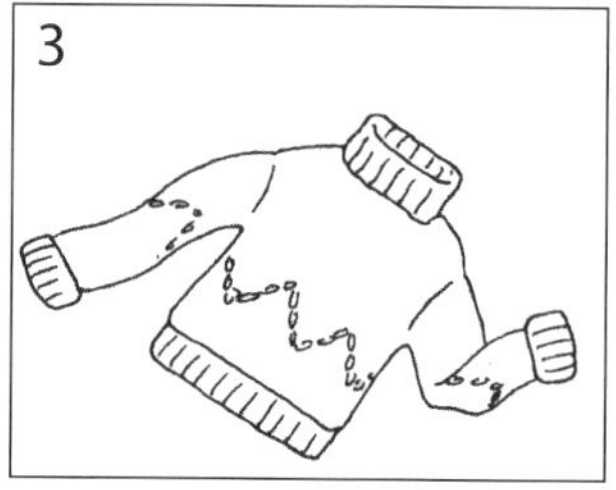

1-6 6ばん

答え：① ② ③ ④

1-7 7ばん

答え：

1

2
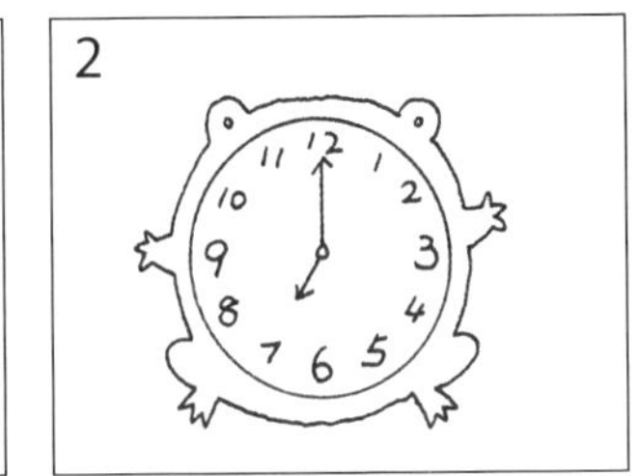

3
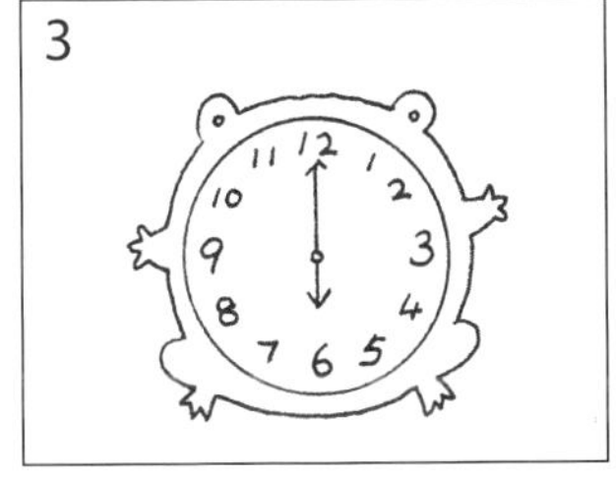

4

1-8 8ばん

答え：

1
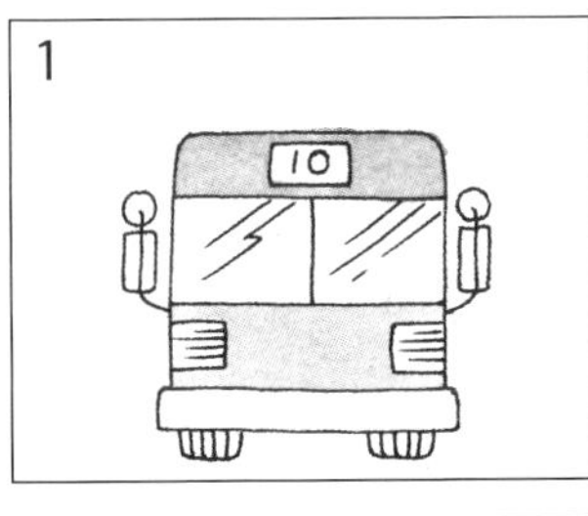

2
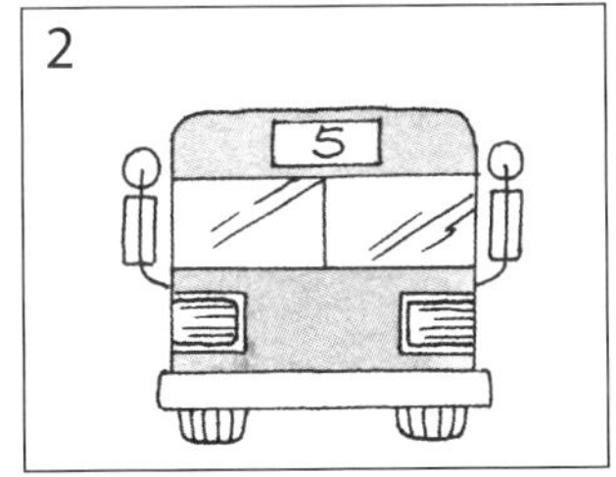

3

4

もんだい１　第 5 題 答案跟解說　答案：2　1-5

女の子が話しています。女の子は両親から何をもらいましたか。

F：ことしの誕生日には、みんなからいろいろなプレゼントをもらいました。妹はかわいいコップをくれました。お父さんとお母さんからはカメラをもらいました。遠くに住んでいるおばあちゃんは電話で「セーターを送った」と言っていました。

女の子は両親から何をもらいましたか。

【譯】有個女孩正在說話。請問女孩從父母那邊得到什麼禮物呢？

F：我今年的生日收到了各種禮物：妹妹送我一只可愛的杯子，爸爸和媽媽送我一台相機，還有住在很遠的奶奶打電話來說她寄了一件毛衣給我。

請問女孩從父母那邊得到什麼禮物呢？

もんだい１　第 6 題 答案跟解說　答案：3　1-6

教室で、先生が話しています。テストが終わった生徒はどうしますか。

M：9時から英語のテストをします。時間は2時間で11時までです。テストが早く終わった人は、図書館に行って、本を読んでください。でも10時までは教室を出ないでください。いいですか。それでは始めてください。

テストが終わった生徒はどうしますか。

【譯】有位老師正在教室裡說話。請問寫完考卷的學生該做什麼呢？

M：從９點開始考英文。考試時間共２小時，考到11點。先寫完考卷的人，請到圖書館去看書；不過，在10點以前請別離開教室。大家都聽清楚了嗎？那麼，現在開始作答。

請問寫完考卷的學生該做什麼呢？

攻略的要點 「両親」＝「お父さんとお母さん」！

解題關鍵と訣竅

【關鍵句】お父さんとお母さんからはカメラをもらいました。

▶ 這道題要問的是「女孩從父母那邊得到什麼禮物」。首先，預覽這四張圖，判斷這段話中出現的東西應該會有「コップ、カメラ、セーター」，而且立即想出這四樣東西相的日文。這段話一開始女孩說「コップ」是妹妹送的，馬上消去１，接下來女孩說的「お父さんとお母さんからはカメラをもらいました」就是答案了。解題關鍵在聽懂「お父さんとお母さん」（爸爸和媽媽）就是「両親」（雙親）的意思。正確的答案是２。至於「セーター」是奶奶打電話來說要送的。

▶「と」前面接說話的內容， 表示直接引述。表示「轉述」時不能說「Ａは～と言いました」， 必須說「Ａは～と言っていました」。

▶「ＡはＢをくれる」（Ａ把Ｂ送給我）中的「くれる」帶有感謝的意思，如果用「もらう」就有自己主動向對方要東西的語感。

▶ 在別人面前稱呼自己的父母一般用「父」或「母」。

單字と文法

□両親 父母	□誕生日 生日	□かわいい 可愛的
□何 什麼	□プレゼント【present】禮物	□コップ【荷 kop】杯子
□ことし 今年	□もらう 得到	

攻略的要點 要小心追加的限定條件！

解題關鍵と訣竅

【關鍵句】テストが早く終わった人は、図書館に行って、本を読んでください。でも 10 時までは教室を出ないでください。

▶ 這一題雖然是問「該做什麼」，不過四張圖片各有一個時鐘，所以除了行動之外，也要特別留意行動的時間。

▶ 預覽這四張圖，瞬間區別它們的差異，腦中並馬上閃現相關單字：「帰る、本を読む」、「9時、10時、11時」。

▶「テストが早く終わった人は、図書館に行って、本を読んでください」，表示先考完試的人要去圖書館看書，所以圖１、４的「回家」就不正確了，馬上刪去。接下來老師又加了前提：「在 10 點以前請別離開教室」所以圖２「９點看書」是不正確的。答案是３。

▶「動詞ない形＋ないでください」表示請求對方不要做某事；「動詞て形＋ください」表示請求、指示或命令某人做某事。一般常用在老師對學生、上司對部屬、醫生對病人等指示、命令的時候。

單字と文法

□テスト【test】考試	□英語 英文	□出る 離開
□終わる 結束	□早い 迅速	□始める 開始
□生徒 學生	□図書館 圖書館	

もんだい１ 第 7 題 答案跟解說　答案：4　1-7

女の人が話しています。女の人は何時にコンサートの会場に入りましたか。

Ｆ：きのうのコンサートは７時半から始まりました。わたしは６時に会場に着きました。コンサートが始まる１時間前に入り口のドアが開きました。でも、大勢の人が見に来ていましたので、中に入ったときは、もう７時過ぎでした。とてもいいコンサートでした。また行きたいです。

女の人は何時にコンサートの会場に入りましたか。

【譯】有位女士正在說話。請問這位女士是在幾點進入音樂會會場的呢？

Ｆ：昨天的音樂會從７點半開始演出。我在６點時抵達會場。開演前１個小時開放入場，可是到場的聽眾很多，所以等到我入場時，已經過了７點。這場音樂會實在很棒，下次我還想再去聽。

請問這位女士是在幾點進入音樂會會場的呢？

もんだい１ 第 8 題 答案跟解說　答案：2　1-8

女の人がバスの運転手と話しています。女の人は何番のバスに乗ってさくら病院に行きますか。

Ｆ：すみません、このバスはさくら病院まで行きますか。

Ｍ：いいえ、行きません。３番か５番のバスに乗ってください。３番のバスはさくら病院まで30分ぐらいかかりますが、５番のバスは10分ぐらいで着きます。５番のバスのほうがいいですね。

Ｆ：わかりました。ありがとうございます。

女の人は何番のバスに乗ってさくら病院に行きますか。

【譯】有位女士正在和公車司機說話。請問這位女士應該搭乘幾號公車前往櫻醫院呢？

Ｆ：不好意思，請問這台公車會到櫻醫院嗎？

Ｍ：不會喔。請搭乘３號或５號公車。３號公車到櫻醫院大概要花上30分鐘，不過５號公車10分鐘左右就到了，搭５號公車比較好喔。

Ｆ：我知道了，謝謝。

請問這位女士應該搭乘幾號公車前往櫻醫院呢？

攻略的要點 注意「時間＋過ぎ」的用法！

解題關鍵と訣竅

【關鍵句】中(なか)に入(はい)ったときは、もう７時過(じす)ぎでした。

▶ 先預覽這 4 個選項，腦中馬上反應出「7:30（半）、7:00、6:00、7:05（すぎ）」的時間詞唸法。記得！聽懂問題才能精準挑出提問要的答案！這道題要問的是「女士是在幾點進入音樂會會場」，緊記這個大方向，然後集中精神聽準進入「会場」的時間。

▶ 女士說的這段話中出現了 4 個時間詞，首先「７時半」是音樂會開演時間，是干擾項，可以消去圖１。「６時」是女士抵達會場會場時間，也是陷阱，刪去圖３。開演「１時間前」是開放入場時間，跟答案無關。接下來說的，入場時「もう７時過ぎでした」（已經過了７點），圖１和圖４雖然都是「過了７點」，不過「時間＋過ぎ」表示只超過一些時間。因此，圖１的「7:30」就不正確了，正確答案是４。

▶ 接尾詞「すぎ」，接在時間名詞後面，表示比那時間稍後；接尾詞「まえ」，接在時間名詞後面，表示那段時間之前。

單字と文法

□ コンサート【concert】音樂會　□ 始(はじ)まる 開始　□ また 再一次
□ 会場(かいじょう) 會場　□ 大勢(おおぜい) 許多　□ たい 想要…
□ 入(はい)る 進入　□ もう 已經

攻略的要點 「～ほうがいい」就是重點所在！

解題關鍵と訣竅

【關鍵句】３番(ばん)か５番(ばん)のバスに乗(の)ってください。
５番(ばん)のバスのほうがいいですね。

▶ 看到四輛公車有四個號碼，知道這一題是要選號碼了。這類題型在對話中，一定會出現好幾個數字來混淆考生，要認真、集中注意力往下聽。

▶ 先預覽這 4 個選項，腦中馬上反應出「10、5、3、30」的唸法。這題要問的是「女士應該搭乘幾號公車前往櫻醫院」。

▶ 首先是司機回答說請搭「3 號或 5 號」公車，可以馬上除去圖 1「10 番」跟圖 4「30 番」。接下來司機又建議 3 號公車要 30 多分鐘，5 號公車只要 10 分鐘左右就到了，並總結說「５番のバスのほうがいいですね」（搭 5 號公車比較好喔），知道答案是２了。

▶「か」表示在幾個當中選出其中一個；「～ほうがいい」（…比較好）用來比較判斷兩件事物的好壞，並做出建議；「～で着きます」的「で」（花費），表示需要的時間。

▶ 在東京沒有電車經過或停靠的地方，幾乎都有公車行駛。因此搭公車遊遍日本大街小巷是另一種觀察日本庶民生活的好方法喔！

單字と文法

□ 運転手(うんてんしゅ) 司機　□ 病院(びょういん) 醫院　□ てください 請…　□ 着(つ)く 到達
□ 何番(なんばん) 幾號　□ まで 到…為止　□ かかる 花…　□ 分(わ)かる 知道

1-9 9ばん

答え：①②③④

1

2

3

4

1-10 10ばん

答え：①②③④

1

今週の予定 WEEKLY
月
火
水 ✓
木
金 ✓
土
日

2

3

4

1-11 11ばん

答え：①②③④

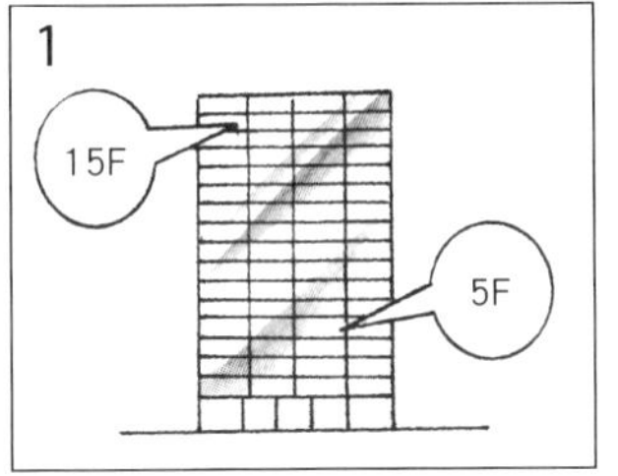

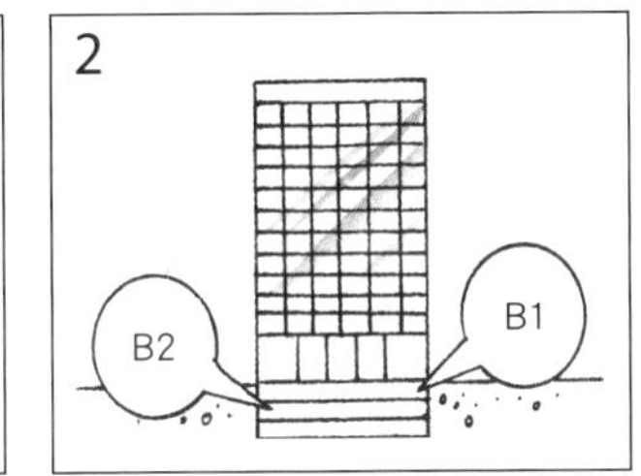

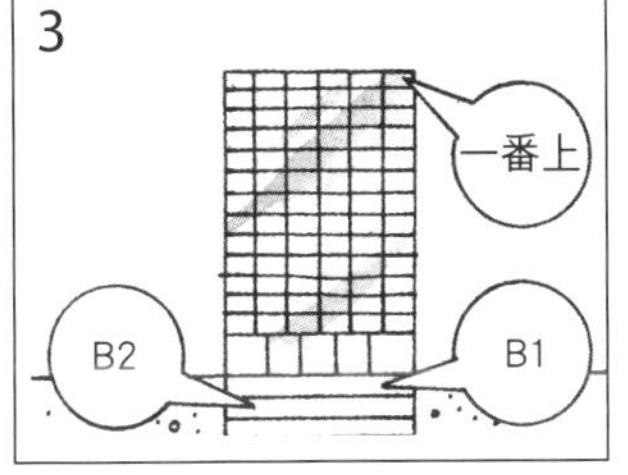

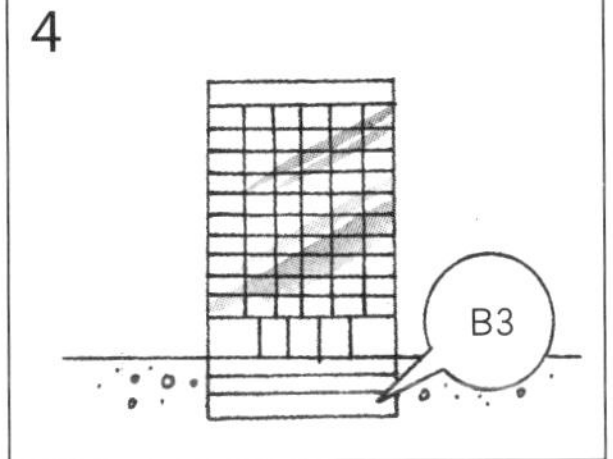

1-12 12ばん

答え：①②③④

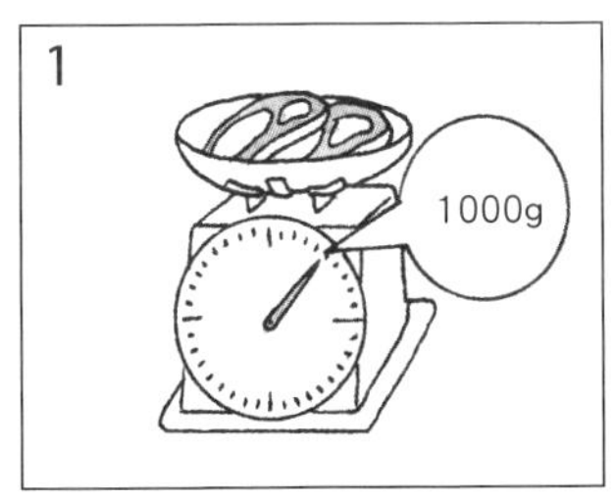

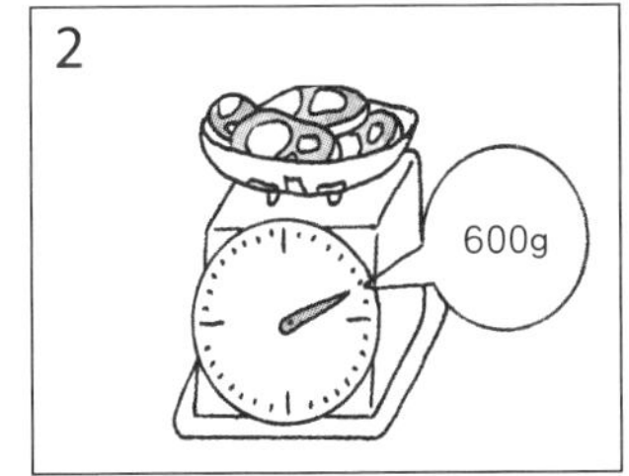

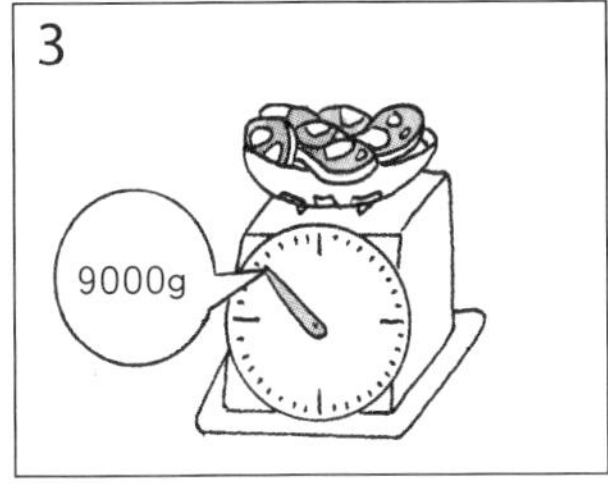

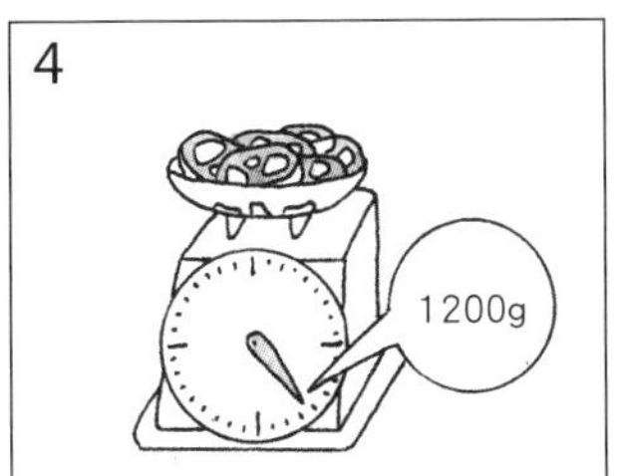

もんだい 1　第 9 題 答案跟解說　答案：3　1-9

男の人が話しています。きょう、男の人は何ページから本を読みますか。

M：きのう、新しい本を買いました。きのうは一日で 80 ページまで読みました。でも、とても疲れていて、読みながら寝ましたので、最後の 5 ページぐらいは、あまり覚えていません。きょうは 5 ページ前からもう一度読みます。200 ページまで読みたいです。

きょう、男の人は何ページから本を読みますか。

【譯】有位男士正在說話。請問今天這位男士會從第幾頁開始讀起呢？

M：我昨天買了新書。昨天一整天下來讀到第80頁；不過因為很累，讀著讀著就睡著了，所以最後大約有 5 頁左右的內容幾乎都不太記得了。今天打算再從前 5 頁讀起，希望能讀到第200頁。

請問今天這位男士會從第幾頁開始讀起呢？

もんだい 1　第 10 題 答案跟解說　答案：1　1-10

女の人が話しています。ことし、女の人は何曜日にお弁当を作っていますか。

F：娘が幼稚園に行っていますので、一週間に 2 回お弁当を作っています。今は水曜日と金曜日ですが、来年からは金曜日だけ作ります。ちょっとうれしいです。

ことし、女の人は何曜日にお弁当を作っていますか。

【譯】有位女士正在說話。請問今年這位女士在星期幾做便當呢？

F：我的女兒在上幼稚園，所以我一個禮拜為她準備兩次便當。目前是每週三和週五需要帶便當，但從明年起只有週五才要準備便當，我還滿開心的。

請問今年這位女士在星期幾做便當呢？

攻略的要點 小心頁數和頁碼的陷阱！

解題關鍵と訣竅

【關鍵句】きのうは一日で 80 ページまで読みました。
きょうは 5 ページ前からもう一度読みます。

▶ 看到翻開的書本，先預覽這 4 個選項，腦中馬上反應出「4，5、74，75、76，77、80，81」的唸法，然後立即充分調動手、腦、邊聽邊刪除干擾項。

▶ 這道題要問的是「今天男士會從第幾頁開始讀起」。這道題數字多，而且說話中，沒有直接說出考試點的數字，必須經過加減乘除的計算及判斷力。另外，問題中的「きょう」（今天）也很重要，可別被「きのう」（昨天）這些不相干的時間詞給混淆了。

▶ 首先是男士說的「80 ページ」（80 頁）是昨天一整天看的總頁數。又接著說因為讀累了，最後約有 5 頁幾乎不記得了，今天打算再從「5ページ前」（前 5 頁）讀起。這樣算法就是，看到第 80 頁，回到前 5 頁，那就是從 76 頁讀起，可別以為是「80-5=75」了。正確答案是 3 。

▶「一日で」的「で」表示總計；「～たいです」（我想…）表示說話者的心願、希望；「覚えていません」是「不記得」，「覚えません」是「我不要記住」的意思。

單字と文法

- □ ページ【page】頁
- □ でも 但是
- □ 寝る 睡覺
- □ あまり～ない 幾乎不…
- □ 読む 閱讀
- □ 疲れる 疲累
- □ 最後 最後
- □ 覚える 記得

攻略的要點 敘述中的「今」對應到提問中的「ことし」！

解題關鍵と訣竅

【關鍵句】今は水曜日と金曜日ですが、…。

▶ 看到週曆，先預覽這 4 個選項，腦中馬上反應出「（月、火、水、木、金）曜日」的唸法，然後充分調動手、腦、邊聽邊刪除干擾項。

▶ 首先這一道題要問的是「今年這位女士在星期幾做便當」，要掌握「ことし」跟「何曜日」這兩大方向。這題由女士一個人講完，一開始先說出一禮拜準備兩次，又補充「今は水曜日と金曜日」（目前是每週三和週五）要帶便當，這時要快速轉動腦筋反應「今」（現在）就是「ことし」（今年）了，正確答案是 1 。至於後面說的「金曜日だけ」（只有週五），是從「来年」開始，是一個大陷阱，要聽清楚。

▶ 日本媽媽的便當不管是色、香、味可以打滿分，花樣更是百百種。其中，有一種叫「キャラ弁」（卡通便當），「キャラ弁」是日本媽媽花盡巧思以各種食材製作成動植物、卡通及漫畫人物等模樣的便當，目的是為了讓小孩克服偏食或是吃得更開心。

單字と文法

- □ 弁当 便當
- □ 娘 女兒
- □ 水曜日 星期三
- □ 来年 明年
- □ 作る 製作
- □ 幼稚園 幼稚園
- □ 金曜日 星期五
- □ うれしい 開心

もんだい１　第 11 題 答案跟解說　答案：3　1-11

デパートの人が話しています。レストランはどこにありますか。

Ｆ：ここは、日本で一番大きいデパートです。中にはたくさんのお店があります。女の人の服は５階から 15 階にあります。地下１階、地下２階と一番上の階には有名なレストランが入っています。いろいろな国の料理がありますよ。食料品は地下３階です。

レストランはどこにありますか。

【譯】有位百貨公司的員工正在說話。請問餐廳位於哪裡呢？

Ｆ：這裡是全日本規模最大的百貨公司，有非常多店鋪進駐。仕女服飾位在５樓至15樓；地下２樓、地下２樓和最頂樓都是知名餐廳，有各國料理喔；食材則是在地下３樓。

請問餐廳位於哪裡呢？

もんだい１　第 12 題 答案跟解說　答案：4　1-12

お客さんと肉屋の人が話しています。お客さんは全部で何グラムの肉を買いましたか。

Ｆ：すみません、牛肉はいくらですか。

Ｍ：いらっしゃい。きょうは牛肉は安いですよ。100 グラム 1000 円です。

Ｆ：ぶた肉は？

Ｍ：ぶた肉は 100 グラム 500 円です。

Ｆ：じゃあ、牛肉を 600 グラムとぶた肉を 600 グラムください。

Ｍ：はい、ありがとうございます。全部で 9000 円です。

お客さんは全部で何グラムの肉を買いましたか。

【譯】有位顧客和肉販老闆正在對話。請問這位顧客總共買了多少公克的肉呢？

Ｆ：請問牛肉怎麼賣？

Ｍ：歡迎光臨！今天牛肉大特價喔。100公克1000圓。

Ｆ：豬肉呢？

Ｍ：豬肉是100公克500圓。

Ｆ：那請給我牛肉600公克和豬肉600公克。

Ｍ：好的，謝謝惠顧。一共是9000圓。

請問這位顧客總共買了多少公克的肉呢？

攻略的要點 別被眾多數字給搞混了！

解題關鍵と訣竅

【關鍵句】地下1階、地下2階と一番上の階には有名なレストランが入っています。

- 看到這道題的圖，馬上反應可能出現的場所詞「5階,15階、地下1階,地下2階、一番上、地下3階」。
- 緊抓「餐廳位於哪裡」這個大方向，集中精神、冷靜往下聽，用刪去法。首先聽出「5階から 15 階」是仕女服飾的位置，馬上就可以刪去圖1。繼續往下聽知道「地下1階、地下2階と一番上の階」就是答案要的餐廳位置了。至於，接下來的「地下3階」是賣食材的位置，也不正確，可以刪去圖4。正確答案是3。
- 表示位置的句型還有「AはBにあります」、「BにAがあります」及「AはBです」等等，平時就要熟記這些句型的用法，作答時就能迅速反應喔！

單字と文法

- □ デパート【department store 的略稱】百貨公司
- □ レストラン【法 restaurant】餐廳
- □ たくさん 許多
- □ 店 店面
- □ 地下 地下
- □ 有名 有名
- □ 料理 料理
- □ 食料品 食材

攻略的要點 要注意題目問的是重量，不是價錢！

解題關鍵と訣竅

【關鍵句】牛肉を 600 グラムとぶた肉を 600 グラムください。

- 先預覽這4個選項，知道要考的是公克數，腦中馬上反應出「1000g、600g、9000g、1200g」的唸法。這一道題要問的是「顧客總共買了多少公克的肉」，緊記「共買多少公克」這個大方向，邊聽邊判斷。
- 首先是男士說「100 グラム 1000 円」，是牛肉的價錢，接下來的「100 グラム 500 円」是豬肉的價錢，都是陷阱處，不要受到干擾。對話接著往下聽，女士說「牛肉を 600 グラムとぶた肉を 600 グラムください」是間接說出了答案要的公克數，這時必須經過加減乘除的計算「600g ＋ 600g ＝ 1200g」，所以顧客總共買了 1200 公克的肉。正確答案是4。
- 至於，最後一句的「全部で9000円です」，不僅出現了跟設問一樣的「全部で」，「9000円」也跟選項3的「9000g」容易混淆，是一個大陷阱，要聽清楚問題問的是「公克」不是價錢。
- 疑問句「ぶた肉は？」後面省略了「いくらですか」，像這種語調上揚的「～は？」是常見的省略說法。

單字と文法

- □ お客さん 顧客
- □ 買う 買
- □ 安い 便宜的
- □ 全部 全部
- □ 牛肉 牛肉
- □ 豚肉 豬肉
- □ グラム【法 gramme ／英 gram】公克
- □ いらっしゃい 歡迎光臨

Memo

ポイント理解

於聽取完整的會話段落之後，測驗是否能夠理解其內容（依據剛才已聽過的提示，測驗是否能夠抓住應當聽取的重點）。

考前要注意的事

作答流程 & 答題技巧

聽取說明

先仔細聽取考題說明

聽取問題與內容

聽取兩人對話之後，抓住對話的重點。

內容順序一般是「提問 ➡ 對話（或單人講述） ➡ 提問」預估有 6 題

1 提問時常用疑問詞，特別是「～、何をしましたか」（～、做了什麼事呢？）、「～は、どれですか」（～、是哪一個呢？）。

2 首要任務是理解要問什麼內容，接下來集中精神聽取提問要的重點，排除多項不需要的干擾訊息。

3 注意選項跟對話內容，常用意思相同但說法不同的表達方式。

答題

再次仔細聆聽問題，選出正確答案

N5 聽力模擬考題 もんだい 2

もんだい２では　はじめに、しつもんを　きいて　ください。それから　はなしを　きいて、 もんだいようしの　１から４のなかから、いちばん　いい　ものを　ひとつ　えらんで　ください。

2-1 1ばん

答え：① ② ③ ④

2-2 2ばん

答え：① ② ③ ④

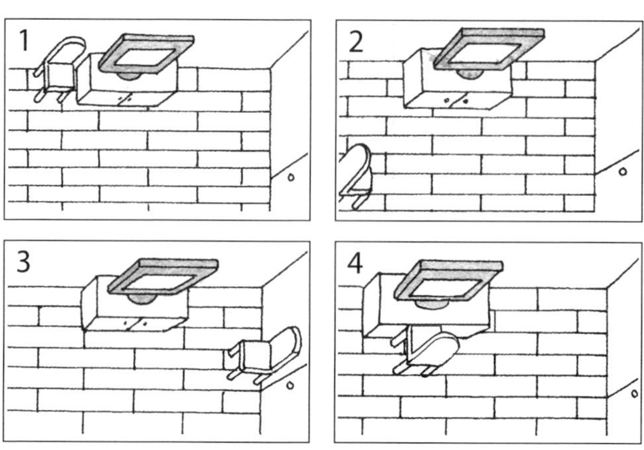

2-3 3ばん

答え：①②③④

1
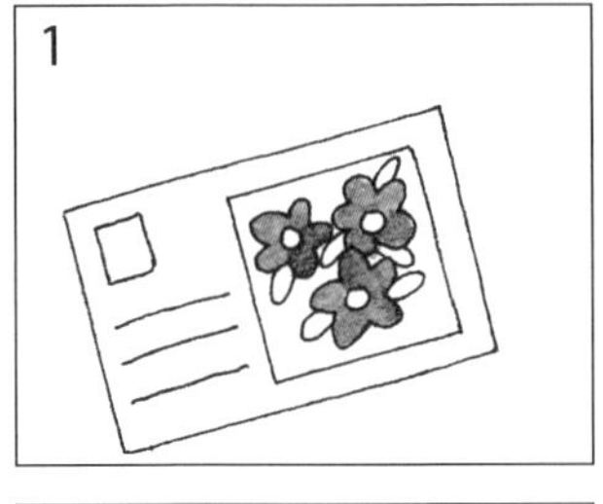

2

3

4

2-4 4ばん

答え：①②③④

1

2

3
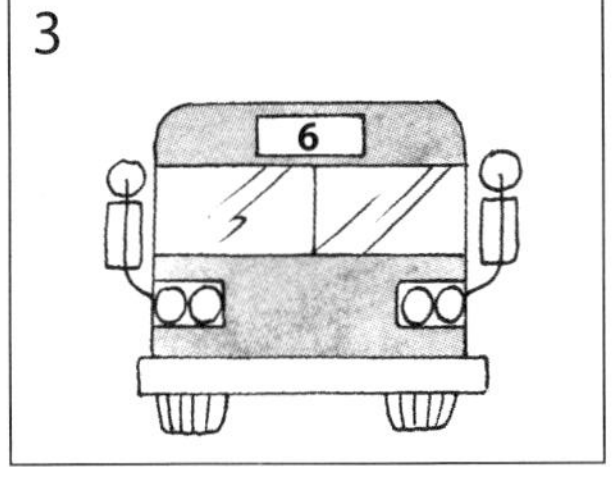

4
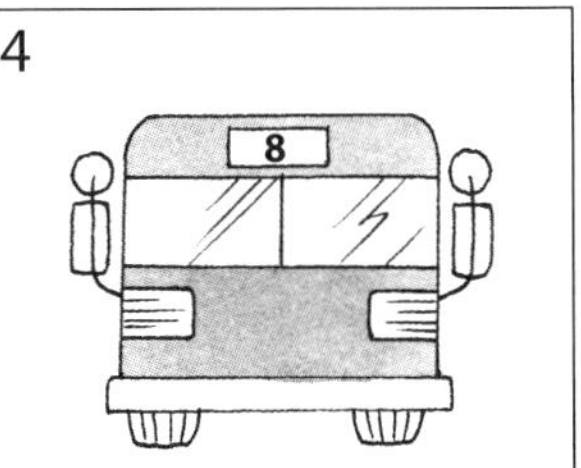

もんだい 2　第 1 題 答案跟解說

答案：4　2-1

男の人と女の人が話しています。女の人はことしの夏、何をしますか。

M：山田さん、ことしの夏も外国へ旅行に行きますか。

F：行きたいですが、ことしはちょっと時間がありません。

M：そうですか。うちは家族で北海道へ行きます。

F：いいですね。わたしは子どもたちと近くのプールに行くだけですね。

M：となりの町にいいプールがありますよ。

F：そうですか。知りませんでした。よく行きますか。

M：ええ。駅から近くて、便利ですよ。

女の人はことしの夏、何をしますか。

【譯】有位男士正和女士在說話。請問這位女士今年夏天要做什麼呢？

M：山田小姐，妳今年還是會去國外旅遊嗎？

F：雖然很想去，不過今年沒什麼時間。

M：這樣啊。我們全家要去北海道玩。

F：真好。我只能和孩子們去附近的游泳池而已。

M：隔壁鎮上有個很棒的游泳池唷。

F：是喔，我都不曉得。你很常去嗎？

M：嗯，離車站不遠，很方便呢。

請問這位女士今年夏天要做什麼呢？

もんだい 2　第 2 題 答案跟解說

答案：1　2-2

男の人と女の人が話しています。いすはどうなりましたか。

M：部屋の入り口にあるいす、使いますか。

F：それですか。きょうは使いませんよ。

M：じゃ、どこに置きますか。

F：そうですね。部屋の奥のテレビのところに置いてください。

M：ここでいいですか。

F：あ、テレビの前じゃなくて、となりにお願いします。はい、そこでいいです。

いすはどうなりましたか。

【譯】有位男士正和女士在說話。請問椅子是怎麼擺放的呢？

M：那把放在房間進門處的椅子，妳要用嗎？

F：你是說那一把嗎？今天沒有要用。

M：那該放到哪裡呢？

F：這個嘛…請放到房間的最裡面、電視機那邊。

M：放這裡可以嗎？

F：啊，不是電視機前面，請放到電視機旁邊。好，那邊就可以了。

請問椅子是怎麼擺放的呢？

攻略的要點 要注意表示逆接的「が」！

解題關鍵と訣竅

【關鍵句】わたしは子どもたちと近くのプールに行くだけですね。

▶「ポイント理解」的題型要考的是能否抓住整段對話的要點。這類題型談論的事情多，干擾性強，屬於略聽，所以可以不必拘泥於聽懂每一個字，重點在抓住談話的主題，或是整體的談話方向。這道題要問的是「女士今年夏天要做什麼呢」。

▶ 首先是「外国へ旅行に」，被下一句給否定了。聽到「が」（雖然…但是…）表示與前面說的內容相反，就知道沒去成了。接下來「北海道へ行きます」，是男士的行程，不正確。女士又接著說：「わたしは子どもたちと近くのプールに行くだけですね」（我只能和孩子們去附近的游泳池而已），指出她今年夏天的行程。「だけ」（只…）表示限定。答案是 4。記住，要邊聽（全神貫注）！邊記（簡單記下）！邊刪（用圈叉法）！

▶ 日本夏季最重要的節日就是「お盆」（盂蘭盆節）了。「お盆」是日本七、八月舉辦的傳統節日，原本是追祭祖先、祈禱冥福的節日，現在已經是家庭團聚、合村歡樂的節日了。這期間一般公司、企業都會放將近一個禮拜的假，好讓員工們回家團聚。

單字と文法

□ ことし 今年
□ 夏 夏天
□ ちょっと ＜下接否定＞不太容易…
□ 外国 國外
□ 家族 家人
□ 子ども 小孩
□ プール【pool】游泳池
□ 知る 知道
□ 便利 方便

攻略的要點 平時要熟記表示位置的單字！

解題關鍵と訣竅

【關鍵句】部屋の奥のテレビのところに置いてください。
テレビの前じゃなくて、となりにお願いします。

▶ 看到這道題的圖，馬上反應可能出現的場所詞「奥、前、となり」，跟相關名詞「いす、テレビ、部屋、入り口」。緊抓「椅子是怎麼擺放的呢」這個大方向，集中精神、冷靜往下聽。

▶ 用刪去法，首先聽出「部屋の奥のテレビのところに」（放到房間的最裡面，電視機那邊），馬上就可以刪去圖 2 及圖 3，繼續往下聽知道「テレビの前じゃなくて、となりに…」（不是電視機前面，請放到電視機旁邊），正確答案是 1。

▶「～てください」和「～お願いします」都是用在請別人做事的時候，不過前者帶有命令的語氣，後者較為客氣；一聽到句型「～じゃなくて、～です」（不是…而是…），就要提高警覺，因為「じゃなくて」的後面往往就是話題的重點！

單字と文法

□ 部屋 房間
□ 入り口 入口
□ 使う 使用
□ 置く 放
□ 奥 裡面
□ テレビ【television 的略稱】電視
□ 前 前面
□ 隣 旁邊

もんだい２ 第３題答案跟解說

答案：4　2-3

女の人と男の人が話しています。二人はどんなはがきを買いましたか。

F：これ、きれいなはがきですね。お花がいっぱいで。

M：そうですね。１枚ほしいですね。

F：ゆみちゃんにはがきを出しましょうよ。

M：そうしましょう。あ、この犬のもかわいいですね。

F：そうですね。でも、ゆみちゃんは猫が好きだと言っていましたよ。

M：じゃあ、この大きい猫の写真があるはがきを買いましょう。

F：そうしましょう。

二人はどんなはがきを買いましたか。

【譯】有位女士正和一位男士在說話。請問這兩人買了什麼樣的明信片呢？

F：這張明信片好漂亮喔！上面畫了好多花。

M：真的耶，好想買一張喔。

F：要不要寄明信片給由美呢？

M：就這麼辦！啊，這張小狗的也好可愛喔！

F：真的耶！不過，由美曾說過她喜歡貓咪喔。

M：那我們買這張印有大貓咪照片的明信片吧。

F：好啊。

請問這兩人買了什麼樣的明信片呢？

もんだい２ 第４題答案跟解說

答案：3　2-4

男の人と女の人が話しています。男の人はどのバスに乗りますか。

M：すみません、８番のバスは駅まで行きますか。

F：８番のバスは駅の後ろにあるデパートの近くに止まりますが､駅まではちょっと遠いですね。

M：そうですか。じゃ、何番のバスがいいですか。

F：そうですね。６番が駅の前に止まりますから、いちばん便利ですね。５番と７番もデパートのほうには行きますが、駅には行きませんよ。

M：そうですか。ありがとうございます。

F：いいえ、どういたしまして。

男の人はどのバスに乗りますか。

【譯】有位男士正和女士在說話。請問這位男士會搭哪一號公車呢？

M：不好意思，請問８號公車會到車站嗎？

F：８號公車會停靠位於後站的百貨公司附近，不過離車站有點遠喔。

M：這樣啊。那我要搭哪一號公車比較好呢？

F：讓我想想，６號公車會停在車站前面，是最方便的。５號和７號公車也會開往百貨公司那邊，不過不會到車站喔。

M：我曉得了，謝謝。

F：不客氣。

請問這位男士會搭哪一號公車呢？

攻略的要點 「じゃあ、」的後面表示說話者接下來的打算！

解題關鍵と訣竅

【關鍵句】じゃあ、この大きい猫(ねこ)の写真(しゃしん)があるはがきを買(か)いましょう。

- ▶ 這一題問題關鍵在「どんな」（怎樣的），這裡要問的是明信片上的圖案、大小。
- ▶ 首先快速預覽這四張圖，知道對話內容的主題在「はがき」（明信片）上，立即比較它們的差異，有「花」、「犬」跟「猫」，「一匹」跟「三匹」。
- ▶ 首先掌握設問「兩人買了什麼樣的明信片」這一大方向。一開始知道女士跟男士喜歡「お花がいっぱい」的明信片，先保留圖 1 ，在掀開牌底之前，都不能掉以輕心的，也就是絕不能妄下判斷。接下來男士說「這張小狗的也好可愛」的，但女士說要「由美說過她喜歡貓咪」，可以消去 2 跟兩人個人喜歡的圖 1 。男士又建議買「大きい猫の写真」（大貓咪照片），女士馬上「そうしましょう」（好啊）。知道答案是 4 了。
- ▶「～ましょう」表示邀請對方一起做某件事情；「この犬のも」的「の」用來取代「はがき」。
- ▶ 日本人會在12月寫賀年卡，以感謝今年一整年關照自己的上司、同事、老師、同學及朋友。同時也期許大家能在新的一年持續對自己多加關照。

單字と文法

- □ はがき 名信片
- □ 花(はな) 花
- □ ほしい 想要…
- □ 犬(いぬ) 狗
- □ 猫(ねこ) 貓咪
- □ きれい 漂亮的
- □ いっぱい 許多
- □ 出(だ)す 寄出
- □ かわいい 可愛的
- □ 写真(しゃしん) 照片

攻略的要點 「一番」是「最…」的意思！

解題關鍵と訣竅

【關鍵句】6 番(ばん)が駅(えき)の前(まえ)に止(と)まりますから、いちばん便利(べんり)ですね。

- ▶ 先預覽這 4 個選項，腦中馬上反應出「5番、6番、7番、8番、バス」的唸法，並推測考點在搭乘哪一輛公車。
- ▶ 這一道題要問的是「男士會搭哪一號公車」。首先從男士的「～は駅まで行きますか」，知道男士前往的目的地是「駅」（車站）。女士一開始說明「 8 番」公車離車站有點遠，馬上除去圖 4 。接下來女士建議，因為「 6 番」公車會停在車站前面，是最方便的。女士接著又說「 5 番」跟「 7 番」也會開往百貨公司，但不到男士要前往的車站。這時更確定男士應該要搭乘 6 號公車，正確答案是 3 。
- ▶「Aは～が、Bは～」表示A和B的內容是對比的；「～がいいです」用來比較一些東西，並從當中挑出一個最好的；「いちばん～」後接形容詞或形容動詞，表示最高級。

單字と文法

- □ 乗(の)る 搭乘
- □ 番(ばん) …號
- □ 駅(えき) 車站
- □ 後(うし)ろ 後面
- □ デパート【department store 的略稱】百貨公司
- □ 止(と)まる 停止
- □ 何番(なんばん) 幾號
- □ いちばん 最…
- □ ほう 往…的方向

2-5 5ばん

答え：① ② ③ ④

1

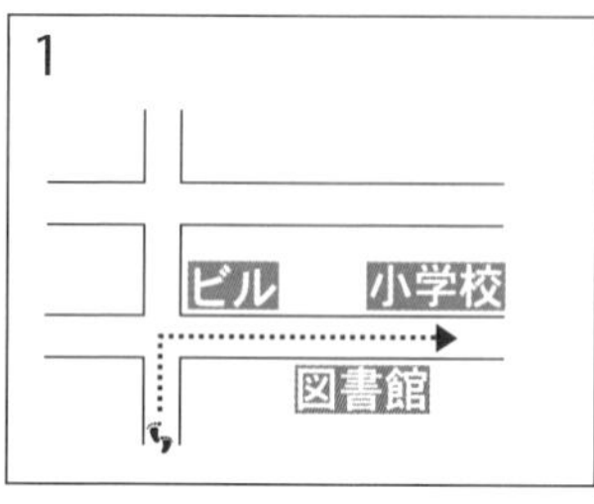

2

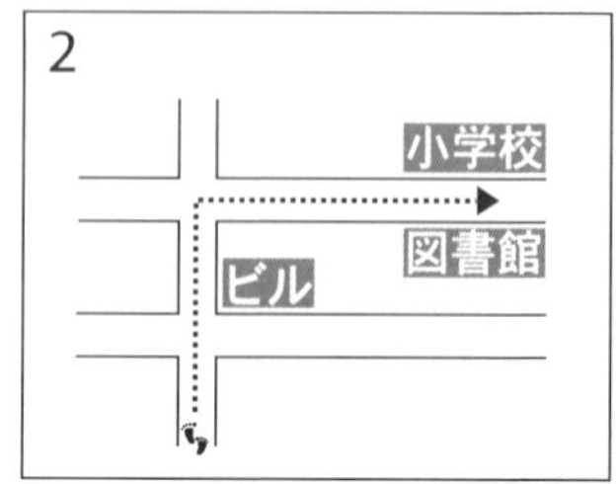

3

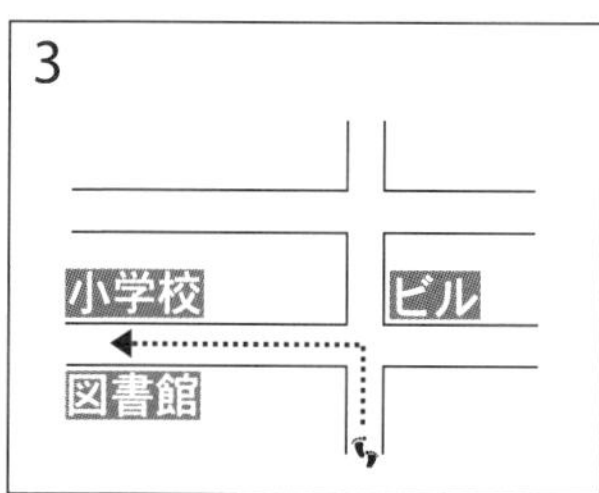

4

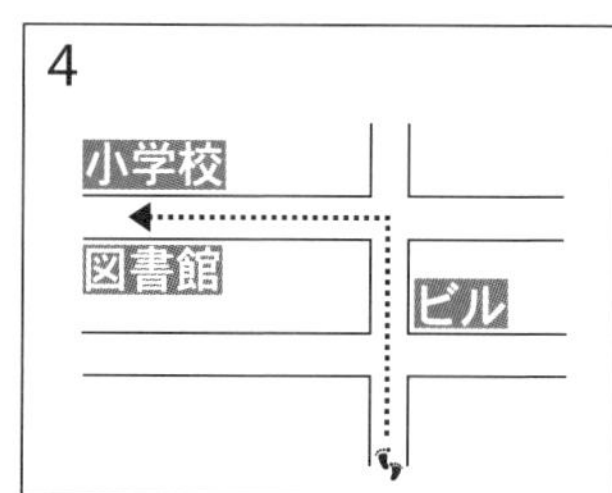

2-6 6ばん

答え：① ② ③ ④

1

2

3

4

2-7 7ばん

答え：① ② ③ ④

1

2

3
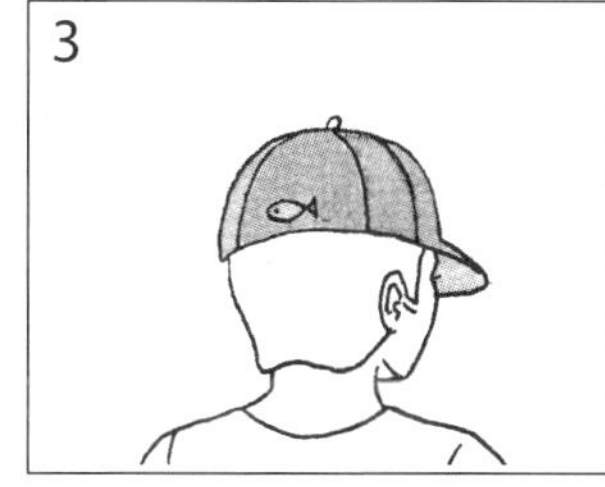

4
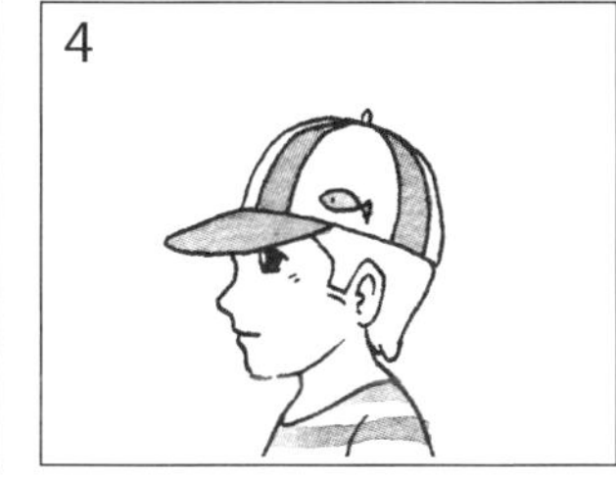

2-8 8ばん

答え：① ② ③ ④

1

2

3

4

もんだい 2　第 5 題 答案跟解說　答案：2　2-5

女の人と男の人が話しています。小学校はどこにありますか。

F：すみません、さくら小学校に行きたいのですが、この道でいいですか。

M：ええ、いいですよ。あそこに大きいビルがありますね。

F：はい。

M：まっすぐ行って、あのビルの向こうの道を右に曲がってください。

F：はい。

M：道の右側に図書館があります。小学校は図書館の前ですよ。

F：ありがとうございます。

M：どういたしまして。

小学校はどこにありますか。

【譯】有位女士正在問路。請問小學位於哪裡呢？

F：不好意思，我想去櫻小學，請問走這條路對嗎？

M：嗯，沒有錯。有看到那邊有一棟很高的大樓嗎？

F：看到了。

M：請往前直走，過那棟大樓後，再往右轉。

F：好。

M：馬路右側有座圖書館，小學就在圖書館的對面。

F：謝謝。

M：不客氣。

請問小學位於哪裡呢？

もんだい 2　第 6 題 答案跟解說　答案：1　2-6

男の人と女の人が話しています。あしたの天気はどうなりますか。

M：ことしの冬は本当に寒かったですね。

F：そうでしたね。

M：うちは家族みんな、一度は風邪を引きましたよ。

F：それはたいへんでしたね。でもきょうはちょっと暖かくて、よかったですね。

M：あっ、でもあしたはきょうより5度ぐらい寒くなると聞きましたよ。

F：そうですか。じゃあ、まだコートがいりますね。

あしたの天気はどうなりますか。

【譯】有位男士正和女士在說話。請問明天的天氣將會如何呢？

M：今年的冬天真的很冷耶。

F：是呀。

M：我們全家人都感冒過一次了。

F：那真糟糕呀。不過今天還滿暖和的，真是太好了呢。

M：啊，可是聽說明天會比今天再降 5 度左右喔。

F：是哦。看來大衣還不能收起來呢。

請問明天的天氣將會如何呢？

攻略的要點 注意路線及方位！

解題關鍵と訣竅

【關鍵句】あのビルの向こうの道を右に曲がってください。
道の右側に図書館があります。小学校は図書館の前ですよ。

- 這是道測試位置的試題。看到這道題的圖，馬上反應可能出現的方向指示詞「まっすぐ、向こう、右、左、前」，跟相關動詞「行って、曲がって」。
- 這道題要問的是「小學位於哪裡呢」。知道方向了，集中精神往下聽，注意引導目標。首先是眼前可以看到的「大きいビル」（很高的大樓），接下來「まっすぐ行って」（直走）到達「ビル」（大樓）的位置。接下來，關鍵在「あのビルの向こうの道を右に曲がって」（過那棟大樓後，再往右轉），正確答案是 2。
- 「向こう」（那邊），在這裡是「過了（大樓）的那一條…」的意思。
- 方向位置的說法還有：「東」（東邊）、「西」（西邊）、「南」（南邊）、「北」（北邊）、「前」（前面）、「後ろ」（後面）。

單字と文法

□ **小学校** 小學　□ **まっすぐ** 直直地　□ **右側** 右側
□ **道** 道路　□ **向こう** 對面　□ **図書館** 圖書館
□ **ビル【building 的略稱】** 大樓　□ **曲がる** 轉彎

攻略的要點 聽出比較和表示變化的句型！

解題關鍵と訣竅

【關鍵句】でもあしたはきょうより5度ぐらい寒くなると聞きましたよ。

- 看到這四張圖，馬上反應是跟氣溫、時間及人物穿著有關的內容，腦中馬上出現相關單字。
- 設問是「明天的天氣將會如何」。從對話中女士說「きょうはちょっと暖かくて」（今天還滿暖和的）及男士的「あしたはきょうより5度ぐらい寒くなる」（明天會比今天再降 5 度左右），要能聽出「5度ぐらい寒くなる」馬上把今天的溫度減去 5 度，這樣圖 2、圖 3 都要刪去。最後剩下圖 1 跟圖 4、要馬上區別出他們的不同就在有無穿大衣，最後的關鍵在女士說「まだコートがいりますね」（大衣還不能收起來呢），正確答案是 1 了。
- 「Aより～」（比起A…）表示比較；「～と聞きました」（聽說…）可以用來直接引述別人的話；「まだ」（還…）表示某種狀態仍然持續著。

單字と文法

□ **冬** 冬天　□ **一度** 一次　□ **でも** 可是
□ **本当に** 真的是　□ **風邪** 感冒　□ **くなる** 變得…
□ **寒い** 寒冷的　□ **引く** 得了〔感冒〕

もんだい 2　第 7 題 答案跟解說　答案：3　2-7

女の子と男の子が話しています。男の子の帽子はどれですか。

F：この帽子、机の上にありましたよ。山田くんのですか。

M：これですか。ぼくのじゃありません。

F：そうですか。でも、山田くんも黒色の帽子、持っていますよね。

M：はい。持っています。でも、ぼくの帽子は後ろに魚の絵があります。

F：そうですか。じゃあ、これはだれのでしょうね。

男の子の帽子はどれですか。

【譯】有個女孩正和男孩在說話。請問這個男孩的帽子是哪一頂呢？

F：這頂放在桌上的帽子，是山田你的嗎？

M：妳說這頂嗎？不是我的。

F：是喔？可是，你也有頂同樣是黑色的帽子吧？

M：嗯，有啊。不過，我的帽子在後腦杓的地方有個魚的圖案。

F：這樣呀。那麼，這會是誰的帽子呢？

請問這個男孩的帽子是哪一頂呢？

もんだい 2　第 8 題 答案跟解說　答案：4　2-8

男の人と女の人が話しています。生まれた犬はどれですか。

M：健太くんの家、犬が生まれましたよ。

F：健太くんのところの犬は黒でしたよね。

M：ええ。でも生まれたのは、黒の犬じゃありませんよ。

F：どんな色ですか。

M：背中は黒で、おなかは白ですよ。

F：足も白ですか。

M：前の足は白で、後ろは黒です。

生まれた犬はどれですか。

【譯】有位男士正和女士在說話。請問生出來的小狗是哪一隻呢？

M：健太家裡養的狗生小狗了耶。

F：健太他家的小狗是黑色的吧。

M：嗯，不過生出來的小狗，不是黑色的唷。

F：是什麼顏色的呢？

M：背是黑色的，肚子是白色的唷。

F：腳也是白色的嗎？

M：前腳是白色的，但是後腳是黑色的。

請問生出來的小狗是哪一隻呢？

攻略的要點 平時要熟記有關位置的單字！

解題關鍵と訣竅

【關鍵句】でも、ぼくの帽子（ぼうし）は後（うし）ろに魚（さかな）の絵（え）があります。

- 首先快速預覽這四張圖，知道主題在「帽子」（帽子）上，立即比較它們的差異，有方位詞相關的「前」、「後ろ」、「横」跟「魚の絵」，判斷這一題要考的是圖案的位置以及圖案的有無。聽對話，一開始掌握設問「男孩的帽子是哪一頂」這一大方向。從對話中得知男孩叫山田， 他有頂黑色的帽子，帽子「後ろに魚の絵があります」（帽子後方有魚的圖案）。正確答案是 3。
- 放在句尾的「よね」有確認的作用；如果想表達自己擁有某東西，可以用「～を持っています」，請注意不是「～を持ちます」，這是「拿…」的意思。

單字と文法

- □ **帽子**（ぼうし） 帽子
- □ **も** 也…
- □ **絵**（え） 圖案
- □ **机**（つくえ） 書桌，辦公桌
- □ **持つ**（もつ） 擁有
- □ **じゃあ**「では 那麼」的口語說法
- □ **上**（うえ） 上面
- □ **魚**（さかな） 魚

攻略的要點 平時要熟記身體部位的唸法！

解題關鍵と訣竅

【關鍵句】背中（せなか）は黒（くろ）で、おなかは白（しろ）ですよ。
前（まえ）の足（あし）は白（しろ）で、後（うし）ろは黒（くろ）です。

- 「要點理解」的題型，都是通過對話的提示，測驗考生能不能抓住核心資訊。首先快速預覽這四張圖，知道對話內容的主題在「犬」（狗）上，立即比較它們的差異，有「白い」跟「黒い」，「背中」跟「おなか」，「前の足」跟「後ろの足」。
- 首先掌握設問的「出生的小狗是哪一隻」這一大方向。一開始女士說「健太家的小狗是黑色的吧」，被男士給否定掉，馬上消去 2。接下來男士說「背中は黒で、おなかは白」，可以消去 1，至於腳的顏色，男士又說「前の足は白で、後ろは黒」。知道答案是 4 了。
- 「…犬は黒でしたよね」的「でした」是以過去式た形來表示「確認」，不是指狗以前是黑色的。
- 常聽到流行用語「猫派vs犬派」，「猫派」是喜歡貓的人，「犬派」是喜歡狗的人。

單字と文法

- □ **生まれる**（うまれる） 出生
- □ **黒**（くろ） 黑色
- □ **背中**（せなか） 背上，背後
- □ **白**（しろ） 白色
- □ **犬**（いぬ） 狗
- □ **どんな** 什麼樣的
- □ **お腹**（おなか） 腹部
- □ **足**（あし） 腳

2-9 9ばん

答え：① ② ③ ④

1

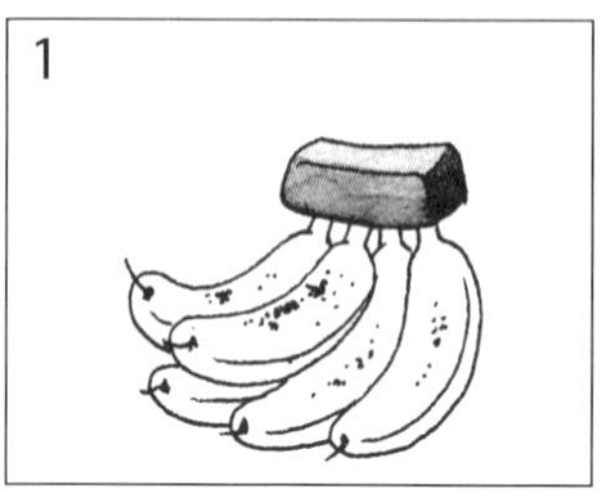

2

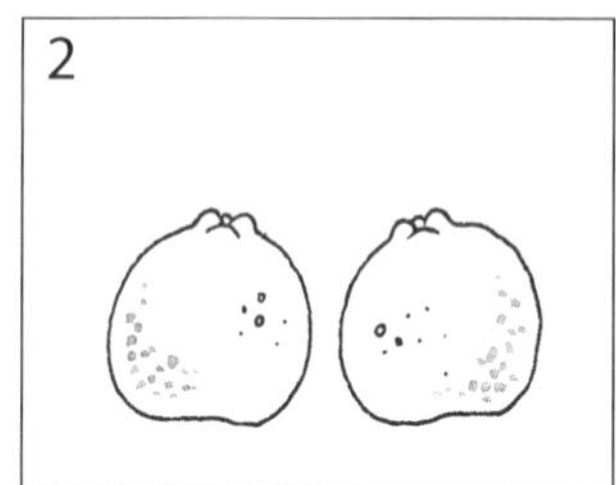

3

4

2-10 10ばん

答え：① ② ③ ④

1

2

3

4

2-11 11ばん

答え：①②③④

1

2

3

4

2-12 12ばん

答え：①②③④

1
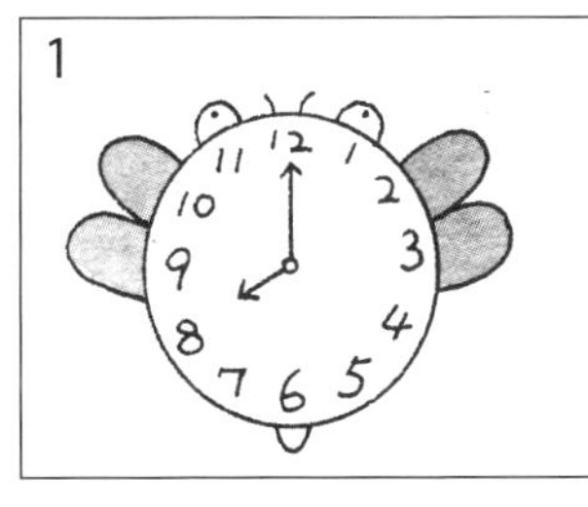

2
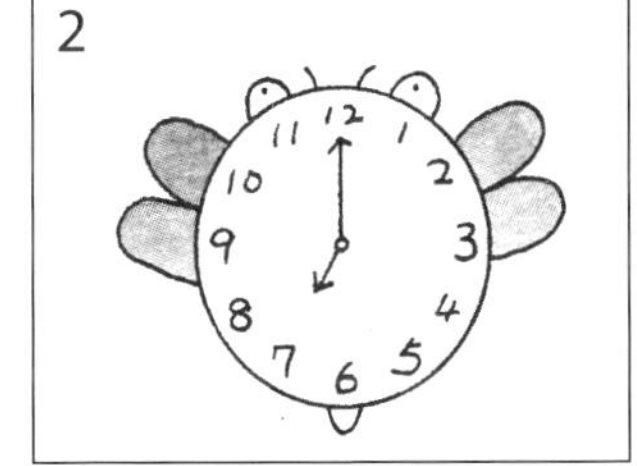

3

4
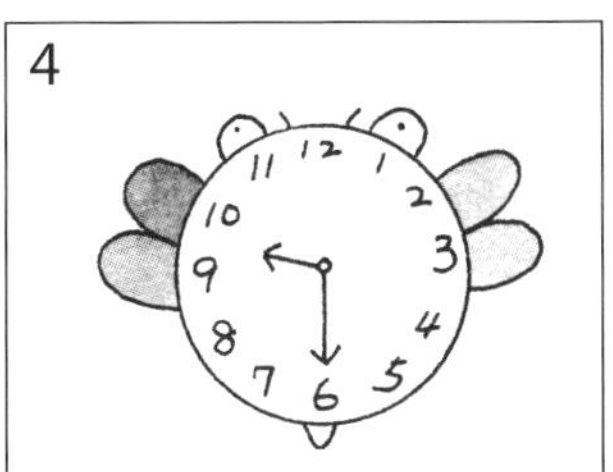

もんだい 2　第 9 題 答案跟解說　答案：3　2-9

男(おとこ)の人(ひと)と女(おんな)の人(ひと)が話(はな)しています。男(おとこ)の人(ひと)は何(なに)を買(か)いますか。

M：今(いま)から買(か)い物(もの)に行(い)きますよ。何(なに)かほしいものがありますか。

F：そうですね。あしたの朝(あさ)食(た)べる果物(くだもの)を買(か)ってきてください。

M：いいですよ。じゃ、バナナはどうですか。

F：バナナは先週(せんしゅう)買(か)いました。りんごかみかんはどうですか。

M：わたしはりんごがいいですね。

F：じゃあ、りんごを２つ、お願(ねが)いします。

M：わかりました。

男(おとこ)の人(ひと)は何(なに)を買(か)いますか。

【譯】有位男士正和女士在說話。請問這位男士要買什麼呢？

M：我現在要去買東西，妳有沒有什麼想要買的？

F：讓我想想…請幫我買明天早上要吃的水果。

M：可以啊。那麼，買香蕉好嗎？

F：我上個禮拜已經買過香蕉了。蘋果或是橘子如何？

M：我比較想要吃蘋果。

F：那麼，麻煩買兩顆蘋果吧。

M：我曉得了。

請問這位男士要買什麼呢？

もんだい 2　第 10 題 答案跟解說　答案：3　2-10

女(おんな)の子(こ)と男(おとこ)の子(こ)が話(はな)しています。きのう、女(おんな)の子(こ)は初(はじ)めにどこに行(い)きましたか。

F：きのうはとても楽(たの)しかったですよ。

M：何(なに)をしたんですか。

F：美香(みか)ちゃんの家(うち)でパーティーがありました。ケーキをたくさん食(た)べましたよ。

M：そうですか。

F：美香(みか)ちゃんの家(うち)に行(い)く前(まえ)には、公園(こうえん)に行(い)って、友(とも)だちみんなで遊(あそ)びました。

M：それはよかったですね。

きのう、女(おんな)の子(こ)は初(はじ)めにどこに行(い)きましたか。

【譯】有個女孩正和一個男孩在說話。請問這個女孩昨天最先去了哪裡呢？

F：昨天玩得真開心呀！

M：妳做了什麼呢？

F：美香家裡開了派對，我吃了好多蛋糕喔。

M：是喔。

F：我在去美香她家之前，先去了公園，和朋友們一起玩。

M：那真是太好了呢。

請問這個女孩昨天最先去了哪裡呢？

攻略的要點 常見的水果名稱都熟記了嗎？

解題關鍵と訣竅

【關鍵句】じゃあ、りんごを2つ、お願いします。

- ▶「要點理解」的題型，一般談論的事物多，屬於略聽，可以不必拘泥於聽懂每一個字，重點在抓住談話的主題。
- ▶ 首先，預覽這四張圖，在對話還沒開始前，立即想出這三種水果的日文「バナナ、みかん、りんご」，判斷要考的是水果的種類及數量。
- ▶ 這道題要問的是「男士要買什麼」。對話一開始男士問女士，要不要「バナナ」，立即被女士說上禮拜買了給否定掉，馬上消去1跟4，接下來女士問買「りんご」跟「みかん」如何呢？男士用「～がいい」（我選…）選擇「りんご」，正確的答案是3。
- ▶「～がいいです」（我選…）是做出選擇的句型，表示說話者覺得某個東西比較好，後面加個「ね」讓語氣稍微緩和。
- ▶「お願いします」表示拜託對方做某事，這裡的意思是「買ってきてください」；男士回答「わかりました」表示他答應女士的請求，也可以說「いいですよ」（可以啊）。

單字と文法

□ 買い物 買東西　□ バナナ【banana】香蕉　□ りんご 蘋果
□ ほしい 想要的　□ どう 如何　□ みかん 橘子
□ 果物 水果　□ 先週 上週

攻略的要點 要注意事情的先後順序！

解題關鍵と訣竅

【關鍵句】美香ちゃんの家に行く前には、公園に行って、友だちみんなで遊びました。

- ▶ 這一題解題關鍵在聽懂事情先後順序的句型「前に」（…之前…）。提問是「女孩昨天最先去了哪裡呢」，掌握女孩最先去的地方這個方向，抓住要點來聽。
- ▶ 對話中女孩先說昨天「美香家裡開了派對」、「吃了好多蛋糕」。在這裡可別大意，以為答案是圖1，只能「暫時」保留。由於這類題型常在最後來個動作大翻盤，記住不到最後不妄下判斷。果然，女孩說「美香ちゃんの家に行く前には、公園に行って、友だちみんなで遊びました」（去美香家前，先去了公園，和朋友一起玩），要聽懂句型「前に」（…之前…），就能聽出答案是3了。
- ▶「動詞辭書形＋前に」表示做前項動作之前，先做後項的動作；「動詞た形＋あとで」表示前項的動作做完後，做後項的動作。是一種按照時間順序，客觀敘述事情發生經過的表現，而前後兩項動作相隔一定的時間發生。
- ▶「動詞連體形＋前に」表示動作的順序，也就是做前項動作之前，先做後項的動作。

單字と文法

□ きのう 昨天　□ 楽しい 開心　□ ケーキ【cake】蛋糕　□ 公園 公園
□ とても 非常　□ うち 家　□ 食べる 吃

もんだい 2　第 ⑪ 題 答案跟解說

答案：4　2-11

男の人と女の人が話しています。女の人は家に帰って、初めに何をしますか。

M：伊藤さんは毎日忙しいですね。

F：そうですね。テレビを見たり本を読んだりする時間もあまりありません。

M：そうですか。毎日、家に帰って、すぐ晩ごはんを作りますか。

F：いいえ。先に洗濯をします。朝は洗濯をする時間がありませんから。料理は洗濯のあとですね。

M：本当に、大変ですね。

女の人は家に帰って、初めに何をしますか。

【譯】有位男士正和女士在說話。請問這位女士在回到家裡時，會最先做什麼事呢？

M：伊藤小姐每天都很忙吧。

F：是呀。我連看看電視、看看書的時間都沒有。

M：是喔。妳每天回到家裡就立刻準備晚餐嗎？

F：沒有，我會先洗衣服，因為早上沒時間洗。洗完衣服才來煮菜。

M：真的忙得團團轉呢。

請問這位女士在回到家裡時，會最先做什麼事呢？

もんだい 2　第 ⑫ 題 答案跟解說

答案：4　2-12

女の人と男の人が話しています。男の人は何時ごろパーティーの会場に着きましたか。

F：土曜日のパーティー、山田さんはどうして来ませんでしたか。

M：わたしがパーティーの会場に着いたとき、パーティーはもう終わっていました。

F：パーティーは7時からでしたね。何時ごろ会場に着きましたか。

M：土曜日は妻が夕方から友たちと出かけて、8時半ごろに帰ってきました。妻が帰ってきてから、いっしょに行きましたので、9時半ごろですね。

F：そうですか。パーティーは9時まででしたからね。

男の人は何時ごろパーティーの会場に着きましたか。

【譯】有位女士正和男士在說話。請問這位男士大約在幾點抵達派對現場呢？

F：星期六的那場派對，山田先生你怎麼沒來呢？

M：我抵達現場時，派對早就結束了。

F：派對是從7點開始的。你大約幾點抵達現場呢？

M：星期六傍晚我太太和朋友一起出去，大約在8點半回來。我等太太回家之後才跟她一起前往，所以大概是9點半到吧。

F：是喔。畢竟派對9點就結束了。

請問這位男士會在大約幾點去派對呢？

攻略的要點 要注意事情的先後順序！

解題關鍵と訣竅

【關鍵句】先に洗濯をします。

- 這一題解題關鍵在接續副詞「先に」（先…）、「あと」（之後），只有聽準這些詞才能理順動作的順序。提問是回家後女士「首先要做什麼」。
- 這道題的對話共出現了四件事，首先是「テレビを見たり本を読んだりする」（看看電視、看看書），但被女士說沒時間給否定掉了，可以刪掉圖 1 和圖 2 。接下來是「晩ごはんを作ります」，這也被女士給否定掉了，馬上刪掉圖 3 。最後關鍵在「先に洗濯をします」（先洗衣服），答案是 4 了。
- 至於後面的對話「料理は洗濯のあとですね」（洗完衣服才來煮菜）都是為了想把考生殺個措手不及，而把動作順序弄複雜的，是干擾項要排除。
- 「～たり、～たりします」表示行為的列舉，從一堆動作當中挑出兩個具有代表性的；「あまり～ありません」（不怎麼…）表示程度不高、頻率不高或數量不多。

單字と文法

- □ **帰る** 回去
- □ **する** 做…
- □ **毎日** 每天
- □ **忙しい** 忙碌
- □ **テレビ【television 的略稱】** 電視
- □ **すぐ** 馬上
- □ **先に** 先
- □ **洗濯** 洗衣服
- □ **大変** 辛苦、嚴重
- □ **あまり** ＜後接否定＞不太、不怎麼樣

攻略的要點 掌握每個時間點對應到的事件！

解題關鍵と訣竅

【關鍵句】妻が帰ってきてから、いっしょに行きましたので、9時半ごろですね。

- 聽完整段內容，能否理解內容，抓住要點是「要點理解」的特色。看到時鐘，先預覽這 4 個選項，腦中馬上反應出「8:00、7:00、9:00、9:30（半）」的唸法，這道題相關的時間詞多，出現的時間點也都靠得很近，所以要跟上速度，腦、耳、手並用，邊聽邊刪除干擾項。
- 這道題要問的是「男士大約在幾點抵達派對現場」緊記住這個大方向，然後集中精神往下聽。
- 首先女士說的「7時」是派對開始時間，馬上除去圖 2 。接下來男士先說的「8時半ごろ」是太太回家的時間，是干擾項。最後一句的「9時半ごろです」其實意思就是「9時半ごろに着きました」（大概是9點半到）。正確答案是 4 。
- 「パーティーは9時まででしたからね」中的「まで」（到…）表示時間截止的範圍。「から」（因為…）表示原因。

單字と文法

- □ **何時** 什麼時候
- □ **パーティー【party】** 派對
- □ **会場** 會場
- □ **着く** 到達
- □ **とき** …時候
- □ **終わる** 結束
- □ **出かける** 出門
- □ **てから** 做完…再…

Memo

発話表現

測驗一面看圖示，一面聽取情境說明時，是否能夠選擇適切的話語。

考前要注意的事

作答流程 & 答題技巧

聽取說明：先仔細聽取考題說明

聽取問題與內容：學習目標是，一邊看圖，一邊聽取場景說明，測驗圖中箭頭指示的人物，在這樣的場景中，應該怎麼說呢？

預估有 5 題

1 提問句後面一般會用「何と言いますか」（要怎麼說呢？）的表達方式。

2 並提問及三個答案選項都在錄音中，而且句子都很不太長，因此要集中精神聽取狀況的說明，並確實掌握回答句的含義。

答題：作答時要當機立斷，馬上回答，答後立即進入下一題。

N5 聽力模擬考題 もんだい 3

もんだい 3 では、えを　みながら　しつもんを　きいて　ください。　やじるし（→）の　ひとは　なんといいますか。　1 から 3 の　なかから、　いちばん　いいものを　ひとつ　えらんで　ください。

3-1　1 ばん

答え：①②③

3-2　2 ばん

答え：①②③

3-3　3 ばん

答え：①②③

3-4 4ばん

答え：①②③

3-5 5ばん

答え：①②③

3-6 6ばん

答え：①②③

第三部分請先看插圖，並聆聽問題。箭頭所指的人物該說什麼，自 1 至 3 選項中，選出一個最適當的答案。

もんだい 3　第 1 題 答案跟解說

答案：1　3-1

ほかの人(ひと)より先(さき)に会社(かいしゃ)を出(で)ます。何(なん)と言(い)いますか。

M：1．お先(さき)に失礼(しつれい)します。

2．お先(さき)にどうぞ。

3．いってらっしゃい。

【譯】當你要比其他同事先下班時，該說什麼呢？

M：1. 我先走一步了。

2. 您先請。

3. 路上小心。

もんだい 3　第 2 題 答案跟解說

答案：3　3-2

「どの服(ふく)がほしいですか」と聞(き)きたいです。何(なん)と言(い)いますか。

F：1．どこで買(か)いますか。

2．だれが着(き)ますか。

3．どちらがいいですか。

【譯】想要詢問對方想要哪件衣服時，該說什麼呢？

F：1. 要去哪裡買呢？

2. 是誰要穿的呢？

3. 比較喜歡哪一件呢？

もんだい 3　第 3 題 答案跟解說

答案：2　3-3

もっと話(はなし)を聞(き)きたいです。何(なん)と言(い)いますか。

F：1．でも？

2．それから？

3．そんな？

【譯】還想要繼續往下聽的時候，該說什麼呢？

F：1. 可是？

2. 然後呢？

3. 怎麼會這樣呢？

攻略的要點 這一題要考的是職場的打招呼用語！

解題關鍵と訣竅

【關鍵句】先(さき)に会社(かいしゃ)を出(で)ます。

- 這一題屬於寒暄語的問題，題目關鍵在「先に会社を出ます」。日本職場很注重規矩和禮儀，下班時的客套話「お先に失礼します」（我先走一步了）表示比同事還要早下班，真是不好意思，敬請原諒。這是正確答案。
- 選項 2「お先にどうぞ」表示請對方不用等候，可以先開動或離去。
- 選項 3「いってらっしゃい」是對應「行ってきます」（我出門了）的寒暄語，比較適合用在家裡，用來送家人等出門，含有「你去了之後要回來啊」的意思。

攻略的要點 注意指示詞和疑問詞！

【關鍵句】どの

- 這一題題目關鍵在連體詞「どの」，用來請對方做出選擇。這樣的問句中，應該要有詢問事物的疑問詞，例如二選一的「どちら」（哪一個）或從三個以上的事物中，選擇一個的「どれ」（哪個）。
- 選項 1「どこで買いますか」的「どこ」是「哪裡」的意思，用來詢問場所、地點。
- 選項 2「だれが着ますか」的「だれ」用來詢問人物是誰。
- 選項 3「どちらがいいですか」的「どちら」（哪一個東西）是用在二選一的時候，取代「どの＋名詞」。圖片中店員手上拿著兩件衣服做比較，所以用「どちら」，不用「どれ」。正確答案是 3。

攻略的要點 不能不知道「あいづち」！

【關鍵句】もっと話(はなし)を聞(き)きたい。

- 這一題屬於「あいづち」（隨聲附和）的問題。「あいづち」是為了讓對方知道自己正在聆聽，而以點頭、手勢等肢體語言，及一些字面上沒有意義的詞語來表示。使用時語調、時機都很重要。
- 選項 1「でも」（可是）表示轉折語氣，一般不用在疑問句上。
- 選項 2「それから？」表示催促對方繼續說下去，是「それからどうしたんですか」或「それからどうなったんですか」的意思。正確答案是 2。
- 選項 3「そんな？」如果是下降語調，表示強烈否定對方所說的話。
- 常用的「隨聲附和」還有：「ええ」（嗯）、「はい」（是）、「なるほど」（原來如此）等。

もんだい 3　第 4 題 答案跟解說

答案：1　3-4

家に帰ります。友だちに何と言いますか。

F：1．それじゃ、また。

　　2．おじゃまします。

　　3．失礼しました。

【譯】要回家時，該向朋友說什麼呢？

F：1. 那麼，下次見。

　　2. 容我打擾了。

　　3. 剛剛真是失禮了。

もんだい 3　第 5 題 答案跟解說

答案：3　3-5

電話がかかってきました。初めに何と言いますか。

M：1．では、また。

　　2．どうも。

　　3．もしもし。

【譯】有人打電話來了，接起話筒時，第一句該說什麼呢？

M：1. 那麼，再見。

　　2. 謝謝。

　　3. 喂？

もんだい 3　第 6 題 答案跟解說

答案：2　3-6

山田さんは出かけています。何と言いますか。

M：1．山田さんは会社にいます。

　　2．山田さんは会社にいません。

　　3．山田さんはまだ会社に来ません。

【譯】山田先生現在外出中，該說什麼呢？

M：1. 山田先生在公司。

　　2. 山田先生不在公司。

　　3. 山田先生還沒有來公司。

攻略的要點 這一題要考的是道別的寒暄語！

解題關鍵と訣竅

【關鍵句】家（うち）に帰（かえ）ります。

- 這一題問的是道別的寒暄用語。
- 和平輩或晚輩道別的時候除了可以說「さようなら」（再會），還可以用語氣相對輕鬆的「それじゃ、また」（那麼，下回見）或是「それでは、また」；向長輩道別可以用「さようなら」或「失礼します」（告辭了）。正確答案是1。
- 選項2「おじゃまします」是登門拜訪時，進入屋內或房內說的寒暄語。
- 選項3「失礼しました」是從老師或上司的辦公室告退，對自己打擾對方表示歉意時的說法。

攻略的要點 電話用語都會了嗎？

【關鍵句】初（はじ）めに

- 這一題屬於電話用語問題。「もしもし」用在接起電話應答或打電話時候，相當於我們的「喂」。正確答案是3。
- 選項1「では、また」用在準備掛電話的時候，也可以說「それでは失礼します」（那麼請允許我掛電話了）。
- 選項2「どうも」是「どうもありがとう」（謝謝）或「どうもすみません」（真抱歉）的省略說法，語意會根據上下文而有所不同。

攻略的要點 換句話說的題型很常出現！

【關鍵句】出（で）かけています。

- 這題關鍵在知道「出かけています=いません」（現在外出中=不在）。正確答案是2。像這種換句話說的方式經常在這一大題出現。用不同的表達方式說出同樣的意思，讓說話內容更豐富，也更有彈性。
- 選項1「山田さんは会社にいます」，中的「A（人物／動物）はB（場所）にいます」表示人或動物存在某場所。
- 選項3「山田さんはまだ会社に来ません」，中的「まだ～ません」（還沒…）表示事情或狀態還沒有開始進行或完成。

3-7 7ばん

答え：① ② ③

3-8 8ばん

答え：① ② ③

3-9 9ばん

答え：① ② ③

3-10 10ばん

答え：① ② ③

3-11 11ばん

答え：① ② ③

3-12 12ばん

答え：① ② ③

もんだい 3　第 7 題 答案跟解說　　答案：1　3-7

子供(こども)はきょう家(うち)に帰(かえ)ってから勉強(べんきょう)していません。何(なん)と言(い)いますか。

F：1．宿題(しゅくだい)をしましたか。

2．宿題(しゅくだい)がおりましたか。

3．宿題(しゅくだい)をしますか。

【譯】孩子今天回家後就一直沒在唸書，這時該說什麼呢？

F：1.功課做了嗎？

2.功課在嗎？

3.要寫功課嗎？

もんだい 3　第 8 題 答案跟解說　　答案：1　3-8

レストランにお客(きゃく)さんが入(はい)ってきました。何(なん)と言(い)いますか。

M：1．いらっしゃいませ。

2．ありがとうございました。

3．いただきます。

【譯】顧客走進餐廳裡了，這時該說什麼呢？

M：1.歡迎光臨。

2.謝謝惠顧。

3.我要開動了。

もんだい 3　第 9 題 答案跟解說　　答案：2　3-9

今(いま)から寝(ね)ます。何(なん)と言(い)いますか。

M：1．おはようございます。

2．お休(やす)みなさい。

3．行(い)ってきます。

【譯】現在要去睡覺了，這時該說什 麼呢？

M：1.早安。

2.晚安。

3.我要出門了。

攻略的要點 小心時態的陷阱！

解題關鍵と訣竅

【關鍵句】勉強していません。

- 從這張圖知道家長看到小孩「勉強していません」（沒在唸書），一般而言會問小孩功課寫了沒有。
- 選項1「宿題をしましたか」，「しました」是「します」的過去式，表示做功課這件事情已經完成，句尾「か」表示詢問小孩是否已做功課。「しました」也可以用「やりました」來取代。正確答案是１。
- 選項２沒有「宿題がおりましたか」這種講法。「おりました」是「いました」的謙讓表現，藉由貶低自己來提高對方地位的用法。
- 選項３「宿題をしますか」是詢問小孩有沒有做功課的意願，「～ます」表示未來、還沒發生的事。

攻略的要點 這一題要考的是店家的招呼用語！

【關鍵句】入ってきました。

- 這是店家招呼客人的寒暄語問題，題目關鍵在「入ってきました」，表示客人正要前來消費。
- 選項１「いらっしゃいませ」用在客人上門時，表示歡迎的招呼用語。
- 選項２「ありがとうございました」如果用在餐廳等服務業時，那就是在客人結完帳正要離開，送客同時表達感謝之意。
- 選項３「いただきます」是日本人用餐前的致意語，可以用來對請客的人或煮飯的人表示謝意，並非店家的用語。
- 日本人用餐前，即使只有自己一個人吃飯，也會說「いただきます」。

攻略的要點 這一題要考的是寒暄語！

【關鍵句】今から寝ます。

- 這一題屬於睡前的寒暄語問題，題目關鍵除了在「寝ます」（睡覺），也要能聽懂「今から」（現在正要去）的意思。
- 選項１「おはようございます」用在起床後或早上的問候語。
- 選項２「お休みなさい」用在睡前互道晚安時，有「我要睡了」的意思。
- 選項３「行ってきます」用在出門前跟家人，或在公司外出時跟同事說的問候語，有「我還會再回來」的意思，鄭重一點的說法是「行ってまいります」。

もんだい 3　第 ⑩ 題 答案跟解說　答案：3　3-10

友だちの顔が赤いです。何と言いますか。

M：1．お休みなさい。

2．お元気で。

3．大丈夫ですか。

【譯】朋友的臉部發紅，這時該說什麼呢？

M：1. 晚安。

2. 珍重再見。

3. 你沒事吧？

もんだい 3　第 ⑪ 題 答案跟解說　答案：3　3-11

お客さんに飲み物を出します。何と言いますか。

F：1．どうも。

2．いただきます。

3．どうぞ。

【譯】端出飲料招待客人時，該說什麼呢？

F：1. 謝謝。

2. 那我就不客氣了。

3. 請用。

もんだい 3　第 ⑫ 題 答案跟解說　答案：1　3-12

友だちの家に着きました。何と言いますか。

M：1．ごめんください。

2．ごめんなさい。

3．さようなら。

【譯】抵達朋友家時，該說什麼呢？

M：1. 不好意思，打擾了。

2. 對不起。

3. 再見。

攻略的要點 關心對方該怎麼說？

【關鍵句】顔が赤いです。

- 題目關鍵在「顔が赤いです」，當別人生病或看起來不太對勁時，要用選項3「大丈夫ですか」來表示關心。
- 選項1「お休みなさい」用在睡前互道晚安時，有「我要睡了」的意思。也用在晚上見面後要離開的道別語。
- 選項2「お元気で」是向遠行或回遠方的人說的道別語，有與對方將有很長的一段時間見不到面的含意。

攻略的要點 這一題要考的是待客用的寒暄語！

【關鍵句】お客さんに飲み物を出します。

- 這一題關鍵在說話者是招呼客人的主人。
- 選項1「どうも」是「どうもありがとうございます」（多謝）或「どうもすみません」（真抱歉）的省略說法，語意會根據上下而有所不同。
- 選項2「いただきます」是日本人用餐前習慣說的致意語，表示對請客者或煮飯者的謝意。
- 選項3「どうぞ」用在請對方不要客氣，「請用，請吃，請喝」的意思。更客氣的說法是「どうぞお召し上がりください」。

攻略的要點 拜託別人時該說什麼？

【關鍵句】友だちの家に着きました。

- 選項1「ごめんください」是在拜訪時，客人在門口詢問「有人嗎？打擾了」，希望有人出來應門的時候。正確答案是1。
- 選項2「ごめんなさい」用在對關係比較親密的人，做錯事請求對方原諒的時候。
- 選項3「さようなら」是道別的寒暄語。
- 到日本人家裡作客，可不要擇日不如撞日喔！一定要事先約好時間，去的時候最好帶些點心之類的伴手禮，更顯得禮貌周到喔！

Memo

即時応答

測驗於聽完簡短的詢問之後，是否能夠選擇適切的應答。

考前要注意的事

作答流程 & 答題技巧

先仔細聽取考題說明

這是全新的題型。學習目標是，聽取詢問、委託等短句後，立刻判斷出合適的答案。

預估有 6 題

- 提問及選項都在錄音中，而且都很簡短，因此要集中精神聽取會話中的表達方式及語調，確實掌握問句跟回答句的含義。

答題

作答時要當機立斷，馬上回答，答後立即進入下一題。

N5 聽力模擬考題 もんだい 4

もんだい 4 では、えなどが　ありません。ぶんを　きいて、1 から 3 の　なかから、いちばん　いいものを　ひとつ　えらんで　ください。

 1ばん

答え：① ② ③

- メモ -

4-2 2ばん

答え：① ② ③

- メモ -

4-3 3ばん

答え：① ② ③

- メモ -

4-4 4ばん

答え：① ② ③

- メモ -

4-5 5ばん

答え：① ② ③

- メモ -

4-6 6ばん

答え：① ② ③

- メモ -

第四部分沒有插圖，請聽問句，再從 1 至 3 的選項中，選出一個正確的答案。

もんだい 4　第 1 題 答案跟解說　答案：2　4-1

F：寒(さむ)いですね。

M：1．ストーブを消(け)しましょう。

2．ストーブをつけましょう。

3．窓(まど)を開(あ)けましょう。

【譯】F：真是冷呀。

M：1. 把暖爐關掉吧。

2. 把暖爐打開吧。

3. 把窗戶打開吧。

もんだい 4　第 2 題 答案跟解說　答案：1　4-2

F：映画(えいが)、どうでしたか。

M：1．つまらなかったです。

2．妻(つま)と行(い)きました。

3．駅(えき)の前(まえ)の映画館(えいがかん)です。

【譯】F：那部電影好看嗎？

M：1. 乏味極了。

2. 我是和太太一起去的。

3. 就是在車站前的那家電影院。

もんだい 4　第 3 題 答案跟解說　答案：1　4-3

F：1(ひと)つ、どうですか。

M：1．ありがとうございます。

2．どういたしまして。

3．どうぞ。

【譯】F：要不要嚐一個呢？

M：1. 謝謝。

2. 不客氣。

3. 請用。

攻略的要點　知道「ストーブ」這個單字嗎？

【關鍵句】寒い

- 本題首先要聽懂「寒い」（冷），當對方表示很冷，就是希望找到保暖的方法，這時我們可以回答：「ストーブをつけましょう」（把暖爐打開吧）。
- 「ストーブを消しましょう」或「窓を開けましょう」，目的都是讓溫度變低，與題意的主旨相反，不正確。「…ましょう」則是來探詢對方的意願，可以翻譯成「…吧」。

攻略的要點　用疑問詞「どう」詢問狀況或感想！

解題關鍵と訣竅

【關鍵句】どうでしたか。

- 這一題題目關鍵在聽懂「どうでした」的意思，「どう」用來詢問感想或狀況，所以回答應該是針對電影的感想。
- 選項1「つまらなかったです」形容電影很無聊。因為是表達自己看過之後的感想，所以要注意必須用過去式た形。
- 選項2「妻と行きました」，問題應該是「映画、だれと行きましたか」（電影是和誰去看的），其中「だれ」（誰）用來詢問對象。
- 選項3「駅の前にある映画館です」，問題應該是「映画、どこで見ましたか」（電影是在哪裡看的），其中「どこ」（哪裡）用來詢問場所位置。
- 幾個常見的電影種類有：「アクション映画」（動作片）、「SF映画」（科幻片）、「コメディ」（喜劇）、「サスペンス映画」（懸疑片）、「時代劇」（歷史劇）、「ホラー映画」（恐怖片）、「ドキュメント映画」（記錄片）

攻略的要點　「一つ、どうですか」用在請對方吃東西的時候！

解題關鍵と訣竅

【關鍵句】1つ、どうですか。

- 「1つ、どうですか」，也可以說成「1つ、いかがですか」，用來勸對方喝酒或吃東西。面對他人的好意，回答通常是選項1「ありがとうございます」。
- 選項2「どういたしまして」主要用在回應別人的謝意。當對方跟您道謝時可以用這句話來回答。「どういたしまして」含有我並沒有做什麼，所以不必道謝的意思。
- 選項3「どうぞ」是請對方不要客氣，允許對方做某件事。
- いかが：詢問對方的意願、意見及狀態。なぜ：詢問導致某狀態的原因。

もんだい 4　第 4 題 答案跟解說　答案：2　4-4

M：この手紙（てがみ）、アメリカまでいくらですか。

F：1．10 時間（じかん）ぐらいです。

2．300 円（えん）です。

3．朝（あさ）8 時（じ）ごろです。

【譯】M：請問這封信寄到美國需要多少郵資呢？

F：1. 大約 10 個小時左右。

2. 300 圓。

3. 早上 8 點前後。

もんだい 4　第 5 題 答案跟解說　答案：3　4-5

M：こちらへどうぞ。

F：1．お帰（かえ）りなさい。

2．またあした。

3．失礼（しつれい）します。

【譯】M：請往這邊走。

F：1. 您回來啦。

2. 明天見。

3. 失禮了。

もんだい 4　第 6 題 答案跟解說　答案：1　4-6

M：テスト、どうでしたか。

F：1．難（むずか）しかったです。

2．若（わか）かったです。

3．小（ちい）さかったです。

【譯】M：考試如何呢？

F：1. 很難。

2. 很年輕。

3. 很小。

攻略的要點 「いくらですか」問的是價錢！

【關鍵句】いくらですか。

- 這一題題目關鍵在「いくらですか」，這句話專門詢問價格，也可以用「いくらかかりますか」詢問。回答應該是「300円です」（300日圓）或其他價格數字。
- 選項1「10時間ぐらいです」（大約10個小時左右），此選項的問題應該是「この手紙、アメリカまでどれぐらい時間がかかりますか」，詢問需要多少時間。
- 選項3「朝８時ごろです」，此選項的問題應該是「この手紙、いつアメリカに届きますか」，用來詢問抵達時間。
- 「ごろ」vs「ぐらい」，「ごろ」表示大概的時間點，一般接在年月日和時間點的後面。「ぐらい」用在無法預估正確數量或數量不明確的時候；也用於對某段時間長度的推估。

攻略的要點 「こちらへどうぞ」用在帶位或指引方向！

【關鍵句】こちらへどうぞ。

- 「こちらへどうぞ」用在帶位或指引方向，通常可以回答「おじゃまします」（打擾了）或「失礼します」（失禮了）。
- 選項１「お帰りなさい」是對「ただいま」（我回來了）的回應。「ただいま」（我回來了）是到家時的問候語，用在回家時對家裡的人說的話。也可以用在上班時間，外出後回到公司時，對自己公司同仁說的話。
- 選項２「またあした」用在和關係親近的人的道別，表示明天還會和對方見面。語氣較輕鬆，可以對平輩或朋友使用。「またあした」是跟隔天還會再見面的朋友道別時最常說的話。

攻略的要點 常出現的イ形容詞和ナ形容詞要背熟！

【關鍵句】テスト

- 這一題題目關鍵在詢問「テスト」的感想或結果。
- 選項１「難しかったです」用來形容考試很難，因為是表示自己考過之後的感想，所以用過去式た形。
- 選項２「若かったです」（以前很年輕）和選項３「小さかったです」（以前很小），形容詞「若い」和「小さい」都不適合形容考試之後的感想，所以不合題意。

7 ばん

答え：①②③

- メモ -

8 ばん

答え：①②③

- メモ -

9 ばん

答え：①②③

- メモ -

4-10 10ばん

答え：①②③

- メモ -

4-11 11ばん

答え：①②③

- メモ -

4-12 12ばん

答え：①②③

- メモ -

もんだい4　第 7 題 答案跟解說　答案：3　4-7

M：どれがいいですか。

F：1．では、そうしましょう。

2．これ、どうぞ。

3．赤（あか）いのがいいです。

【譯】M：你想要哪一個呢？

F：1. 那麼，就這麼辦吧。

2. 請用這個吧。

3. 我想要紅色的。

もんだい4　第 8 題 答案跟解說　答案：1　4-8

F：もう家（いえ）に着（つ）きましたか。

M：1．まだです。

2．まっすぐです。

3．またです。

【譯】F：已經到家了嗎？

M：1. 還沒。

2. 直走。

3. 又來了。

もんだい4　第 9 題 答案跟解說　答案：3　4-9

M：このハンカチ、伊藤（いとう）さんのですか。

F：1．こちらこそ。

2．どういたしまして。

3．いいえ、違（ちが）います。

【譯】M：請問這條手帕是伊藤小姐妳的嗎？

F：1. 我才該道謝。

2. 不客氣。

3. 不，不是的。

攻略的要點「～がいいです」可以表示二選一！

解題關鍵と訣竅

【關鍵句】どれがいい。

- 「どれがいい」是在詢問對方意見，「どれ」用在希望對方從幾個選項當中挑出一個，它的回答通常是「～がいいです」（…比較好）。
- 選項３「赤いのがいいです」，這裡的「の」用來取代「どれ」代表的東西，沒有實質意義。
- 選項１「では、そうしましょう」表示贊成對方的提議，「～ましょう」表示積極響應對方的提議或邀約。
- 選項２「これ、どうぞ」用於客氣地請對方使用或享用某種東西。

攻略的要點要聽出「まだ」和「また」發音的微妙差異！

【關鍵句】もう

- 本題題目關鍵在「もう」以及單字的重音。如果已經到家，可以回答「はい、着きました」，如果快到家了，就回答「もうすぐです」，如果還沒到家，可以回答「まだです」（還沒）。
- 選項２「まっすぐです」和「もうすぐです」的發音相近，請注意不要搞混。
- 選項３「またです」和「まだです」聽起來也很相似，「また」是０號音，「まだ」是１號音。再加上清音「た」和濁音「だ」的區別在，清音不震動聲帶，濁音需震動聲帶，這些發音上的微妙的差異，請仔細聽，並小心陷阱。
- 「また」（又）vs「まだ」（還、尚）。「また」表示同一動作再做一次、同一狀態又反覆一次；又指附加某事項。「まだ」指某種狀態還沒達到基準點或目標值；指某狀態不變一直持續著。

攻略的要點回答必定是肯定句或否定句！

解題關鍵と訣竅

【關鍵句】伊藤（いとう）さんのですか。

- 「伊藤さんのですか」，針對這種”yes or no”的問題，回答應該是肯定句或否定句。
- 選項１「こちらこそ」是回應對方的道謝，同時也表示己方謝意的客套說法。例如當對方說「いつもお世話になっています」，我們可以回答「いいえ、こちらこそ」（哪裡，我才是一直在麻煩您呢）。
- 選項２「どういたしまして」用在回應對方的謝意。
- 選項３「いいえ、違います」用在否定對方說的話。

もんだい 4　第 ⑩ 題 答案跟解說　答案：3　4-10

M：お誕生日おめでとうございます。

F：1．ごちそうさまでした。

2．ごめんなさい。

3．ありがとうございます。

【譯】M：祝你生日快樂。

F：1.承蒙招待了。

2.對不起。

3.謝謝。

もんだい 4　第 ⑪ 題 答案跟解說　答案：1　4-11

M：よくここで食事しますか。

F：1．ええ、お昼はいつもここです。

2．ええ、12 時からです。

3．ええ、行きましょう。

【譯】M：你常來這裡吃飯嗎？

F：1.嗯，我總是在這裡吃午餐。

2.嗯，從 12 點開始。

3.嗯，我們走吧。

もんだい 4　第 ⑫ 題 答案跟解說　答案：2　4-12

F：うちの猫、見ませんでしたか。

M：1．見ていますよ。

2．見ませんでしたよ。

3．見たいですね。

【譯】F：有沒有看到我家的貓呢？

M：1.我正在看呢。

2.我沒看到耶。

3.真想看看呢。

攻略的要點 以道謝回應別人的祝賀！

解題關鍵と訣竅

【關鍵句】おめでとうございます。

- 這一題題目關鍵是「おめでとうございます」，當別人祝賀自己時，我們通常回答「ありがとうございます」。
- 選項１「ごちそうさまでした」用餐結束時，表示吃飽了，同時禮貌性地表示感謝。
- 選項２「ごめんなさい」用於道歉。這是用在覺得自己有錯，請求對方原諒的時候。

攻略的要點 不知道怎麼回答的時候就推敲原本的問句吧！

【關鍵句】よく…しますか

- 這一題題目關鍵在「よく～しますか」（常常…嗎），回答應該是肯定句或否定句。
- 選項１「ええ、お昼はいつもここです」（嗯，我總是在這裡吃午餐）是肯定句，若是否定句則說「いいえ、あまり」（不，我不常來）。
- 選項２「ええ、１２時からです」（嗯，從１２點開始）的提問應該是「１２時からですか」（是從１２點開始嗎），用來確認時間。
- 選項３「ええ、行きましょう」（嗯，我們走吧）的提問應該是「行きましょうか」（我們走吧），用來表示邀約。

攻略的要點 注意時態！

解題關鍵と訣竅

【關鍵句】見（み）ませんでしたか。

- 這一題題目關鍵是「見ませんでしたか」（有看到嗎），目的是找尋失物。
- 選項１「見ていますよ」（我正在看呢）表示此時此刻正在看，或是平常就一直都在看。
- 選項２「見ませんでしたよ」（我沒看到耶）。此回答用在本題，表示不知道貓的去向，如果知道貓的去向就用「見ましたよ」（我有看到喔）。
- 選項３「見たいですね」（真想看看呢），「～たいです」用來表達說話者的願望、希望。
- 如果在日本被偷東西怎麼辦？信用卡被偷或遺失，馬上請銀行停卡。然後跟派出所、警察署提出被盜被害申報。

Memo

課題理解

在聽取完整的會話段落之後，測驗是否能夠理解其內容（在聽完解決問題所需的具體訊息之後，測驗是否能夠理解應當採取的下一個適切步驟）。

考前要注意的事

作答流程 & 答題技巧

聽取說明：先仔細聽取考題說明

聽取問題與內容：仔細聆聽問題與對話內容，並在聽取建議、委託、指示等相關對話之後，判斷接下來該怎麼做。

內容順序一般是「提問 ➡ 對話 ➡ 提問」

預估有 8 題

1 首先要理解應該做什麼事？第一優先的任務是什麼？邊聽邊整理。

2 並在聽取對話時，同步比對選項，將確定錯誤的選項排除。

3 選項以文字出現時，一般會考跟對話內容不同的表達方式。

答題：再次仔細聆聽問題，選出正確答案

N4 聽力模擬考題 問題 1

もんだい１でははじめに、しつもんを聞いてください。それから話を聞いて、もんだいようしの１から４の中から、ただしいこたえを一つえらんでください。

1-2 1ばん

答え：①②③④

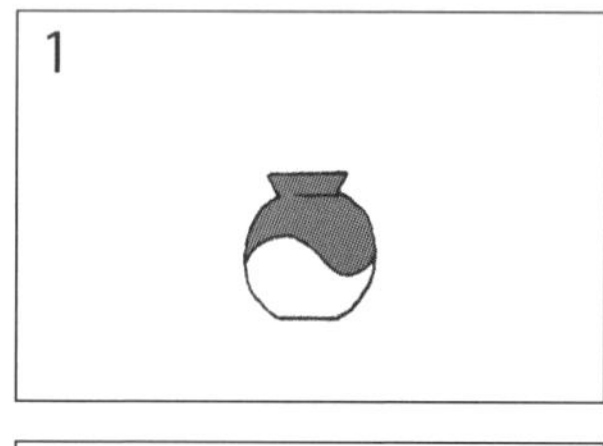
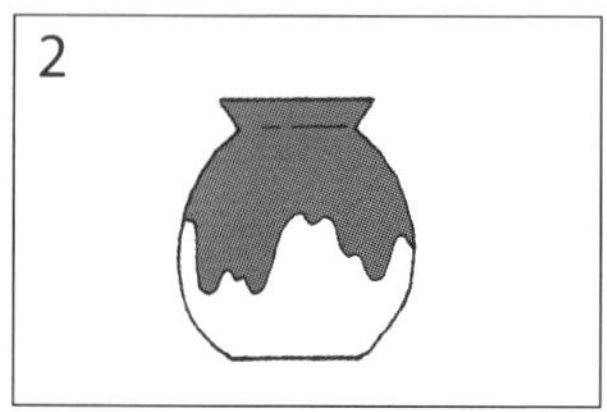
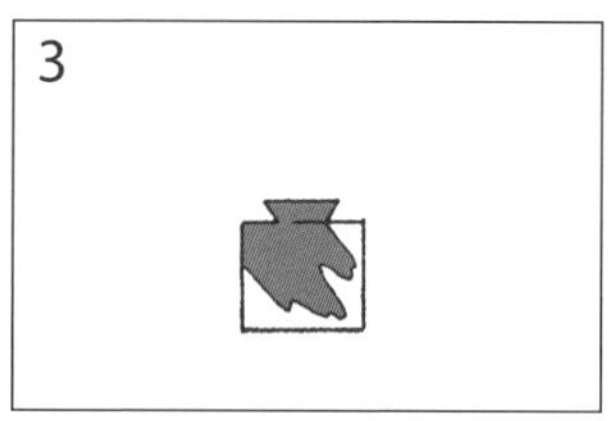

1-3 2ばん

答え：①②③④

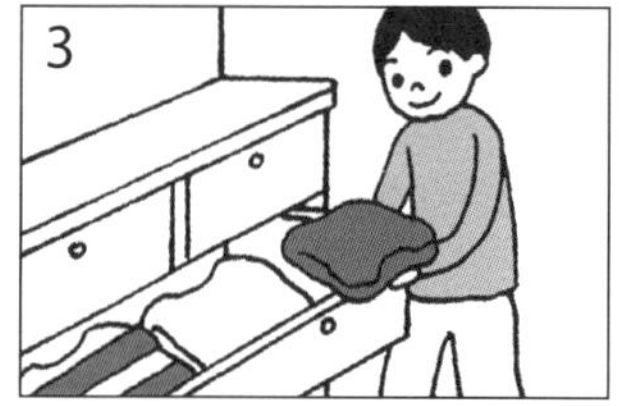

1-4 3ばん

答え：① ② ③ ④

1　1時10分

2　1時30分

3　1時40分

4　2時

1-5 4ばん

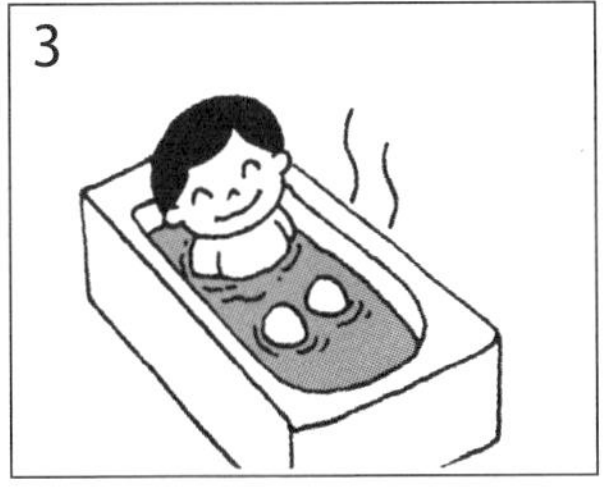

もんだい 1　第 1 題 答案跟解說

1-2

デパートで、男の人と女の人が話しています。女の人は、どの花瓶を買いますか。

M：この丸い花瓶、どう？

F：うーん、形はいいけど、ちょっと小さすぎるわ。

M：そう？これぐらいの方が、使いやすくていいんじゃない？

F：でも、玄関に飾るから、大きい方がいいよ。

M：じゃあ、こっちはどう？四角くてもっと大きいの。

F：うん、これはいいわね。高さもちょうどいいし。じゃあ、これにしましょう。

女の人は、どの花瓶を買いますか。

【譯】

有位男士正和一位女士在百貨公司裡說話。請問這位女士要買哪個花瓶呢？

M：這個圓形的花瓶，如何呢？
F：嗯…形狀是不錯啦，但有點太小。
M：會嗎？這樣的大小才方便使用，不是很好嗎？
F：可是要用來裝飾玄關，所以大一點的比較好吧？
M：那這個怎麼樣呢？四方形更大一點的這個。
F：嗯，這個很不錯耶！高度也剛剛好。那就決定是這個吧！

請問這位女士要買哪個花瓶呢？

解題關鍵

答案：4

【關鍵句】大きい方がいいよ。
四角くてもっと大きいの。
じゃあ、これにしましょう。

▶ 這一題關鍵在「どの」，表示要在眾多事物當中選出一個。要仔細聽有關花瓶的特色描述，特別是形容詞。

▶ 一開始男士詢問「この丸い花瓶、どう？」，但女士回答「ちょっと小さすぎるわ」，表示女士不要又圓又小的花瓶，所以選項1是錯的。

▶ 接著女士又表示「大きい方がいいよ」，表示她要大的花瓶，所以選項3也是錯的。

▶ 最後男士詢問「こっちはどう？四角くてもっと大きいの」，這個「の」用來取代重複出現的「花瓶」。而女士也回答「これはいいわね。高さもちょうどいいし。じゃあ、これにしましょう」，「Aにする」意思是「決定要A」，「これにしましょう」運用提議句型「ましょう」，表示她要選「これ」，也就是男士說的方形大花瓶。

單字と文法

- □ **形** 形狀
- □ **四角い** 四方形的
- □ **ちょうどいい** 剛剛好
- □ **飾る** 裝飾
- □ **高さ** 高度
- □ **～にする** 決定要…

もんだい 1　第 2 題 答案跟解說

1-3

女の人と男の人が話しています。男の人は、このあと何をしますか。

F：ベランダの洗濯物、乾いたかどうか見てきてくれる？

M：いいよ。ちょっと待って。

F：どう？もう全部乾いていた？

M：ズボンはまだ乾いていないけど、Tシャツはもう乾いているよ。

F：じゃあ、乾いていないのはそのままでいいから、乾いているのだけ中に入れて、ベッドの上に置いてくれる？

M：たんすにしまわなくてもいいの？

F：あ、それは、あとで私がやるから。

M：うん。分かった。

男の人は、このあと何をしますか。

【譯】

有位女士正在和一位男士說話。請問這位男士接下來要做什麼呢？

F：陽台的衣服，能去幫我看看乾了沒嗎？
M：好啊，妳等一下喔。
F：怎麼樣？全部都乾了嗎？
M：長褲還沒乾，不過Ｔ恤已經乾了喔！
F：那還沒乾的放在那邊就好，可以幫我把乾的收進來放在床上嗎？
M：不用放進衣櫥嗎？
F：啊，那個我等等再收就好。
M：嗯，我知道了。

解題關鍵

答案：2

【關鍵句】Tシャツはもう乾いているよ。
乾いているのだけ中に入れて、ベッドの上に置いてくれる？

▶「このあと何をしますか」問的是接下來要做什麼，這類題型通常會出現好幾件事情來混淆考生，所以當題目出現這句話，就要留意事情的先後順序，以及動作的有無。

▶ 這一題的重點在女士的發言。從「乾いていないのはそのままでいいから、乾いているのだけ中に入れて、ベッドの上に置いてくれる？」可以得知，女士用請對方幫忙的句型「てくれる？」，請男士把乾的衣物拿進家裡並放在床上。

▶ 乾的衣物是指什麼呢？答案就在上一句：「Tシャツはもう乾いているよ」，也就是T恤。所以選項1、4都是錯的。

▶ 接著男士又問「たんすにしまわなくてもいいの？」，女士回答「あ、それは、あとで私がやるから」，表示男士不用把乾的衣服收進衣櫥，也就是說他只要把T恤放在床上就可以了。這句的「から」後面省略了「たんすにしまわなくてもいいです」（不用收進衣櫃裡也沒關係）。

▶ ～にする：決定、叫。【名詞；副助詞】＋にする：1.常用於購物或點餐時，決定買某樣商品。2.表示抉擇，決定、選定某事物。

單字と文法

- □ ベランダ【veranda】陽台
- □ 洗濯物〔該洗或洗好的〕衣服
- □ 乾く〔曬〕乾
- □ Tシャツ【T-shirt】T恤
- □ たんす 衣櫥
- □ しまう 收好，放回

もんだい 1　第 3 題 答案跟解說

1-4

男の人と女の人が話しています。男の人は、何時に出発しますか。

M：佐藤さん、ちょっとお聞きしたいんですが。

F：はい、なんでしょう。

M：今日、午後２時から山川工業さんで会議があるんですが、ここからどれぐらいかかるかご存じですか。

F：そうですね。地下鉄で行けば 20 分ぐらいですね。

M：そうですか。それなら、１時半に出発すれば大丈夫ですね。

F：でも、地下鉄を降りてから少し歩きますよ。もう少し早く出た方がいいと思いますが。

M：それじゃ、あと 20 分早く出ることにします。

男の人は、何時に出発しますか。

【譯】

有位男士正在和一位女士說話。請問這位男士幾點要出發呢？

M：佐藤小姐，我有件事想要請教您。
F：好的，什麼事呢？
M：今天下午２點開始要在山川工業開會，您知道從這邊出發大概要花多久的時間嗎？
F：讓我想想。搭地下鐵去的話大概要20分鐘吧？
M：這樣啊。那我１點半出發沒問題吧？
F：不過搭地下鐵下車後還要再走一小段路。我想還是再早一點出發會比較好。
M：那我就再提早20分鐘離開公司。

請問這位男士幾點要出發呢？

1　１點10分

2　１點30分

3　１點40分

4　２點

解題關鍵 (答案：1

【關鍵句】1時半に出発すれば大丈夫ですね。
それじゃ、あと20分早く出ることにします。

▶「何時」問的是「幾點」，所以要注意會話當中所有和時、分、秒有關的訊息，通常這種題目都需要計算或推算時間。

▶ 問題中的「出発しますか」對應了內容「１時半に出発すれば大丈夫ですね」，表示男士要１點半出發。不過最後男士聽了女士的建議，又說「あと20分早く出ることにします」，這個「あと」不是「之後」的意思，而是「還…」，表示還要再提早20分鐘出門，1點半提前20分鐘就是1點10分。

▶「ことにする」表示說話者做出某個決定。至於選項4是對應「午後２時から山川工業さんで会議があるんですが」這句，指的是開會時間，不是出發時間。

▶ 值得注意的是，有時為了表示對客戶或合作對象的敬意，會在公司或店名後面加個「さん」，不過一般而言是不需要的。

單字と文法

☐ **出発** 出發
☐ **工業** 工業
☐ **会議** 會議
☐ **ご存じ**〔對方〕知道的尊敬語

第 4 題 答案跟解說

女の人と男の子が話しています。男の子は、このあと最初に何をしなければいけませんか。

F：まだテレビを見ているの？晩ご飯の時からずっと見ているんじゃない？

M：分かっているよ。もうすぐ終わるから、ちょっと待ってよ。

F：お風呂もまだ入っていないんでしょう？

M：うん、テレビが終わったら入るよ。

F：宿題は？

M：あと少し。

F：それなら、お風呂に入る前に終わらせなくちゃだめよ。お風呂に入ると、すぐ眠くなっちゃうんだから。

M：はーい。

男の子は、このあと最初に何をしなければいけませんか。

【譯】

有位女士正在和一個男孩說話。請問這個男孩接下來必須最先做什麼事情呢？

F：你還在看電視啊？你不是從晚餐的時候就一直在看嗎？
M：我知道啦！快結束了，再等一下啦！
F：你不是還沒洗澡嗎？
M：嗯，我看完電視再去洗。
F：功課呢？
M：還有一點。
F：那你不在洗澡前寫完不行喔！洗完澡很快就會想睡覺了。
M：好啦～

請問這個男孩接下來必須最先做什麼事情呢？

解題關鍵

答案：2

【關鍵句】宿題は？
お風呂に入る前に終わらせなくちゃだめよ。

▶ 遇到「このあと最初に何をしなければいけませんか」這種題型，就要特別留意會話中每件事情的先後順序。

▶ 四個選項分別是「吃飯」、「做功課」、「洗澡」、「睡覺」。從一開始的「まだテレビを見ているの？晩ご飯の時からずっと見ているんじゃない？」可以得知男孩從晚餐時間就一直在看電視，可見他已經吃過飯了。而題目問的是接下來才要做的事情，所以 1 是錯的。

▶ 從女士「宿題は？」、「お風呂に入る前に終わらせなくちゃだめよ」這兩句話可以得知男孩還沒寫功課，而且女士要他先寫再洗澡。男孩回答「はーい」表示他接受了。所以男孩接下來最先要做的應該是寫功課才對。

▶ 至於 4，會話中只有提到「お風呂に入ると、すぐ眠くなっちゃうんだから」，意指洗完澡會很想睡覺，而不是真的要去睡覺，所以是錯的。

單字と文法

□ **最初** 最先

□ **ずっと** 一直

□ **眠い** 想睡覺

說法百百種

▶ **設置迷惑的說法**

あっ、そうだ。醤油は魚を入れる前に入れてください。
／啊！對了。放魚進去前請加醬油。

あっ、思い出した。途中、郵便局に寄ってきたわ。
／啊！我想起來了。我途中順便去了郵局。

じゃあ、最初に京都に行ってから、支店に行きます。
／那麼，我先去京都，再去分店。

1-6 5ばん

答え：① ② ③ ④

1-7 6ばん

答え：① ② ③ ④

1　青(あお)い袋(ふくろ)に入(い)れる

2　黒(くろ)い袋(ふくろ)に入(い)れる

3　箱(はこ)に入(い)れる

4　教科書(きょうかしょ)は箱(はこ)に入(い)れて、ノートは青(あお)い袋(ふくろ)に入(い)れる

1-8 7ばん

答え：① ② ③ ④

1-9 8ばん

答え：① ② ③ ④

1　アイ　　2　イウ　　3　ウエ　　4　アエ

もんだい 1　第 5 題 答案跟解說

1-6

女の人と男の人が話しています。男の人は、このあと何をしますか。

F：そこの椅子、会議室に運んでもらえる？午後の会議で使うから。

M：いいですよ。

F：じゃあ、お願いします。私は会議の資料をコピーしなくちゃいけないから、お手伝いできなくてごめんなさいね。

M：大丈夫ですよ。椅子を運び終わったら、コピーもお手伝いしますよ。

F：あ、こっちはそんなに多くないから、大丈夫よ。椅子を運んだら、そのまま会議室で待っていて。

M：あ、でも、僕は今日の会議には出ないんです。午後は用事があって。

F：あら、そうだったの。

男の人は、このあと何をしますか。

【譯】

有位女士正在和一位男士說話。請問這位男士接下來要做什麼呢？

F：可以幫我把這邊的椅子搬到會議室嗎？下午的會議要用。
M：好的。
F：那就麻煩你了。我要影印會議的資料，所以不能幫你搬，對不起喔！
M：沒關係的！等我搬完椅子，也來幫妳影印吧！
F：啊，資料沒那麼多，所以不要緊的。你搬完椅子後就在會議室裡等吧！
M：啊，不過我今天沒有要出席會議。我下午有事。
F：喔？是喔！

請問這位男士接下來要做什麼呢？

解題關鍵

（答案：1

【關鍵句】そこの椅子（いす）、会議室（かいぎしつ）に運（はこ）んでもらえる？

いいですよ。

▶ 這一題問的是男士接下來要做什麼。從「そこの椅子、会議室に運んでもらる」、「いいですよ」可以得知男士答應女士幫忙搬椅子到會議室。「てもらえる？」在此語調上揚，是要求對方幫忙的句型。「いいですよ」表示允諾、許可。所以正確答案是1。

▶ 從「コピーもお手伝いしますよ」、「あ、こっちはそんなに多くないから、大丈夫よ」這段會話可以得知男士要幫忙影印，但女士說不用。這裡的「大丈夫よ」意思是「沒關係的」、「不要緊的」，是婉拒對方的用詞。所以2是錯的。

▶ 3對應「僕は今日の会議には出ないんです」，表示男士今天不出席會議，所以是錯的。會話內容沒有提到搬運資料方面的訊息，所以4也是錯的。

單字と文法

- □ 会議室（かいぎしつ） 會議室
- □ 運ぶ（はこぶ） 搬運
- □ 資料（しりょう） 資料
- □ 手伝い（てつだい） 幫忙
- □ そのまま 表示維持某種狀態做某事
- □ 用事（ようじ）〔必須辦的〕事情

もんだい 1　第 6 題 答案跟解說

1-7

学校で、男の人が話しています。要らなくなった教科書やノートは、どうしますか。

M：みなさん、今日は教室の大掃除をします。今から、ごみの捨て方について説明しますから、よく聞いてください。ごみは燃えるごみと燃えないごみに分けなければいけません。教室の入り口に青い袋と黒い袋が置いてあります。青い袋には燃えるごみを入れてください。黒い袋には燃えないごみを入れてください。それから、袋の隣に箱が置いてありますから、要らなくなった教科書やノートは全部そこに入れてください。でも、要らない紙は箱の中に入れてはいけません。青い袋に入れてください。いいですか。では、みなさん始めてください。

要らなくなった教科書やノートは、どうしますか。

【譯】

有位男士正在學校說話。請問已經不要的課本和筆記本，該如何處理呢？

M：各位同學，今天要教室大掃除。現在我要來說明垃圾的丟棄方式，請仔細地聽。垃圾必須分類成可燃垃圾和不可燃垃圾。教室入口放有藍色的袋子和黑色的袋子。藍色的袋子請放入可燃垃圾。黑色的袋子請放入不可燃垃圾。還有，袋子旁邊放有一個箱子，已經不要的課本和筆記本請全部放在那裡。不過，不要的紙張不能放進箱子裡。請放入藍色的袋子。這樣清楚了嗎？那就請各位開始打掃。

請問已經不要的課本和筆記本，該如何處理呢？

1　放進藍色的袋子

2　放進黑色的袋子

3　放進箱子

4　課本放進箱子，筆記本放進藍色的袋子

解題關鍵 （答案：3

【關鍵句】袋の隣に箱が置いてありますから、要らなくなった教科書やノートは全部そこに入れてください。

▶ 這一題出現許多指令、說明、規定，要求學生做某件事或是禁止學生做某件事，所以可以推測這位男士是一位老師。問題問「どうしますか」，所以要特別留意「てください」（請…）、「なければいけません」（必須…）、「てはいけません」（不行…）這些句型。

▶ 問題問的是「要らなくなった教科書やノート」，對應「要らなくなった教科書やノートは全部そこに入れてください」，表示不要的教科書和筆記本要放到「そこ」裡面。

▶「そこ」指的是前面提到的「袋の隣に箱が置いてありますから」的「箱」。也就是說教科書和筆記本要放到箱子裡面。

單字と文法

- □ **教科書** 課本
- □ **ごみ** 垃圾
- □ **捨て方** 丟棄方式
- □ **説明する** 說明
- □ **燃える** 燃燒
- □ **分ける** 分，分類
- □ **～なければならない** 必須…，應該…

もんだい1 第7題 答案跟解說

1-8

男の人と女の人が話しています。男の人は、どうやって博物館に行きますか。

M：すみません。博物館に行きたいのですが、どう行けばいいですか。

F：博物館ですか。それなら、この道をまっすぐに行って、二つ目の角を右に曲がってください。

M：はい。

F：少し歩くと左側に大きな公園があります。博物館は公園の中ですよ。

M：ここから歩いて、どれぐらいかかりますか。

F：10分ぐらいですね。

M：どうもありがとうございました。

男の人は、どうやって博物館に行きますか。

【譯】

有位男士正在和一位女士說話。請問這位男士要怎麼去博物館呢？

M：不好意思，我想去博物館，請問要怎麼去呢？
F：博物館嗎？那你就這條街直走，在第二個街角右轉。
M：好。
F：再稍微走一下，左邊會有個大公園。博物館就在公園裡面。
M：從這裡步行大概要多久呢？
F：10分鐘左右。
M：真是謝謝妳。

請問這位男士要怎麼去博物館呢？

解題關鍵

答案：1

【關鍵句】この道をまっすぐに行って、二つ目の角を右に曲がってください。
少し歩くと左側に大きな公園があります。博物館は公園の中ですよ。

▶ 這一題問的是去博物館的路線。遇到問路的題目，需熟記常用的名詞（角、道、橋…等等）、動詞（行く、歩く、曲がる、渡る…等等），除了要留意路線和指標性建築物，還要仔細聽出方向（まっすぐ、右、後ろ…等等）或是順序（一つ目、次…等等）。

▶ 答案就在被問路的女性的發言當中。「この道をまっすぐに行って、二つ目の角を右に曲がってください」、「少し歩くと左側に大きな公園があります。博物館は公園の中ですよ」這兩句話說明了到博物館要先直走，並在第二個轉角右彎，再稍微走一小段路，左邊就可以看到一個大公園，博物館就在公園裡面。符合這個選項的只有圖 1。

單字と文法

□ **博物館** 博物館
□ **角** 轉角
□ **～目** 第…個
□ **左側** 左邊，左側

說法百百種

▶ 間接目標的說法

この先の３本目を右に入って２軒目だよ。
／它是在這前面的第三條巷子，右轉進去第 2 間喔。

右側には建物があります。／它的右邊有棟建築物。

間に広い道があるんです。／中間有一條很寬的路。

もんだい1　第 8 題 答案跟解說

1-9

レストランで、女の人と男の人が話しています。女の人は、何を持ってきますか。

F：失礼します。お茶をお持ちしました。

M：あ、すみません。子どもにはお茶じゃなくて、お水をいただけますか。

F：お水ですね。かしこまりました。

M：あ、それから、小さい茶碗を一ついただけますか。子供が使うので。

F：かしこまりました。小さいフォークとスプーンもお持ちしましょうか。

M：いえ、フォークとスプーンは持ってきているので、結構です。

女の人は、何を持ってきますか。

【譯】

有位女士正在餐廳和一位男士說話。請問這位女士要拿什麼東西過來呢？

F：不好意思，為您送上茶飲。
M：啊，不好意思，小孩不要喝茶，可以給他開水嗎？
F：開水嗎？我知道了。
M：啊，還有可以給我一個小碗嗎？小朋友要用的。
F：好的。請問有需要另外為您準備小叉子和湯匙嗎？
M：不用，我們自己有帶叉子和湯匙，所以不需要。

請問這位女士要拿什麼東西過來呢？

攻略的要點 要注意表示請求的句型！

答案：2

【關鍵句】お水（みず）をいただけますか。
あ、それから、小（ちい）さい茶碗（ちゃわん）を一（ひと）ついただけますか。

- 這一題問的是女服務生要拿什麼過來，男客人需要的東西就是答案。所以要特別注意「てください」、「てくれますか」、「てもらえませんか」、「ていただけますか」這些表示請求的句型。
- 男士首先提到「お水をいただけますか」，女服務生回答「かしこまりました」，表示她明白了、會拿水過來。所以答案一定有「イ」，選項３、４是錯的。
- 接著男士又說「小さい茶碗を一ついただけますか」，表示他要一個小碗，女服務生同樣回答「かしこまりました」。所以答案是水和碗。
- 值得一提的是最後一句：「いえ、フォークとスプーンは持ってきているので、結構です」。「結構です」有兩種用法，一種是表示肯定對方、給予讚賞，可以翻譯成「非常好」。另一種用法是否定、拒絕，相當於「いいです」，翻譯成「夠了」、「不用了」，這裡是指後者。
- ～ていただく：承蒙…。【動詞て形】＋いただく。表示接受人請求給予人做某行為，且對那一行為帶著感謝的心情。這是以說話人站在接受人的角度來表現。一般用在給予人身份、地位、年齡都比接受人高的時候。這是「～てもらう」的自謙形式。

單字と文法

- □ **失礼（しつれい）します** 不好意思〔寒暄語〕
- □ **いただく**「もらう」的謙讓語
- □ **かしこまりました**〔帶有敬意〕我知道了
- □ **フォーク【fork】** 叉子
- □ **スプーン【spoon】** 湯匙

1-10 9ばん

答え：① ② ③ ④

1　「あか」と「氷(こおり)あり」のボタン

2　「あお」と「氷(こおり)あり」のボタン

3　「あお」と「氷(こおり)なし」のボタン

4　「あか」と「氷(こおり)なし」のボタン

1-11 10ばん

答え：① ② ③ ④

1

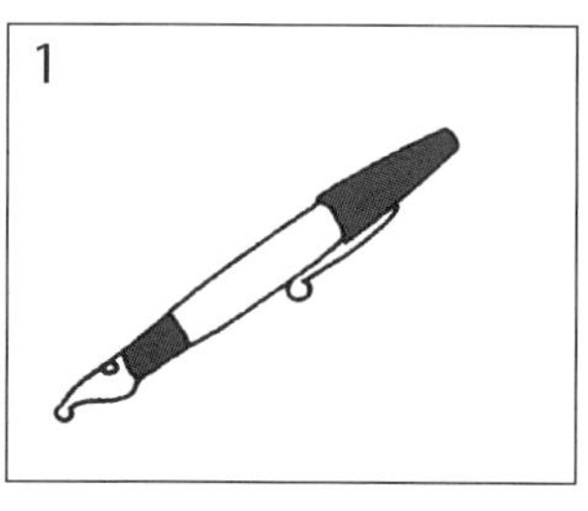

2

3

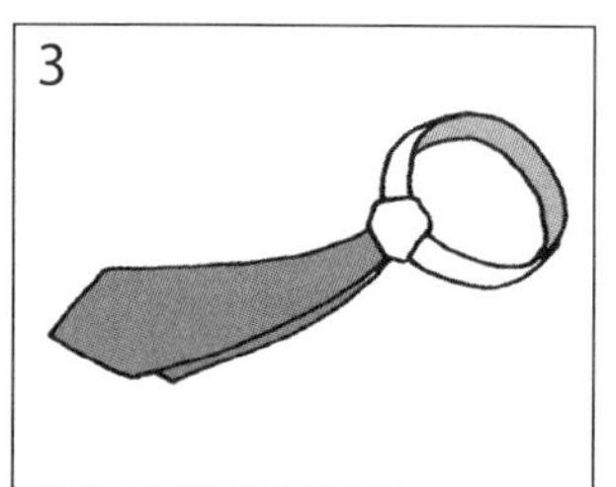

4

1-12 11 ばん

答え：①②③④

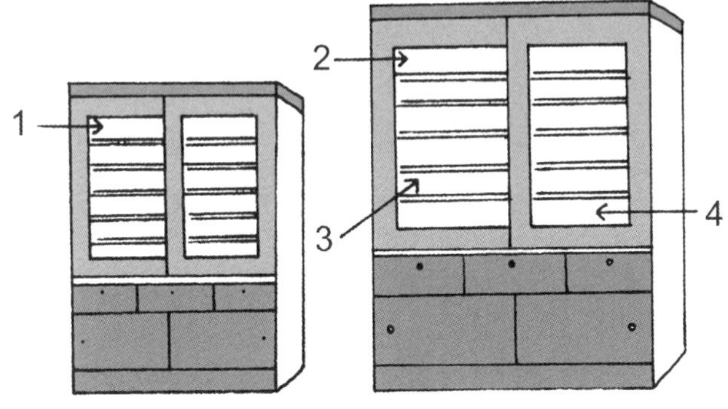

1-13 12 ばん

答え：①②③④

1　本棚(ほんだな)に入(い)れる

2　鈴木(すずき)さんに渡(わた)す

3　家(いえ)に持(も)って帰(かえ)る

4　机(つくえ)の上(うえ)に置(お)く

もんだい1　第 9 題答案跟解說　1-10

自動販売機の前で、男の留学生と女の人が話しています。男の留学生は、このあとどのボタンを押しますか。

M：すみません、コーヒーを買いたいんですけど、どうすればいいんですか。もうお金は入れました。

F：そうしたら、コーヒーは温かいのと冷たいのがありますから、温かいのがよかったら赤いボタン、冷たいのがよかったら青いボタンを押してください。

M：僕はアイスコーヒーがいいです。

F：それから、氷を入れるかどうかを選んでください。入れたければ「氷あり」のボタンを、入れたくなければ「氷なし」のボタンを押してください。

M：僕は氷はいいです。ありがとうございました。

男の留学生は、このあとどのボタンを押しますか。

【譯】

有位男留學生正在自動販賣機前面和一位女士說話。請問這位男留學生接下來要按哪個按鍵呢？

M：不好意思，我想要買咖啡，請問我應該怎麼做呢？錢已經投進去了。

F：這樣的話，咖啡有熱的和冰的，如果你要熱的就請按紅色按鍵，要冰的就請按藍色按鍵。

M：我要買冰咖啡。

F：接著還要選要不要加冰塊。如果想加的話就按「有冰塊」的按鍵，如果不想加的話就請按「無冰塊」的按鍵。

M：我不要加冰塊。謝謝妳。

請問這位男留學生接下來要按哪個按鍵呢？

1　「紅色」和「有冰塊」按鍵

2　「藍色」和「有冰塊」按鍵

3　「藍色」和「無冰塊」按鍵

4　「紅色」和「無冰塊」按鍵

攻略的要點 アイス＝冷たいの
いい=いらない

解題關鍵

答案：3

【關鍵句】冷たいのがよかったら青いボタンを押してください。
僕はアイスコーヒーがいいです。
僕は氷はいいです。

▶ 這一題問的是男留學生要按什麼按鍵，從選項中可以發現一共有四個按鍵，請仔細聆聽女士的說明，並配合男留學生的需求選出正確答案。

▶ 關於咖啡的冷熱問題，女士提到「温かいのがよかったら赤いボタン、冷たいのがよかったら青いボタンを押してください」，意思是熱咖啡按紅鍵，冰咖啡按藍鍵。

▶ 男留學生說：「僕はアイスコーヒーがいいです」，對應「冷たいの」。他要喝冰咖啡，所以要按藍鍵。因此選項１、４是錯的。

▶ 接著針對冰塊，女士又說「入れたければ『氷あり』のボタンを、入れたくなければ『氷なし』のボタンを押してください」，要冰塊就按「氷あり」，不要冰塊就按「氷なし」。

▶ 男留學生說「僕は氷はいいです」，這邊的「いいです」相當於「いらない」是否定用法，表示他不要冰塊。所以他要按「あお」、「氷なし」兩個按鍵。

單字と文法

□ **自動販売機** 自動販賣機
□ **アイスコーヒー【ice coffee】** 冰咖啡
□ **氷** 冰塊，冰
□ **あり** 有…
□ **なし** 無…

もんだい 1　第 10 題 答案跟解說

1-11

女の人と男の人が話しています。女の人は、何を贈りますか。

F：あなた、お隣の武史さん、今年、大学卒業だから、何かお祝いをあげようと思うんだけど、何がいい？

M：へえ、もう卒業か。僕が卒業した時は、万年筆をもらったけど、今の若い人はあまり使わないだろうね。

F：ノートパソコンはどう？

M：え、高すぎるよ。ネクタイとかいいんじゃない？

F：でも、どういうのがお好きか分からないでしょう？

M：それもそうだね。しかたがないから、お金にしようか？

F：でも、それじゃ失礼じゃない？

M：最近はそうでもないらしいよ。

F：そう？それじゃ、そうしましょう。

女の人は、何を贈りますか。

【譯】

有位女士正在和一位男士說話。請問這位女士要送什麼東西呢？

F：老公，隔壁的武史今年要大學畢業了，我想送點什麼來祝賀，什麼比較好呢？

M：欸～已經要畢業啦？我畢業的時候收到的是鋼筆，不過現在的年輕人沒什麼在用吧？

F：筆記型電腦如何？

M：欸，太貴了啦！領帶之類的不錯吧？

F：可是我們又不知道他喜歡什麼樣的啊！

M：說的也是。沒辦法了，就送現金吧？

F：但那很失禮吧？

M：最近大家好像不會這麼覺得了呢！

F：是喔？那就這麼辦吧！

請問這位女士要送什麼東西呢？

解題關鍵

答案：4

【關鍵句】お金(かね)にしようか？
それじゃ、そうしましょう。

▶ 這一題問的是女士要送什麼東西，兩人在討論送禮的內容。過程中一定會有提議被否決掉的情況，要小心別聽錯了。

▶ 女士一開始說「ノートパソコンはどう？」，不過男士回答「え、高すぎるよ」，表示筆記型電腦太貴，言下之意就是不要買這個，所以 2 是錯的。

▶ 接著男士又說「ネクタイとかいいんじゃない？」，不過女士回答「でも、どういうのがお好きか分からないでしょう？」，表示不知道對方的喜好所以不要送領帶，所以 3 也是錯的。

▶ 接著男士又提議「お金にしようか？」，說要送錢，女士原本覺得很失禮，最後被說服了，說了一句「それじゃ、そうしましょう」，表示決定要送錢。

▶ 至於選項 1，會話當中提到的「万年筆」，是「僕が卒業した時は、万年筆をもらったけど」，意思是男士以前畢業時收到了鋼筆，和兩人討論的送禮內容無關。

單字と文法

□ 贈(おく)る 贈送
□ 卒業(そつぎょう) 畢業
□ お祝(いわ)い 祝賀，慶祝
□ ノートパソコン【notebook PC】筆記型電腦
□ しかたがない 沒辦法

說法百百種

▶ 出現 2 物以上的說法

太郎(たろう)は子供(こども)の時(とき)は、玉(たま)ねぎとかにんじんとか野菜(やさい)が嫌(きら)いでした。
／太郎小時候，討厭洋蔥、紅蘿蔔之類的蔬菜。

山田(やまだ)さんは、サッカーとか、野球(やきゅう)とかしますか。
／山田先生會踢踢足球、打打棒球嗎？

玉(たま)ちゃんのプレゼント、何(なに)がいい？帽子(ぼうし)か、靴(くつ)か……。
／小玉你禮物想要什麼？帽子？鞋子？

もんだい 1　第 11 題 答案跟解說

1-12

男の人と女の人が話しています。男の人は、コップをどこに置きますか。

M：この茶碗、どこにしまう？

F：ああ、それね。それはあまり使わないから、大きい棚の一番上に置いてくれる？

M：じゃあ、お皿とコップはどうする？

F：お皿はよく使うから、小さい棚の一番下に置いて。

M：でも、小さい棚の一番下は、もう置くところがないけど。

F：あ、そう？それじゃ、大きい棚の一番下は？

M：うん、こっちは空いているから、ここに置くよ。じゃあ、コップは？

F：コップはお皿の一つ上の棚に置いて。

M：うん、分かった。

男の人は、コップをどこに置きますか。

【譯】

有位男士正在和一位女士說話。請問這位男士要把杯子放在哪裡呢？

M：這個碗要收在哪裡？
F：啊，那個啊！那很少會用到，可以幫我放在大櫥櫃的最上方嗎？
M：那盤子和杯子怎麼辦？
F：盤子很常用到，放在小櫥櫃的最下方。
M：不過，小櫥櫃的最下方已經沒地方擺放了耶！
F：啊，這樣啊？那大櫥櫃的最下方呢？
M：嗯，這裡就有空位了，我就放這邊囉！那杯子呢？
F：杯子就放在盤子的上一層。
M：嗯，我知道了。

請問這位男士要把杯子放在哪裡呢？

解題關鍵

答案：3

【關鍵句】コップはお皿（さら）の一つ（ひと）上（うえ）の棚（たな）に置（お）いて。

▶ 這一題用「どこ」來詢問場所、地點，所以要仔細聽東西擺放的位置，並注意問題問的是杯子，可別搞混了。此外，可以注意表示命令、請求的句型，答案通常就藏在這些指示裡。

▶ 對話首先提到「茶碗」，從「大きい棚の一番上に置いてくれる？」可以得知它的位置是在大櫥櫃的最上層。

▶ 接著又提到「お皿」，女士說「小さい棚の一番下に置いて」，表示要放在小櫥櫃的最下層，不過因為最下層沒地方放了，所以她又改口「大きい棚の一番下は？」，男士表示「うん、こっちは空いているから、ここに置くよ」。所以盤子的位置是在大櫥櫃的最下層。

▶ 最後提到這個題目的重點：「コップ」，女士要求「コップはお皿の一つ上の棚に置いて」，表示杯子要放在盤子的上一層。盤子放在大櫥櫃的最下層，所以杯子就放在大櫥櫃的倒數第二層。

單字と文法

□ 棚（たな） 櫥櫃；架子

□ 空く（あく） 空，空出

□ コップ【荷 kop】 杯子

もんだい1　第⑫題答案跟解說

1-13

女の人と男の人が話しています。女の人は、歴史の本をどうしますか。歴史の本です。

F：先月、お借りした旅行の本と歴史の本をお返ししに来ました。とてもおもしろかったです。ありがとうございました。

M：ああ､読み終わったの？それじゃ、旅行の本は後ろの本棚に入れておいて。歴史の本は鈴木さんも読みたいと言っていたから、直接渡してくれる？

F：分かりました。あの、それから、前に読みたいとおっしゃっていた料理の本も持ってきたんですけど。

M：あ、ほんとう？どうもありがとう。あとで家に持って帰ってゆっくり読むから、机の上に置いてくれる？

F：分かりました。

女の人は、歴史の本をどうしますか。

【譯】

有位女士正在和一位男士說話。請問這位女士該怎麼處理歷史書籍呢？是歷史書籍。

F：我來還上個月向您借的旅行書籍和歷史書籍。非常的好看。謝謝您。
M：啊，妳已經看完囉？那旅行書籍就放進後面書櫃吧。歷史書籍鈴木先生說他也想看，可以直接幫我交給他嗎？
F：我知道了。那個，還有，我有把您之前說想看的烹飪書籍也帶來了。
M：啊，真的啊？謝謝妳。我等等帶回家慢慢看，可以幫我放在桌上嗎？
F：好的。

請問這位女士該怎麼處理歷史書籍呢？

1　放進書櫃裡

2　交給鈴木先生

3　帶回家

4　放在桌上

攻略的要點 問的是「歷史の本」，不要被混淆了！

解題關鍵

答案：2

【關鍵句】歴史(れきし)の本(ほん)は鈴木(すずき)さんも読(よ)みたいと言(い)っていたから、直接渡(ちょくせつわた)してくれる？

- 這一題問題特別強調是「歴史の本」，表示題目當中會出現其他書籍來混淆考生，一定要仔細聽個清楚。
- 內容提到「歴史の本」有兩個地方。第一次是在開頭：「先月、お借りした旅行の本と歴史の本をお返ししに来ました」，表示女士要來還旅行和歷史書籍。
- 第二次就在男士的第一句發言：「歴史の本は鈴木さんも読みたいと言っていたから、直接渡してくれる？」，這也是解題關鍵處。男士用「てくれる？」句型詢問女士能不能幫忙把歷史書籍直接拿給鈴木先生，女士回答「分かりました」，表示她答應了。
- 所以答案是女士要把歷史書籍交給鈴木先生。
- ～てくれる：（為我）做…。【動詞て形】＋くれる：1.表示他人為我，或為我方的人做前項有益的事，用在帶著感謝的心情，接受別人的行為，此時接受人跟給予人大多是地位、年齡同等的同輩。2.給予人也可能是晚輩。3.常用「給予人は（が）接受人に～を動詞てくれる」之句型，此時給予人是主語，而接受人是說話人，或說話人一方的人。

單字と文法

- □ **歴史(れきし)** 歷史
- □ **直接(ちょくせつ)** 直接
- □ **渡(わた)す** 交給
- □ **～てくれる** 〔為我〕做…

Memo

ポイント理解

在聽取完整的會話段落之後，測驗是否能夠理解其內容（依據剛才已聽過的提示，測驗是否能夠抓住應當聽取的重點）。

考前要注意的事

作答流程 & 答題技巧

聽取說明

先仔細聽取考題説明

聽取問題與內容

仔細聆聽問題與對話內容，並在聽取聽取兩人對話或單人講述之後，抓住對話的重點。

順序一般是「提問 ➡ 對話（或單人講述） ➡ 提問」預估有 7 題

1 首要任務是理解要問什麼內容。

2 接下來集中精神聽取提問要的重點，排除多項不需要的干擾訊息。

3 注意選項跟對話內容，常用意思相同但說法不同的表達方式。

答題

再次仔細聆聽問題，選出正確答案

N4 聽力模擬考題 問題2

2-1

もんだい2では、まずしつもんを聞いてください。そのあと、もんだいようしを見てください。読む時間があります。それから話を聞いて、もんだいようしの1から4の中から、いちばんいいものを一つえらんでください。

2-2 1ばん

答え：① ② ③ ④

1　午前10時

2　午前10時30分

3　午後1時

4　午後2時

2-3 2ばん

答え：① ② ③ ④

1　バスが来なかったから

2　バスで来たから

3　タクシーで来たから

4　電車が来なかったから

2-4 3ばん

答え：①②③④

1 女の人がホテルを予約できなかったこと

2 来週、沖縄の天気が良くないこと

3 自分が沖縄に行けないこと

4 女の人が家族で旅行に行くこと

2-5 4ばん

答え：①②③④

1 していない

2 週に1回

3 月に1回

4 月に2回

第 2 部份請先聽提問。接著請閱讀作答紙，有閱讀的時間。在聆聽對話之後，於作答紙上，自 1 至 4 的選項中，選出一個最適當的答案。

もんだい 2　第 1 題 答案跟解說

2-2

家で、女の人と男の子が話しています。男の子は、何時から野球の練習をしますか。

F：あら、もう 10 時半なのに、まだ家にいたの？今日は 10 時から野球の練習じゃなかったの？

M：うん。そうだったんだけど、今日はサッカーの試合があるから、朝は公園が使えないんだ。

F：じゃあ、今日はお休み？

M：ううん。午後からやるよ。2時から。

F：そう。じゃあ、お昼ごはんを食べてからね。

M：うん。でも先に山本君のうちに寄っていくから、1時には出かけるよ。

F：分かったわ。今日は少し早くお昼ご飯にしましょうね。

男の子は、何時から野球の練習をしますか。

【譯】

有位女士正在家裡和一個男孩說話。請問這個男孩從幾點開始要練習棒球呢？

F：唉呀，已經10點半了，你還在家啊？今天不是從10點要練習棒球嗎？
M：嗯，原本是這樣，不過今天有足球比賽，所以早上公園沒辦法使用。
F：那今天就停練嗎？
M：沒有喔，下午開始練習。從 2 點開始。
F：是喔。那就是吃過中餐後囉？
M：嗯。不過我要先去山本他家，1 點前就要出門了。
F：好。今天就提早一點吃午餐吧！

請問這個男孩從幾點開始要練習棒球呢？

1　上午10點
2　上午10點30分
3　下午 1 點
4　下午 2 點

解題關鍵 (答案：4)

【關鍵句】午後からやるよ。２時から。

- 這一題用「何時」來問練習足球的時間是幾點。題目中勢必會出現許多時間混淆考生，一定要仔細聽出每個時間點代表什麼意思。
- 對話一開始女士點出現在的時間是 10 點半「もう 10 時半なのに」。後面又問「今日は 10 時から野球の練習じゃなかったの」，表示據她了解，今天 10 點有棒球練習。
- 不過聽到這邊可別以為答案就是 10 點。男孩以「うん。そうだったんだけど」來否定。「そうだったんだけど」用過去式「だった」再加上逆接的「けど」，表示之前是這樣沒錯，但現在不是了。
- 後面男孩又接著回答「午後からやるよ。２時から」，也就是說棒球練習改成下午２點。正確答案是 4。
- 選項 3「午後１時」是指男孩最晚要出門的時間「でも先に山本君のうちに寄っていくから、１時には出かけるよ」，他要在足球練習前先去山本家一趟，要提早出門，所以 1 點不是指棒球練習的時間，要小心。
- ～けれど（も）、けど：雖然、可是、但…。【[形容詞・形動容詞・動詞]普通形・丁寧形】＋けれど（も）、けど。逆接用法。表示前項和後項的意思或內容是相反的、對比的。是「が」的口語說法。「けど」語氣上比「けれど（も）」還要隨便。

單字と文法

□ 野球 棒球
□ サッカー【soccer】足球
□ 試合 比賽
□ 寄る 順道去…
□ けど 雖然…

說法百百種

▶ 問時間的說法

いつがいいですか。／約什麼時候好呢？

いつにする？／你要約什麼時候？

日曜日の朝の予定が変わりました。／禮拜天早上的行程改了。

もんだい 2　第❷題 答案跟解說

2-3

男の人と女の人が話しています。女の人は、どうして遅くなりましたか。

M：村田さん、こっち、こっち。間に合わないかと、心配しましたよ。

F：すみません。バスが全然来なくて。

M：それで、ずっと待っていたんですか？

F：いいえ。いつまで待っても来ないから、タクシーで駅まで行って、それから電車で来ました。

M：そうだったんですか。大変でしたね。

F：本当に。すみませんでした。

女の人は、どうして遅くなりましたか。

【譯】

有位男性正在和一位女性說話。請問這位女性為什麼遲到了呢？

M：村田小姐，這裡這裡。我好擔心妳會不會來不及呢！
F：抱歉，公車一直都不來。
M：那妳就一直等它嗎？
F：沒有。我一直等不到，就搭計程車去車站，然後搭電車過來。
M：這樣啊。真是辛苦。
F：是啊！真是不好意思。

請問這位女性為什麼遲到了呢？

1　因為公車沒來
2　因為搭公車過來
3　因為搭計程車過來
4　因為電車沒來

解題關鍵　答案：1

【關鍵句】すみません。バスが全然（ぜんぜん）来なくて。

- 這一題用「どうして」詢問原因、理由。要掌握女士遲到的真正原因。
- 男士首先說「間に合わないかと、心配しましたよ」，表示他擔心女士會趕不上。
- 接著女士說「すみません。バスが全然来なくて」先是替自己的晚到道歉，接著說公車一直都不來。這句的「来なくて」用て形表示原因，女士以此說明自己晚到的原因。所以這題的答案是１。相較於「から」和「ので」，て形解釋因果的語氣沒那麼強烈、直接。
- 另外，從「いつまで待っても来ないから、タクシーで駅まで行って、それから電車で来ました」這句可以得知，女士並沒有搭公車，而是坐計程車到車站，然後改搭電車。所以２、４都是錯的。
- 選項３錯誤。女士搭計程車是因為等不到公車，追根究柢公車沒來才是害她遲到的主因。

單字と文法

□ 心配（しんぱい）　擔心
□ 大変（たいへん）　辛苦；糟糕

もんだい2　第③題 答案跟解說

2-4

会社で、男の人と女の人が話しています。男の人は、何が残念だと言っていますか。

M：来週から夏休みですね。今年はどうする予定ですか。

F：月曜から家族で沖縄に行こうと思っているんですけど、さっき天気予報を見たら、台風が来ると言っていたので、ちょっと心配なんです。

M：そうなんですか。いつ頃来そうなんですか。

F：火曜日頃から雨が降るらしいんです。

M：それは嫌ですね。それなら、台風が過ぎた後の週末に出発したらどうですか。

F：でも、もうホテルを予約しちゃったんですよ。今からでは、変えられませんし。

M：楽しみにしていたのに、残念ですね。

男の人は、何が残念だと言っていますか。

【譯】

有位男士正在公司和一位女士說話。請問這位男士表示什麼很可惜呢？

M：下週開始就是暑假了呢！今年妳打算做什麼呢？

F：下週一開始我想說要全家人一起去沖繩，但剛剛看了氣象預報，說是有颱風要來，有點擔心。

M：這樣啊。什麼時候會來呢？

F：聽說大概從星期二開始會下雨。

M：那還真討厭呢！那妳要不要等颱風過後的那個週末再出發呢？

F：可是我已經向飯店訂房了。現在才來改也不行了。

M：枉費妳那麼期待，真是可惜啊。

請問這位男士表示什麼很可惜呢？

1　女士訂不到飯店一事

2　下週沖繩天氣不好一事

3　自己不能去沖繩一事

4　女士要全家人去旅行一事

解題關鍵

答案：2

【關鍵句】さっき天気予報を見たら、台風が来ると言っていたので、ちょっと心配なんです。

▶ 這一題問的是「男の人は、何が残念だと言っていますか」（請問這位男士表示什麼很可惜呢），像這種詢問看法、感受的題目，通常都必須掌握整體對話，才能作答。

▶ 對話開頭女士表示自己下週一要和家人去沖繩，但是聽說颱風要來，她有點擔心。接著兩人的話題就一直圍繞在這次的颱風上。男士用「たらどうですか」的句型建議她颱風過後的週末再去「台風が過ぎた後の週末に出発したらどうですか」。

▶ 對此女士說「でも、もうホテルを予約しちゃったんですよ今からでは、変えられませんし」，表示飯店已經訂好了，沒辦法延期，不能更改時間，必須按照原定計劃，因此可以得知 1 是錯的。

▶ 最後男士說「楽しみにしていたのに、残念ですね」這句指的不是男士自己的心境，而是在安慰對方，說女士明明是那麼地期待這次旅行，實在是很可惜。而這個「可惜」指的就是要如期去沖繩玩，卻會遇上颱風這件事。

▶ 選項 2「来週、沖縄の天気が良くない」指的就是颱風天。

單字と文法

- □ **残念** 可惜
- □ **沖縄** 沖繩
- □ **天気予報** 氣象預報
- □ **台風** 颱風
- □ **週末** 週末
- □ **せっかく** 難得
- □ **～のに** 明明…

もんだい 2 第 4 題 答案跟解說

2-5

女の人と男の人が話しています。女の人は最近、どのぐらいスポーツをしていますか。

F：川村さんは、何かスポーツをしていますか？

M：スポーツですか。あまりしていないですよ。月に 1 回、ゴルフをするぐらいですね。内田さんはスポーツがとてもお好きだそうですね。

F：ええ、そうなんですけど。

M：何かしていらっしゃるんですか。

F：以前は毎日プールに泳ぎに行っていたんですが、最近は時間がなくて週に 1 回しか行けないんです。

M：それでも、僕よりはいいですよ。僕も月に 2 回はゴルフに行きたいんですが、お金がないからできませんね。

女の人は最近、どのぐらいスポーツをしていますか。

【譯】

有位女士正在和一位男士說話。請問這位女士最近多久做一次運動呢？

F：川村先生，您有沒有在做什麼運動呢？

M：運動嗎？我沒什麼在做耶。大概一個月 1 次打打高爾夫球吧？聽說內田小姐您很喜歡運動？

F：嗯，沒錯。

M：您有在做什麼運動嗎？

F：以前我每天都會去游泳池游泳，但最近沒時間，只能一個禮拜去 1 次。

M：即使如此也比我好呢！我也想要一個月去打 2 次高爾夫球，可是我沒錢所以沒辦法。

請問這位女士最近多久做一次運動呢？

1　沒有在做運動

2　一週 1 次

3　一個月 1 次

4　一個月 2 次

解題關鍵 （答案：2

【關鍵句】以前(いぜん)は毎日(まいにち)プールに泳(およ)ぎに行(い)っていたんですが、最近(さいきん)は時間(じかん)がなくて週(しゅう)に１回(かい)しか行(い)けないんです。

- 「どのぐらい」可以用來問「多少」、「多少錢」、「多長」、「多遠」、「多久」等等，這一題用「どのぐらい」來詢問做運動的頻率。
- 某個行為的頻率除了「毎日」（每天），還可以用「時間表現＋に＋次數」表示，例如「年に１度」（一年一回）、「月に２回」（一個月兩次）、「週に３日」（一週三天）。要特別注意本題有限定「最近」，所以要特別注意時間點。
- 解題關鍵在女士的回話：「以前は毎日プールに泳ぎに行っていたんですが、最近は時間がなくて週に１回しか行けないんです」，表示自己以前每天都去游泳，但是最近只能一星期去一次。這個「週に１回」就是正確答案。
- 會話中其他的頻率都和女士最近的運動頻率無關，像是「月に一回、ゴルフをするぐらいですね」是男士打高爾夫球的頻率，「僕も月に二回はゴルフに行きたいんですが」指的是男士希望一個月去打兩次高爾夫球。
- （時間）＋に＋（次數）：…之中、…內。【時間詞】＋に＋【數量詞】。表示某一範圍內的數量或次數，「に」前接某時間範圍，後面則為數量或次數。

單字と文法

- □ 最近(さいきん) 最近
- □ スポーツ【sports】運動
- □ ゴルフ【golf】高爾夫球
- □ プール【pool】游泳池
- □ に（時間＋に＋次數）…之中

2-6 5ばん

答え：① ② ③ ④

1 車(くるま)を運転(うんてん)して行(い)く

2 電車(でんしゃ)で行(い)く

3 バスで行(い)く

4 車(くるま)に乗(の)せてもらって行(い)く

2-7 6ばん

答え：① ② ③ ④

1 家(いえ)に帰(かえ)って晩(ばん)ご飯(はん)を作(つく)る

2 一緒(いっしょ)に映画(えいが)を見(み)に行(い)く

3 食(た)べるものを買(か)って家(いえ)に帰(かえ)る

4 晩(ばん)ご飯(はん)を食(た)べてから家(いえ)に帰(かえ)る

2-8 7ばん

答え：①②③④

1　7時

2　7時15分

3　7時30分

4　8時

2-9 8ばん

答え：①②③④

1　小さくて四角い、チョコレートが入っている箱

2　小さくて丸い、クッキーが入っている箱

3　大きくて四角い、チョコレートが入っている箱

4　大きくて丸い、クッキーが入っている箱

もんだい 2　第 5 題 答案跟解說

2-6

女の人と男の人が話しています。女の人は、美術館までどうやって行きますか。

F：山川美術館で、おもしろそうな展覧会をやっているわ。行ってみたいな。

M：へえ、どんなの？

F：海外の有名な絵をたくさん集めてあるみたい。

M：おもしろそうだね。でも、どうやって行くの？

F：うん。それで困っているの。電車で行ってもいいんだけど、あそこ、駅から遠いし、バスでも行けるけど、途中、乗り換えがあって不便だし。

M：山川美術館なら、車で 20 分ぐらいで行けるよね。それなら、僕が乗せていってあげるよ。

F：そう？じゃあ、お願いしようかな。

女の人は、美術館までどうやって行きますか。

【譯】

有位女士正在和一位男士說話。請問這位女士要怎麼去美術館呢？

F：山川美術館現在有個展覽好像很有趣耶！我好想去啊！
M：欸？是什麼樣的呢？
F：好像是集結眾多海外名畫。
M：聽起來很有意思耶！不過，妳要怎麼去呢？
F：嗯，我就是在為這個煩惱。雖然可以搭電車去，可是那邊離車站很遠。公車雖然也會到，但是途中要換車所以不方便。
M：山川美術館的話，開車20 分鐘就能到了吧？那我載妳去吧？
F：真的嗎？那就麻煩你了嗎？

請問這位女士要怎麼去美術館呢？

1　開車去

2　搭電車去

3　搭公車去

4　搭別人的車去

解題關鍵

（答案：4

【關鍵句】山川美術館なら、車で20分ぐらいで行けるよね。それなら、僕が乗せていってあげるよ。

▶ 這一題問的是「どうやって行きますか」，要留意女士搭各種交通工具的意願。

▶ 男士詢問女士「どうやって行くの」（妳要怎麼去呢），女士表示：「電車で行ってもいいんだけど、あそこ、駅から遠いし、バスでも行けるけど、途中、乗り換えがあって不便だし」。意思是雖然電車、公車都能到美術館，但是一個離車站很遠，一個要換車很不便。這裡用句尾「し」來羅列並陳述幾個事實或理由，但是話沒有說完，是一種暗示了前項帶來的結果的用法。這裡提出兩種交通工具的缺點，暗示女士不想使用它們，所以2、3是錯的。

▶ 接著男士說「山川美術館なら、車で20分ぐらいで行けるよね。それなら、僕が乗せていってあげるよ」，也就是男士要開車載女士去。「てあげる」表示己方為對方著想而做某件事。對此女士表示「じゃあ、お願いしようかな」，先用表示個人意志的「よう」表示她想這樣做，再用句尾「かな」表現出自言自語的感覺，緩和語氣。也就是說，女士要請男士開車載自己去美術館。

▶ ～し：既…又…、不僅…而且…。【[形容詞・形容動詞・動詞]普通形】＋し：1.用在並列陳述性質相同的複數事物，或說話人認為兩事物是有相關連的時候。2.暗示還有其他理由，是一種表示因果關係較委婉的說法，但前因後果的關係沒有「から」跟「ので」那麼緊密。

單字と文法

- □ 展覧会 展覽會
- □ 集める 收集，集結
- □ 乗せる 載，使搭乘
- □ 運転 駕駛
- □ ～し 既…又…

もんだい 2　第 6 題 答案跟解說

2-7

外で、女の人と男の人が話しています。二人は、これからどうしますか。

F：あー、疲れた。家に帰って晩ご飯作るの嫌だなあ。

M：そう？それなら、どこかで食べてから帰ろうか。

F：そうしたいんだけど、9時からテレビで見たい映画があるの。

M：うーん、それだと、あと 30 分しかないなあ。じゃ、途中で何か買って帰ろうか。

F：それがいいわ。家に帰ってからご飯を作ったら、1時間はかかるし、その間に映画が半分終わっちゃうから。

M：じゃあ、そうしよう。

二人は、これからどうしますか。

【譯】

有位女士正在外面和一位男士說話。請問這兩人接下來要做什麼呢？

F：啊～好累。我不想回家煮晚餐啊！
M：是喔？那我們就找個地方吃完飯再回去吧？
F：雖然我是想這麼做啦，但是 9 點電視有我想看的電影。
M：嗯…這樣的話就只剩30分鐘了。那我們在路上買點什麼回去吧？
F：不錯耶！如果是回家做飯至少要花 1 個鐘頭，這段時間電影都播了一半了。
M：那就這麼辦吧！

請問這兩人接下來要做什麼呢？

1　回家煮晚餐

2　一起去看電影

3　買食物回家

4　吃過晚餐再回家

攻略的要點 請注意女士對於男士提議的回應！

解題關鍵 答案：3

【關鍵句】じゃ、途中(とちゅう)で何(なに)か買(か)って帰(かえ)ろうか。

▶「二人は、これからどうしますか」問的是兩人接下來的打算。要注意事情的先後順序。

▶ 這一題女士先說「家に帰って晩ご飯作るの嫌だなあ」，「嫌だ」意思是「討厭」、「不想」，表示沒有意願。意思是女士不要回家煮晚餐，所以１是錯的。

▶ 接著男士說「どこかで食べてから帰ろうか」，用「（よ）うか」這個句型提議在外面吃過再回家。不過女士接著說「そうしたいんだけど、９時からテレビで見たい映画があるの」，用逆接的「けど」來否定男士的提議。

▶ 男士又說：「じゃ、途中で何か買って帰ろうか」，這次是提議買東西回家吃。對此女士也表示贊同「それがいいわ」，「いい」在這邊是肯定用法，意思是「好」。

▶ 所以兩人接下來要買晚餐回家。

單字と文法

□ **かかる** 花〔時間或金錢〕

□ **半分(はんぶん)** 一半

もんだい 2 第 7 題 答案跟解說

男の人と女の人が話しています。男の人は、何時に友達と会う約束をしていましたか。

M：昨日、失敗しちゃった。

F：あら、どうしたの？

M：夜、大学時代の友達とレストランで会う約束をしていたんだけど、すっかり忘れちゃったんだよ。思い出した時にはもう７時半を過ぎていて。大急ぎで行ったから８時には着いたけど。

F：何時に会う約束だったの？

M：７時だよ。他にも２、３人遅れたのがいたそうだけど、７時 15 分には僕以外のみんなは集まっていたそうだよ。

F：次は忘れないように気をつけてね。

男の人は、何時に友達と会う約束をしていましたか。

【譯】

有位男士正在和一位女士說話。請問這位男士和朋友約幾點呢？

M：昨天我搞砸了。
F：唉呀，怎麼啦？
M：晚上和大學時期的友人約好了要在餐廳見面，但我忘得一乾二淨。等我想起來已經過了７點半了。我急忙趕去，在８點前抵達餐廳。
F：你們約幾點呢？
M：７點。聽說也有２、３個人遲到，但７點15分時除了我之外，其他人都到了。
F：下次要小心別再忘記囉！

請問這位男士和朋友約幾點呢？

1　７點

2　７點15分

3　７點30分

4　８點

解題關鍵 （答案：1

【關鍵句】何時に会う約束だったの？
7時だよ。

- 這一題用「何時」來詢問約定的時間，要特別注意每個時間點的意義，可別搞錯了。
- 女士問「何時に会う約束だったの」(你們約幾點呢)，這是解題關鍵，男士回答「7時だよ」，也就是說他和朋友約7點，這就是正確答案。
- 選項2對應「7時15分には僕以外のみんなは集まっていたそうだよ」這一句，意思是7點15分時除了男士之外大家都到了。「そうだ」在這邊是傳聞用法，表示聽說。
- 選項3的時間是「思い出した時にはもう7時半を過ぎていて」，這是男士想起有這場聚會的時間點，並不是約定的時間。
- 選項4的時間是「大急ぎで行ったから8時には着いたけど」，8點前是男士到場的時間，不過他當時已經遲到了。
- 所以2、3、4都是錯的。

單字と文法

- □ **大学時代** 大學時期
- □ **すっかり** 完全
- □ **思い出す** 想起
- □ **遅れる** 遲到
- □ **気をつける** 小心
- □ **～そうだ** 聽說…

說法百百種

- **各種理由**

車が壊れちゃったので、遅くなった。／因為車子壞了，所以遲到了。

これからまだ仕事がありますので、お酒は飲めないです。
／我待會兒還有工作，所以不喝酒。

あまり暑いから、外で寝て、風邪を引いちゃった。
／因為太熱了，所以跑到外面睡覺，結果就感冒了。

もんだい 2　第 8 題 答案跟解說　2-9

家で、女の人と男の人が話しています。女の人のお土産はどれですか。

F：この箱どうしたの？

M：ああ、それ、会社の伊藤さんが連休中に北海道に行ってね。そのお土産。箱、二つあるでしょう？小さくて丸いのが君のだよ。

F：あら、私のもあるの。何かな？

M：二つともお菓子だと思うよ。そっちはクッキーじゃない？

F：うん、そうね。それで、そっちの大きくて四角いのがあなたの？何が入っていた？

M：ちょっと待って。今開けてみるから。僕のはチョコレートだな。

女の人のお土産はどれですか。

【譯】

有位女士正在家裡和一位男士說話。請問這位女士的伴手禮是哪個呢？

F：這個盒子怎麼了？

M：啊，那個啊。我們公司的伊藤先生在連續假期去北海道。這是那趟旅行的伴手禮。盒子有 2 個吧？又小又圓的是妳的喔！

F：哇！我也有份嗎？是什麼呢？

M：我想 2 個應該都是點心。妳那個是餅乾吧？

F：嗯，沒錯。那，那個大四方形的是你的嗎？裡面裝了什麼？

M：等一下喔。我來打開看看。我的是巧克力。

請問這位女士的伴手禮是哪個呢？

1　小四方形，裝有巧克力的盒子

2　小圓形，裝有餅乾的盒子

3　大四方形，裝有巧克力的盒子

4　大圓形，裝有餅乾的盒子

攻略的要點 請熟記各種指示代名詞是指什麼人事物！

解題關鍵

答案：2

【關鍵句】小(ちい)さくて丸(まる)いのが君(きみ)のだよ。
二(ふた)つともお菓子(かし)だと思(おも)うよ。そっちはクッキーじゃない？

- 這一題用「どれ」詢問是哪一個，要在三個以上的事物當中挑出一個符合描述的事物。
- 從男士「箱、二つあるでしょう？小さくて丸いのが君のだよ」這句話可以得知，伴手禮有兩個，女士的是又小又圓的盒子。「丸いの」的「の」是指前面提到的「箱」，避免重複出現很累贅，所以用「の」代替。
- 後面談到內容物時，男士說「そっちはクッキーじゃない？」，這個「そっち」是「そちら」比較不正式的口語用法，指的是女士的伴手禮。對此女士回答「うん、そうね」，表示她的盒子裝的真的是餅乾。
- 從以上兩段對話可以得知，女士的伴手禮外觀又小又圓，裡面裝的是餅乾。
- 另外，從「そっちの大きくて四角いのがあなたの」、「僕のはチョコレートだな」可以得知男士的伴手禮盒子又大又方，裡面裝的是巧克力。

單字と文法

□ **お土産(みやげ)** 伴手禮
□ **連休中(れんきゅうちゅう)** 連續假期當中
□ **北海道(ほっかいどう)** 北海道
□ **クッキー【cookie】** 餅乾
□ **チョコレート【chocolate】** 巧克力

2-10 9ばん

答え：①②③④

1　学校(がっこう)の自転車置(じてんしゃお)き場(ば)

2　学校(がっこう)の門(もん)の前(まえ)

3　駅(えき)の自転車置(じてんしゃお)き場(ば)

4　スーパーの自転車置(じてんしゃお)き場(ば)

2-11 10ばん

答え：①②③④

1　規則(きそく)だから

2　手(て)より小(ちい)さいから

3　魚(さかな)の数(かず)が減(へ)らないようにするため

4　10匹(ぴき)しか持(も)って帰(かえ)れないから

2-12 11ばん

答え：①②③④

1 男の人が会社に持っていく

2 男の人が郵便局に持っていく

3 女の人が会社に持っていく

4 女の人が郵便局に持っていく

2-13 12ばん

答え：①②③④

1 今日、1番教室で

2 明日、1番教室で

3 今日、3番教室で

4 明日、3番教室で

もんだい 2　第 9 題 答案跟解說

2-10

大学で、男の学生と女の学生が話しています。自転車は、どこにありましたか。

M：先輩、昨日、自転車がなくなったと言っていましたよね？

F：ええ、ちゃんと学校の自転車置き場に置いたのに、なくなっちゃったの。昨日、授業の後で、近くの駅とか、スーパーとかの自転車置き場も探したんだけど、見つからなかったの。

M：確か、赤い自転車でしたよね。

F：ええ。でも、それがどうかしたの？

M：僕、さっき学校の門の前に同じのが置いてあるのを見ましたよ。もしかしたら、先輩のかもしれませんよ。

F：えっ、本当？連れて行ってくれる？

M：いいですよ。……。ほら、これです。

F：あ、これ、私の。間違いないわ。ここに名前も書いてあるでしょう？本当にありがとう。助かったわ。

自転車は、どこにありましたか。

【譯】

有位男學生正在大學裡和一位女學生說話。請問腳踏車在哪裡呢？

M：學姐，昨天妳說妳的腳踏車不見了對吧？

F：嗯，我明明就停好放在學校的腳踏車停車位，結果不見了。昨天下課後我也有去附近的車站、超市這些地方的腳踏車停車位找找，但沒有找到。

M：我記得是紅色的腳踏車吧？

F：嗯。不過怎麼了嗎？

M：我剛剛在校門口看到有 1 台一樣的擺放在那邊喔！搞不好是學姐妳的呢！

F：咦？真的嗎？你可以帶我去嗎？

M：好啊！妳看，就是這台。

F：啊，這是我的！絕對沒錯！這裡也有寫名字吧？真是謝謝你，幫了我一個忙。

請問腳踏車在哪裡呢？

1　學校的腳踏車停車位　　2　校門口

3　車站的腳踏車停車位　　4　超市的腳踏車停車位

解題關鍵 (答案：2

【關鍵句】僕、さっき学校の門の前に同じのが置いてあるのを見ましたよ。もしかしたら、先輩のかもしれませんよ。

▶ 這一題用「どこ」來詢問腳踏車的位置。對話中勢必會出現許多場所名稱企圖混淆考生，要特別小心。

▶ 這一題用「どこ」詢問腳踏車的位置。對話中勢必會出現許多場所名稱混淆考生，要特別小心。

▶ 女學生首先說：「ちゃんと学校の自転車置き場に置いたのに、なくなっちゃったの」，表示腳踏車原本停在學校的腳踏車停車位，但是不見了。「ちゃった」是「てしまった」的口語說法，可表現事情出乎意料，說話者遺憾、惋惜等心情。由此可知１是錯的。

▶ 接著又說：「近くの駅とか、スーパーとかの自転車置き場も探したんだけど、見つからなかったの」，「見つかる」意思是「找到」、「看到」、「發現」，由此可知她的腳踏車也不在車站、超市等地方的腳踏車停車位，所以３、４也是錯的。

▶ 男學生後來說「さっき学校の門の前に同じのが置いてあるのを見ましたよ」，這個「同じの」的「の」是指前面提過的「自転車」，「同じ」指的是和女學生一樣的（腳踏車）。「置いてあるの」的「の」指的是「看到擺放的狀態」。這句話暗示了腳踏車就在校門口。

▶ 接著男學生帶女學生去看，女學生說「これ、私の」（這是我的），所以可以得知答案是２。

單字と文法

□ 先輩 學長；學姐；前輩

□ ちゃんと 好好地

□ 確か …好像〔用於推測、下判斷〕

□ さっき 剛剛

□ 連れていく 帶…去

□ ほら 你看〔用於提醒對方注意時〕

□ ちゃった（「てしまった」的口語說法）〔含有遺憾、惋惜、後悔等語氣〕不小心…了

もんだい 2 第 ⑩ 題 答案跟解說

2-11

男の人が話しています。どうして、小さい魚を水に逃がしますか。

M：今からちょっと説明しますので、よく聞いてください。自分で釣った魚は、一番多くて 10 匹まで持って帰れますが、手より小さい魚は、持って帰らないで、全部水に逃がしてあげてください。魚の数が減らないようにするためですので、規則ではありませんが、できるだけそうしてくださいね。いいですか。それでは、みなさん釣りを楽しんでください。

どうして、小さい魚を水に逃がしますか。

【譯】

有位男士正在說話。請問為什麼小魚要放生回水裡呢？

M：現在我要來稍微說明一下，請仔細聽好。自己釣到的魚最多可以帶10條回去，不過，比手還小的魚請別帶走，請全數放生回水裡。這是為了讓魚的數量不會減少，雖然沒有明文規定，但請盡量配合。大家都聽清楚了嗎？那就請各位享受釣魚之樂。

請問為什麼小魚要放生回水裡呢？

1　因為有規定

2　因為比手還小

3　因為這是為了讓魚的數量不會減少

4　因為只能帶10條回去

解題關鍵 答案：3

【關鍵句】魚（さかな）の数（かず）が減（へ）らないようにするためですので、…。

- 這一題用「どうして」來詢問原因、理由。不妨留意表示原因的句型，像是「から」、「ので」、「て」、「ため」、「のだ」等等。
- 男士有先提到「手より小さい魚は、持って帰らないで、全部水に逃がしてあげてください」，指出比手還小的魚要放生到水中。
- 解題關鍵就在下一句：「魚の数が減らないようにするためですので、規則ではありませんが、できるだけそうしてくださいね」，說明這樣做是為了不讓魚的數量減少。「ようにする」表示為了某個目標而做努力。「ため」表示為了某個目的，積極地採取某行動，這句話就是要放生的理由。
- 由於文中提到“沒有明文規定”，所以 1 是錯的。
- 2 、 4 都和放生這件事情沒有因果關係，所以也都不對。
- ～ため（に）：以…為目的，做…、為了…；因為…所以…。1.【名詞の；動詞辭書形】＋ため（に）。表示為了某一目的，而有後面積極努力的動作、行為，前項是後項的目標，如果「ため（に）」前接人物或團體，就表示為其做有益的事。2.【名詞の；[動詞・形容詞]普通形；形容動詞詞幹な】＋ため（に）。表示由於前項的原因，引起後項的結果。

單字と文法

□ 逃（に）がす 放生
□ 釣（つ）る 釣〔魚〕
□ 減（へ）る 減少
□ 規則（きそく） 規定，規則
□ できるだけ 盡量
□ 楽（たの）しむ 享受
□ ～ため 為了…

もんだい2 第11題答案跟解說

2-12

家で、男の人と女の人が話しています。封筒はどうなりましたか。

M：じゃ、出かけるよ。行ってきまーす。

F：あ、ちょっと待って。この封筒、部屋のソファーの上にあったけど、持っていかなくていいの？

M：え？ああ、忘れていた。気がついてくれて助かったよ。

F：会社に持っていくんでしょう？はい、どうぞ。

M：ありがとう。いや、会社に行く途中で、郵便局に寄って、出そうと思っていたんだ。

F：あら、それなら、私が出しておいてあげましょうか。私もあとで出かけるから。

M：そう？それじゃ、頼むよ。

封筒はどうなりましたか。

【譯】

有位男士正在家裡和一位女士說話。請問信封如何處置呢？

M：那我走囉！我出門了囉～
F：啊，等一下。這個信封放在沙發上，不用帶去嗎？
M：咦？啊，我忘了。還好妳有注意到，真是幫了我大忙。
F：這要拿去公司的吧？拿去吧。
M：謝謝。不過我是想說，去公司的路上順道去趟郵局把它寄出去。
F：啊，如果是這樣的話，我來幫你寄出吧？我等等也要出門。
M：是喔？那就拜託妳啦！

請問信封如何處置呢？

1　由男士拿去公司

2　由男士拿去郵局

3　由女士拿去公司

4　由女士拿去郵局

解題關鍵

答案：4

【關鍵句】会社に行く途中で、郵便局に寄って、出そうと思っていたんだ。
それなら、私が出しておいてあげましょうか。

- 本題「どうなりましたか」問的不是信封本身的變化，而是指信封的處理方式。從選項可以發現這題要聽出「是誰」（男士或女士）、「拿去哪裡」（公司或郵局）這兩個關鍵處。
- 男士忘了把信封帶出門，女士提醒他：「会社に持っていくんでしょう？」（這要拿去公司的吧）
- 男士回答：「いや、会社に行く途中で、郵便局に寄って、出そうと思っていたんだ」，用語氣較輕鬆隨便的「いや」來否定對方的話，接著表示他其實不是要拿去公司，而是去公司的路上順便去郵局寄出。「（よ）うと思う」表示個人的打算、念頭。
- 不過女士接著說：「それなら、私が出しておいてあげましょうか」，用表示幫對方做某件事情的句型「てあげる」加上提議用法「ましょうか」提出要幫男士寄出。
- 男士回答「それじゃ、頼むよ」，意思是把這件事交給女士來做。所以正確答案是「女士要拿去郵局寄出」。

單字と文法

- □ 封筒 信封
- □ 気がつく 注意到，發覺
- □ ソファー【sofa】沙發
- □ 出す 寄出

說法百百種

▶ 注意動作接續詞

僕は先に帰ろうかな。／我先回家好了吧！

スーパーで醤油を買ってきて。その前に肉屋で豚肉もね。
／你去超市買一下醬油。在那之前也要先到肉舖買一下豬肉喔。

踊り始めてから、まだ 20 分ですよ。あと 10 分がんばりましょう。
／從開始跳舞到現在也才過了 20 分鐘。再練個 10 分鐘吧！

もんだい 2　第⑫題 答案跟解說

2-13

大学で、女の人と男の人が話しています。講義はいつ、どこで行われますか。

F：あれ、もうすぐ高橋先生の講義が始まるよ？教室に行かないの？

M：え、時間が変わったの知らないんですか。

F：え、だから今日の1時半からでしょう？

M：その予定だったんですけど、先生の都合が悪くなって、また変わったんですよ。明日の同じ時間ですよ。連絡のメールが行きませんでしたか。

F：そうだったの。知らなかったわ。場所は同じ1番教室？

M：いえ、3番教室に変わりました。

F：ありがとう。教えてくれて助かったわ。

講義はいつ、どこで行われますか。

【譯】

有位女士正在大學裡和一位男士說話。請問什麼時候、在哪裡上課呢？

F：咦？高橋老師的課快開始了吧？你不去教室嗎？
M：嗯？妳不知道改時間了嗎？
F：咦？所以今天不是從 1 點半開始嗎？
M：原本是決定這樣，但是老師後來有事，又改了。改成明天同一時間喔！妳沒接到通知的e-mail嗎？
F：是喔？我不知道耶！地點也同樣是在 1 號教室嗎？
M：不是，改在 3 號教室。
F：謝謝。還好有你告訴我。

請問什麼時候、在哪裡上課呢？

1　今天、在 1 號教室

2　明天、在 1 號教室

3　今天、在 3 號教室

4　明天、在 3 號教室

解題關鍵 答案：4

【關鍵句】明日の同じ時間ですよ。
3番教室に変わりました。

▶「講義はいつ、どこで行われますか」，要注意這一題用兩個疑問詞「いつ」、「どこ」來詢問時間和地點，可別漏聽了。

▶ 男士和女士在討論高橋老師的課程。女士以為是今天1點半要上課「だから今日の1時半からでしょう」。

▶ 不過男士說「その予定だったんですけど、先生の都合が悪くなって、また変わったんですよ。明日の同じ時間ですよ」，「その予定だったんですけど」用過去式「だった」和逆接的「けど」表示女士說的時間本來是對的，只是又變了。改成明天同一時間，也就是明天的1點半。

▶ 後來女士又問「場所は同じ1番教室？」（地點也同樣是在1號教室嗎），男士以「いいえ」來否定，並說明改在3號教室「3番教室に変わりました」。

▶ 所以正確答案是明天在3號教室上課。

單字と文法

- □ **講義**〔大學〕課程
- □ **連絡** 通知，聯絡
- □ **都合が悪い** 有事，不方便
- □ **メール【mail】** 電子郵件；簡訊

Memo

発話表現

在一面看圖示，一面聽取情境說明時，測驗是否能夠選擇適切的話語。

考前要注意的事

作答流程 & 答題技巧

聽取說明

先仔細聽取考題説明

聽取問題與內容

學習目標是，一邊看圖，一邊聽取場景説明，測驗圖中箭頭指示的人物，在這樣的場景中，應該怎麼説呢？

預估有 5 題

1. 提問句後面一般會用「何と言いますか」（要怎麼説呢？）的表達方式。
2. 提問及三個答案選項都在錄音中，而且句子都很不太長，因此要集中精神聽取狀況的説明，並確實掌握回答句的含義。

答題

作答時要當機立斷，馬上回答，答後立即進入下一題。

N4 聽力模擬考題 問題3

もんだい3では、えを見ながらしつもんを聞いてください。→（やじるし）の人は何と言いますか。１から３の中から、いちばんいいものを一つえらんでください。

3-2 1ばん

答え：① ② ③

3-3 2ばん

答え：① ② ③

3-4 3ばん

答え：① ② ③

3-5 4ばん

答え：① ② ③

3-6 5ばん

答え：① ② ③

3-7 6ばん

答え：① ② ③

もんだい 3　第 1 題 答案跟解說

3-2

廊下で走っている友達に注意したいです。何と言いますか。

F：1　すごいね。

2　あぶないよ。

3　こわいよ。

【譯】想要提醒在走廊奔跑的友人。該說什麼呢？

F：1. 好厲害喔！

2. 很危險喔！

3. 很恐怖喔！

もんだい 3　第 2 題 答案跟解說

3-3

携帯電話をどうやって使えばいいか友達に聞きたいです。何と言いますか。

M：1　ちょっと使い方を教えてくれる？

2　これ、使ってもいい？

3　これ、どうやって使ったの？

【譯】想詢問朋友手機要如何使用。該說什麼呢？

M：1. 可以教我一下使用方法嗎？

2. 這個可以用嗎？

3. 這個妳是怎麼用的呢？

もんだい 3　第 3 題 答案跟解說

3-4

美術館に行きたいです。電車を降りると、駅の出口が３つありました。駅の人に何と言いますか。

F：1　あのう、美術館に行ってみませんか。

2　すみません、美術館の出口はどこですか。

3　すみません、美術館はどの出口ですか。

【譯】想去美術館。下了電車之後，發現車站出口有 3 個。該向站務員說什麼呢？

F：1. 請問你要不要去去看美術館呢？

2. 不好意思，請問美術館的出口在哪裡呢？

3. 不好意思，請問去美術館要從幾號出口呢？

攻略的要點 要知道這些形容詞用於什麼情況！

解題關鍵と訣竅 (答案：2

【關鍵句】注意(ちゅうい)したい。

▶ 這一題關鍵部分在「注意したい」，表示想警告、提醒他人。

▶ 選項 1「すごいね」（好厲害喔），用在稱讚別人或感到佩服的時候。

▶ 選項 2「あぶないよ」（很危險喔）。

▶ 選項 3「こわいよ」（好恐怖喔）表達自己懼怕的感覺。

▶ あぶない：表可能發生不好的事，令人擔心的樣子；或將產生不好的結果，不可信賴、令人擔心的樣子；或表身體、生命處於危險狀態。

攻略的要點 詢問用法可以怎麼說？

解題關鍵と訣竅 (答案：1

【關鍵句】どうやって使(つか)えばいいか。

▶ 這一題關鍵在「どうやって使えばいいか」，表示不清楚使用方式。

▶ 選項 1「使い方を教ちょっとえてくれる？」，詢問對方能否教自己使用方式。「てくれる」表示別人為我方做某件事，在此語調上揚，表疑問句。「ちょっと」可以用在拜託別人的時候，以緩和語氣。

▶ 選項 2「これ、使ってもいい？」的「てもいい」語調也上揚，表疑問句，以徵求對方的同意。

▶ 選項 3「これ、どうやって使ったの？」利用過去式，詢問對方之前如何使用。如果要改成詢問用法，應該問「これ、どうやって使うの？」才正確。

攻略的要點 仔細聽題目問的是哪個出口！

解題關鍵と訣竅 (答案：3

【關鍵句】駅(えき)の出口(でぐち)が３つありました。

▶ 從問題中可以發現，這一題的情況是不知道從車站的哪一個出口出去可以到美術館，所以想要詢問站務員。

▶ 選項 3 是正確答案，「どの」用來請對方在複數的人事物當中選出一個。

▶ 選項 1 中的「てみませんか」（要不要…看看？）用於邀請對方做某件事情，所以是錯的。

▶ 選項 2 是陷阱，「美術館の出口はどこですか」是問對方美術館的出口在哪裡，不過問話地點是車站不是美術館，問的是通往美術館的出口，所以不正確。

もんだい 3　第 4 題 答案跟解說　3-5

人(ひと)の足(あし)を踏(ふ)んでしまったので、あやまりたいです。何(なん)と言(い)いますか。

M：1　いかがですか。

　　2　ごめんなさい。

　　3　失礼(しつれい)します。

【譯】踩到別人的腳想道歉時，該說什麼呢？

M：1. 請問如何呢？

　　2. 對不起。

　　3. 失陪了。

もんだい 3　第 5 題 答案跟解說　3-6

知(し)らない人(ひと)に道(みち)をたずねたいです。最初(さいしょ)に何(なん)と言(い)いますか。

F：1　はじめまして。

　　2　すみません。

　　3　こちらこそ。

【譯】想向陌生人問路時，開頭該說什麼呢？

F：1. 初次見面。

　　2. 不好意思。

　　3. 我才是呢。

もんだい 3　第 6 題 答案跟解說　3-7

お客(きゃく)さんにケーキを出(だ)します。何(なん)と言(い)いますか。

F：1　遠慮(えんりょ)しないでね。

　　2　ご遠慮(えんりょ)ください。

　　3　遠慮(えんりょ)しましょうか。

【譯】端蛋糕請客人吃時，該說什麼呢？

F：1. 不要客氣喔。

　　2. 請勿…。

　　3. 我失陪吧？

攻略的要點 做錯事想道歉時就用「ごめんなさい」！

（答案：2

【關鍵句】あやまりたいです。

- 這一題的關鍵是「あやまりたいです」，所以應選表示道歉的 2「ごめんなさい」。
- 選項 1「いかがですか」用於詢問對方的想法、意見，或是人事物的狀態，是比「どうですか」更客氣的說法。常於店員詢問客人意見時使用。
- 選項 3「失礼します」主要用在進入本來不該進入的空間（如：辦公室、會議室等），或用於告辭的時候。下班時，要先行離開通常會說「お先に失礼します」。

攻略的要點 「すみません」是常用的前置詞！

（答案：2

【關鍵句】最初（さいしょ）に

- 這一題關鍵在「最初に」，問路前應該要先說什麼才好？要從三個選項中選出一個最適當的前置詞。在日語會話中很常使用前置詞，有避免唐突、喚起注意等作用，後面接的是詢問、請求、拒絕、邀約、道歉等內容。
- 常用的前置詞是選項 2 的「すみません」，或「すみませんが」、「失礼ですが」等等。
- 選項 1「はじめまして」用在初次見面時打招呼。
- 選項 3「こちらこそ」」是在對方向自己道歉、道謝，或是希望能獲得指教時，表示自己也有同樣想法的說法。
- すみません vs. ごめんなさい：「すみません」用在道歉，也用在搭話時。「ごめんなさい」僅用於道歉。

攻略的要點 招待客人時可以說「遠慮しないで」！

解題關鍵と訣竅

（答案：1

【關鍵句】お客（きゃく）さんにケーキを出（だ）します。

- 這一題的情境是端蛋糕請客人吃。「遠慮」是客氣、有所顧忌的意思。
- 選項 1「遠慮しないでね」是請對方不用客氣，是正確答案。
- 選項 2「ご遠慮ください」是委婉的禁止說法，例如「ここではタバコはご遠慮ください」（此處禁煙）。
- 選項 3「遠慮しましょうか」，「ましょうか」在這裡表邀約。「遠慮しましょうか」暗示了「離開」的意思。然而本題情境是端蛋糕招待客人，語意不符。

3-8 7ばん

答え：①②③

3-9 8ばん

答え：①②③

3-10 9ばん

答え：①②③

3-11 10 ばん

答え：① ② ③

3-12 11 ばん

答え：① ② ③

3-13 12 ばん

答え：① ② ③

もんだい 3　第 7 題 答案跟解說

3-8

約束の時間におくれてしまいました。会ったとき、相手に何と言いますか。

M：1　あと 3 分でつきます。

2　もう少しお待ちください。

3　お待たせしました。

【譯】比約定的時間還晚到。見面時，該向對方說什麼呢？

M：1. 我 3 分鐘後到。

2. 請您再等一下。

3. 讓您久等了。

もんだい 3　第 8 題 答案跟解說

3-9

隣の家に赤ちゃんが生まれました。隣の人に何と言いますか。

F：1　おめでとうございます。

2　おいくつですか。

3　おかげさまで。

【譯】隔壁鄰居生小孩了。該對鄰居說什麼呢？

F：1. 恭喜。

2. 幾歲了？

3. 託您的福。

もんだい 3　第 9 題 答案跟解說

3-10

友達が気分が悪いと言っています。友達に何と言いますか。

F：1　かまいませんか。

2　だいじょうぶ？

3　すみません。

【譯】朋友說他身體不舒服。該對朋友說什麼呢？

F：1. 您介意嗎？

2. 你沒事吧？

3. 不好意思。

攻略的要點 遲到時該怎麼說？

（答案：3

【關鍵句】会っ(あ)たとき

- 這一題的關鍵是「会ったとき」，表示已經和對方碰面了，所以選項1「あと3分でつきます」和選項2「もう少しお待ちください」都不正確，這兩句話都用於還沒抵達現場，要請對方再等一下的時候。
- 選項3「お待たせしました」用在讓對方等候了一段時間，自己終於到場時。另外，在電話換人接聽時，以及在餐廳點餐，店員準備要上菜時也都會說「お待たせしました」。

攻略的要點 不管是什麼樣的恭喜，用「おめでとうございます」就對了！

（答案：1

【關鍵句】赤(あか)ちゃんが生(う)まれました。

- 這一題的情境是隔壁人家喜獲麟兒，這時應該要說祝賀的話，如選項1的「おめでとうございます」即是常用的道賀語，用於恭喜別人。
- 選項2「おいくつですか」可以用來詢問數量或是年紀，不過小孩才剛出生，詢問年紀不太恰當。
- 選項3「おかげさまで」通常用在日常寒暄或自己發生好事時，表示客氣謙虛。

攻略的要點 用「だいじょうぶ？」表達對朋友的關心！

解題關鍵と訣竅
（答案：2

【關鍵句】気分(きぶん)が悪(わる)い

- 這一題的情況是朋友身體不舒服，應該要給予關心。
- 可以用選項2「だいじょうぶ？」表示關心，「だいじょうぶ」漢字寫成「大丈夫」，原意是「不要緊」。若是疑問句，通常用於發現對方不太對勁的時候，以表達關切之意。也可以用於詢問對方時間方不方便，或是事情進行得順不順利，用途很廣。
- 選項1「かまいませんか」表客氣地徵詢對方的許可。用在回答時則有「沒關係」或「不介意」的意思，相當於「問題ないので大丈夫です」、「気にしていません」。
- 選項2「すみません」有很多意思，經常用在道歉、麻煩別人或是要搭話的時候。

もんだい 3　第 10 題 答案跟解說

3-11

店で、茶色の靴が見たいです。お店の人に何と言いますか。

F：1　茶色の靴はありますか。

　　2　茶色の靴を見ませんか。

　　3　茶色の靴を売りますか。

【譯】在店裡想看棕色的鞋子時，該對店員說什麼呢？

F：1. 有棕色的鞋子嗎？

　　2. 您要不要看棕色的鞋子呢？

　　3. 您要賣棕色的鞋子嗎？

もんだい 3　第 11 題 答案跟解說

3-12

人の本を見せてもらいたいです。何と言いますか。

M：1　ちょっとご覧になってもいいですか。

　　2　ちょっと拝見してもいいですか。

　　3　ちょっと見せてもいいですか。

【譯】想要看別人的書時，該說什麼呢？

M：1. 可以請您過目一下嗎？

　　2. 可以讓我看一下嗎？

　　3. 可以給您看一下嗎？

もんだい 3　第 12 題 答案跟解說

3-13

課長に相談したいことがあります。何と言いますか。

F：1　ちょっとよろしいですか。

　　2　ちょっといかがですか。

　　3　ちょうどいいですか。

【譯】有事要找課長商量時，該說什麼呢？

F：1. 方便打擾一下嗎？

　　2. 要不要來一些呢？

　　3. 剛剛好嗎？

攻略的要點 這一題考的是購物用語！

解題關鍵と訣竅 （答案：1

【關鍵句】茶色の靴が見たいです。

- ▶ 這一題場景在鞋店，可以用選項1「茶色の靴はありますか」詢問店員有沒有棕色的鞋子。
- ▶ 選項2「茶色の靴を見ませんか」是詢問對方要不要看棕色的鞋子，不過題目中，想看棕色鞋子的是自己，所以這個答案錯誤。
- ▶ 選項3「茶色の靴を売りますか」是詢問對方有無賣棕色鞋子的意願。
- ▶ 在日本買鞋，款式多、設計精心、質地好，穿起來舒服，但一般比較貴。另外10.5號以上的鞋比較難買。

攻略的要點 這一題考的是敬語用法！

解題關鍵と訣竅 （答案：2

【關鍵句】見せてもらいたいです。

- ▶「てもらいたい」這個句型用於請別人為自己做某件事。題目是自己想向別人借書來看，三個選項中都可以聽到「てもいいですか」，表示徵詢對方的許可。
- ▶ 選項1「ちょっとご覧になってもいいですか」，「ご覧になる」是「見る」的尊敬語，客氣地表示請對方看，所以當「看」的人是自己時就不能使用。
- ▶ 選項2「ちょっと拝見してもいいですか」是正確答案，「拝見する」是「見る」的謙讓語，客氣地表示自己要看。
- ▶ 選項3「ちょっと見せてもいいですか」表示自己想拿東西給別人看，所以不正確。

攻略的要點 要小心促音和長音的分別！

解題關鍵と訣竅 （答案：1

【關鍵句】課長に相談したい。

- ▶ 有事要麻煩別人時，可以用選項1「ちょっとよろしいですか」以表示想佔用對方的時間，詢問方便與否。
- ▶ 選項1的「ちょっと」用在有所請託的時候，有緩和語氣的作用。中文可以翻譯成「…一下」。
- ▶ 選項2「ちょっといかがですか」用在請對方吃、喝東西，或是抽菸。
- ▶ 選項3「ちょうどいいですか」是陷阱。「ちょうど」是指「正好」。請仔細聽。

Memo

即時応答

在聽完簡短的詢問之後，測驗是否能夠選擇適切的應答。

考前要注意的事

作答流程 & 答題技巧

聽取說明 …… 先仔細聽取考題説明

↓

聽取問題與內容 …… 這是全新的題型。學習目標是，聽取詢問、委託等短句後，立刻判斷出合適的答案。

預估有 8 題

- 提問及選項都在錄音中，而且都很簡短，因此要集中精神聽取會話中的表達方式及語調，確實掌握問句跟回答句的含義。

↓

答題 …… 作答時要當機立斷，馬上回答，答後立即進入下一題。

▼ 前ページで解法テクニックを確認したら、次の演習問題にチャレンジしてください。▼

N4 聴力模擬考題 問題 4

もんだい 4 では、えなどがありません。まずぶんを聞いてください。それから、そのへんじを聞いて、 1 から 3 の中から、いちばんいいものを一つえらんでください。

4-2 1ばん

答え：①②③

- メモ -

4-3 2ばん

答え：①②③

- メモ -

4-4 3ばん

答え：①②③

- メモ -

4-5 4ばん

答え：①②③

- メモ -

4-6 5ばん

答え：①②③

- メモ -

4-7 6ばん

答え：①②③

- メモ -

第 4 部分沒有插圖，請先聽例句，再聽回答，接著從 1 至 3 的選項中，選出一個最適當的答案。

もんだい 4　第 1 題 答案跟解說

4-2

M：伊藤さんが入院するそうですね。

F：1　えっ、本当ですか。

2　ええ、よろこんで。

3　ええ、かまいません。

【譯】M：聽說伊藤先生要住院耶。

F：1. 咦？真的嗎？

2. 嗯，我很樂意。

3. 嗯，沒關係。

もんだい 4　第 2 題 答案跟解說

4-3

F：コンサートのチケットが 2 枚あるんですが、一緒に行きませんか。

M：1　いいんですか？ありがとうございます。

2　よかったですね。楽しんできてください。

3　じゃあ、私が予約しておきますね。

【譯】F：我有 2 張音樂會的門票，要不要一起去呢？

M：1. 可以嗎？謝謝。

2. 太好了呢！祝你玩得盡興。

3. 那麼我就先預約囉！

もんだい 4　第 3 題 答案跟解說

4-4

F：時間があったら、これからみんなで食事に行きませんか。

M：1　ええ、行くでしょう。

2　ええ、行きそうです。

3　ええ、行きましょう。

【譯】F：如果有時間的話，接下來要不要大家一起去吃個飯呢？

M：1. 嗯，會去吧？

2. 嗯，似乎會去。

3. 好啊，走吧！

攻略的要點 「本当ですか」可以表示驚訝！

解題關鍵と訣竅 答案：1

【關鍵句】入院(にゅういん)するそうですね。

▶ 這一題的關鍵在「入院するそうですね」，「入院する」是「住院」的意思，「動詞普通形＋そうだ」表傳聞，也就是說聽說別人要住院。

▶ 選項 1 是最適合的答案，「えっ、本当ですか」可以用在對某件事感到意外的時候，詢問事情是真是假。

▶ 選項 2「ええ、よろこんで」表示欣然答應別人的邀約。

▶ 選項 3「ええ、かまいません」表示不在乎，或是覺得沒什麼大礙。

攻略的要點 要掌握問題的細節！

解題關鍵と訣竅 答案：1

【關鍵句】一緒(いっしょ)に行(い)きませんか。

▶ 這一題的情境是對方表示自己有音樂會門票，並邀請自己一同前往欣賞。

▶ 選項 1「いいんですか？ありがとうございます」是正確答案。這裡的「いいんですか」是在接受別人的好意前，再次進行確認，也就表示了自己答應對方的邀請。

▶ 選項 2「よかったですね。楽しんできてください」，「よかったですね」表示替對方感到高興。「楽しんできてください」言下之意是要對方自己一個人去。

▶ 選項 3「じゃあ、私が予約しておきますね」不合題意，因為對方已經有門票了，所以不需要再訂票。

攻略的要點 面對他人的邀約，可以怎麼回答呢？

解題關鍵と訣竅 答案：3

【關鍵句】食事(しょくじ)に行(い)きませんか。

▶ 這一題「食事に行きませんか」用「ませんか」提出邀約，回答應該是「要去」或是「不去」。

▶ 選項 1「ええ、行くでしょう」用「でしょう」表示說話者的推測，無法成為這一題的回答。

▶ 選項 2「ええ、行きそうです」用的是樣態句型「動詞ます形＋そうだ」，意思是「好像…」，也不正確。

▶ 選項 3「ええ、行きましょう」是正確答案，「ましょう」（…吧）除了用來邀請對方和自己一起做某件事情，也可以在被邀請時這樣回答。這句是後者的用法。

もんだい4　第④題 答案跟解說　4-5

F：どうぞ、ご覧(らん)になってください。

M：1　じゃ、拝見(はいけん)してもらいます。

2　じゃ、遠慮(えんりょ)なく。

3　はい、ご覧(らん)になります。

【譯】F：請您過目一下。

M：1. 那就請你看了。

2. 那我就不客氣了。

3. 好的，我過目。

もんだい4　第⑤題 答案跟解說　4-6

M：すみません、高橋(たかはし)さんはどなたですか。

F：1　あちらの青(あお)いネクタイをしている方(かた)です。

2　話(はなし)が好(す)きな方(かた)ですよ。

3　優(やさ)しい方(かた)ですよ。

【譯】M：不好意思，請問高橋先生是哪位呢？

F：1. 是那位繫著藍色領帶的先生。

2. 是個喜歡說話的先生喔！

3. 是個溫柔的先生喔！

もんだい4　第⑥題 答案跟解說　4-7

M：今朝(けさ)、会社(かいしゃ)に行(い)く途中(とちゅう)、電車(でんしゃ)ですりを見(み)たんだよ。

F：1　へえ、それと？

2　へえ、それに？

3　へえ、それで？

【譯】M：今天早上我去公司的路上，在電車中看到扒手了耶！

F：1. 欸？那個和什麼？

2. 欸？還有什麼呢？

3. 欸？然後呢？

攻略的要點 熟記尊敬語和謙讓語的用法！

（答案：2

【關鍵句】ご覧になってください。

▶ 這一題關鍵在「ご覧になってください」，「ご覧になる」是「見る」的尊敬語，只能用在請別人看的時候。

▶ 選項１「じゃ、拝見してもらいます」的「拝見する」是「見る」的謙讓語，表示自己要看；而「てもらう」用來請別人做某件事，但這一題要看東西的人是自己，所以回答不會是請別人看東西。

▶ 選項２「じゃ、遠慮なく」用在對方請自己做某事時，表示答應。

▶ 選項３「はい、ご覧になります」是錯誤的敬語用法，「ご覧になる」是尊敬語，所以不會用在自己做的動作上。

攻略的要點 「どなたですか」的回答通常是具體內容！

（答案：1

【關鍵句】どなたですか。

▶ 這一題的關鍵是「どなたですか」，題目問高橋先生是哪一位，所以應該回答高橋先生的特徵、外貌等具體內容，以便對方辨識。

▶ 選項１「あちらの青いネクタイをしている方です」是正確答案，指出高橋先生就是那邊那位繫著藍色領帶的人。「方」是「人」的客氣說法。

▶ 選項２「話が好きな方ですよ」和選項３「優しい方ですよ」都是在描述高橋先生的個性，無法讓對方一眼就辨識出哪位是高橋先生。

攻略的要點 「あいづち」是會話中必要的潤滑劑！

解題關鍵と訣竅 （答案：3

【關鍵句】電車ですりを見たんだよ。

▶ 這是屬於「あいづち」（隨聲應和）的問題，在日語會話中或是講電話時，經常可以聽到聽話者適時回答一些沒有實質意義的詞語，例如「はい」（是），或是以點頭表示自己有在聽對方說話。

▶ 正確答案是選項３「へえ、それで？」「へえ」是感嘆詞，表示驚訝、佩服。「それで」是在催促對方繼續說話，表示自己對對方的話題有興趣，希望能聽下去。

▶ 選項１「へえ、それと？」，原意是「欸？那個和？」，後面省略了「どれ」或「なに」等疑問詞。

▶ 選項２「へえ、それに？」，「それに」原意是「而且」，表示附加。

7ばん

答え：① ② ③

- メモ -

(4-9) 8ばん

答え：① ② ③

- メモ -

(4-10) 9ばん

答え：① ② ③

- メモ -

4-11 10 ばん

答え：① ② ③

- メモ -

4-12 11 ばん

答え：① ② ③

- メモ -

4-13 12 ばん

答え：① ② ③

- メモ -

もんだい 4　第 7 題 答案跟解說　4-8

M：これ、明日の昼までにお願いね。

F：1　承知しました。

2　よろしいですか。

3　ありがとうございます。

【譯】M：這個麻煩你明天中午之前完成囉！

F：1. 我明白了。

2. 可以嗎？

3. 謝謝。

もんだい 4　第 8 題 答案跟解說　4-9

F：それで、あの旅館はどうだった？

M：1　2泊しましたよ。

2　家内と二人で行きました。

3　部屋がきれいでよかったですよ。

【譯】F：然後呢？那間旅館如何呢？

M：1. 我住了 2 天喔！

2. 我和內人兩人一起去。

3. 房間很乾淨，很不錯呢！

もんだい 4　第 9 題 答案跟解說　4-10

F：新しいパソコンはどうですか。

M：1　これです。

2　とても使いやすいです。

3　昨日買ったばかりです。

【譯】F：新電腦如何呢？

M：1. 是這個。

2. 非常好用。

3. 昨天才買的。

攻略的要點 當上位者在交辦事情時該怎麼回答呢？

解題關鍵と訣竅 （答案：1

【關鍵句】お願(ねが)いね。

- 當主管或長輩在交辦事情時，要怎麼回答呢？
- 選項 1「承知しました」是「分かりました」（我知道了）的丁寧語。當別人在交待事情時就可以用這句話來表示接受、明白。
- 選項 2「よろしいですか」是比「いいですか」更客氣的說法，用來詢問對方贊不贊同、接不接受、允不允許。
- 選項 3「ありがとうございます」用於道謝。

攻略的要點 用「どうだった」詢問對過去事物的感想、狀態等！

解題關鍵と訣竅 （答案：3

【關鍵句】どうだった？

- 這一題關鍵在「どうだった」，針對旅館本身進行發問。答案是選項 3「部屋がきれいでよかったですよ」，表示旅館的房間很乾淨很棒。
- 選項 1「２泊しましたよ」是指自己住了兩天，問題應該是「何日間…？」。
- 選項 2「家内と二人で行きました」是指自己是和太太兩人一起去的，問題應該是「だれと…？」，「家内」（內人）是對外稱呼自己妻子的方式。這兩個選項都不是針對旅館的描述，所以不正確。
- 日本飯店服務員一般可以用英語溝通，但能講中文的並不多。大型飯店幾乎都設有免費的巴士接送服務。

攻略的要點 「どう」是針對該事物本身進行發問！

解題關鍵と訣竅 （答案：2

【關鍵句】どう

- 這一題用「どうですか」詢問新電腦如何，回答應該是有關電腦的性能、特色、外觀等描述。
- 選項 1「これです」是「新しいパソコンはどれですか」（新買的電腦是哪一台）的回答。當題目問到“哪一個”時，回答才會用指示代名詞明確地指出來。
- 選項 2「とても使いやすいです」是正確答案。是說明該台電腦的性能、對於電腦本身進行描述。
- 選項 3「昨日買ったばかりです」是「新しいパソコンはいつ買いましたか」（新電腦是何時買的）的回答，當題目問到“何時”，答案才會和日期時間相關。

もんだい 4　第 10 題 答案跟解說　4-11

M：子どもを連れて遊びに行くなら、どこがいい？

F：1　10 時過ぎに出かけましょう。

2　動物園はどう？

3　電車にしましょうか。

【譯】M：如果要帶小孩出去玩，去哪裡比較好呢？

F：1.10 點過後出門吧！

2.動物園怎麼樣呢？

3.搭電車吧？

もんだい 4　第 11 題 答案跟解說　4-12

F：何かおっしゃいましたか。

M：1　はい、そうです。

2　いいえ、何も。

3　はい、私です。

【譯】F：您有說了些什麼嗎？

M：1.是的，沒錯。

2.不，沒什麼。

3.是的，是我。

もんだい 4　第 12 題 答案跟解說　4-13

F：ねえ、日曜日、どうする？

M：1　映画を見に行こうか。

2　地震があったそうだよ。

3　お見舞いに行ってきたよ。

【譯】F：欸，星期天要做什麼？

M：1.去看電影吧？

2.聽說有地震。

3.我有去探病。

攻略的要點「どこ」用以詢問地點、場所、位置！

解題關鍵と訣竅 （答案：2

【關鍵句】どこがいい？

▶ 這一題關鍵在「どこがいい？」，「どこ」用來詢問地點，所以回答必須是場所名稱。正確答案是選項２「動物園はどう？」，建議對方去動物園。

▶ 選項１「10 時過ぎに出かけましょう」意思是「10 點過後出門吧」，這個回答的提問必須和時間有關。「時間名詞＋過ぎ」則可以翻成「…過後」。

▶ 選項３「電車にしましょうか」意思是「搭電車吧」，這個回答的提問必須和交通工具有關。１、３的回答都沒提到地點，所以不正確。

▶ どこ：哪裡。どの：哪…，表示事物的疑問和不確定。どれ：哪個。どちら：哪邊、哪位。

攻略的要點「おっしゃる」是「言う」的尊敬語！

（答案：2

【關鍵句】何(なに)か

▶「おっしゃる」是「言う」的尊敬語，「何か」原本是疑問詞，但在此處的意思是「什麼」，表不確定的事物。這一題意思是「您有說了些什麼嗎」，問的是對方有沒有說話。

▶ 選項１「はい、そうです」意思是「是的，沒錯」，雖然表示肯定，但是這是針對「ＡはＢですか」的回答。

▶ 選項２「いいえ、何も」是正確答案，這是針對該問題的否定說法。這裡的「何も」是省略說法，後面通常接否定，表示全部否定，也就是「什麼也沒有」的意思。

▶ 選項３「はい、私です」是錯的，這是對詢問人物的回答，並不是對有無說話的回答。

攻略的要點 想詢問計畫安排就用「どうする？」

解題關鍵と訣竅 （答案：1

【關鍵句】どうする？

▶ 這一題用「どうする」詢問對方對還沒發生的事情有什麼打算，所以「日曜日、どうする？」是問對方星期天要做什麼，回答必須是“行動”才正確。

▶ 選項１是正確的，「映画を見に行こうか」意思是想去看電影。

▶ 選項２「地震があったそうだよ」是錯的，因為地震不是人為的行為。而且「地震があった」是過去式，而「どうする」是問未來的事情。

▶ 選項３「お見舞いに行ってきたよ」的「行ってきた」表示已經發生的事情，所以也不對。

Memo

問題一題型

課題理解

在聽取完整的會話段落之後，測驗是否能夠理解其內容（在聽完解決問題所需的具體訊息之後，測驗是否能夠理解應當採取的下一個適切步驟）。

考前要注意的事

作答流程 & 答題技巧

聽取說明

先仔細聽取考題說明

聽取問題與內容

學習目標是，聽取建議、委託、指示等相關對話之後，判斷接下來該怎麼做。

內容順序一般是「提問 ➡ 對話 ➡ 提問」

預估有 6 題

1 首先要理解應該做什麼事？第一優先的任務是什麼？邊聽邊整理。

2 並在聽取對話時，同步比對選項，將確定錯誤的選項排除。

3 選項以文字出現時，一般會考跟對話內容不同的表達方式。

答題

再次仔細聆聽問題，選出正確答案

▼ 前ページで解法テクニックを確認したら、次の演習問題にチャレンジしてください。▼

N３聴力模擬考題　問題１

1-1

問題１では、まず質問を聞いてください。それから話を聞いて、問題用紙の１から４の中から、最もよいものを一つえらんでください。

1-2 １ばん

答え：① ② ③ ④

1　8時
2　8時15分
3　8時30分
4　8時45分

1-3 ２ばん

答え：① ② ③ ④

ア　日本酒
イ　インスタントラーメン
ウ　お茶
エ　梅干し
オ　おもちゃ

1　ア　イ
2　イ　ウ
3　ウ　エ
4　エ　オ

1-4 ３ばん

答え：① ② ③ ④

1　営業課の山川さんに電話する
2　お客さんに電話しておわびする
3　メールを確認する
4　資料に間違いがあったことを企画課の田中さんに連絡する

1-5 4ばん

答え：①②③④

1 電気とパソコンの電源を切る

2 プリンターとコピー機の電源を切る

3 ドアの鍵をかける

4 窓に鍵がかかっているか確かめる

1-6 5ばん

答え：①②③④

1 本屋に行く

2 スーパーでチーズと卵を買う

3 米屋で米を買う

4 公園で運動する

1-7 6ばん

答え：①②③④

1 男の人が１杯飲んで、４杯は残しておく

2 男の人と女の人が１杯ずつ飲んで、３杯は残しておく

3 男の人と女の人が１杯ずつ飲んで、３杯は捨てる

4 女の人が１杯飲んで、男の人が４杯飲む

もんだい 1　第 1 題 答案跟解說

1-2

家で女の人と男の人が話しています。男の人は明日何時に家を出ますか。

F：明日は何時の新幹線に乗るの？

M：9時半、東京駅発だけど、ここから東京までどれぐらいかかるかな。

F：ちょっと待って、調べてみるから。うーん、だいたい 45 分ぐらいね。

M：それなら、8時半に家を出れば大丈夫だね。

F：でも途中 2 回乗り換えがあるよ。あなた、ふだんあまり電車に乗ってないから、駅で迷うかもしれないし、それに、切符買うのに並ばなくちゃいけないかもしれないから、8時には出たほうがいいんじゃない？

M：いや、切符はもう買ってあるんだ。でも、そうだね。もし迷ったら大変だから、あと 15 分早く出ることにするよ。

男の人は明日何時に家を出ますか。

【譯】

一位女士和一位男士正在家裡交談。請問這位男士明天要幾點出門呢？

F：你明天要搭幾點的新幹線？

M：9點半，從東京車站發車。從這裡到東京不曉得要多久呢？

F：等一下，我查查看。嗯，大概要45分鐘左右吧。

M：這樣的話，8點半從家裡出門就可以了吧。

F：可是中間還要換兩趟車哦。你平常很少搭電車，說不定在車站裡會迷路，而且買票還得花時間排隊，8點出門比較妥當吧？

M：沒關係，車票已經買好了。不過，妳說的也有道理，萬一途中迷路那就麻煩了，還是提早15分鐘出門吧。

請問這位男士明天要幾點出門呢？

1　8點

2　8點15分

3　8點30分

4　8點45分

（答案：2

【關鍵句】8時半に家を出れば大丈夫だね。
あと 15 分早く出ることにするよ。

對話情境と出題傾向

這一題的情境是男士明天要搭新幹線，女士和他討論幾點要出門。題目問的是男士明天出門的時間，聽到「何時」就要知道題目中勢必會出現許多時間點干擾考生，必須要聽出每個時間點代表什麼意思。

此外，要特別注意的是，Ｎ３考試和Ｎ４、Ｎ５不同，雖然也有「數字題」，但是題目難度上升，答案可能不會明白地在對話中，而是要將聽來的數字進行加減乘除才能得到正確答案。像這種時間題，就要小心「～分早く」、「～分遅く」、「遅れる」…等用法，這些都是和時間計算有關的關鍵字。

解題技巧

- 對話提到的第一個時間是９點半。這是男士明天要搭的新幹線的發車時間。接著又提到「８時半に家を出れば大丈夫だね」，這是男士預估的出門時間。聽到這邊可別以為這就是答案，耐著性子繼續聽下去。
- 對於男士的預估，女士提議「８時には出たほうがいいんじゃない」。不過男士又以「いや」來否定她提議的８點。接著又說「あと 15 分早く出ることにするよ」，表示他決定明天提早 15 分鐘出門。這個「提早」的基準點是什麼呢？就是他剛剛說的預計出門時間「８時半」。所以他打算明天８點 15 分出門。正確答案是２。
- 到了Ｎ３程度，為了更符合日常會話習慣，開始會出現口語縮約形和助詞的省略。比方說「ている」變成「てる」、「ておく」變成「とく」，或是「なくては」變成「なくちゃ」、「なきゃ」。而助詞最常被省略不說的就是「を」、「が」。

單字と文法

□～発（はつ） 從…發車

□乗り換え（のりかえ） 換搭、轉乘

□ふだん 平時

□迷う（まよう） 迷路（＝「道（みち）に迷（まよ）う」）

□たら 要是…

小知識

☞ 日本的鐵道

1.ＪＲ（原日本國營鐵道，簡稱「國鐵」）

現已民營化交由數間公司經營。經營項目包括相當於「台灣高鐵」的「新幹線」及相當於「台鐵」的「在來線」。

2.私鐵

由私人企業所經營的鐵道。雖然ＪＲ現在並非國營企業，不過因為一些歷史緣故，ＪＲ並不屬於私鐵。

3.其他

由地方公共團體或是第三部門所經營的鐵道。

單就往來東京車站的新幹線而言，就有東海道、山陽新幹線、東北新幹線、山形新幹線、秋田新幹線、上越新幹線、長野新幹線這些路線通車，很容易迷路。

もんだい 1　第 2 題 答案跟解說

1-3

男の人と女の人が話しています。男の人はお土産に何を持っていきますか。

M：来週台湾に出張に行くときに、向こうの支店の高橋さんに何かお土産を持ってってあげようと思うんだけど、何がいいかな。日本酒なんかどうかと思うんだけど。

F：そんな重いものより、もっと軽いものでいいんじゃない？外国に住んでる人にはインスタントラーメンなんか喜ばれるって聞いたことがあるけど。

M：でも、インスタントラーメン一袋だけ持ってくわけにもいかないからなあ。いくつも持ってくと荷物になるし。お茶はどうかな。

F：お茶でもいいと思うけど、私は梅干しがいいと思うな。

M：じゃ、両方にしよう。そうだ、お子さんにおもちゃでも持ってこうか。

F：それはいらないと思う。お子さんの好み知らないでしょう？

M：それもそうだね。じゃ、それはやめとこう。

男の人はお土産に何を持っていきますか。

【譯】

一位男士和一位女士正在交談。請問這位男士要帶什麼當作伴手禮呢？

M：我下週出差去台灣的時候，想要帶些伴手禮送給台灣分店的高橋先生，不曉得送他什麼比較好呢？我打算帶瓶日本酒之類的。

F：那種東西那麼重，還是帶輕一點的比較好吧？我聽說住在國外的人收到泡麵的禮物都會很開心。

M：可是，總不能只送一袋泡麵給他呀，但是帶好幾包去，又會增加行李的重量。送茶葉好不好呢？

F：茶葉也挺不錯的，不過我覺得梅干比較好喔。

M：那，就送這兩種吧。對了，也帶玩具去送給他小孩吧。

F：我看最好不要，我們又不曉得他小孩喜歡什麼呀？

M：妳說的有道理。那就別送了。

請問這位男士要帶什麼當作伴手禮呢？

ア　日本酒　　イ　泡麵　　ウ　茶葉　　エ　梅干　　オ　玩具

1　アイ　　2　イウ　　3　ウエ　　4　エオ

答案：3

【關鍵句】お茶(ちゃ)でもいいと思(おも)うけど、私(わたし)は梅干(うめぼ)しがいいと思(おも)うな。
じゃ、両方(りょうほう)にしよう。

對話情境と出題傾向

這一題的情境是兩人在討論男士出差的伴手禮。題目問的是男士要帶什麼去台灣。從選項來看，可以發現男士要帶兩樣東西過去，所以可別漏聽了。

遇到問物品的題目，就要特別留意「否定用法」。比如說「でも」、「だけど」、「いや」、「いいえ」…等。這種題型的構成多半是這樣的：Ａ提出意見，Ｂ反駁。就這樣一來一往提出了好幾個方案，最後終於定案。有時甚至會決定選原本否定過的東西，所以一定要聽到最後才知道答案。

解題技巧

- 一開始男士考慮送日本酒「日本酒なんかどうかと思うんだけど」，不過女士以日本酒很重為由，建議他改送輕一點的東西，像是「インスタントラーメン」（泡麵）。這時男士又以「でも、インスタントラーメン一袋だけ持ってくわけにもいかないからなあ」為由，否定掉這個建議。
- 接著又說「お茶はどうかな」，表示他想送茶葉。女士回答「お茶でもいいと思うけど、私は梅干しがいいと思うな」，表示她雖然覺得茶葉也不錯，但還是覺得梅干比較好。這時男士就說「じゃ、両方にしよう」，表示他決定兩個都送。也就是茶葉和梅干。正確答案是３。
- 至於後面提到的玩具，由於女士說「それはいらないと思う。お子さんの好み知らないでしょう」，而男士也採納了她的意見，所以也不在伴手禮清單裡。

單字と文法

- □ **出張(しゅっちょう)** 出差
- □ **支店(してん)** 分公司、子公司、分店
- □ **インスタントラーメン【instant ramen】** 泡麵
- □ **梅干(うめぼ)し** 梅干
- □ **好(この)み** 喜好、嗜好
- □ **なんか** …之類的、像是…

小知識

☞「けど」的各種用法

1. 提出話題

⇨「向こうの支店の高橋さんに何かお土産を持ってってあげようと思うんだけど、何がいいかな」

（我想要帶些伴手禮送給分店的高橋先生，不曉得送他什麼比較好呢？）

這是做為前言引入正題的說法。此外，在此如果不用「のだ」的口語形「んだ」，而是說「向こうの支店の高橋さんに何かお土産を持ってってあげようと思うけど」，就顯得不自然。

2. 委婉

⇨「日本酒なんかどうかと思うんだけど」

（我打算帶瓶日本酒之類的）

這是留下餘韻的柔軟說法。使用時機是想要確認對方的反應。如果少了「けど」，只說「日本酒なんかどうかと思うんだ」，就只是在表明自己的想法，沒有想聽對方意見的感覺。

3. 委婉

⇨「外国に住んでる人にはインスタントラーメンなんか喜ばれるって聞いたことがあるけど」

（我聽說住在國外的人收到泡麵的禮物都會很開心）

這也是確認對方的反應的說法。

4. 逆接

⇨「お茶でもいいと思うけど、私は梅干しがいいと思うな」

（茶葉也挺不錯的，不過我覺得梅干比較好喔）

這是對比的用法。

もんだい１　第 3 題 答案跟解說

1-4

携帯の留守番電話に会社の人からのメッセージが入っていました。このメッセージを聞いたあと、まず何をしますか。

Ｆ：もしもし、営業課の山川です。営業お疲れ様です。先ほど企画課の田中さんの方から、今朝お渡しした資料に一部間違いがあったと連絡がありました。修正した資料はすでにメールで送信したそうですので、すぐに確認してください。それから、修正前の資料をもうお見せしてしまったお客様にお電話してよくおわびをして、すぐに正しい資料をお送りしてください。申し訳ありませんがよろしくお願いします。

このメッセージを聞いたあと、まず何をしますか。

【譯】

手機裡收到了一通公司同事的留言。請問聽完這通留言以後，首先該做什麼事呢？

Ｆ：喂？我是業務部的山川。工作辛苦了。剛才企劃部的田中先生那邊通知，今天早上給您的資料有些錯誤。修正過後的資料已經用電子郵件寄給您了，請馬上收信確認。還有，請打電話向那些已經看過修正前的資料的客戶，向他們道歉，並且立刻補送正確的資料。不好意思，麻煩您了。

請問聽完這通留言以後，首先該做什麼事呢？

1　打電話給業務部的山川小姐

2　打電話向客戶道歉

3　確認是否收到電子郵件

4　聯絡企劃部的田中先生，告知資料有誤

解題關鍵と訣竅 （答案：3

【關鍵句】修正した資料はすでにメールで送信したそうですので、すぐに確認してください。

對話情境と出題傾向

這一題的情境是手機留言訊息。內容是山川小姐在轉達交辦工作上的事情。題目問的是聽完留言後接下來首要任務是什麼。

在這邊要注意「まず」這個副詞，既然有強調順序，可見題目當中一定會出現好幾件事情來混淆考生。要特別留意一些表示事情先後順序的語詞，像是「これから」（從現在起）、「その前に」（在這之前）、「あとで」（待會兒）、「今から」（現在就…）、「まず」（首先）…等等，這些語詞後面的內容通常就是解題關鍵。

此外，不妨注意一下「てください」這個表示指令、請求的句型。待辦事項常常就在這個句型裡。

解題技巧

- 這通留言一共講到兩件事情需要聽留言的人去辦。首先是「修正した資料はすでにメールで送信したそうですので、すぐに確認してください」。解題關鍵就在這個「すぐに」（立刻），也就是要對方「馬上」做確認電子郵件的動作。由此可見這應該是最緊急的事情才對。正確答案是 3。
- 第二件事情是「それから、修正前の資料をもうお見せしてしまったお客様にお電話してよくおわびをして、すぐに正しい資料をお送りしてください」。雖然這句話也有「すぐに」，但是開頭的「それから」（接著）表示「打電話向客戶賠罪」是要接在上一件事情（確認電子郵件）之後才對。所以選項 2 是錯的。
- 選項 1 是錯的。留言從頭到尾都沒有提到必須打電話給山川小姐。山川小姐只是負責留言通知的人而已。
- 選項 4 是錯的。田中先生是連絡山川小姐，告知資料有誤的人才對。更何況留言也都沒提到要和田中先生聯絡。

單字と文法

□ 留守番電話（るすばんでんわ） 電話留言、電話答錄

□ メッセージ【message】 留言、訊息

□ 営業課（えいぎょうか） 業務部

□ 先ほど（さきほど） 方才、稍早、剛剛

□ 企画課（きかくか） 企劃部

□ 修正（しゅうせい） 修正、修改

□ すでに 已經

□ 送信（そうしん） 傳送

□ おわび 道歉、歉意

小知識

☞「おわび」（致歉）的用法

「おわび」是從動詞「わびる」衍生出來的名詞，「わびる」的意思是「道歉」。像是本題的情況，通常不會說「お客様にお電話してよく謝って」，而是像本題對話一樣使用「おわびをして」才對。此外，也沒有「お客様にお電話してよくわびて」這樣的說法。「おわび」、「わびる」的書面用語是「謝罪（する）」。

もんだい 1　第 4 題 答案跟解說

1-5

会社で女の人と男の人が話しています。男の人が会社を出るときにしなくてもいいことは何ですか。

F：石田君、もう8時よ。まだ終わらないの？

M：あ、はい。さっきちょっとミスしちゃって。でも、もうすぐ終わります。

F：そう、大変ね。じゃ、私は先に帰るけど、電気とパソコンの電源切るの忘れないで。プリンターとコピー機もね。

M：ええっ、もうお帰りになるんですか。でも、僕、ドアの鍵を持ってないんですが。

F：あ、石田君、知らなかったんだ。ドアの鍵は自動でかかるからそのまま出ればいいよ。でも、窓はちゃんと鍵がかかってるか確認してね。

M：分かりました。

男の人が会社を出るときにしなくてもいいことは何ですか。

【譯】

一位男士和一位女士正在公司裡交談。請問這位男士在離開公司前，可以不必做的事是什麼？

F：石田，已經８點囉。你還沒弄完嗎？
M：啊，還沒。剛才出了點小差錯，不過快要做完了。
F：這樣啊，辛苦你了。那，我先回去了，你回去前記得關燈和關電腦喔，也別忘了印表機和影印機。
M：咦？您要回去了呀。可是我沒有大門的鑰匙。
F：咦，原來石田不曉得哦。大門會自動上鎖，所以直接離開就行了。但是要記得檢查窗戶有沒有鎖好喔。
M：我知道了。

請問這位男士在離開公司前，可以不必做的事是什麼？

1　關燈和關電腦
2　關列表機和關影印機
3　鎖大門
4　確認窗戶鎖了沒

解題關鍵と訣竅

（答案：3

【關鍵句】ドアの鍵は自動でかかるからそのまま出ればいいよ。

對話情境と出題傾向

這一題的情境是女士要先下班，提醒男士等等離開公司前要注意什麼。題目問的是男士「不用做」的事情，答案就在女士的發言當中，可別選到必須做的事情囉！

解題技巧

- 女士首先提到「電気とパソコンの電源切るの忘れないで」，要男士別忘了關電燈和電腦電源。所以選項 1 是錯的。
- 接著又説「プリンターとコピー機もね」。這句話接在「電気とパソコンの電源切るの忘れないで」後面，還原過後是「プリンターとコピー機の電源切るのも忘れないでね」。表示印表機和影印機也必須關掉電源。所以選項 2 是錯的。
- 正確答案是 3。提到鎖門一事，女士是説「ドアの鍵は自動でかかるからそのまま出ればいいよ」。表示門會自動上鎖，直接出去就行了。這也就是男士不用做的動作。
- 選項 4 是錯的。女士在最後有提到「窓はちゃんと鍵がかかってるか確認してね」。要男士確認窗戶有無上鎖。
- 最後，關於「電気とパソコンの電源切るの忘れないで」這句話要做個補充。「關燈」的日文是「電気を消す」，不是「電気を切る」。這句話原本應該要説成「電気消すのとパソコンの電源切るの忘れないで」，不過在説話時大家通常不會太在意這種問題，像這樣的破例也經常可見。

單字と文法

- □ ミス【miss】錯誤、犯錯
- □ 電源を切る 關掉電源
- □ プリンター【printer】印表機
- □ 自動 自動
- □ （鍵が）掛かる 上鎖

說法百百種

▸「のだ」／「んだ」的用法

ええっ、もうお帰りになるんですか。
／咦？您要回去了呀。〈這是在請對方給個說明。〉

でも、僕、ドアの鍵を持ってないんですが。
／可是我沒有大門的鑰匙。〈這是在主張自己的立場。〉

あ、石田君、知らなかったんだ。
／咦，原來石田不曉得哦。〈這是在表示理解。〉

もんだい1　第5題 答案跟解說

1-6

女の人と男の人が話しています。男の人はこのあと、まず何をしますか。

F：あら、あなた出かけるの？

M：うん、ちょっと本屋に行ってくるよ。

F：それなら、帰りでいいからちょっとスーパーに寄ってチーズと卵買ってきてくれる？それから、もしよかったらお米屋さんでお米も買ってきて。

M：いいけど、本屋に行ったあとで、公園でちょっと運動してきたいから遅くなるよ。

F：ええっ、それじゃ困るわ。チーズと卵は夕ご飯に使いたいんだから。

M：それなら先に買い物だけしてきてあげるよ。帰ってきてからまた出かければいいから。

F：ごめんね、そうしてくれる？あ、でも、お米は急がないからあとでもいいわ。

M：うん、分かった。

男の人はこのあと、まず何をしますか。

【譯】

一位女士和一位男士正在交談。請問這位男士接下來會先做什麼事呢？

F：咦，老公你要出門喔？

M：嗯，我去一下書店。

F：那麼，可以順便去超市幫我買起士和雞蛋嗎？回家前再買就行了。還有，可以的話，也幫忙到米店買米回來。

M：可以是可以，不過我離開書店以後，想到公園運動一下，所以會晚一點回來喔。

F：什麼？那就傷腦筋了，今天的晚飯我要用到起士和雞蛋呢。

M：這樣的話，我先幫妳買回來吧。把東西送回來以後，我再出門就行了。

F：不好意思喔，那就幫我先拿回來囉？啊，米的話不急，運動完再買就好。

M：嗯，知道了。

請問這位男士接下來會先做什麼事呢？

1　去書店

2　到超市買起士和雞蛋

3　到米店買米

4　到公園運動

解題關鍵と訣竅

（答案：2

【關鍵句】スーパーに寄ってチーズと卵買ってきてくれる？…お米屋さんでお米も買ってきて。

それなら先に買い物だけしてきてあげるよ。

でも、お米は急がないからあとでもいいわ。

對話情境と出題傾向

這一題的情境是女士要男士幫忙跑腿買東西。題目問的是男士接下來首先要做什麼事情。和第三題一樣，既然有強調順序，可見題目當中一定會出現好幾件事情來混淆考生。一定要聽出每件待辦事項的先後順序。

解題技巧

- 男士首先表示自己要去書店一趟「ちょっと本屋に行ってくるよ」。這時女士要他在回程時去超市買起士、雞蛋，以及到米店買米「スーパーに寄ってチーズと卵買ってきてくれる？」、「お米屋さんでお米も買ってきて」。不過男士表示自己在去完書店後，還要去公園運動「本屋に行ったあとで、公園でちょっと運動してきたいから遅くなるよ」。
- 到目前為止，男士的待辦事項順序是：書店→公園運動→超市買起士和雞蛋→米店買米。
- 接下來女士表示這樣很困擾，所以男士又改口説「それなら先に買い物だけしてきてあげるよ」。這讓事情的順序產生變化，「超市買起士和雞蛋，米店買米」這兩件事的順序排在最前面了。不過女士這時又説「でも、お米は急がないからあとでもいいわ」，表示米稍晚再買也不遲。所以男士最先要做的事是去超市買起士和雞蛋。正確答案是２。

單字と文法

□ **あら** 唉呀、咦（表示驚訝，多為女性使用）

□ **寄る** 順道去…

□ **帰り** 回程

□ **たい** 想要…、希望…

說法百百種

▶有事拜託人家的時候可以怎麼說？

1. 對親朋好友：

そうしてくれる？
／你可以幫我這個忙嗎？

2. 對老師或是上司：

① そうしていただけますか。
／請問您方便這樣做嗎？〈用於對方很有可能幫自己做事，或是想確定對方願不願意幫這個忙時〉

② そうしていただけませんか。
／請問您可以這樣做嗎？〈比起①，「請求」的語感較強〉

③ そうしていただけないでしょうか。
／不知您是否願意幫我這個忙呢？〈比起②，感覺較為謙虛〉

④ そうしていただけると、たいへんありがたいのですが…。
／如果您願意幫我這個忙，那真的是萬分感激…〈這比①②③還更為對方留下拒絕的餘地，是很客氣也不會過於強迫他人的說法〉

もんだい 1　第 6 題 答案跟解說

男の人と女の人が話しています。二人はオレンジジュースをどうしますか。

M：それ、どうしたんですか。

F：ああ、これ。オレンジジュースなんだけど、誰も飲む人がいなくて。

M：みんなビールばかり飲んでますからね。

F：若い女の子も何人か来るって聞いてたから、準備しといたんだけど、今の子はみんなお酒強いのね。先に開けなければよかったわ。

M：そうですよ。でも、どうするんですか。5杯もありますよ。

F：私が1杯もらうから、残りはあなたが飲んでくれる？

M：4杯も飲めるわけがありませんよ。僕も1杯だけいただきます。残りはあとでもしかしたら誰かが飲むかもしれないから、置いときましょう。捨てるのももったいないですから。

F：そうしましょう。

二人はオレンジジュースをどうしますか。

【譯】

一位男士和一位女士正在交談。請問這兩個人會如何處理柳橙汁呢？

M：那東西是怎麼回事？

F：喔，你是說這個呀。這是柳橙汁，可是沒有人喝。

M：大家全都只喝啤酒啊。

F：之前聽說會有好幾個年輕女孩來，所以準備了果汁，沒想到現在的女孩酒量這麼好呢。早知道就不要先開果汁了。

M：是啊。不過，要拿這些怎麼辦好呢？有 5 杯呢。

F：我會喝掉 1 杯，剩下的可以請你幫忙喝嗎？

M：怎麼可能喝得下 4 杯呀！我也幫忙喝 1 杯，剩下的說不定會有人想喝，就放在這裡吧。倒掉也挺可惜的。

F：那就這麼辦吧。

請問這兩個人會如何處理柳橙汁呢？

1　男士喝掉 1 杯，留下 4 杯

2　男士和女士各喝 1 杯，留下 3 杯

3　男士和女士各喝 1 杯，倒掉 3 杯

4　女士喝掉 1 杯，男士喝掉 4 杯

答案：2

【關鍵句】5杯(はい)もありますよ。
私(わたし)が1杯(ぱい)もらうから、残(のこ)りはあなたが飲(の)んでくれる？
僕(ぼく)も1杯(ぱい)だけいただきます。残(のこ)りは…、置(お)いときましょう。

! 對話情境と出題傾向

這一題的情境是在聚餐場合，女士多點了5杯柳橙汁。題目問的是兩個人該怎麼處理這些柳橙汁。

解題技巧

- 解題關鍵在「私が1杯もらうから、残りはあなたが飲んでくれる？」、「僕も1杯だけいただきます。残りは…、置いときましょう」這兩句。女士表示她可以喝1杯。男士則說他也只能喝1杯，並表示剩下3杯柳橙汁放著就好了。正確答案是2。

- 選項1是錯的。因為女士有説「私が1杯もらう」，表示她要喝1杯。再加上男士也喝1杯，剩下的應該是3杯才對。

- 選項3是錯的。錯誤的地方在「捨てる」。對於剩下的柳橙汁，男士有説丟掉很可惜「捨てるのももったいないですから」，女士也同意他的看法，所以兩人不會把剩下的3杯丟掉。

- 選項4是錯的。女士雖然有拜託男士「残り（の4杯）はあなたが飲んでくれる？」。但是男士説「4杯も飲めるわけがありませんよ」，表示自己喝不下4杯那麼多。

單字と文法

- □ **オレンジジュース【orange juice】** 柳橙汁
- □ **（酒(さけ)に）強(つよ)い** 酒量好
- □ **残(のこ)り** 剩餘、剩下
- □ **もったいない** 可惜的、浪費的
- □ **わけがない** 不可能、不會

說法百百種

▸ 表示同意的說法：

1. 在公司職場：

そうしましょう。／就這麼辦吧！

そうですね。／說得也是。

私もそれがよいと思います。／我也覺得這樣不錯。

2. 對親朋好友：

そうだね。／也是。

Memo

ポイント理解

聽取完整的會話段落之後，測驗是否能夠理解其內容（依據剛才已聽過的提示，測驗是否能夠抓住應當聽取的重點）。

考前要注意的事

作答流程 & 答題技巧

聽取說明

先仔細聽取考題說明

聽取問題與內容

習目標是，聽取兩人對話或單人講述之後，抓住對話的重點。

內容順序一般是「提問 ➡ 對話（或單人講述）➡ 提問」預估有 6 題

1 提問時常用疑問詞，特別是「どうして」（為什麼）。

2 首要任務是理解要問什麼內容，接下來集中精神聽取提問要的重點，排除多項不需要的干擾訊息。

3 選注意選項跟對話內容，常用意思相同但說法不同的表達方式。

答題

再次仔細聆聽問題，選出正確答案

N３聴力模擬考題　問題２

2-1

問題２では、まず質問を聞いてください。そのあと、問題用紙を見てください。読む時間があります。それから話を聞いて、問題用紙の１から４の中から、最もよいものを一つえらんでください。

2-2　１ばん

答え：①②③④

1　韓国料理が嫌いだから

2　彼女とデートするから

3　英会話の教室に行くから

4　課長に遠慮しているから

2-3　２ばん

答え：①②③④

1　今週の週末

2　来週の水曜日

3　平日の会社が終わったあと

4　今月末

2-4　３ばん

答え：①②③④

1　工場の仕事が大変だったから

2　いろいろな人に会う仕事がしてみたかったから

3　営業の仕事の方が給料がいいから

4　若いうちにいろいろな仕事をするほうがいいと思ったから

2-5 4ばん

答え：1 2 3 4

1 先輩がとても元気そうだから

2 先生の教え方が丁寧だから

3 場所が近くて料金が安いから

4 先輩と同じ教室に通いたいから

2-6 5ばん

答え：1 2 3 4

1 2,500円

2 2,502円

3 2,503円

4 2,504円

2-7 6ばん

答え：1 2 3 4

1 帽子をかぶっていて、髪が長い人

2 帽子をかぶっていて、髪が短い人

3 帽子をかぶっていなくて、髪が長い人

4 帽子をかぶっていなくて、髪が短い人

第二大題。請先聽每小題的題目，再看答題卷。此時會提供一段閱讀的時間。接著聽完對話，從答題卷上的選項 1 到 4 當中，選出最佳答案。

もんだい 2　第 1 題 答案跟解說

2-2

会社で女の人と男の人が話しています。男の人はどうして一緒に食事に行きませんか。

F：あ、山口さん。ちょうどよかった。今週の金曜日、会社終わったあと、時間ある？

M：え、どうしてですか。

F：営業課のみんなでご飯食べに行こうって、さっき話してたの。課長がおいしい韓国料理のお店知ってるから紹介してくれるって。課長のおごりよ。

M：ああ、そうですか。でも、すみません。僕はちょっと…。

F：どうして？韓国料理は嫌い？それとも、金曜の夜は彼女とデート？あ、それとも、もしかしたら…。

M：いえ、そうじゃなくて、金曜の夜は英会話の教室に通ってるんです。

F：あら、そうだったの。偉いわね。私は、この前山口さんがミスして課長にしかられたから、遠慮してるのかと思ったわ。

M：いえ、あのことは自分が悪かったんですから、全然気にしてないです。

F：でも、一緒に行けないのは残念ね。またこの次の機会にね。

男の人はどうして一緒に食事に行きませんか。

【譯】

一位女士和一位男士正在公司裡交談。請問這位男士為什麼不和大家一起去聚餐呢？

F：啊，山口先生，我正要找您！這個星期五下班以後，您有空嗎？

M：咦，有什麼事嗎？

F：剛剛業務部的同事說好了，大家一起去吃飯。課長知道一家好吃的韓國料理餐廳，介紹我們去吃。是課長請客喔！

M：喔，原來是這樣啊。可是，不好意思，我恐怕不太方便…。

F：怎麼了嗎？您不喜歡吃韓國菜嗎？還是，星期五晚上要和女朋友約會？啊，該不會是因為…。

M：不，不是那些原因，我星期五晚上有英語會話課。

F：哎呀，原來是這麼回事啊，真讓人佩服。我還以為是上次山口先生出了差錯時被課長訓了一頓，所以覺得面對課長有點尷尬。

M：沒的事。那次挨罵以後反省了，知道錯在自己，所以完全沒放在心上。

F：不過，這次沒能一起聚餐真可惜。再等下次的機會囉。

請問這位男士為什麼不和大家一起去聚餐呢？

1　因為他討厭韓國菜

2　因為他要去和女朋友約會

3　因為他要去上英語會話課

4　因為他覺得面對課長有點尷尬

解題關鍵と訣竅

答案：3

【關鍵句】いえ、そうじゃなくて、金曜の夜は英会話の教室に通ってるんです。

❗ 對話情境と出題傾向

這一題的情境是女士邀請男士參加聚餐。題目問的是男士為什麼不和大家一起去，要特別留意男士的發言。題目用「どうして」來詢問理由，不妨可以找出「から」、「ので」、「ため」、「のだ」…等表示原因、理由的句型，答案也許就藏在這些地方。

解題技巧

- 女士說「韓国料理は嫌い？それとも、金曜の夜は彼女とデート？」，來猜測男士可能是討厭韓國料理或是要和女朋友約會，才不能出席聚餐。對此，男士回答「いえ、そうじゃなくて」，從這個否定句就可以得知選項１、２都不正確。
- 接著男士又說「金曜の夜は英会話の教室に通ってるんです」。這個「んです」在這邊是當解釋的用法，也就是說，男士在說明自己不去聚餐，是因為他星期五晚上要去上英語會話課。正確答案是３。
- 至於選項４，女士說「私は、この前山口さんがミスして課長にしかられたから、遠慮してるのかと思ったわ」。男士回覆「いえ、あのことは自分が悪かったんですから、全然気にしてないです」。從這邊可以得知男士不去聚餐並不是在迴避課長，所以選項４是錯的。

單字と文法

- □ おごり 請客
- □ 気にする 介意、在意
- □ デート【date】約會
- □ って …說是

小知識

這一題對話當中，女士有一句「私は、この前山口さんがミスして課長にしかられたから、遠慮してるのかと思ったわ」（我還以為是上次山口先生出了差錯時被課長訓了一頓，所以覺得面對課長有點尷尬）。其實這是為了出題方便才特地放進來的一句台詞，一般而言並不會這麼直接地把心裡話說出來。像女士這樣的說法，在日文裡面就叫「ずけずけ（と）言う」（說話毫不客氣）。

もんだい 2　第 ❷ 題 答案跟解說

2-3

家で女の人と男の人が話しています。二人はいつ美術館に行きますか。

F：市立美術館で西洋絵画の展覧会やってるよ。週末に見に行こうよ。

M：僕、今週の土日はゴルフの約束があるんだ。それ、いつまでやってるの？

F：今月末までみたい。それなら、来週の水曜日はどう？祝日でお休みでしょう？

M：その日は、君が友達と買い物に行く約束だったんじゃないの？

F：あ、そうだった。それじゃ、平日は夜8時まで開いてるみたいだから、二人が会社終わったあとにしようか。

M：それじゃ、忙しすぎてゆっくり見られないよ。

F：それもそうね。しかたがないから、友達に電話して買い物に行く日を変えてもらうわ。急ぎの買い物じゃないから。

M：君がそれでいいなら、そうしよう。

二人はいつ美術館に行きますか。

【譯】

一位女士和一位男士正在家裡交談。請問這兩個人什麼時候要去美術館呢？

F：市立美術館正在展覽西洋繪畫喔。我們週末去參觀吧。

M：我這星期六日和人約好了要打高爾夫球。那個展覽到什麼時候結束？

F：好像到這個月底。不然，下星期三行不行？那天是放假日，不上班吧？

M：那一天妳不是和朋友約好要去買東西嗎？

F：啊，對喔。那麼，美術館好像在週一到五都開到晚上 8 點，我們兩個約下班以後去看吧。

M：那樣太趕了，沒辦法好好欣賞。

F：說得也對。那就沒辦法了，我還是打電話給朋友改約其他時間去買東西吧。反正又不急著買。

M：如果妳可以改時間，就挑那天吧。

請問這兩個人什麼時候要去美術館呢？

1　這個週末　　2　下個星期三

3　週一到五下班後　　4　這個月底

（答案：2

【關鍵句】来週の水曜日はどう？
その日は、君が友達と買い物に行く約束だったんじゃないの？
友達に電話して買い物に行く日を変えてもらうわ。

對話情境と出題傾向

這一題的情境是兩人在討論何時要去美術館。聽到「いつ」這個疑問詞，就要特別留意對話當中出現的時間、日期、星期…等情報。而且要小心，題目問的是去美術館的時間喔！

解題技巧

- 一開始女士是提議「週末に見に行こうよ」，表示要週末去美術館。不過對此男士回覆「僕、今週の土日はゴルフの約束があるんだ」，雖然沒有明確地拒絕，但是男士這番話已經暗示了他這個週末不行。所以選項 1 是錯的。
- 接著女士又說「来週の水曜日はどう？」，用「どう？」來詢問男士的意願，不過男士又說「その日は、君が友達と買い物に行く約束だったんじゃないの？」，表示女士下週三應該沒空。聽到這邊可別急著把選項 2 刪掉！因為最後女士其實有改變心意，以「友達に電話して買い物に行く日を変えてもらうわ」這句表示她要和朋友約改天購物，也就是說，下週三她可以去美術館了。兩人去美術館的日期就是下週三。正確答案是 2 。
- 像這樣反反覆覆、改來改去，好像在繞圈子的說話方式是日檢聽力考試的一大特色。不聽到最後是不曉得正確答案的，千萬要耐住性子。
- 選項 3 也是女士的提議之一，不過對於平日下班過後，男士說「それじゃ、忙しすぎてゆっくり見られないよ」，表示時間太趕了。
- 選項 4 對應到「それ、いつまでやってるの？」、「今月末までみたい」，「這個月底」是指西畫展覽的期限，並不是兩人要去參觀的日期。

單字と文法

□ 西洋絵画（せいようかいが） 西畫
□ ゴルフ【golf】 高爾夫球
□ 祝日（しゅくじつ） 國定假日
□ 変更（へんこう） 變更
□ 急ぎ（いそぎ） 趕時間

小知識

☞ 美術館、博物館的展覽種類

常設展（常設展）：

そこの収蔵品の普段の展示のこと。ただし、いつ行っても同じ展示とは限らない。展示品は収蔵品の一部なので、常設展であっても入れ替えをする。（該館收藏品的一般展覽。不過，不一定每次去都是一樣的展覽內容。展示品是館藏的一部分，即使是常設展也會有所更換變動。）

企画展（企劃展）：

一定の期間、何かテーマを決めて、そこの収蔵品を主としながらよそから借りた物も合わせて展示すること。）（在一定的期間內，決定某個展出主題，並以該館館藏為主，再外借展示品進行聯合展覽。）

特別展（特別展）：

企画展と同じ意味の場合もあるが、一般には、一定の期間、よそから借りた物を主として開催する展示会のこと。（有時和企劃展一樣，不過一般而言，是指在某個期間，以外借展示品為主，來進行展出。）

もんだい 2　第 3 題 答案跟解說

2-4

女の人と男の人が話しています。男の人はどうして仕事を変えましたか。

F：最近お仕事を変えたそうですね。

M：ええ、今は営業の仕事をしてます。

F：確か以前は工場でお仕事されてましたよね。やっぱり大変だったんでしょうね。

M：いえ、それほどじゃなかったんですが、一日中ずっと室内で作業をしてるのが嫌になっちゃったんです。外を回っていろんな人に会う仕事の方が性格に合ってると思ったんですよ。給料は前のほうが少し良かったんですけどね。

F：若いうちにいろんな仕事をやってみるのもいいかもしれませんね。頑張ってください。

M：ありがとうございます。

男の人はどうして仕事を変えましたか。

【譯】

一位女士和一位男士正在交談。請問這位男士為什麼換了工作呢？

F：聽說你最近換工作了。

M：嗯，現在在跑業務。

F：我記得你以前是在工廠裡工作。是不是那種工作太辛苦了？

M：不是，那工作倒不至於太累，只是我不想再繼續一整天都待在室內工作而已。我覺得在外面到處見到不一樣的人，比較適合自己的個性吧。不過，之前的工作薪水比較高一些就是了。

F：趁年輕時多多嘗試各式各樣的工作也挺不錯的。加油！

M：謝謝您。

請問這位男士為什麼換了工作呢？

1　因為工廠的工作太辛苦了

2　因為他想嘗試能見到不一樣的人的工作

3　因為業務工作的薪水比較高

4　因為他覺得趁年輕時多多嘗試各式各樣的工作比較好

（答案：2

【關鍵句】外を回っていろんな人に会う仕事の方が性格に合ってると思ったんですよ。

對話情境と出題傾向

這一題的情境是兩人在聊男士換工作一事。題目用「どうして」來詢問男士為什麼要換工作。和第１題一樣，題目問的是「為什麼」，除了要留意男士的發言，不妨找出「から」、「ので」、「ため」、「のだ」…等表示原因、理由的句型，答案也許就藏在這些地方。

解題技巧

- 解題關鍵就在「外を回っていろんな人に会う仕事の方が性格に合ってると思ったんです」這一句。表示他之所以會改當業務，就是因為他覺得自己適合在外接觸各式各樣的人。正確答案是２。
- 選項１之所以是錯的，是因為女士針對工廠的工作有詢問男士「やっぱり大変だったんでしょうね」，不過男士回答「いえ、それほどじゃなかったんです」，表示他不覺得辛苦。
- 關於薪水，男士有提到「今は営業の仕事をしてます」、「給料は前のほうが少し良かったんですけどね」，表示現在跑業務薪水反倒比之前的工作還少。選項３的敘述正好和他的發言相反，所以也是錯的。
- 選項４對應到「若いうちにいろんな仕事をやってみるのもいいかもしれませんね」這句話，不過這是女士的發言，男士對此倒是沒有說什麼。

單字と文法

- □ **室内** 室內
- □ **嫌になる** 討厭
- □ **いろんな** 各式各樣的
- □ **性格** 性格、個性
- □ **給料** 薪水、薪資

小知識

⇨ 転職：仕事を変えること（轉職：換工作）

⇨ 転勤：仕事は変わらないが、勤務地が変わること（調職：雖沒換工作，但工作地點有所改變）

⇨ Uターン：進学や就職のために都市部に出た人が、地元に戻ること（回流：到都市求學或工作的人返回家鄉）

もんだい 2　第 4 題 答案跟解說

2-5

会社で女の人と先輩が話しています。女の人はどうしてダンス教室に興味を持ちましたか。

Ｆ１：佐藤先輩、最近すごくお元気そうですね。顔色がとても良くて。

Ｆ２：そう？ありがとう。３か月ぐらい前からダンス教室に通ってるから、そのおかげかな。

Ｆ１：ダンス教室ですか。私も最近運動不足で疲れやすいから、何かスポーツをしたいと思ってたんです。佐藤先輩のご様子を拝見すると、ダンスってよさそうですね。でも、難しくありませんか。

Ｆ２：初めての人には先生がひとつひとつ丁寧に教えてくれるから安心よ。

Ｆ１：週に何回ぐらい通ってらっしゃるんですか。

Ｆ２：毎週金曜日の夜、会社が終わったあとに行ってるの。市民センターだからここから近いし、料金も安いからおすすめよ。興味があるなら、今度一緒に行ってみる？

Ｆ１：ぜひ、お願いします。

女の人はどうしてダンス教室に興味を持ちましたか。

【譯】

一位女士正在公司裡和前輩交談。請問這位女士為什麼想上舞蹈課呢？

Ｆ１：佐藤前輩，您最近看起來神采奕奕，氣色也很紅潤呢。

Ｆ２：真的？謝謝。我大概從三個月前開始去上舞蹈課，可能是身體變好了吧。

Ｆ１：上舞蹈課喔。我最近也缺乏運動，很容易疲倦，打算開始找個運動來做。看到佐藤前輩充滿活力的模樣，跳舞好像很不錯喔。不過，會不會很難呢？

Ｆ２：剛開始學的人，老師會很仔細地一個步驟、一個步驟慢慢教導，不必擔心。

Ｆ１：請問您每星期去上幾次課呢？

Ｆ２：我是每個星期五下班之後的晚上去上課的。教室就在市民中心，離這裡很近，而且費用也便宜，我很推薦喔。如果妳有興趣的話，要不要下回和我一起去試試看？

Ｆ１：請您一定要帶我去！

請問這位女士為什麼想上舞蹈課呢？

1　因為前輩看起來神采奕奕

2　因為老師的教法很仔細

3　因為地點近而且費用便宜

4　因為能和前輩在同一個教室裡上課

解題關鍵と訣竅

（答案：1

【關鍵句】佐藤先輩（さとうせんぱい）、最近（さいきん）すごくお元気（げんき）そうですね。顔色（かおいろ）がとても良（よ）くて。
佐藤先輩（さとうせんぱい）のご様子（ようす）を拝見（はいけん）すると、ダンスってよさそうですね。

對話情境と出題傾向

這一題的情境是兩位女士在討論舞蹈課相關事宜。題目問的是女士為什麼會對舞蹈課產生興趣，這裡女士指的其實是第一位女士（後輩），不是佐藤前輩。

解題技巧

▶ 解題關鍵在對話的開頭前幾句。公司的後輩（Ｆ１）說「佐藤先輩、最近すごくお元気そうですね」。前輩（Ｆ２）回答「３か月ぐらい前からダンス教室に通ってるから、そのおかげかな」，解釋可能是因為她有在上舞蹈課，所以氣色才這麼好。後輩接著說「佐藤先輩のご様子を拝見すると、ダンスってよさそう」，表示她看到前輩的樣子，覺得跳舞好像不錯。而這段對話便說明了看到前輩因練舞而精神奕奕，自己也萌生念頭想學舞。正確答案是１。雖然這句話沒有直接連結到學舞的原因，不過整段對話聽下來就可以發現這是最適合的答案。

▶ 選項２對應到「初めての人には先生がひとつひとつ丁寧に教えてくれるから安心よ」。選項３對應到「市民センターだからここから近いし、料金も安いからおすすめよ」。這些都是前輩推薦該舞蹈教室的優點，並不是吸引後輩練舞的主要原因。

▶ 至於選項４，對話從頭到尾都沒有提到這一點，所以是錯的。

單字と文法

□ ダンス【dance】舞蹈、跳舞
□ 顔色（かおいろ） 臉色
□ 運動不足（うんどうぶそく） 運動不足
□ 市民（しみん）センター 市民中心
□ おすすめ 推薦
□ おかげだ 託…之福

小知識

學習才藝時，每個月付給老師的錢稱為「月謝」（げっしゃ）。一般而言是一個月給一次，不過像是按次付費或是當期課程開始前即付費的情況，就沒有固定的說法了。如果硬要說的話，那應該稱為「受講料」（じゅこうりょう），但很少人這麼稱呼。如果是「同好会」（同好會）的話，就稱為「会費」（かいひ）。「学費」（がくひ）指的是付給正規學校的金錢，不用在補習班。本題當中是用「料金」（費用）這個詞，從這邊看來，這個舞蹈教室的性質可能不是一種才藝學習，這筆費用應該是場地費之類的。

至於所謂的「受講料」（聽講費），知名教學機構是採取每個月從銀行扣款，小規模的機構或是個人講師多半採取現金支付。大部分的老師都會準備「月謝袋」（學費袋），讓學生把聽講費放進袋裡交給老師。就日本禮儀而言，「月謝袋」裡面要放新鈔才行。

もんだい 2　第 5 題 答案跟解說　2-6

男の人がスーパーで買い物しています。男の人はいくら払いますか。

F：全部で 2500 円になります。袋はいかがなさいますか。

M：お願いします。

F：この量ですと、L サイズの袋になりますので、3 円いただきますが。

M：え、お金がかかるんですか。

F：申し訳ありません。今月からレジ袋は有料になったんです。M サイズが一つ 2 円で L サイズが一つ 3 円です。入り口のところにもお知らせが貼ってあるんですが。

M：全然気がつきませんでした。でも、大きな袋一つに入れると持ちにくいから、小さな袋二つもらえますか。

F：かしこまりました。

男の人はいくら払いますか。

【譯】

一位男士正在超市裡買東西。請問這位男士需付多少錢呢？

F：總共2500圓。請問您要袋子嗎？

M：麻煩妳了。

F：以您購買的數量來看，需要用L號的袋子，收您 3 圓。

M：什麼，袋子要花錢買喔？

F：非常抱歉，從這個月開始塑膠袋需要付費購買。M號每個 2 圓，L號每個 3 圓。入口處也貼了公告，周知顧客。

M：我根本沒注意到那張公告。不過，全部裝在一個大袋子裡不好提，可以給我兩個小袋子嗎？

F：好的。

請問這位男士需付多少錢呢？

1　2500圓

2　2502圓

3　2503圓

4　2504圓

答案：4

【關鍵句】全部で 2500 円になります。
Mサイズが一つ２円で…。
小さな袋二つもらえますか。

對話情境と出題傾向

這一題的情境是男士在超市結帳時要加買購物袋。題目問的是他總共付多少錢。當題目出現詢問數量、價錢的疑問詞「いくら」時就要豎起耳朵仔細聽囉！

在 N4、N5 當中，雖然也有數目價錢題，但是答案多半在題目中，只要聽出數字就行了。不過到了Ｎ３可沒這麼簡單囉！題目裡面一樣會出現許多數字，但還需要做加減乘除才有辦法算出正確答案！所以在做筆記時，別忘了把每個數字都寫下，並預留空間計算吧！

解題技巧

▶ 這一題首先要聽出女店員說的「全部で 2500 円になります」，表示男士的消費金額是 2500 圓。接著男士說要購物袋。女士又說「Ｌサイズの袋になりますので、３円いただきますが」，表示要酌收３圓的Ｌ號袋子費用。後面又提到Ｍ號一個２圓，Ｌ號一個３圓「Ｍサイズが一つ２円でＬサイズが一つ３円です」。至於男士到底要買什麼尺寸的袋子？數量又是多少呢？他的決定是「小さな袋二つもらえますか」，也就是說他要買兩個小的袋子（＝Ｍ號 × ２），Ｍ號一個是２圓，２個是４圓。再加上他的消費金額，「４＋2500 ＝ 2504」。正確答案是４。

單字と文法

- □ レジ袋 塑膠袋
- □ 有料 收費
- □ 気がつく 注意
- □ かしこまりました 我知道了、我明白了

小知識

過去有很多日本店家為了鼓勵民眾自行攜帶購物袋，便實施集點優惠活動。如果自行備妥袋子，就可以在集點卡上蓋章，集點換取該家商店的折價優惠（大多為集滿 20 點可以折抵 100 圓）。一直到最近才有一些店家開始酌收購物袋費用。也有部分店家是客人自行攜帶袋子就能直接給予購物折扣。

もんだい 2　第 6 題 答案跟解說

2-7

女の人と男の学生が話しています。男の学生のガールフレンドはどの人ですか。

F：写真、見せてもらってもいい？

M：ああ、これですか。どうぞ。友達や彼女と一緒に釣りに行ったときの写真なんです。

F：きれいに撮れてるじゃない。それで、あなたの彼女はどの人？

M：帽子をかぶってる子です。髪が長い方の。

F：この子？

M：あ、間違えた。その写真のときはかぶってなかったんだ。こっちの子です。

F：でも、髪の毛長く見えないけど。

M：後ろでしばってるからそう見えないんですよ。

男の学生のガールフレンドはどの人ですか。

【譯】

一位女士正在和一個男學生交談。請問這個男學生的女朋友是哪一個呢？

F：可以借我看一下照片嗎？

M：喔，妳是說這張呀，請看。這是我和朋友還有女朋友一起去釣魚時拍的照片。

F：拍得挺好的嘛。那，你的女朋友是哪一位呢？

M：戴著帽子的女孩。長頭髮的那個。

F：這個女孩嗎？

M：啊，不對。拍這張照片時她沒戴帽子。是這邊這一個。

F：可是，看起來頭髮不長呀。

M：她把頭髮往後綁，所以看不出長度。

請問這個男學生的女朋友是哪一個呢？

1　戴著帽子、長頭髮的人

2　戴著帽子、短頭髮的人

3　沒有戴帽子、長頭髮的人

4　沒有戴帽子、短頭髮的人

解題關鍵と訣竅

（答案：3

【關鍵句】その写真のときはかぶってなかったんだ。
髪の毛長く見えないけど。
後ろでしばってるからそう見えないんですよ。

對話情境と出題傾向

這一題的情境是兩個人在邊看照片邊討論。題目問的是男學生的女朋友是哪一位。像這種詢問人的題目，就要留意對於五官、髮型、衣服、配件、姿勢、位置…等敘述。

解題技巧

▶ 解題關鍵在「帽子をかぶってる子です。髪が長い方の」、「あ、間違えた。その写真のときはかぶってなかったんだ」這兩句，一開始男學生說他的女朋友戴著帽子、留著長髮，但後面又改口說她沒有戴帽子。也就是說，沒戴帽子的長髮女性是他的女朋友。正確答案是 3 。

▶ 這題還有一個陷阱在女士最後一句話「でも、髪の毛長く見えないけど」，表示女孩的髮型不像長髮。聽到這邊可別以為答案是短髮喔！對此男學生有解釋「後ろでしばってるからそう見えないんですよ」，表示只是因為頭髮綁在後面所以才看不出來而已。女孩是長髮沒錯。

單字と文法

□ ガールフレンド【girlfriend】女朋友

□ 彼女 女朋友

□ 釣り 釣魚

□ しばる 綁起

說法百百種

▶ 在美髮沙龍可能會用到的一些說法

耳が見えるくらいに切ってください。／請修剪到讓我的耳朵能露出來。

耳が隠れるようにしてください。／請讓我的頭髮能蓋住耳朵。

まゆ毛が見えるようにしてください。／瀏海請短到能看到我的眉毛。

まゆ毛が隠れるようにしてください。／請讓瀏海蓋住我的眉毛。

まゆ毛の上でそろえてください。／瀏海請齊眉。

髪をあごの線にそろえてください。／頭髮請剪到下巴位置。

髪の色を変えたいんです。／我想改變髮色。

少し短くしてください。／請稍微修短一下。

Memo

概要理解

在聽取完整的會話段落之後，測驗是否能夠理解其內容（測驗是否能夠從整段會話中理解說話者的用意與想法）。

考前要注意的事

作答流程 & 答題技巧

聽取說明

先仔細聽取考題說明

聽取問題與內容

學習目標是，聽取一人（或兩人）講述的內容之後，(一)理解談話的主題；(二)聽出說話者的目的跟主張。

內容順序一般是「提問 ➡ 單人（或兩人）講述 ➡ 提問＋選項」

預估有 3 題

1 文章篇幅較長，內容較抽象、具邏輯性，配分一般較高。

2 提問及選項都在錄音中，所以要邊聽邊在空白答案卷上，寫下大概的意思，不需太注意細節。

3 關鍵字或多次出現的詞彙，一般是得到答案的鑰匙。

答題

再次仔細聆聽問題，選出正確答案

N3 聴力模擬考題 問題3

3-1

問題3では、問題用紙に何もいんさつされていません。この問題は、ぜんたいとしてどんなないようかを聞く問題です。話の前に質問はありません。まず話を聞いてください。それから、質問とせんたくしを聞いて、1から4の中から、最もよいものを一つえらんでください。

3-2 1ばん

答え：①②③④

- メモ -

3-3 2ばん

答え：①②③④

- メモ -

3-4 3ばん

答え：①②③④

- メモ -

3-5 4ばん

答え：① ② ③ ④

- メモ -

3-6 5ばん

答え：① ② ③ ④

- メモ -

3-7 6ばん

答え：① ② ③ ④

- メモ -

もんだい 3　第 1 題 答案跟解說

3-2

女の学生が友達の家に来て話しています。

Ｆ１：こんにちは。佐藤です。洋子さんの具合はいかがですか。

Ｆ２：あら、佐藤さん、来てくれたの。悪いわね。どうぞ、上がって。

Ｆ１：あ、私はここでいいです。すぐに帰りますから。洋子さんいかがですか。

Ｆ２：それが、今朝急に頭が痛いって言うから、病院で診てもらったらやっぱりインフルエンザだったわ。薬もらってきたんだけど、まだ熱が下がらないの。今、部屋で寝てるけど、佐藤さんにもうつったら大変だから、会わないほうがいいわね。

Ｆ１：いえ、今日は洋子さんの分のノートをとっておいたので、お渡ししに来ただけですから。これ、あとで洋子さんに渡してください。

Ｆ２：あら、気を使ってくれてありがとうね。お茶入れるから上がって。

Ｆ１：いえ、私、これから塾に行かなければいけないので、今日はこれで失礼します。また明日来ます。

女の学生は友達の家に何をしに来ましたか。

1　友達に会いに来た　　2　ノートを渡しに来た

3　お茶を飲みに来た　　4　友達を塾に誘いに来た

【譯】

一個女學生來同學家和她的家人交談。

Ｆ１：您好，我是佐藤。請問洋子同學的身體狀況如何呢？

Ｆ２：哎呀，佐藤同學，妳特地來了呀。不好意思喔，請進、請進。

Ｆ１：啊，我在門口就行了，馬上就要走了。請問洋子同學好些了沒？

Ｆ２：她今天早上突然喊頭痛，去醫院看了病，果然是染上流行性感冒了。雖然拿了藥回來吃，可是發燒還沒退，現在正在房間裡睡覺。要是傳染給佐藤同學就糟糕了，最好還是不要見面。

Ｆ１：喔不，我只是幫洋子同學留了一份筆記，今天送來給她而已。麻煩等一下把這個拿給洋子同學。

Ｆ２：哎呀，真謝謝妳這麼貼心。請進來喝杯茶吧。

Ｆ１：不了，我現在得趕去補習班，今天就先告辭了。我明天會再來的。

請問這個女學生為什麼要來同學家呢？

1　來見同學的　　2　來送筆記的

3　來喝茶的　　4　來邀同學一起去補習班的

解題關鍵と訣竅

（答案：2

【關鍵句】今日は洋子さんの分のノートをとっておいたので、お渡ししに来ただけですから。

對話情境と出題傾向

第三大題「概要理解」。這是Ｎ４、Ｎ５沒看過的題型。在這個大題，題目一開始只會提供簡單的場景説明，並不會先告訴考生要考什麼。聆聽時比較無須重視細節項目，而是要聽出會話的主旨。考的通常會是説話者的目的、想法、感受…等等。要掌握整體大方向，並要留意每個人説了什麼。

解題技巧

- 這一題的情境是女學生到請病假的同學家，並要同學的媽媽代為轉交課堂筆記。題目問的是女學生來到朋友家的目的。
- 從「今日は洋子さんの分のノートをとっておいたので、お渡ししに来ただけですから」就可以知道她是來拿筆記給朋友的。正確答案是２。「動詞ます形＋に＋来る」表示為了某種目而前來。而「だけ」兩個字更強調了她只是要拿筆記，沒有要會面的意思，所以選項１是錯的。
- 朋友的母親説「お茶入れるから上がって」，不過女學生用「いえ」拒絕了對方的好意。從這邊也可以知道選項３是錯的。
- 女學生最後雖然説「私、これから塾に行かなければいけない」，但這句話只有表示她本人要去補習，並沒有邀約朋友一起來。所以選項４也是錯的。

單字と文法

- □ インフルエンザ【influenza】流行性感冒
- □（風邪が）うつる 傳染
- □ ノートをとる 記筆記
- □ 気を使う 費心
- □（お茶を）入れる 泡（茶）

小知識

☞ **如何在聽力考試中掌握外來語？**

現在的日語當中含有大量的外來語，談話之中若少了外來語，溝通也多了一點難度。外來語大多是來自英語，不過進入到日文後，發音就跟原來的英語唸法不太一樣，而且有些單字的意思也有些許的轉變。不少學習日語的外國人都表示外來語真是一大罩門。不熟悉外來語的人不妨可以反覆播放ＣＤ，多多練習用耳朵掌握外來語語意。例如：

⇨ ストレス【stress】（壓力）

⇨ ルール【rule】（規則）

⇨ シートベルト【seat belt】（安全帶）

⇨ イメージ【image】（形象、想像）

もんだい 3　第 2 題 答案跟解說

3-3

女の人と男の人が話しています。

F：来週の日曜日、良枝の送別会だから空けといてね。

M：良枝って君のいとこだよね？ もう何年も会ってないから忘れちゃった。送別会って、どこか行くの？

F：また忘れたの？ 何度も言ったでしょう？ 今度、ロンドンに転勤することになったって。

M：へえ、そうなんだ。それで、どこで？

F：横浜のフランス料理店。

M：遠いから面倒だな。君だけ行けばいいじゃない？ 僕が行っても向こうも僕のこと覚えてないでしょう？

F：そんなことないわよ。良枝も久しぶりにあなたに会えるのが楽しみだって言ってるし、それに、もう返事しちゃったんだから。

M：それじゃしかたがないな。

男の人は送別会に行くことについてどう思っていますか。

1　久しぶりに会えるのが楽しみだから、行くつもりだ
2　久しぶりに会いたいが、行かないつもりだ
3　遠くて面倒だから、行かないつもりだ
4　遠くて面倒だけれども、行くつもりだ

【譯】

一位女士和一位男士正在交談。

F：下個星期日要幫良枝餞行，記得把時間空出來。

M：良枝是妳的表妹吧？已經好幾年沒見到她，都已經忘了。說要為她餞行，她要去哪裡嗎？

F：你又忘了喔？不是跟你講過好幾次了嗎？她被公司派到倫敦上班了。

M：是喔，原來是這樣。那，要在哪裡為她餞行？

F：橫濱的法國料理餐廳。

M：好遠，實在懶得去。妳一個人去就行了吧？就算我去了，她也不記得我了吧？

F：哪會不記得！良枝也說好久沒看到你了，很期待能和你見面呢，而且我都已經跟她說我們都會去了。

M：那就只好這樣了。

請問這位男士對於參加餞行有什麼想法呢？

1　很期待久別重逢，打算參加
2　好久不見了，雖然想見面，但是不打算參加
3　因為嫌太遠，所以不打算去
4　雖然嫌太遠，但還是打算去

（答案：4

【關鍵句】遠(とお)いから面倒(めんどう)だな。
もう返事(へんじ)しちゃったんだから。
それじゃしかたがないな。

對話情境と出題傾向

這一題情境是男女雙方在討論要不要參加良枝的餞行。題目問的是男士對於餞行的看法。

解題技巧

- 從「遠いから面倒だな」這一句可以發現男士的心情是覺得很遠、很麻煩。不過說到最後，「それじゃしかたがないな」這一句表示他對於去參加餞行這件事沒輒，也就是說他要前往參加餞行。四個選項當中只有選項 4 完全吻合。
- 選項 1 錯誤的地方在「久しぶりに会えるのが楽しみ」，期待見面的只有良枝而已。
- 選項 2 也是錯的。男士只覺得去餞行很麻煩，並沒有表示他很想見良枝。再加上最後男士有被女士說服，所以還是決定參加。
- 選項 3 前半段敘述雖然符合男士的心情，但其實他是同意要去餞行的，所以後半段錯誤。

單字と文法

- □ **いとこ** 表兄弟姊妹、堂兄弟姊妹
- □ **ロンドン【London】** 倫敦
- □ **フランス【France】** 法國
- □ **面倒(めんどう)** 麻煩
- □ **久(ひさ)しぶり** 許久不見
- □ **って（主題(しゅだい)）** 是…、叫…

說法百百種

▶「と」（って／て）的各種用法

1. 將聽來的消息或自己的想法傳達出去。

山田さんは明日来られないと言ってたよ。→山田さんは明日来られないって（言ってたよ）。
／山田先生説他明天不能來喔！

2. 想更進一步瞭解而詢問。

二日って何曜日？
／二號是星期幾呢？

3. 針對人事物的性質或名稱進行敘述。

ＯＬというのは大変だよね。→ＯＬって大変だよね。
／所謂的ＯＬ還真辛苦啊！

もんだい 3　第 3 題 答案跟解說　3-4

ホテルで、係りの人が話しています。

M：では、続いて、ホテルでのお食事についてご説明いたします。2階のレストランのご利用時間は午後5時から午後11時まででございます。ご宿泊のお客様には、10%割引サービスがございますので、ご利用の際はお手元のサービス券をお持ちください。ご朝食につきましては、毎朝6時半より1階ロビー横のフロアにおいて、バイキング形式でご提供しております。ご宿泊のお客様は無料でご利用いただけますので、ご利用の際はお名前とお部屋番号を係りの者にお知らせください。バイキングのご利用時間は午前10時までとなっております。7時から8時の間は混雑が予想されますので、ご出発をお急ぎのお客様は、早めにご利用くださいますようお願いいたします。

係りの人が話した内容と合うのはどれですか。

1　このホテルに泊まっている人は、無料でレストランを利用できる

2　レストランで朝ご飯を食べたい人は、朝7時より前に食べに行くほうがいい

3　バイキングを利用する人は、サービス券を持っていくと割引してもらえる

4　このホテルの中にはお昼ご飯を食べられる店はない

【譯】

一位旅館人員正在館內說話。

M：那麼，接下來為您說明在館內用餐的相關事宜。2樓餐廳的供餐時間為下午5點到晚上11點。住宿的貴賓享有九折的折扣優惠，用餐時請記得攜帶您手上的折扣券。早餐是從每天早晨6點半開始，在1樓大廳旁的位置以自助餐的方式供應。住宿貴賓可以免費享用早餐，請在用餐前將您的大名與房間號碼告知館方人員。自助餐的供應時間到上午10點為止。7點到8點通常是用餐的尖峰時段，急著出發的貴賓，建議提早前往用餐。

請問以下哪一項和旅館人員所說的內容相符呢？

1　住在這間旅館的房客，可以到餐廳免費用餐

2　想在餐廳吃早餐的房客，最好在早上7點以前去吃

3　吃自助餐的房客，拿折扣券去即可享有打折優惠

4　這間旅館裡沒有能夠吃中餐的店

解題關鍵と訣竅 (答案：4

【關鍵句】2階のレストランのご利用時間は午後5時から午後11時まででございます。
バイキングのご利用時間は午前10時までとなっております。

對話情境と出題傾向

這一題情境是飯店人員在介紹飯店的用餐方式。題目問的是四個選項當中哪一個符合敘述。像這種題目就只能用刪去法來作答。

解題技巧

▶ 選項1對應到「ご宿泊のお客様には、10%割引サービスがございます」這句話。表示餐廳對於住宿的客人是打9折，並不是免費供餐的。所以這個選項不正確。

▶ 選項2是錯的。錯誤的地方在「レストランで」，從「ご朝食につきましては、毎朝6時半より1階ロビー横のフロアにおいて、バイキング形式でご提供しております」這句話可以得知，吃早餐的地方是在1樓大廳旁，並不是在餐廳裡面。

▶ 選項3是錯的。從「2階のレストランのご利用時間は午後5時から午後11時まででございます。」這一段可以得知，能使用折扣券的不是早餐的自助餐，而是餐廳才對。接下來「ご宿泊のお客様には、10%割引サービスがございますので、ご利用の際はお手元のサービス券をお持ちください」這句可以得知，自助餐只要是住宿的客人都可以免費享用。

▶ 正確答案是4。雖然除了早餐自助餐服務，飯店裡也設有餐廳。不過餐廳開放時間是下午5點到晚上11點「2階のレストランのご利用時間は午後5時から午後11時まででございます」，由此可見中餐時間並無供餐。

單字と文法

- □ 割引（わりびき） 打折
- □ 無料（むりょう） 免費
- □ 手元（てもと） 手邊
- □ 混雑（こんざつ） 混亂、擁擠
- □ ロビー【lobby】大廳
- □ 予想（よそう） 預想、預測
- □ フロア【floor】樓層
- □ において 在…方面
- □ バイキング形式（けいしき）【viking】自助餐形式

小知識

☞ 避免混淆的說法

容易混淆的例子	避免混淆的說法
1時（いちじ） 7時（しちじ）	將「7」唸成「なな」
科学（かがく） 化学（かがく）	將「化学」唸成「ばけがく」
市立（しりつ） 私立（しりつ）	將「市立」唸成「いちりつ」 將「私立」唸成「わたくしりつ」

此外，為了避免對方聽錯「２」，有時會將「に」改唸成「ふた」。比方說，將「２２００」唸成「ふたせんふたひゃく」。

もんだい 3　第 4 題 答案跟解說

電話で女の人と男の人が話しています。

F：はい、山田工業です。
M：もしもし、大原電器の田中です。いつもお世話になっております。
F：あ、田中さんですか。高橋です。こちらこそ、いつもお世話になっております。
M：あのう、前日になってからで大変申し訳ないのですが、明日の会議の時間を変更していただきたいのですが、よろしいでしょうか。
F：明日の会議はたしか、午前 10 時からのお約束でしたね。
M：ええ、それが、急にどうしてもはずせない用事ができてしまって、その時間にうかがえなくなってしまったんです。
F：そうですか。それでは、何時に変更すればよろしいですか。
M：明日は、午後 2 時からは間違いなく時間がありますので、それよりあとで、そちらの都合のいい時間を指定していただけますか。
F：分かりました。上司と相談して、こちらからお電話します。
M：よろしくお願いします。

男の人が一番言いたいことは何ですか。

1　いつもお世話になっていること　　2　会議の時間を変えてほしいこと
3　明日、急な用事ができたこと　　4　自分が大原電器で働いていること

【譯】

一位女士和一位男士正在電話裡交談。

F：這裡是山田工業，您好。
M：喂，我是大原電器的田中。平常承蒙關照了。
F：啊，是田中先生嗎？我是高橋，感謝貴公司惠顧。
M：是這樣的，到了前一天才想換時間，真的非常抱歉，我想更改明天的會議時間，不知道可不可以呢？
F：我記得明天的會議應該是訂在早上10點開始吧？
M：是的，可是我臨時有事調不開，沒辦法在那個時間前往貴公司開會。
F：原來是這樣的。那麼，改到什麼時間比較好呢？
M：明天從下午 2 點以後都一定有空，只要是在那個時間以後，由貴公司指定方便的時段，我都能配合。
F：了解。我和主管討論以後，再回電話給您。
M：麻煩您了。

請問這位男士最想說的事是什麼呢？

1　平常承蒙關照　　2　想要更改會議的時間
3　明天突然有急事　　4　自己是在大原電器工作

解題關鍵と訣竅　（答案：2

【關鍵句】前日(ぜんじつ)になってからで大変申(たいへんもう)し訳(わけ)ないのですが、…。
急(きゅう)にどうしてもはずせない用事(ようじ)ができてしまって、…。

對話情境と出題傾向

這一題的情境是男士打電話給公司合作對象（或是客戶）。題目問的是男士最想表達的事情，也就是説，題目考的是男士打電話到山田工業的目的。

解題技巧

- 在商務電話當中，除掉前面的招呼寒暄，緊接著就會進入到要件話題。男士的「明日の会議の時間を変更していただきたいのですが」就是這一題的答案。他之所以來電，為的是要更改明天的會議時間。正確答案是２。
- 選項１錯誤的地方在「いつもお世話になっております」只是寒暄用語，並不是這通電話最重要的部分。
- 選項３對應到「急にどうしてもはずせない用事ができてしまって」，這只是更改會議時間的理由，男士想要做的事情是告知並更改會議時間，並不是要解釋其背後原因。
- 選項４對應到「大原電器の田中です」。報上名堂只是一種禮貌，並不是這通電話的主要目的。

單字と文法

- □ **こちらこそ**　（我才是）承蒙照顧了、（我才要）感謝您
- □ **変更(へんこう)** 變更
- □ **はずす** 抽身
- □ **都合(つごう)がいい** 方便、合適
- □ **指定(してい)** 指定

說法百百種

▶電話當中常用的句子：

1. 取得對方同意（以下均為更改預約時間的例子）

勝手なお願いで恐縮ですが、…。／我知道這是很任性的請求…。

お約束の日を変えていただけないでしょうか。
／是否能讓我更改約定的時間日期呢？

５日の午後３時に変更していただけないでしょうか。
／不知是否能更改到５號下午３點呢？

2. 表示自己的時間是否許可

水曜日なら何時でもかまいません。／如果是週三的話，不管幾點都沒問題。

８日はちょっと…。／８號有點不太方便…。

木曜日の午前ならかまいません。／如果是週四上午的話就可以。

もんだい 3　第 5 題 答案跟解說

3-6

バスの中で女の人と男の人が話しています。

F：内田さん、今日はずっと外を回ってたから疲れたでしょう？

M：そうですね。朝からずっとでしたからね。

F：あそこ、席が空いてるから座ったら？

M：でも一つしか空いてませんね。伊藤さんが座ってください。

F：私は一日中会社で座って仕事してたから大丈夫よ。気にしないで座って。

M：そう言われても、年上の女の人を立たせて若い男が座るわけにはいきませんよ。どうぞ座ってください。

F：そう？悪いわね。じゃあ荷物持ってあげるわ。

男の人は一つしか空いていない席に座ることについてどう思っていますか。

1　疲れていないので、座るべきではない

2　疲れているので、座ってもよい

3　疲れているが、座るべきではない

4　疲れていないが、座りたい

【譯】

一位男士和一位女士正在巴士裡交談。

F：內田先生，今天一整天都在外面奔波，很累了吧？

M：是啊，從早上就一直在外面跑。

F：那裡有個空位，你去坐吧？

M：可是只有一個空位而已呀。伊藤小姐您請坐。

F：我一整天都在公司裡坐著工作，一點也不累。不必客氣，你去坐吧。

M：可是，總不能讓年長的女性站著、年輕男人坐著吧。您請過去坐。

F：這樣嗎？真不好意思。那麼，我幫您拿東西吧。

對於只有一個空位可坐這件事，這位男士有什麼樣的想法？

1　因為不累，所以不應該坐

2　因為很累，所以坐下也無妨

3　雖然很累，但是不應該坐

4　雖然不累，但是想坐

解題關鍵と訣竅

（答案：3

【關鍵句】今日はずっと外を回ってたから疲れたでしょう？

そうですね。

年上の女の人を立たせて若い男が座るわけにはいきませんよ。

對話情境と出題傾向

這一題的情境是兩名同事下班時一起搭乘大眾交通工具。這一題問的是男士對於只有一個空位可坐這件事有什麼看法。可以從他對女士說的話當中找出答案。

解題技巧

- 「年上の女の人を立たせて若い男が座るわけにはいきませんよ」，這句話是解題關鍵。表示男士覺得他不能讓年長的女性站著，而自己卻坐在位子上。「わけにはいかない」表示說話者雖然很想這麼做，但礙於常識或道德規範等等，不能這麼做。這句話也就相當於「座ってはいけない」（不可以坐）。
- 選項1、3的「座るべきではない」都是表示他不可以坐下。不過兩者的差別在於要男性究竟累不累。
- 會話的開頭，女士有問男士是不是很累「今日はずっと外を回ってたから疲れたでしょう？」，男士回答「そうですね」，從這邊可以得知其實男士很疲憊，所以正確答案是3。

單字と文法

□年上 年長　　□べき 應該

小知識

☞ **想想說話者的心情**

能夠呈現自己的想法，或是表達事物關係的說法有好多種。這時我們就會針對說話的對象、整體的狀況、當下的心情來選擇最適當的表達方式。其中有直白的說話方式，當然也有婉轉的說話方式。又或者是有時我們不將整句句子說個完整，只以一個字來傳達自己想表達的意思。如果想要溝通無礙，就必須正確理解說話者藏在這些話語之間的用意，並把握被隱藏起來的事實關係。

⇨ 年上の女の人を立たせて若い男が座るわけにはいきませんよ。（總不能讓年長的女性站著、年輕男性坐著吧？）

這句話的「わけにはいきません」意思是「～是不被允許的」。也就是說，說話者想表達的是「若い男が座るべきではない」（年輕男性不應該坐著）。

もんだい３　第❻題 答案跟解說

男の留学生と女の学生が話しています。

M：７月の日本語能力試験の結果が出たんだ。

F：どうだった？林さんはたしかＮ３を受けたんだよね。もちろん、合格だったでしょう？

M：それが、たった２点足りなくてだめだったよ。

F：ええっ。林さんならＮ３は絶対合格できると思ってたのに…。

M：うん、先生もＮ２を受けてもいいんじゃないかとおっしゃってたんだ。でも能力試験を受けるの初めてだっただから、安全のためにＮ３にしたんだ。だから、自分でも受かる自信はあったんだけどね。

F：それなのに、どうしたの？

M：それが前日の晩によく眠れなかったせいか、試験の日は寝坊して遅刻しそうになったんだ。それで試験中はずっと気持ちを集中させることができなかったのが原因だと思うよ。

F：そう。初めてだったから緊張したのかもしれないね。残念だったね。

M：うん、でも 12 月にもう一度受験して、今度こそは合格してみせるよ。

女の学生は何が残念だといっていますか。

1　男の留学生が、先生の言うとおりにＮ２を受験しなかったこと
2　男の留学生が、試験に遅刻して受けられなかったこと
3　男の留学生が、試験で自分の力を出し切れなかったこと
4　男の留学生が、昨日の晩よく眠れなかったこと

【譯】

一位男留學生和一位女學生正在交談。

M：７月的日本語能力測驗得結果出來了。

F：考得如何？我記得林同學你考的是Ｎ３吧。結果當然是通過了囉？

M：結果只差２分，沒能通過。

F：什麼！我還以為以林同學你的程度絕對會通過的…。

M：嗯，老師當時也建議我不妨報考Ｎ２，可是我是第一次考能力測驗，為求保 險起見所以報考Ｎ３，所以自己也有信心可以通過。

F：既然如此，到底怎麼了呢？

M：因為考試前一天晚上很久都沒法入睡，結果當天早上睡過頭，差點遲到了，導致考試的時候一直沒辦法集中精神。我想原因就出在這裡。

F：這樣喔。畢竟是第一次考試，所以太緊張了吧。好可惜喔。

M：嗯。不過12月會再考一次，這次一定要通過讓大家看！

女學生為什麼說好可惜呢？

1　因為男留學生沒有依照老師的建議去考Ｎ２
2　因為男留學生考試遲到了所以不能應考
3　因為男留學生在考試時沒能充分發揮自己的實力
4　因為男留學生昨天晚上沒有睡好

解題關鍵と訣竅

（答案：3

【關鍵句】試験中はずっと気持ちを集中させることができなかったのが原因だと思うよ。

! 對話情境と出題傾向

這一題的情境是女學生關心男留學生日文檢定考試的結果。這一題問的是女學生覺得什麼事很可惜。要特別注意女學生的發言。

解題技巧

- 剛好對話中也有個「残念」出現在女學生的發言中。這句話是「そう。初めてだったから緊張したのかもしれないね。残念だったね」，表示她對於男學生在發言中提到的某項事物感到很可惜，指的就是「試験中はずっと気持ちを集中させることができなかったのが原因だと思う」（考試的時候一直沒辦法集中精神。我想原因就出在這裡）這件事。
- 選項 1 是錯的。女學生並沒有針對Ｎ２考試發表任何意見。
- 選項 2 是錯的。對話當中雖然有提到「遅刻」，但是是說「遅刻しそうになった」。「動詞ます形＋そう」是樣態用法，好像快遲到了，實際上沒有真的遲到。
- 選項 3 是正確的。「在考試時沒能充分發揮自己的實力」呼應「試験中はずっと気持ちを集中させることができなかった」。
- 選項 4 是錯的。從「それが前日の晩によく眠れなかったせいか」這句可以得知，沒睡好是指考試前一晚，並不是昨晚的事。

單字と文法

- □ **結果** 結果
- □ **受ける** 參加考試
- □ **もちろん** 當然
- □ **合格** 合格
- □ **たった** 只有
- □ **絶対** 絕對
- □ **自信** 自信
- □ **寝坊** 賴床
- □ **遅刻** 遲到
- □ **集中** 集中精神、專心
- □ **緊張** 緊張
- □ **受験** 參加考試
- □ **こそ** 更要…（表示說話者的決心）

說法百百種

▶激勵的一些說法

1. 鼓勵自我的說法

絶対負けないぞ。／我絕不會輸的！

あと２週間、猛勉強するぞ。／剩下２個禮拜，我要努力唸書！

絶対受かってみせるぞ。／絕對要考上給你看！

なんとかなるさ、なるようになるさ。（他人にも使える）
／總會有辦法的。（也可以用在他人身上）

2. 勵別人的說法

頑張れ、頑張って。／加油。

もうひとふんばり。(自分にも使える）／再加把勁！（也可以用在自己身上）

うまくいくといいね。／如果順利就好了呢！

きっとうまくいくよ。／一定可以順利的！

元気出せよ、元気出して。／打起精神嘛！

君ならできるよ。／你一定辦得到的！

しっかりね。／振作起來！

自信を持って。／拿出自信吧！

Memo

発話表現

一面看圖示，一面聽取情境說明時，測驗是否能夠選擇適切的話語。

考前要注意的事

作答流程 & 答題技巧

聽取說明 …… 先仔細聽取考題說明

↓

聽取問題與內容 …… 學習目標是，一邊看圖，一邊聽取場景說明，測驗圖中箭頭指示的人物，在這樣的場景中，應該怎麼說呢？

預估有 4 題

1 提問句後面一般會用「何と言いますか」（要怎麼說呢？）的表達方式。

2 提問及三個答案選項都在錄音中，而且句子都很不太長，因此要集中精神聽取狀況的說明，並確實掌握回答句的含義，作答時要當機立斷，馬上回答，答後立即進入下一題。

↓

答題 …… 再次仔細聆聽問題，選出正確答案

N3 聴力模擬考題　問題4

4-1

問題4では、えを見ながら質問を聞いてください。やじるし（→）の人は何と言いますか。1から3の中から、最もよいものを一つえらんでください。

4-2 1ばん

答え：①②③

4-3 2ばん

答え：①②③

4-4 3ばん

答え：①②③

(4-5) 4ばん

答え：①②③

(4-6) 5ばん

答え：①②③

(4-7) 6ばん

答え：①②③

もんだい 4　第 1 題 答案跟解說

4-2

レストランで注文(ちゅうもん)したものが来(き)ません。何(なん)と言(い)いますか。

F：1　注文(ちゅうもん)したものがまだ来(こ)ないんですが。

　　2　注文(ちゅうもん)してもいいですか。

　　3　注文(ちゅうもん)させてもらえますか。

【譯】

在餐廳裡點的餐點還沒來。請問該說什麼呢？

F：1. 我的餐點還沒送來。

　　2. 我可以點餐了嗎？

　　3. 可以幫我點餐了嗎？

（答案：1

【關鍵句】注文（ちゅうもん）したものが来（き）ません。

對話情境と出題傾向

這一題的情境是在餐廳點了菜卻沒送來。從圖片來看，可以發現說話的對象是店員，也就是說，該怎麼告訴店員這件事。

解題技巧

- 選項１是正確答案。重點在句尾的「が」。雖然這個「が」感覺上話好像只說了一半，但其實是話中有話，日本人有共通的默契可以了解這個「が」背後的意義。不用把話講得很完整，就能猜到對方想要表達什麼，這也是日語學習的一大難處。「が」在此是暗示說話者想知道「どうなっていますか」（我點的菜現在是什麼情況呢）。相較之下，少了句尾的「が」，或是不省略、直接把「どうなっていますか」問出口，都沒有「注文したものがまだ ないんですが」這句話來得自然。
- 值得注意的是，選項１的「んです」是「のです」的口語表現，在這邊表示說話者在針對事態或狀況進行說明。這一題的情境除了「が」以外，也要使用「んです」才顯得自然。如果是說「注文したものがまだ来ません」，就只是在單純敘述點了菜還沒有來的情形，少了說明的語氣，是不自然的說法。
- 此外，這一題除了選項１，也有其他的說法。例如「注文してからもう 30 分以上経っているんですが」（我點菜已經過了 30 分鐘了耶…）。
- 選項２用「てもいいですか」的句型來徵詢對方許可。這可以用在店員似乎很忙沒辦法幫自己點菜的時候，或是不知道該向誰點菜的時候。但在這邊要特別注意的是，題目敘述當中有說「注文した」，動詞過去式表示自己已經點完菜了，所以沒必要再點菜，故選項２不合題意。
- 選項３也是在詢問對方是否能點菜。這也是錯的，和選項２一樣，因為已經點過菜了，所以不用再點一次。

說法百百種

▸ 最點菜時的一些常見說法：

ビール２つください。／請給我兩杯啤酒。

カレーうどんをお願いします。／請給我咖哩烏龍麵。

何か冷たいもの、ありますか。／有沒有什麼冰冰涼涼的東西呢？

もんだい 4　第 ❷ 題 答案跟解説　4-3

忙しいので、先輩に手伝ってもらいたいです。先輩に何と言いますか。

M：1　すみません、手伝わせてもらえますか。

　　2　すみません、手伝っていただけますか。

　　3　すみません、手伝ってもいいですか。

【譯】

現在很忙，想請前輩幫忙。請問該對前輩說什麼呢？

M：1. 不好意思，可以讓我幫忙嗎？

　　2. 不好意思，可以幫我忙嗎？

　　3. 不好意思，我可以幫忙嗎？

（答案：2

【關鍵句】先輩（せんぱい）に手伝（てつだ）ってもらいたい。

對話情境と出題傾向

這一題的情境是希望前輩能幫自己的忙。要小心的是，「てもらう」是用於請別人幫自己做某件事的句型，所以做動作的是對方，不是自己。面對這種授受動詞的題目，一定要先弄清楚做動作的人到底是誰，可別被使役形等等給騙了。

解題技巧

▶ 正確答案是選項２。「手伝ってもらう」的謙讓表現就是「手伝っていただく」，藉由降低自己的姿態來抬高對方的身分地位。由於說話的對象是前輩，所以一定要用敬語才不會失禮。而這邊用可能形「ていただけますか」是表示客氣地徵詢對方的同意，也就是詢問前輩是否願意幫自己的忙。

▶ 此外，這一題除了選項２，也有其他的説法。例如「ちょっと手伝ってくれませんか」（可以幫我一下嗎？）、「すみません、お手伝いいただけないでしょうか」（不好意思，可以勞煩您幫我一個忙嗎？）。前者的敬意比選項２低，適用於上下關係比較沒那麼嚴謹的前輩，或是公司的晚輩（不過用在學弟妹身上就顯得太過客氣）。而後者的敬意非常高，適用於地位非常高的長輩。值得注意的是，像這種有事要拜託人的時候，常常會用上「ちょっと」、「すみません」這些語詞來緩和語氣喔！

▶ 選項１是錯的。當看到「使役形＋てもらう」時，就要想到做動作的人是自己。這句話也就是客氣地詢問對方能否讓自己幫忙。這和拜託對方來幫自己忙的題意正好相反。

▶ 選項３是錯的。「てもいいですか」的句型用於徵詢對方許可。「手伝ってもいいですか」是詢問對方能否讓自己幫忙，表示做動作的人是自己，所以也和題意不符。

▶ 雖説選項１、３都用來表示説話者想幫對方的忙，不過在這種時候，最常用的説法其實是「お手伝いしましょうか」或「お手伝いいたしましょうか」才對，後者是比前者還要更有禮貌的説法。

說法百百種

▶ **拜託的對象不是前輩而是晚輩，可以嘗試這麼說：**

ちょっと手伝ってくれる？／能幫我一下忙嗎？

ちょっと手伝ってくれない？／能不能幫我一下忙？

就職(しゅうしょく)が決(き)まったので、先生(せんせい)に伝(つた)えたいです。先生(せんせい)に何(なん)と言(い)いますか。

M：1　ご就職(しゅうしょく)、おめでとうございます。
　　2　今度(こんど)、就職(しゅうしょく)させていただきました。
　　3　おかげさまで、就職(しゅうしょく)が決(き)まりました。

【譯】

已經找到工作了，想把這個消息報告老師。請問該對老師說什麼呢？

M：1. 恭喜找到工作了。
　　2. 這次請讓我去工作。
　　3. 託老師的福，我已經找到工作了。

解題關鍵と訣竅 ---------- 答案：3

【關鍵句】就職が決まったので、先生に伝えたい。

對話情境と出題傾向

這一題的情境是自己找到了工作，準備向老師報告這個喜訊。

解題技巧

▶ 正確答案是選項 3。這是向人報告找到工作的喜訊時常用的說法。雖然對方不一定有在找工作期間幫了什麼忙，但日本人這時多半都會說「おかげさまで」（託您的福）。特別是對於老師或是年長的親戚等上位者，用「おかげさまで」可以展現自己的禮儀，也可以表達謝意，絕對不會出錯。

▶ 此外，這一題除了選項 3，也有其他的說法。例如「おかげさまで、この春から〇〇に勤めることになりました」（託您的福，今年春天開始我就要到〇〇上班了）。

▶ 選項 1 是錯的。「ご就職、おめでとうございます」是恭喜別人找到工作時的固定說法。「おめでとうございます」用在恭喜別人的時候。不過這一題發生喜事的是自己，要接受恭喜的人不是老師，所以不合題意。

▶ 選項 2 也是錯的。「～にさせてもらう」如果沒有特別說出「に」前面的人，則通常是指說話的對象。不過問題在於這份工作並不是老師給自己的，所以用「させてもらう」並不正確。

單字と文法

□ **就職** 找到工作、就職

說法百百種

▶「おめでとうございます」經常和以下語詞合用：

ご結婚、おめでとうございます。／恭喜兩位結婚。

お誕生日、おめでとうございます。／生日快樂。

合格、おめでとうございます。／恭喜上榜。

最後一句的「合格」比較特別，前面不能接「お」、「ご」。

もんだい 4　第 4 題 答案跟解說

4-5

友達とコーヒーを飲んでいます。砂糖を使いたいです。友達に何と言いますか。

F：1　お砂糖、取ってくれる？

　　2　お砂糖、取ってあげようか。

　　3　お砂糖、取ってもらおうか。

【譯】

正在和朋友喝咖啡，想要加糖。請問該對朋友說什麼呢？

F：1. 可以幫我拿糖嗎？

　　2. 幫你拿糖吧？

　　3. 把糖遞過來吧。

解題關鍵と訣竅

（答案：1

【關鍵句】砂糖を使いたいです。

對話情境と出題傾向

這一題題述的「砂糖を使いたいです」表示情境是自己想要用砂糖，想請對方幫忙拿一下。

解題技巧

▶ 選項１是正確答案。「てくれる」表示別人為自己或是我方做某件有益的事情。而這裡由於句尾聲調上揚，表示疑問句，可以用在請對方幫忙拿東西的時候。

▶ 此外，這一題除了選項１，也有其他的説法。例如「砂糖取ってくれない？」（可以幫我拿砂糖嗎？）、「砂糖、取って」（幫我拿砂糖）。如果對象是長輩，則用敬語「すみませんが、砂糖を取っていただけますか」（不好意思，可以麻煩您幫我拿一下砂糖嗎？）。

▶ 選項２是錯的。「てあげる」表示自己或我方的人為別人做有益的事情。這邊的「ようか」表示提議要幫對方的忙，所以是用在自己幫對方拿東西的時候。

▶ 選項３也是錯的。這句話的使用情境如下：一群人坐在長桌上，而砂糖離自己很遠。當自己想用砂糖時，突然發現坐在對面的人好像也想用砂糖。這時就對對面的人説「お砂糖、砂糖の近くの席の人に取ってもらおうか」（砂糖的話，我請坐在砂糖附近的人幫我們拿吧）。就像這樣用在請第三者幫忙做事，而不用在請對方幫忙自己做事。所以如果是有事拜託對方的時候，不宜用這句。

小知識

也許有的人會覺得奇怪，題述中的砂糖叫「砂糖」，為什麼選項中的會變成「お砂糖」呢？其實這個多出來的「お」叫做「美化語」，女性較常使用，加在名詞前面，聽起來就很有氣質。不過像是「お酒」（酒），現在已經普遍化而少了美化的作用了。其他常見的「お＋名詞」還有「お魚」（魚）、「お肉」（肉）、「お菓子」（零食）、「お米」（米）、「お箸」（筷子）、「お茶碗」（碗）…等等。

もんだい 4　第 5 題 答案跟解說

4-6

他の会社を訪問して、お茶を出してもらいました。何と言いますか。

M：1　お茶でもいかがですか。

2　どうぞ、おかまいなく。

3　どうぞ、ご遠慮なく。

【譯】

去拜訪其他公司，對方端茶送上。請問該說什麼呢？

M：1. 喝點茶吧。

2. 請不要這麼客氣。

3. 請喝茶，不用客氣。

解題關鍵と訣竅

（答案：2

【關鍵句】お茶（ちゃ）を出（だ）してもらいました。

對話情境と出題傾向

這一題的情境是因公去其他公司時，對方倒茶給自己喝。這時該怎麼回應對方的好意呢？

解題技巧

- 正確答案是選項２。「おかまいなく」的意思是「かまわないでください」，也就是請對方不用如此費心。這是不希望造成對方困擾時的說法，也是一種間接的道謝。除了本題這種去其他公司拜訪的情形之外，去別人家作客，主人招待自己時，身為客人也可以這麼說。
- 此外，這一題除了選項２，也有其他的說法。例如「どうぞ、お気遣いなく」（不用麻煩了）、「ありがとうございます」（謝謝您）。不過「ありがとうございます」沒有選項２和「どうぞ、お気遣いなく」來得恰當。
- 選項１是錯誤的。「いかがですか」在此用來詢問對方的意願。這是詢問對方要不要喝茶的說法。不過這一題說話者並不是倒茶的人，所以不會這麼說。
- 選項３也是錯的。當端出茶或食物請客人吃，然而過了一會兒卻發現客人都沒有開動享用時，主人可以這麼說。要特別注意的是，如果只是端一杯茶出來的話，就不會這麼說了。而這一題說話者是客人，所以立場剛好相反，不適用。

單字と文法

□ おかまいなく 不用麻煩了

說法百百種

▸職場常用說法

去其他公司拜訪時遣詞用字千萬不能失禮。以下的幾種說法經常派上用場，熟記以後包准你不會在職場上吃虧：

大原会社の山田と申します。
／我是大原公司的人，敝姓山田。

営業部の佐藤様と3時のお約束で伺いました。
／我和業務部的佐藤先生約好了3點要見面。

お忙しいところ恐縮です。
／百忙之中不好意思打擾您了。

もんだい 4　第 6 題 答案跟解說

4-7

雨の日に友達が傘がなくて困っています。自分は二つ持っています。友達に何と言いますか。

F：1　傘、借りたらどうでしょう。
　　2　傘、借りたらいいのに。
　　3　傘、貸してあげようか。

【譯】

下雨天，朋友沒帶傘，正在傷腦筋。自己帶著兩把傘。請問該對朋友說什麼呢？

F：1. 去借把傘吧？
　　2. 如果有借傘就好了。
　　3. 借你一把傘吧。

（答案：3

【關鍵句】友達が傘がなくて困っています。
自分は二つ持っています。

對話情境と出題傾向

這一題的情境是想要把傘借給朋友。要特別注意的是，這種借東西的題目經常會把「貸す」和「借りる」一起搬出來混淆考生。這兩個動詞雖然中文都翻譯成「借」，但是「貸す」是把東西借給別人，「借りる」是向別人借東西，千萬不要搞混。既然題目是要把東西借出去，就要知道答案應該是會用到「貸す」才對。

解題技巧

- 正確答案是選項 3。選項當中只有它用到「貸す」。再搭配「てあげる」這個句型，表示為了對方著想要做某件事情。這句話是在詢問對方需不需要借自己的傘。
- 此外，這一題除了選項 3，也有其他的説法。例如「傘、あるよ」（我有傘喔）、「傘、貸そうか」（傘借你吧）、「私の傘、使う？」（你要用我的傘嗎？）。
- 選項 1 用「たらどうでしょう」這個句型給對方建議，問對方要不要去（向別人）借傘。不過從題述看來，打算借傘的人是説話者，應該是要問對方要不要自己多出來的那把傘才對，「傘、借りたらどうでしょう？」好像有點事不關己，故不正確。
- 選項 2 用「たらいいのに」帶出一種惋惜的語氣，這是在表示對方如果有去（向別人）借傘就好了。這句話也和題意不合。

說法百百種

▶這一題提到的是借傘給朋友的說法。想向朋友借傘時可以怎麼說：

傘、貸してくれる？／傘可以借我嗎？

傘、貸してくれない？／傘可以借我嗎？

傘、借りてもいい？／可以向你借傘嗎？

Memo

即時応答

在聽完簡短的詢問之後，測驗是否能夠選擇適切的應答。

考前要注意的事

作答流程 & 答題技巧

聽取說明

先仔細聽取考題說明

聽取問題與內容

這是全新的題型。學習目標是，聽取詢問、委託等短句後，立刻判斷出合適的答案。

預估有 8 題

1 提問及選項都在錄音中，而且都很簡短，因此要集中精神聽取會話中的表達方式及語調，確實掌握問句跟回答句的含義。

2 作答時要當機立斷，馬上回答，答後立即進入下一題。

答題

再次仔細聆聽問題，選出正確答案

▼ 前ページで解法テクニックを確認したら、次の演習問題にチャレンジしてください。▼

N3 聴力模擬考題　問題５

5-1

問題５では、問題用紙に何もいんさつされていません。まず、文を聞いてください。それから、そのへんじを聞いて、１から３の中から、最もよいものを一つえらんでください。

5-2 １ばん

答え：①②③

- メモ -

5-3 ２ばん

答え：①②③

- メモ -

5-4 ３ばん

答え：①②③

- メモ -

5-5 4ばん

答え：① ② ③

- メモ -

5-6 5ばん

答え：① ② ③

- メモ -

5-7 6ばん

答え：① ② ③

- メモ -

もんだい 5　第 1 題 答案跟解說

5-2

M：すみません、ちょっとうかがいますが。

F：1　では、ご遠慮（えんりょ）なく。

　　2　はい、いつでもどうぞ。

　　3　はい、何（なん）でしょう？

【譯】

M：不好意思，可以請教一下嗎？

F：1. 那麼，我就不客氣了。

　　2. 好的，隨時歡迎。

　　3. 好的，請問有什麼事嗎？

- メモ -

解題關鍵と訣竅 （答案：3

【關鍵句】ちょっとうかがいますが。

對話情境と出題傾向

這一題考的是當對方有事想要詢問自己時，你可以怎麼回應他？重點在「ちょっとうかがいますが」這一句。「うかがう」（請教）是謙讓語，在這邊是「聞く」（問）的意思。句子雖然是以「が」作結，感覺上話沒有說完，但其實後面省略掉「よろしいでしょうか」等詢問對方意願的語句。

「ちょっと」在這邊的作用是緩和語氣，有事情要麻煩別人時常常會加上「ちょっと」。

解題技巧

- 正確答案是３。先以「はい」表示自己有聽到對方的請求，也同意回應。「何でしょう」相當於「あなたが聞きたいことは何ですか」（你想問什麼呢？）。「何でしょう」的語氣又比「何ですか」稍微客氣一點。
- 此外，這一題除了選項３，還有其他的説法。例如「はい、どうぞ」（好的，請說）、「はい、何でしょうか」（好的，請問是什麼事呢？）。如果對方的表情十分苦惱，還可以回問他「どうなさいましたか」（請問發生了什麼事呢？）。
- 選項１是錯的。當對方邀請、力勸自己，或是請自己吃東西的時候，如果願意接受對方的好意或是願意照辦時，就可以用「遠慮なく」。另外，「では」是說話者打算採取某個行動的發語詞。
- 選項２也是錯的。錯誤的地方在於對方是「現在」有事情想請教，對此回答「いつでも」（不管什麼時候都可以）就顯得奇怪了。可別被表示同意的「どうぞ」給騙了。

小知識

☞ **謙讓語「うかがう」除了本題的用法，還有以下兩種意思：**

1. **聞く**（聽）⇨ お話はうかがっています。（這件事我已有所聽說。）
2. **訪れる**（拜訪）⇨ 今からうかがいます。（現在前去拜訪。）

もんだい 5　第 ❷ 題 答案跟解說

5-3

M：明日は、9時に駅に集合してください。

F：1　はい、分かりました。

　　2　それはいいですね。

　　3　大丈夫ですか。

【譯】

M：明天請於 9 點在車站集合。

F：1. 好的，明白了。

　　2. 那真好呀。

　　3. 您還好嗎？

- メモ -

解題關鍵と訣竅

（答案：1

【關鍵句】…してください。

對話情境と出題傾向

這一題從「てください」來看，可以推測「9點在車站集合」是一種請求或是命令。面對這樣的情況，可以怎麼說呢？

解題技巧

▶ 正確答案是1。對於請求、命令，如果表示同意、服從，可以說「分かりました」。

▶ 此外，如果對方是上位者，還可以回答「はい、承知しました」（好的，我明白了）。如果對方是寄e-mail等文件，也可以回答「了解しました」（我了解了）。不過這一句聽起來有點生硬，所以幾乎不用在口說方面。

▶ 選項2是錯的。這是對於對方的提議表示贊同的說法。不過這一題男士並沒有提出意見，而是在請求或是命令，所以不適合。

▶ 選項3是在針對某個情況詢問、關心有沒有問題。答非所問。

說法百百種

▶當對方建議採取某個行動，或是提出邀約時，表示贊同的說法：

A：「明日は、10時に出発ということでどうですか。」
　／「明天10點出發你覺得怎麼樣？」

B：「ええ、そうしましょう。」／「嗯，就這麼辦吧！」

A：「明日は、お弁当持っていきましょうか。」／「明天我帶便當去吧？」

B：「それはいいアイディアですね。」／「這真是個好點子啊！」

もんだい 5 第 ❸ 題 答案跟解説

5-4

F：最近遅刻が多いですよ。明日は遅れないように。

M：1　はい、これから気をつけます。

　　2　はい、これから気にします。

　　3　はい、これから気を使います。

【譯】

F：你最近常常遲到喔。明天可別再遲到了。

M：1. 好的，以後我會注意的。

　　2. 好的，以後我會在意的。

　　3. 好的，以後我會用意的。

- メモ -

（答案：1

【關鍵句】遅（おく）れないように。

對話情境と出題傾向

這一題的情境是對方在告誡自己明天別遲到了。「ように」經常用在要求別人注意一些事情的時候，原本後面還有「してください」，不過長輩對晚輩、上對下的情況就可以省略不說。另外，「ように」聽起來有高高在上的感覺，也可以改說「ようにね」緩和語氣。至於三個選項都是和「気」相關的慣用句，要選出一個被訓話時最適切的回應方式。

解題技巧

▶ 正確答案是 1。「気をつける」意思是「注意する」（注意、小心）。

▶ 除了選項 1 的回答，你也可以這麼說「はい、すみません。明日は絶対遅れないようにします」（是，不好意思。明天我絕對不會遲到）。

▶ 選項 2「気にする」意思是「心配する」（擔心）、「不安に思う」（感到不安）。答非所問。

▶ 選項 3「気を使う」意思是「關心、顧慮到自己以外的許多事項，為他人貼心著想」。不過經常遲到的人是自己，所以不適用。

小知識

☞ **在此也附上一些「気を」、「気に」開頭的常見慣用句做為補充：**

気⇨ 気を配る（關心、注意）

気⇨ 気を引く（吸引注意）

気⇨ 気にかける（放在心上）

気⇨ 気になる（在意、掛念）

Ｆ：雨が降りそうですよ。

Ｍ：1　傘を持っていくわけにはいきませんね。

　　2　傘を持ってくればよかったですね。

　　3　傘を持っていかないこともありませんね。

【譯】

Ｆ：好像快要下雨了喔。

Ｍ：1. 可也總不能帶傘去吧。

　　2. 早知道就帶傘出來了。

　　3. 有可能會帶傘去。

- メモ -

解題關鍵と訣竅 （答案：2

【關鍵句】雨（あめ）が降（ふ）りそうだ。

對話情境と出題傾向

「動詞ます形＋そうだ」是樣態用法，意思是「看起來…」、「好像…」。這一題女士表示快要下雨了，三個選項都是「傘を持って」開頭，很明顯是要混淆考生，要在這當中選出一個最符合常理的回應。

解題技巧

- 正確答案是2。「ばよかった」用來表示說話者後悔、惋惜的心情。這句話表示眼看著就要下雨了，很可惜說話者卻沒帶傘。
- 這一題除了選項2，也有比較輕鬆隨便一點的說法「ああーっ、傘持ってくればよかったー！」（啊～早知道就帶傘了～！）。
- 選項1是錯的。「わけにはいかない」表示雖然想採取某種行動（想帶傘出門），但受限於一般常識或道德上的規範卻不可以這麼做。很顯然地答非所問。
- 選項3也是錯的。這句話用雙重否定，表示有可能帶傘出門。這也是答非所問。

單字と文法

□ ～ばよかった …就好了

說法百百種

▶ **一些在日常生活中和傘有關的實用會話：**

電車に傘を忘れてきたかもしれない。／我可能把傘忘在電車裡了。

どうぞ傘にお入りください。／請進來我的傘下吧。

傘を持っていったほうがよさそうだ。／最好是帶把傘出門吧。

もんだい 5　第 5 題 答案跟解說

5-6

M：ここ、座（すわ）ってもよろしいですか。

F：1　さあ、座（すわ）りましょうか。

2　ええ、どうぞ。

3　おかげさまで。

【譯】

M：請問我可以坐在這裡嗎？

F：1. 來，我們坐下來吧。

2. 可以呀，請坐。

3. 託您的福。

- メモ -

解題關鍵と訣竅 （答案：2

【關鍵句】…てよろしいですか。

對話情境と出題傾向

這一題的情境是男士在詢問女士是否可以坐這個空位。「てもよろしいですか」的句型用於徵詢對方同意。如果想答應可以怎麼説呢？

解題技巧

- 正確答案是２。這是固定的説法。「どうぞ」在此表示同意對方。意思是「可以坐下來沒關係」、「請坐」。
- 不過如果這個位子其實是有人坐的，那麼女士就可以回説「すみません。そこ、います」（不好意思，這裡有人坐了）。
- 選項１是錯的。「ましょうか」用來邀請、呼籲其他人一起做某件事。不過這題的情形是女士已經坐下來了，而男士想坐她旁邊的空位。既然沒有要「一起」坐下，這一句當然也不適用。
- 選項３也是錯的。這句話用來感謝對方的幫助或關心，是感謝的固定説法。不過從題目來看，男士並沒有幫女士什麼忙，女士也就沒必要感謝他。

説法百百種

- **這一題的情況，男士除了可以說「ここ、座ってもよろしいですか」，還有其他講法。例如：**

ここ、いいですか。／我可以坐這裡嗎？

ここ、よろしいでしょうか。／請問方便我坐這裡嗎？

第 6 題 答案跟解說

5-7

F：お客様（きゃくさま）、もう少（すこ）し大（おお）きいのをお持（も）ちしましょうか。

M：1　はい、お願（ねが）いします。

2　いいえ、自分（じぶん）で持（も）てます。

3　持（も）ってくださいますか。

【譯】

F：這位客人，要不要我為您拿尺寸大一點的過來呢？

M：1. 好的，麻煩妳。

2. 不用，我自己有帶。

3. 可以幫我拿過來嗎？

- メモ -

(答案：1

【關鍵句】…お持ちしましょうか。

對話情境と出題傾向

這一題有點難度。首先要注意到女士說的「お客様」，就要能連想場景應該是在店家，而女士應該是店員。後面的「お持ちする」基本上是「持つ」的謙讓語，在這邊意思不是「提」，而是「持ってくる」（拿過來）。雖然「お持ちする」也有「幫您提拿」的意思，但可別漏聽「もう少し大きいの」這部分。這表示店員是在詢問要不要拿尺碼比較大的商品來給客人看。如果漏聽了這部分，很有可能會選選項２或３。

解題技巧

- 正確答案是１。「お願いします」表示希望對方去拿大一點的商品給自己看。
- 除了選項１之外，這一題也有其他的回答方式。如果希望店員這麼做，有的男士會回答「うん、頼むよ」（嗯，拜託了），而有的女士會回答「そうね、お願いしようかしら」（說得也是，那就麻煩您囉）。不過男士的部分，相較之下還是選項１比較適合。此外，如果要婉拒店員，可以說「いいえ、結構です」（不，不用了）。
- 選項２用來拒絕對方的幫忙，表示自己已經有帶來了。選項３則是再次確認對方是否真的願意幫自己提拿。

說法百百種

▶在商店當中客人經常會用到的會話：

すみません。スプーンって置いてますか。／不好意思，請問有賣湯匙嗎？

この中で一番売れてるのはどれですか。／這裡面賣最好的是哪一款呢？

そうですね。ちょっと考えさせてください。／嗯，請讓我考慮一下。

7ばん

答え：① ② ③

- メモ -

5-9 8ばん

答え：① ② ③

- メモ -

5-10 9ばん

答え：① ② ③

- メモ -

5-11 10 ばん

答え：①②③

- メモ -

5-12 11 ばん

答え：①②③

- メモ -

5-13 12 ばん

答え：①②③

- メモ -

もんだい 5　第 7 題 答案跟解說

5-8

F：平日にしては道が混んでますね。全然進みませんよ。

M：1　日曜日ですからね。

　　2　車にしてよかったですね。

　　3　事故でもあったんでしょうか。

【譯】

F：今天是上班日，路上怎麼這麼塞呀？車子根本動彈不得嘛。

M：1. 星期天嘛，難免塞車。

　　2. 還好我們開車來呀。

　　3. 會不會是前面發生事故了？

- メモ -

解題關鍵と訣竅 （答案：3

【關鍵句】平日（へいじつ）にしては…。

! 對話情境と出題傾向

這一題的情境是塞車，兩人在車陣中動彈不得。「にしては」表示某人事物按照常理來看應該是如何，不過實際上卻有超出常理的狀況發生。也就是說，一般而言「平日」應該不會塞車，現在卻出乎意料塞得很嚴重。

解題技巧

- 正確答案是 3。照理説平日不會塞車，很有可能是發生了什麼突發事件，例如出車禍。「でも」在這邊是舉例用法，除了車禍，也有可能是「工事」（施工）、「車線減少」（車道減少）、「検問」（臨檢）…等原因引起塞車，而男士只是舉出一個例子而已。
- 這一題除了選項 3，還有其他的回答方式。例如「そうですね。どうしたんでしょう」（真的耶…發生了什麼事呢？）。
- 選項 1 是錯的。「日曜日」是假日，不是平日。如果漏聽了女士説的「平日」，也許就會選這個答案。
- 選項 2 也是錯的。從「道が混んでますね」可以知道兩個人在塞車，所以男士回説「還好有開車」不合邏輯。

單字と文法

□ 道（みち）が混（こ）む 塞車、交通壅塞

□ ～にしては 就…而言算是…

小知識

塞車除了「道が混む」，也可以説「渋滞」。要特別注意的是，如果是「塞車中」，通常都是以「道が混んでいる」的形式使用。

最後，值得注意的是選項 3「でも」的用法，通常前面會接一個例子，但不會刻意將所有可能都説出來，而是交給聽者自由聯想。除了「～でも」之外，「～とか」也是出現於日常會話當中的相似用法。接著就一起來看看幾個例句吧！

1.「～でも」

⇨ 今度、ご一緒にお食事でもいかがですか。（下次要不要一起去吃個飯呢？）

⇨ マイホームがほしいなあ。宝くじでも当たらないかなあ。（好想要有間屬於自己的房子喔！能不能中個樂透之類的啊～）

2.「～とか」

⇨ ねえ、お前、恋人とかいるの？（喂，你有女朋友什麼的嗎？）

⇨ 君、やせたんじゃない？失恋したとか？（你是不是瘦了啊？是因為失戀之類的嗎？）

もんだい 5 第 8 題 答案跟解說

5-9

F：この前お借りした本、お返ししに来ました。

M：1　え、もう読み終わったんですか。

2　すみません、まだ読んでないんです。

3　明日、お貸ししましょう。

【譯】

F：之前向您借的書，帶來還給您了。

M：1. 咦，妳已經看完了喔？

2. 不好意思，我還沒看。

3. 我明天借給妳吧！

- メモ -

解題關鍵と訣竅

（答案：1

【關鍵句】お借りした本、お返ししに。

對話情境と出題傾向

這一題從女士說的「お借りした」和「お返し」來看，可以推斷她之前向男士借書，而現在要來歸還。所以借東西的人是女士才對。

解題技巧

- 正確答案是 1。一般而言，來還書通常表示書已經看完了。而男士這句話帶有驚訝的感覺，意含「妳還書的時間比我想像中還快」，所以才向對方確認。
- 如果對於對方還書的速度沒什麼特別的感覺，那麼這一題也有其他的說法。像是「お役に立ちましたか」（有幫上什麼忙嗎？）、「いかがでしたか」（如何呢？）。而當對方在還書時向自己說「ありがとうございました」（謝謝）時，也可以回覆「いいえ」（不會）、「どういたしまして」（不客氣）等等。
- 選項 2 是錯的。男士這番發言，暗示了向別人借書的是自己。而當書的主人向自己要回時，男士才道歉並表明還沒有看書。不過，可別忘了這一題借書的人是女士才對！
- 選項 3 也是錯的。女士的發言用的是過去式（お借りした），因此可以知道「借書」是已經發生的事情。選項 3 用「明日」、「ましょう」表示男士明天才要借書給女士，所以不合題意。

小知識

☞ **「～ましょう」接在動詞ます形詞幹的後面，也可表示邀請對方和自己一起進行某行為或動作。**

⇨ 11 時半に会いましょう。（就約 11 點半見吧。）

⇨ 一緒に帰りましょう。（一起回家吧。）

⇨ 結婚しましょう。（我們結婚吧。）

☞ **另外，「借りる」和「貸す」雖然都是「借」的意思，但兩者的用法也經常被搞混。「借りる」指的是從對方那裡「借進」東西，使自己在某一段時間內得以使用，例如：**

⇨ その消しゴム、借りてもいいですか。（那個橡皮擦可以借我嗎？）

而「貸す」則是指「出借」東西給他人，例如：

⇨ 友人にお金を貸す。（借朋友錢。）

もんだい 5　第 9 題 答案跟解說

5-10

M：すみません。これ、会議（かいぎ）が始（はじ）まるまでに 10 枚（まい）ずつコピーしておいてもらえますか。

F：1　はい、あとでやってみせます。

　　2　はい、あとでやっておきます。

　　3　じゃあ、あとでやってごらん。

【譯】

M：不好意思，可以麻煩妳在開會前把這個各影印 10 張嗎？

F：1. 好的，我等下做給你看。

　　2. 好的，我等下就做。

　　3. 那麼，你等一下試試看吧。

- メモ -

解題關鍵と訣竅

（答案：2

【關鍵句】コピーしておいてもらえますか。

對話情境と出題傾向

這一題的情境是男士拜託女士先影印資料。要特別注意「ておく」的句型。「ておく」有兩種用法：①表示為了還沒發生的事情先做準備工作，②表示讓狀態持續下去。在這邊是第一種意思，也就是在會議開始前就先把資料影印好。

解題技巧

- 正確答案是２。這句話也用到了「ておく」的句型。表示「作為會議的準備工作，等等就先來影印」。
- 要特別注意的是，「あとでやっておきます」是指在某個時間點之前先做好某件事情，強調的是結果。不過「あとでやります」是指等一下就做某件事情，強調的是動作本身，沒有強調在某個時間點前先做好。如果是馬上就做的情況，通常會回答「はい、分かりました」（是，我明白了），或是「はい、では今すぐに」（是，我現在就做）。
- 選項１是錯的。「てみせる」有兩種用法：①實際做出某種動作給對方看，②表示強烈的決心。在這邊不管是哪一種用法都不適合用來回覆男士的請託。
- 選項３也是錯的。「てごらん」是催促對方採取某種行動的句型。不過既然是男士拜託女士做事情，那麼女士身為要採取行動的人，用「てごらん」就不適合了。

單字と文法

- □ **てみせる** 一定要…
- □ **てごらん** 試著…吧

說法百百種

▶請託說法

拜託他人為自己做事的說法常在日常生活中出現。而因對方身分的不同，會影響動詞後面句型的使用，必須特別小心。現在，就讓我們來複習一下對話中可能會用到的請託說法吧！

ちょっとその消しゴム使わせてくれない？／可以借我用一下橡皮擦嗎？

すみません、写真を撮っていただけませんか。
／不好意思，可以幫我們拍張照嗎？

ティッシュを取ってもらえませんか。／可以幫我拿一下面紙嗎？

ちょっと手伝ってくれる？／可以幫我一下嗎？

ちょっと手伝ってもらえないかな。／能不能幫我個忙呢？

ちょっと使わせてほしいんだけど…。／我想要用一下…。

もんだい 5　第 10 題 答案跟解說

5-11

M：新幹線が出るまで、まだあと 10 分もあるよ。

F：1　じゃあ、もう間に合わないね。

2　もう少しで乗り遅れるところだったね。

3　じゃあ、今のうちに飲み物買いに行こうか。

【譯】

M：離新幹線發車還有 10 分鐘呢。

F：1. 那麼，已經來不及了吧。

2. 差一點就趕不上了呢。

3. 那麼，趁現在去買飲料吧。

- メモ -

解題關鍵と訣竅

（答案：3

【關鍵句】あと10分(ぷん)もある。

對話情境と出題傾向

這一題從「まだ」（仍然）、「あと」（還）可以看出距離發車還有10分鐘。而表示數量很多的「も」也暗示了男士覺得時間還很充足。

解題技巧

- 正確答案是3。這句話是用「（よ）うか」的句型來提議如何利用這10分鐘。「じゃあ」在此表示說話者從對方的發言知道了某件事，進而做出判斷、採取某個行動。
- 這一題除了選項3，還有其他的回答方式，非常自由。像是「じゃあ、私トイレ行ってくる」（那我去一下廁所）、「じゃあ、ちょっと一服してこようかな」（那我去抽根菸好了）…等等皆可。
- 選項1是錯的。這個「じゃあ」帶出了「從對方的發言來看當然會如此」的推斷心情。接著又說「間に合わない」表示來不及、時間不夠，這和男士的發言明顯不合。
- 選項2也是錯的。「ところだった」表示「差一點就…」的心情。不過從男士的游刃有餘來看，兩人抵達車站時應該是很從容的。這句話比較適合用在當對方說「よかった、なんとか間に合った」（太好了，總算趕上了）時的回覆。

單字と文法

- □ **乗(の)り遅(おく)れる** 錯過班次、趕不上搭交通工具
- □ **ところだった** 差一點…、就要…了

小知識

「乗り遅れる」指錯過車次的出發時間，例如用「終電に乗り遅れる」就表示「到達車站時，末班車早已離開而沒能搭上車」的意思。

除了錯過班車，也有可能遇到「坐過站」的情況，這時候就可以用「乗り越す」這個單字。例如日文「居眠りをして乗り越した」，中文意思「因為打瞌睡而坐過了站」。

もんだい 5　第 11 題 答案跟解說

5-12

M：もしもし、課長の石田さんはいらっしゃいますか。

F：1　石田は今、出かけておりますが、どちら様ですか。

　　2　石田さんは今、いらっしゃいませんが、どちら様ですか。

　　3　はい、いらっしゃいます。少々お待ちください。

【譯】

M：喂，請問石田課長在嗎？

F：1. 石田現在外出，請問是哪一位？

　　2. 石田先生現在不在，請問是哪一位？

　　3. 是的，他在這裡。請稍待一下。

- メモ -

解題關鍵と訣竅

（答案：1

【關鍵句】もしもし、…さんはいらっしゃいますか。

對話情境と出題傾向

敬語問題常出現的就是尊敬語和謙讓語問題。尤其是「いらっしゃる」和「おる」，雖然都可以翻譯成「在」，但是用法卻有很大的不同。「いらっしゃる」是尊敬語，用在尊稱對方的場合。不過謙讓語「おる」只用在自己或自己人身上。

題目常常會用這兩個單字來混淆考生，這時就要掌握句子當中提到的人物到底是己方還是外人。

解題技巧

- 正確答案是１。也許有些人會覺得奇怪，既然是「課長の石田さん」，那就很有可能是自己的上司，為什麼對於上司不用「いらっしゃる」呢？這是因為現在説話的對象是外部者，這時自己和上司屬於同一陣線，要把外面的人當上位者，而把自己和上司當成下位者。所以這一題不能用「いらっしゃる」，要用「おる」。「出かけております」的「おる」，並不是針對石田課長，而是對外部者所用。不僅如此，這時「石田さん」表示尊稱的「さん」也要拿掉。
- 這一題也可以回答「石田は今、席をはずしておりますが、どちら様ですか」（石田現在不在位子上，請問您哪裡找呢？）。
- 選項２、３的錯誤理由都是一樣的。「いらっしゃる」不用在自己人身上，所以應該要各自改成「おりません」、「おります」才對。此外，選項２的「石田さん」也不應該加上尊稱的「さん」。

單字と文法

□ どちら様（さま） 請問是哪位

說法百百種

在電話中，當想要尋問對方姓名時，可使用「どちら様ですか」或更能表達敬意的「どちら様でしょうか」。另外，跟對方面對面欲詢問姓名時，較有禮貌的說法為「お名前をお伺いしてもよろしいでしょうか」等等。

▶ 當對方找的人不方便接電話時，還有這些回應說法，例如：

申し訳ございません。石田はあいにく他の電話に出ております。
／非常抱歉，石田正巧忙線中。

申し訳ございません。石田は、ただいま、外出しております。
／非常抱歉，石田目前外出中。

申し訳ございません。石田は、ただいま、会議中です。
／非常抱歉，石田現在正在會議中。

申し訳ございません。石田は、本日、休みを取っております。
／非常抱歉，石田今天休息沒上班。

申し訳ございません。石田は、本日、出張中です。
／非常抱歉，石田今天出差。

もんだい 5　第 12 題 答案跟解說

5-13

M：明日(あした)、映画(えいが)に行(い)きませんか。

F：1　すみません。明日(あした)はちょっと。

　　2　いかがでしたか。

　　3　楽(たの)しんできてください。

【譯】

M：明天要不要去看電影？

F：1. 不好意思，我明天有點事。

　　2. 您覺得如何呢？

　　3. 祝您玩得開心。

- メモ -

解題關鍵と訣竅

答案：1

【關鍵句】映画(えいが)に行(い)きませんか。

對話情境と出題傾向

這一題男士用了「ませんか」來邀請對方明天一起去看電影。面對別人的邀約，該怎麼答應或拒絕呢？

解題技巧

▶ 正確答案是１。「ちょっと」原意是「一點點」，但在會話當中經常當成婉拒的說法。依據場景的不同，它可以代表「都合が悪いです」（沒空）、「できません」（辦不到）…等等。也就是說，女士雖然話沒有說得很清楚，但她用了「ちょっと」來表示「明天我不能和你一起去看電影」。

▶ 如果沒有要拒絕對方，那就可以回答「それはいいですね」（聽起來很不錯呢）、「何の映画ですか」（是什麼電影呢？）…等等。

▶ 選項２是錯的。這句話用過去式「でしたか」來詢問對方對於已經做了、已經發生的事情有什麼感想或看法。不過男士是在提出邀約，所以答非所問。

▶ 選項３也是錯的。當對方準備要去找樂子，而自己不參加時，就可以這麼說。但這沒有回應到男士的邀約。

說法百百種

▶ **「～ませんか」除了邀請對方一同做某事外，也可用來建議對方做某種行為、動作喔！例如：**

このパン、食べてみませんか。／要不要吃吃看這個麵包？

この仕事をやってみませんか。／要不要試試看這份工作？

▶ 此外，一個國家的民族性往往表達於語言中，日本人通常會以婉轉的說話方式來拒絕他人邀約，例如：

今週はずっと忙しくて…。／這禮拜一直很忙…。

ごめん、これからバイトなんだ。また今度ね。
／抱歉，等等要去打工，改天再約吧！

日曜日はもう予定が入っちゃってるんです。また誘ってください。
／星期天已有計畫了，下次請再邀我喔！

すみません。今、ちょっと時間がないもので。
／不好意思，現在剛好沒時間。

Memo

問題一題型

課題理解

在聽取完整的會話段落之後，測驗是否能夠理解其內容（在聽完解決問題所需的具體訊息之後，測驗是否能夠理解應當採取的下一個適切步驟）。

考前要注意的事

作答流程 & 答題技巧

聽取說明

先仔細聽取考題說明

學習目標是，聽取建議、委託、指示等相關對話之後，判斷接下來該怎麼做。

內容順序一般是「提問 ➡ 對話 ➡ 提問」
預估有 5 題

1 首先要理解應該做什麼事？第一優先的任務是什麼？邊聽邊整理。

2 並在聽取對話時，同步比對選項，將確定錯誤的選項排除。

3 選項以文字出現時，一般會考跟對話內容不同的表達方式。

答題

再次仔細聆聽問題，選出正確答案

▼ 前ページで解法テクニックを確認したら、次の演習問題にチャレンジしてください。▼

N2 聴力模擬考題　問題1　第一回

1-1

問題1では、まず質問を聞いてください。それから話を聞いて、問題用紙の1から4の中から、最もよいものを一つ選んでください。

1-2 1ばん

答え：① ② ③ ④

1　明日の午前中に、もう一度配達してもらう

2　あさっての午前中に、もう一度配達してもらう

3　コンビニ受け取りにしてもらう

4　男の人に宅配便の営業所に取りに行ってもらう

1-3 2ばん

答え：① ② ③ ④

1　ポスターの日付の文字を太くする

2　ポスターのイラストの色を薄くする

3　ポスターの地図を簡単にする

4　ポスターを貼りに行く

1-4 3ばん

答え：①②③④

1　一日乗車券を買って全部地下鉄で移動する

2　普通の切符を買って全部地下鉄で移動する

3　普通の切符を買って地下鉄と徒歩で移動する

4　全部徒歩で移動する

1-5 4ばん

答え：①②③④

1　サッカー部の部室に行く

2　井上永吉のライブに行く

3　恵美ちゃんを探しに行く

4　職員室に行く

1-6 5ばん

答え：①②③④

1　5時

2　5時30分

3　6時

4　6時30分

もんだい 1　第 1 回　第 1 題 答案跟解說

1-2

家で男の人と女の人が話しています。女の人は宅配便の荷物をどうしてもらいますか。

M：ただいま。これ、ポストに入ってたよ。

F：おかえり。あ、宅配便の通知！通販で買った DVD が夕方届くことになってたの、すっかり忘れて出かけちゃった。宅配便の人に悪いことしちゃったな。

M：もう 8 時過ぎだから、当日再配達の受付時間も過ぎちゃったね。あさっての午前中にもう一度来てもらうしかないね。

F：なんで？明日の午前中でもいいじゃない？

M：明日の午前中はゆり子の学校の授業参観に行くんでしょう？

F：あ、そっか。そのあとは夜までパートだから、それしかないか…。今度からコンビニ受け取りにしてもらおう。

M：もし急ぐなら、明日の帰りに宅配便の営業所に寄ってあげてもいいよ。

F：いいよ。回り道になるから。腐るものでもないし。

女の人は宅配便の荷物をどうしてもらいますか。

【譯】

男士和女士在家裡交談。請問這位女士希望如何處理宅配的包裹呢？

M：我回來了。信箱裡有這張通知喔！

F：你回來啦。啊，這是宅配的通知單！郵購買的DVD預計在下午送來，結果我把這事忘得一乾二淨出門去了，害宅配的送貨員白跑一趟，真是不好意思。

M：現在是八點多了，已經超過當天再次配送的時間。只能請他後天上午再來一趟了。

F：為什麼？請他明天上午送來就行了啊？

M：明天上午不是要去百合子的學校觀摩教學嗎？

F：啊，對喔！觀摩教學結束以後，我就得去打工，直到晚上才回來，看來只好這樣了…。以後郵購東西改成去便利商店取件吧。

M：假如妳急著拿到的話，我明天回家時順便繞去宅配公司的營業據點幫妳取件也可以喔！

F：不用了，這樣還要多繞路。反正也不是生鮮食品。

請問這位女士希望如何處理宅配的包裹呢？

1　請宅配公司於明天上午再次送件

2　請宅配公司於後天上午再次送件

3　去便利商店領件

4　請男士到宅配公司的營業據點幫她取件

解題關鍵と訣竅

（答案：2

【關鍵句】あさっての午前中(ごぜんちゅう)にもう一度(いちどき)来てもらうしかないね。

攻略要點

問題 1 測驗的是能否判斷出說話者之後應該採取／準備採取的行動。只要學會「しかない（只好）」的文法，即可解答此題。

正確答案及說明

▶ 正確答案是選項 2。對於男士的建議「あさっての午前中にもう一度来てもらうしかないね」，女士原本打算於「明日の午前中」請宅配再次送件，但後來發現該時段需去學校，只好改變主意，回答「それしかないか」。

其餘錯誤選項分析

▶ 選項 1　由於明天上午要去百合子（應該是這兩位的女兒）的學校觀摩教學，所以沒辦法收件。

▶ 選項 3　「コンビニ受け取り」是這位女士以後打算採取的方式。

▶ 選項 4　男士雖然提議「明日の帰りに宅配便の営業所に寄ってあげてもいいよ」，但是女士回答沒有必要。此外，女士這時說的「いいよ」，唯一可能的解釋是「そうしてもらわなくていい」。如果把「いい」解釋成同意，表示麻煩對方幫忙，前後文就說不通了。如果是真的想請對方幫忙，應該使用「そうしてもらえる？（可以麻煩你幫忙嗎？）」「じゃ、お願い（那，麻煩你了）」。

單字と文法

- □ 通知　通知
- □ 通販（通信販売の略）　郵、網購等
- □ 授業参観　教學觀摩
- □ 受け取る　取（件）
- □ 営業所　營業據點
- □ 回り道　繞路

小知識

在日文中，「宅配便（宅配）」是普通名詞，「宅急便」是黑貓大和運輸公司的商標。不過一般人在口語中也經常把其他宅配公司稱作「宅急便」。

女士所說的「そっか（對喔）」是由「そうか」變化而來的。

もんだい1　第1回　第❷題 答案跟解說

1-3

男の学生と女の学生が話しています。男の学生はこのあと何をしなければなりませんか。

M：先輩、すみません。文化祭のポスターのデザインができたんですけど、見ていただけますか。

F：うん、すっきりしててなかなかいいけど…。日付がイラストと重なっちゃっててちょっと読みにくくない？

M：僕も最初そう思ったんですけど、イラストが真ん中にあるほうが全体の印象が強くなるかと思って…。

F：じゃあ、もう少し日付の文字を太くしてみたら？

M：そうですね…。それよりイラストの色をもう少し薄くするのはどうですか。

F：それだとイラストが目立たなくなっちゃうんじゃない？

M：あ、そうか…。分かりました。じゃ、やってみます。

F：それから、地図はこんなに詳しくなくていいよ。どうせ貼るのは学校の周りだけなんだから、もっと簡単なので十分。

M：あ、でも、それは先生のほうから、今年は少し遠くの方まで貼りに行きたいからって言われて、そうしたんです。

F：そうだったの。それならそのままでいいよ。

男の学生はこのあと何をしなければなりませんか。

【譯】

男學生和女學生在交談。請問這位男學生接下來必須做什麼事呢？

M：學姊，不好意思，園遊會的海報設計好了，可以請妳幫我看一下嗎？

F：嗯，整體感覺很清爽，挺不錯的…。日期和圖案重疊了，這樣不太容易辨識吧？

M：我本來也這樣想，可是覺得圖案擺在正中央，看起來的整體印象比較強烈…。

F：那，要不要試著把日期的字體加粗一點？

M：讓我想想…。不如把圖案的顏色刷淡一點，妳覺得如何？

F：那樣的話，圖案不就變得不夠顯眼了嗎？

M：啊，對喔…。我知道了。那，我去改一下。

F：還有，地圖不用畫得那麼詳細啦。反正也只貼在學校旁邊而已，畫個簡單的圖示就夠了。

M：啊，可是，那是老師說今年想要把海報貼到遠一點的地方，所以我才畫詳細一點。

F：原來是這樣喔。既然如此，那保持原樣就好囉。

請問這位男學生接下來必須做什麼事呢？

1　把海報的日期字體加粗

2　把海報的圖案顏色刷淡

3　把海報的地圖改成簡單圖示

4　去貼海報

【關鍵句】もう少し日付の文字を太くしてみたら？

分かりました。じゃ、やってみます。

攻略要點

從女學生建議「～してみたら？（要不要試著把…？）」一直到男學生回答「分かりました（我知道了）」，中間還夾著其他的對話。像這種無法直接找到對應答句的對話，是聽力測驗的經典題型。

正確答案及說明

▶ 正確答案是選項１。女學生建議「もう少し日付の文字を太くしてみたら？」，但是男學生沒有立刻答應，而是給了另一項提案「それよりイラストの色をもう少し薄くするのはどうですか」。然而當女學生指出「それだと目立たなくなっちゃうんじゃない？」，男學生接受了對方的論點，回答「やってみます」，因此男學生接下來要做的事是把海報的日期字體加粗。

其餘錯誤選項分析

- 選項 3　女學生雖然說了「地図はこんなに詳しくなくていいよ」，但是在聽到男學生解釋那是老師的要求之後，就明白了詳圖是必要的，於是告訴他「それならそのままでいい」。
- 選項 4　張貼海報不是這兩個學生被分配到的工作。

單字と文法

- □ 文化祭（ぶんかさい） 文化祭、園遊會
- □ ポスター【poster】 海報
- □ 日付（ひづけ） 日期
- □ イラスト【illustration】 圖案
- □ 重なる（かさなる） 重疊
- □ どうせ 反正

もんだい1　第1回　第③題答案跟解說　1-4

ホテルの部屋で男の人と女の人が話しています。女の人は明日、どんな方法で移動しますか。

M：明日は別行動だよね。僕は一日本屋巡りするけど、君はどこ行くの？

F：ええと、明日はまず最初に浅草に行って、そのあと上野、最後に銀座に行くつもり。

M：全部地下鉄で回るんだよね？それなら、一日乗車券を買ったほうが安いんじゃないかな。ほらこれ、地下鉄が一日何度でも乗り降り自由で一人 710 円だって。

F：そうねえ、じゃ、ちょっと調べてみるね。もし全部普通の切符で回るとすると、まずここから浅草までは 160 円、浅草から上野までも 160 円、そのあと上野から銀座までがこれも 160 円、それからまたここまで帰ってくるのに 160 円だから、ええと、全部で 640 円だね。これなら普通の切符で移動するほうが 70 円安いよ。

M：でも、一日乗車券があれば何度も切符買わなくてもいいし、途中で気が変わったときもどこでも降りられるから便利なんじゃない？

F：それもそうね。じゃ、そうする。あ、でも、そういえば浅草から上野までは近いから歩いて行けるよね。そうするとまた少し安くなるよ。

M：ええっ。近いっていっても歩くとけっこうあるよ。暑いからやめたほうがいいよ。

F：そう？じゃ、やめた。

女の人は明日、どんな方法で移動しますか。

【譯】

男士和女士在旅館的房間裡交談。請問這位女士明天會採用什麼交通方式呢？

M：明天我們各走各的。我一整天都要逛書店，妳打算去哪裡？

F：我想想，…我打算明天第一站先去淺草，接著是上野，最後再去銀座。

M：妳從頭到尾都會搭地鐵吧？既然如此，應該買張一日票比較便宜喔。妳看這裡也寫了：每張票710日圓，一天之內可不限次數搭乘。

F：有道理，那，我算一下。假如每一趟搭車都買單程票的話，從這裡到淺草是160日圓，從淺草到上野也是160日圓，再從上野到銀座同樣是160日圓，最後回到這裡一樣是160日圓，我看看喔，加起來總共是640日圓。這樣的話，買單程票會便宜70日圓耶！

M：可是，只要手裡有一張一日票，就不用一直跑去買車票了，萬一中途改變主意，也可以隨時隨地下車，那樣不是方便多了？

F：這樣講也對。那，就買一日票吧。啊，不過，從淺草到上野很近，應該可以走得到吧？這樣的話又可以省一段票了呀！

M：天啊！雖說不遠，可是走起來還是有一大段距離耶！天氣這麼熱，不要用走的吧。

F：是哦？那就算了。

請問這位女士明天會採用什麼交通方式呢？

1　買一日票，全程搭地鐵　　2　買單程票，全程搭地鐵

3　買單程票，搭地鐵和步行　　4　全程步行

解題關鍵と訣竅 （答案：1

【關鍵句】でも、一日乗車券（いちにちじょうしゃけん）があれば何度（なんど）も切符（きっぷ）買（か）わなくてもいいし、途中（とちゅう）で気（き）が変（か）わったときもどこでも降（お）りられるから便利（べんり）なんじゃない？
じゃ、そうする。

攻略要點

首先將答案選項瀏覽一遍，掌握「一日乗車券／普通の切符（一日票／單程票）」、「地下鉄／徒歩（地鐵／步行）」這幾個關鍵字。聽到「じゃ、そうする（那，就買一日票吧）」以為已經找到答案了，卻又出現「あ、でも（啊，不過）」的字句。這一題雖然最後沒有採用「あ、でも（啊，不過）」之後出現的主意，但是聽力測驗有時會以後續出現的想法作為最終結論。因此，仍然必須了解整段對話。

正確答案及說明

▶ 正確答案是選項 1。女士一開始認為每一趟搭車都買單程票的話，加總起來是 640 日圓，比買一日票便宜 70 日圓，但是後來聽取了男士的建議「一日乗車券があれば何度も切符買わなくてもいいし、途中で気が変わったときもどこでも降りられるから便利なんじゃない？」，於是決定買一日票。

其餘錯誤選項分析

- 選項 3　原本打算全程搭地鐵，又想到「浅草—上野」這一段或許可以採用步行方式，如此一來即可再省一段車資，但最終仍是作罷。
- 選項 4　從頭至尾都沒有討論過「全程步行」這個方案。

單字と文法

- ☐ **別行動** 各別行動
- ☐ **～巡り** 逛…、遊覽…
- ☐ **一日乗車券** 一日票
- ☐ **ほら** 看、瞧（提示他人注意某事物）
- ☐ **～とすると** …的話（表示假定）
- ☐ **気が変わる** 改變主意

說法百百種

▶ 描述附近場所的說法

住宅地なんだけど、緑が多いですね。
／這裡雖然是住宅區，公園綠地還真不少呢。

うちは幼稚園に近いわけじゃないんです。子どもの足で 30 分ぐらいですね。／我家離幼稚園並不近，小朋友大約要走 30 分鐘吧。

A：建物の屋上が庭になっていて、ちょっと珍しいですよね。
B：そうでしたね。びっくりしましたよ。
／A：把屋頂打造成庭園還真特別，您說是吧？
／B：就是說呀，我吃了一驚呢。

小知識

東京的地下鐵由兩個事業體負責營運，分別是「東京メトロ（東京 METRO）」和「都営地下鉄（都營地下鐵）」。本題對話中提到的「一日乗車券（一日票）」是指東京メトロ發行的票券。若是兩種事業體通用的一日票則為一千日圓（2014 年 5 月票價）。

もんだい 1　第 1 回　第 ④ 題 答案跟解說

1-5

女子高校生と男子高校生が話しています。女子高校生はこのあとまずどうしますか。

F：あ、中島君。まだ部活行ってなくてよかった。今からサッカー部の部室に探しに行こうと思ってたんだ。

M：あ、小山さん。僕もちょうど探してたとこ。

F：何？

M：明日の井上永吉のライブのチケット、親戚にもらったんだけど、いらない？僕、別にファンっていうわけじゃないから。ただでいいよ。

F：本当？いいの？ 私、売り切れで買えなかったんだ。ありがとう。

M：じゃ、これ。2枚あるから。誰か一緒に行ける人探して行きなよ。

F：えっ、2枚もくれるの！ほんとにありがとう。じゃ、恵美ちゃんに聞いてみるね。明日のライブだから、すぐ聞きに行かなきゃ。バイバイ！

M：あれ、僕に何か用じゃなかったの？

F：あ、そうだ、忘れてた。阿部先生がね、何か急ぎの用があるみたいで、部活が始まる前に職員室に来てほしいって。

M：ふうん。何だろう…？うん、分かった。じゃ。

女子高校生はこのあとまずどうしますか。

【譯】

女高中生和男高中生在交談。請問這位女高中生接下來最先採取行動是什麼？

F：啊，中島！幸好你還沒去社團。我正打算去足球社的社辦去找你耶！

M：啊，小山！我也正好要找妳！

F：找我什麼事？

M：我有明天的井上永吉演唱會門票，是親戚給我的，妳要不要？反正我不是他的歌迷。送妳，不用給我錢。

F：真的假的？可以嗎？門票早就賣光了，我根本搶不到。謝謝你！

M：喏，給妳。有兩張。妳找個人陪妳去聽吧。

F：哇！你要給我兩張？真是太感激了！那我去問問惠美囉。演唱會就在明天，得馬上去問她才行。掰掰！

M：咦，妳不是有事要找我？

F：啊！對喔，我忘了。阿部老師好像有急事找你，要你去社團之前先去教師辦公室找他。

M：哦？什麼事找我啊…？嗯，我知道了。走囉。

請問這位女高中生接下來最先採取行動是什麼？

1　去足球社的社團辦公室　　2　去井上永吉的演唱會

3　去找惠美　　4　去教師辦公室

解題關鍵と訣竅 （答案：3

【關鍵句】じゃ、惠美（えみ）ちゃんに聞（き）いてみるね。…、すぐ聞（き）きに行（い）かなきゃ。

攻略要點

問題１測驗的是對話中的人物接下來應該採取／準備採取的行動，因此必須留意「～なければならない（非得…才行）」、「～たほうがいい（要…才好）」等等，以及表示時間的「まず（首先）」、「すぐ（立刻）」、「先に（先去）」之類的關鍵字詞。

正確答案及說明

▶ 正確答案是選項３。女高中生說「すぐ聞きに行かなきゃ」，也就是去問惠美。「すぐ聞きに行かなきゃ」句中的「行かなきゃ」是「行かなければ」的口語縮約形，並且省略了後續的部分。聽力考試時必須習慣一般口語用法。

其餘錯誤選項分析

▶ 選項１　雖然女高中生原本打算去足球社的社團辦公室，但因已經見到男高中生中島，所以就不必去了。

▶ 選項２　井上永吉的演唱會是明天才去。在參加演唱會之前，要先找和她一起去的人。

▶ 選項４　要去教師辦公室的人是男高中生。

單字と文法

- □ 部活（部活動の略） 社團
- □ ～とこ（「～ところだ」の省略形）
  剛要…、正要…
- □ 親戚 親戚
- □ ただ 免費
- □ 売り切れ 賣光
- □【動詞ます形】＋なよ（「なさい」の省略形の「な」＋終助詞「よ」）
  溫和的命令語氣，含勸誘之意

もんだい１　第１回　第５題 答案跟解說

1-6

家で男の人と女の人が話しています。男の人は明日の朝、何時の電車に乗りますか。

M：明日は朝一番の電車に乗るからね。

F：朝一番って５時でしょう？もうちょっとゆっくり出かけたら？

M：でも、７時までには山田駅に着きたいから。そうすると、これしかないよ。

F：もう少し遅いのはだめなの？

M：僕だって、できるものなら朝はもう少し寝ていたいけど。６時までは30分に１本しかないから、次のだとぎりぎりになっちゃうよ。

F：大原まで特急で行っちゃって、そこから逆に普通電車で山田にもどってくれば？その方が早く着くかもよ。

M：じゃ、調べてみるね。特急は６時が最初だから、それに乗ると６時半に大原に着く。そこから山田駅に戻ると…やっぱり７時には間に合わないよ。５時のが一番安全だよ。

F：じゃあ、せめて１本遅いのにしてよ。私も朝ごはんのしたくするのに起きなくちゃならないんだから。

M：うーん、そうするとぎりぎりになるけどなあ。まあ、いいや。

男の人は明日の朝、何時の電車に乗りますか。

【譯】

男士和女士在家裡交談。請問這位男士明天早上要搭幾點的電車呢？

M：我明天早上要搭第一班電車喔。

F：早上第一班車不是５點嗎？要不要晚一點出門呀？

M：可是，我想在７點之前到達山田站。這麼一來，只能搭第一班車才來得及啊。

F：再晚一點的班次不行嗎？

M：如果可以的話，我也想多睡一會兒；可是在６點之前，每隔30分鐘才發一班車，所以如果搭下一班的話，時間就太趕了。

F：你要不要先搭特急列車到大原，然後再搭反向的普通電車往回到山田？說不定這樣還比較快喔。

M：那，我查查看吧。特急列車最早是６點發車，搭這班會在６點半到達大原。接下來再往回搭到山田站…，這樣還是趕不及７點到達耶。我看還是搭５點那班最保險了。

F：不然，至少搭晚一班的車嘛。我也得跟著起床張羅早餐才行耶！
M：唔…，這樣時間很趕哩。算了，就這樣吧。

請問這位男士明天早上要搭幾點的電車呢？

1　5點
2　5點30分
3　6點
4　6點30分

解題關鍵と訣竅

（答案：2

【關鍵句】6時までは30分に1本しかない…。
せめて1本遅いのにしてよ。

攻略要點

到了N2級的測驗，越來越不容易直接找到答案。必須要把分散在各處的資訊一一彙整起來，才能分析出答案。

正確答案及說明

▶ 正確答案是選項2。男士一開始打算搭5點的電車，後來決定按照女士的提議「せめて1本遅いのにしてよ」。由於「6時までは30分に1本しかない」，於是改搭下一班的5點30分班次電車。

單字と文法

□ **朝一番** 早上第一個
□ **ゆっくり** 慢慢地
□ **～ものなら** 如果能…的話
□ **～本** …班（電車、公車等）
□ **逆** 反向
□ **せめて** 至少

說法百百種

▶ 搭電車時常用的說法

山中から北野まで40分ぐらいだから、12時に間に合う電車は何時かな。
／從山中到北野要花 40 分鐘左右，所以該搭幾點的電車才趕得及 12 點到呢？

11時59分着だと、乗り換えに1分しかないから、危ないかもしれない。／如果是 11 點 59 分抵達，那麼換車時間只有一分鐘，恐怕會來不及。

これは11時52分に北野に着くから、ちょうどいいんじゃない？
／這班車可以在 11 點 52 分到達北野站，時間上剛剛好吧？

もんだい１ 小專欄 !

口語でよく出てくる発音の変化や音の脱落、省略形を集めました。

【口語縮約形與發音變化１】

□ **～てる**／（正）在…

▸ 何(なに)をし**てる**の？／你在做什麼？

□ **～ちゃう**／…完、…了

▸ 夏休(なつやす)みが終(お)わっ**ちゃっ**た。／暑假結束囉。

□ **～じゃう**／…完、…了

▸ うちの犬(いぬ)が死(し)ん**じゃっ**たの。／我家養的狗死掉了。

□ **～じゃ**／「では」的縮略形

▸ あれ、ユイちゃん**じゃ**ない？／咦，那不是結衣嗎？

□ **～んだ**／表示說明或說話人主張、決心

▸ 今(いま)から出(で)かける**んだ**。／我現在正要出門。

□ **～の？**／表示疑問

▸ どこから来(き)た**の？**／從哪裡來的呢？

□ **～なきゃ**／必須、不能不

▸ これ、今日中(きょうじゅう)にし**なきゃ**。／這個非得在今天完成不可！

□ **～なくちゃ**／必須、不能不

▸ 頑張(がんば)ら**なくちゃ**。／我得加油才行！

□ **～てく**／表示動作離說話人越來越遠地移動或改變

▸ 車(くるま)で送(おく)っ**てく**よ。／我開車送你過去吧！

□ **～とく**／表示先做準備，或動作完成後留下的狀態

▸ 僕(ぼく)のケーキも残(のこ)し**とい**てね。／記得也要幫我留塊蛋糕喔！

▼ 前ページで解法テクニックを確認したら、次の演習問題にチャレンジしてください。▼

N2 聴力模擬考題　問題1　第二回

問題1では、まず質問を聞いてください。それから話を聞いて、問題用紙の1から4の中から、最もよいものを一つ選んでください。

1-7　1ばん

答え：①②③④

1　4,000円の本

2　3,500円の本

3　3,000円の本

4　ネットで注文するのはやめる

1-8　2ばん

答え：①②③④

1　月曜日

2　火曜日

3　水曜日

4　木曜日

1-9 3ばん

答え：①②③④

1　10枚(まい)

2　20枚(まい)

3　30枚(まい)

4　40枚(まい)

1-10 4ばん

答え：①②③④

1　午前(ごぜん)7時頃(じごろ)

2　午前(ごぜん)9時頃(じごろ)

3　午前(ごぜん)10時頃(じごろ)

4　午後(ごご)4時頃(じごろ)

1-11 5ばん

答え：①②③④

1　午後(ごご)1時(じ)から3時(じ)の間(あいだ)はなるべく外出(がいしゅつ)をやめる

2　今(いま)すぐ、服(ふく)についた花粉(かふん)をよく払(はら)い落(お)とす

3　ポリエステルのスーツを探(さが)す

4　花粉防止用(かふんぼうしよう)のカバーがついた眼鏡(めがね)をかける

もんだい 1　第 2 回　第 1 題 答案跟解說

1-7

家で男の人と女の人が話しています。女の人はどの本を注文しますか。

F：ねえ、ネットで古本注文したいんだけど、いくつか出品されてるから一緒に見てくれる？ネットで本買うのって初めてだからちょっと心配なんだ。古本だとどんな状態か分からないじゃない？

M：出品者のリストに本の状態が書いてあるでしょ。「良い」とか「非常に良い」とか。

F：じゃ、これなんか「ほぼ新品」ってなってるから、これ買えば心配ないのかな？でも、これ 4,000 円だから、この中でいちばん高いんだよね。ほんとに新品みたいならこの値段でもかまわないんだけど。

M：こっちのはどう？状態は「非常に良い」で値段は 3,500 円だよ。

F：それならこっちに同じ「非常に良い」で、値段が 3,000 円のがあるよ。こういう場合ってやっぱり値段が高い方が状態がいいのかな。500 円ぐらいの差だったら、状態がいいの買うんだけど…。どれにすればいいか迷っちゃう。やっぱりネットじゃなくて古本屋さんで探そうかな。

M：送料はどうなってるの？

F：みんな同じ、380 円だよ。

M：あっ、今 4,000 円以上買うとキャンペーンで送料無料って書いてあるよ。それに、3,000 円以下だと送料のほかに手数料も 150 円かかるって。これなら、「ほぼ新品」のがいいんじゃないの。

F：ほんとだ。ありがとう、気づかなかったよ。じゃ、そうする。

女の人はどの本を注文しますか。

【譯】

男士和女士在家裡交談。請問這位女士要訂購哪一本書呢？

F：欸，我想在網路上買一本二手書，可是好幾個賣場都在賣這本書，你可以幫我一起看看嗎？這是我第一次在網路買書，有點不放心。既然是二手書，就不曉得書況好不好呀？

M：賣場會在說明列中標明書況啊。比如「佳」或是「極佳」之類的。

F：那，這裡有一個寫的是「幾乎全新」，只要買這本就不必擔心了吧？可是，這本要4,000日圓，是裡面最貴的一本耶。雖然假如確實和新書一樣，以這個價格買也無所謂就是了。

M：妳看這一本怎麼樣？書況「極佳」、價錢3,500日圓喔。

F：如果要挑這本，這邊還有一個同樣是「極佳」，但價格只要3,000日圓的呀。像這種情形，是不是越貴的品相越好呢？如果只差區區500日圓，我想買品相比較好的耶…。實在不曉得該怎麼選才好。還是我不該在網路上買，直接去舊書店找呢？

M：運費怎麼算？

F：每一個賣場都一樣，380日圓。

M：啊，這上面寫著優惠活動，現在購買滿4,000日圓即可免運費喔！而且，如果是3,000日圓以下，除了運費之外，還要加計150日圓手續費。這樣的話，我看就挑「幾乎全新」的吧。

F：真的耶！謝謝你，我沒看到這個訊息呢。那，就這個了。

請問這位女士要訂購哪一本書呢？

1　4,000日圓的書

2　3,500日圓的書

3　3,000日圓的書

4　不在網路訂購書籍

解題關鍵と訣竅

（答案：1

【關鍵句】「ほぼ新品（しんぴん）」のがいいんじゃないの。

じゃ、そうする。

攻略要點

男士最後的對話裡出現了「キャンペーン（優惠活動）」、「手数料（手續費）」等單字，如果不了解這些單字的意思，就不曉得為什麼要挑「ほぼ新品（幾乎全新）」這一本。不過，即使不知道理由，只要掌握了「最後決定選擇『ほぼ新品』」這個關鍵和它的價格，就能選出答案。

正確答案及說明

▶ 正確答案是選項１。這兩位的談話中出現「『ほぼ新品』のがいいんじゃないの」、「そうする」。

▶「ほぼ新品」這本是 4,000 日圓。順帶一提，4,000 日圓的書只需支付商品費，無須其他費用；3,500 日圓的書需另計運費，所以合計 3,880 日圓；3,000 日圓的書，還需加計運費 380 日圓和手續費 150 日圓，因此合計 3,530 日圓。由於女士的想法是「500円ぐらいの差だったら、状態がいいの買う」，因此以上述金額差距皆在其容許範圍之內來做判斷，與其挑選「非常に良い」的書，不如挑「ほぼ新品」這一本。

單字と文法

- □ 古本　二手書
- □ ほぼ　幾乎、大致上
- □ 新品　新貨
- □ かまわない　無所謂
- □ 差　差、差額
- □ 気づく・気がつく　發覺、意識到

說法百百種

▶ 線上購物時常用的說法

『らんらん』2017 年 3 月号を探していますが、御社の在庫にありますか。／我想買《RANRANN》雜誌 2017 年 3 月號，請問貴公司有庫存嗎？

色がホームページで見た印象と違っていますので、返品したいと思います。／因為顏色與網頁上看到的感覺不一樣，所以想退貨。

2月3日に注文した商品が、2週間経ったのにまだ届きません。／2 月 3 號訂購的商品過了兩個星期都還沒有收到。

もんだい１　第２回　第２題 答案跟解說

1-8

会社で男の人と女の人が話しています。ミーティングは何曜日になりましたか。

M：すみません。木曜日のミーティングの件なんですが、ちょうど同じ時間に取引先との打ち合わせが入っちゃったんです。今から時間を調整していただくことはできますか。

F：私はかまいませんよ。３時以降ならいつでも時間取れますから。

M：そうですか？じゃあ、水曜の３時でお願いできますか？

F：水曜というとあさってね。私はかまわないけど、谷口さんと伊藤さんにも聞いてみないと。

M：あ、二人にはもう聞いてあるんです。谷口さんは月、水、木がよくて、伊藤さんは午後ならいつでもいいということでしたので、あさっての３時がいちばん都合がいいかと…。

F：あ、ちょっと待って。たしかあさっての午後はお客さんが来るから会議室使えないはずよ。でも、明日の３時にすると谷口さんが空いてないんだよね？じゃあ、ちょっと急だけど今日の３時でどう？それなら会議室も空いてるし。

M：でも、それだとミーティングに使う資料の作成が間に合いません。

F：そう。じゃ、しかたないから資料室を使いましょう。ちょっと狭いけど、片付ければ４人なら座れるから。

M：分かりました。二人にもそのように伝えておきます。

ミーティングは何曜日になりましたか。

【譯】

男士和女士在公司裡交談。請問會議訂在星期幾舉行呢？

M：不好意思，關於星期四的會議，剛好同一時段有客戶來約了談事情，可以現在和您改約其他時間開會嗎？

F：我這邊無所謂呀。只要是３點以後，隨時都有空。

M：這樣嗎？那麼，星期三的３點可以嗎？

F：星期三就是後天吧。我這邊可以，但是還得問問谷口先生和伊藤小姐他們的行程。

M：啊，他們兩位我已經問過了。谷口先生是星期一、三、四可以，伊藤小姐是下午時段統統可以，所以他們說，選在後天下午 3 點最方便…。

F：啊，等一下。我記得後天下午有客戶要來，所以沒辦法用會議室喔。可是，如果是明天 3 點，谷口先生沒空對吧？那，雖然趕了一點，就訂今天 3 點如何？那樣的話就有會議室可用了。

M：可是，那樣的話就來不及製作開會時要用的資料了。

F：是喔。那，沒辦法了，就用資料室吧。雖然小了一點，只要收拾一下，應該夠四個人坐吧。

M：我知道了。我會去轉告其他兩位的。

請問會議訂在星期幾舉行呢？

1　星期一

2　星期二

3　星期三

4　星期四

解題關鍵と訣竅

答案：3

【關鍵句】谷口さんは月、水、木がよくて、伊藤さんは午後ならいつでもいいということでしたので、あさっての3時がいちばん都合がいいかと…。
じゃ、しかたないから資料室を使いましょう。

攻略要點

乍看之下以為問的是「何曜日（星期幾）」、「何時（幾點）」，實際上「どこ（哪裡）」才是能找到這題答案的關鍵所在。這一題是挑戰既定觀念和盲點的題型。

正確答案及說明

▶ 正確答案是選項 3。從「水曜日というとあさってね」這句可以推論今天是星期一。原本訂定的開會日期是星期四，但是現在必須要異動時間。如果訂在今天星期一，由於「ミーティングに使う資料の作成が間に合いません」所以不行；若是訂在星期二，谷口先生的行程無法配合；星期三的話，雖然無法使用會議室，但是可以在資料室開會。

單字と文法

□ 打ち合わせ 碰面商量
□（予定が）入る 排入（預定行程）
□ 調整 調整、調動
□（時間を）取る 擠出（時間）
□ ～というと 你說…
□ 作成 製作
□ しかた（が）ない 沒辦法

說法百百種

▶ 會議相關的說法

今日の午後の会議に間に合うように、昨日送ったんだけど、間違って違う書類を送っちゃったみたい。
／為了趕上今天下午的會議，昨天就已經把資料寄過去了，但是好像送錯文件了。

大橋さんが明日の会議に出席されるかどうか伺っておくように、芝田さんから言われたんですけど。
／芝田先生交代了先去請教大橋先生會不會出席明天的會議。

とにかく、本社に電話して、事情を話した方がいいんじゃない？
／總之，先打電話到總公司，把來龍去脈解釋清楚比較好吧？

もんだい1　第2回　第③題 答案跟解說

1-9

家で男の人と女の人が話しています。男の人は年賀はがきを全部で何枚買いますか。

M：そろそろ年賀状書かないことには、元日に間に合わないな。出かけるからついでに年賀はがき買ってくるよ。僕の分は30枚買うけど、そっちは何枚ぐらいいる？

F：年賀状ねえ。今年は出すのやめようかな。

M：ええっ、出さないつもり？

F：そうじゃなくて、メールでいいかなと思って。今年のお正月に私に来たのも、はがきは2、3枚で、あとはみんなメールだったし。

M：友達に出す分にはメールでもかまわないと思うけど、目上の人にはそれじゃ失礼なんじゃないの？

F：それもそうか。そしたら私は7、8人かな。ちょっと多めに10枚買って来て。

M：分かった。

F：あなたも友達にはメールにすれば？そしたら、あなたも10枚も買えば足りるんじゃない？

M：僕は全部はがきにするよ。自分だってメールよりはがきでもらうほうがありがたいからね。くじもついてるし。

男の人は年賀はがきを全部で何枚買いますか。

【譯】

男士和女士在家裡交談。請問這位男士總共要買幾張賀年卡呢？

M：算算時間該買賀年卡了，否則來不及趕在元旦寄達囉。我要出門，順便去買賀年卡。我這邊要買30張，妳那邊大概要幾張？

F：賀年卡喔…，今年就算了吧。

M：嗄？妳不打算寄嗎？

F：不是不寄，而是在想是不是寄電子賀卡就好。今年過年的時候，我收到的賀年卡也只有兩、三張，其他都是電子賀卡嘛。

M：我想，寄給朋友的或許用電子賀卡就行，可是寫電子賀卡給長輩未免不太禮貌吧？

F：你說的也有道理。這樣的話，我這邊有七、八個人吧，抓鬆一點幫我買個10張。
M：知道了。
F：你要不要也寫電子賀卡給朋友就好？那樣你也買10張就夠了吧？
M：我要全部都寄賀年卡喔。比起電子賀卡，我自己也是收到實體賀卡比較高興，況且還可以抽獎。

請問這位男士總共要買幾張賀年卡呢？

1　10張
2　20張
3　30張
4　40張

解題關鍵と訣竅 （答案：4

【關鍵句】僕（ぼく）の分（ぶん）は30枚（まい）買（か）うけど、…。
僕（ぼく）は全部（ぜんぶ）はがきにするよ。
10枚（まい）買（か）って来（き）て。

攻略要點

由於題目問的是「全部で（總共）」，因此大概需要計算。從兩人一開始估計的張數就必須開始留意後續有沒有改變。從對話裡提到各個數字中，挑出有用的數字出來加總。像這樣迂迴曲折的問題，必須了解整體對話內容。

正確答案及說明

▶ 正確答案是選項 4 。男士先說「僕の分は 30 枚買う」，女士說如果都寄電子賀卡給朋友，那麼「10 枚も買えば足りるんじゃない？」，但是男士回答「僕は全部はがきにするよ」，表示他一開始決定要買的 30 張，這個數字並沒有改變；而女士請他順便「10 枚買って来て」，於是總計買 40 張。

單字と文法

□ 年賀状（ねんがじょう） 賀年卡

□ ～ないことには 如果不…就…

□ ついで 順便

□ 分（ぶん）（某人的）份

□ ～め 前接形容詞語幹，表示某種性質或傾向

□ ありがたい 值得感謝的

小知識

在日本，每當寫賀年卡的季節到來，「日本郵便株式会社（日本郵政股份有限公司）」就會發行繪有隔年生肖等吉祥圖案的特別版賀年明信片。這種賀年卡可參加抽獎活動，收到賀年卡的人如果中獎就能領到獎品。

もんだい１　第２回　第 ❹ 題 答案跟解說

1-10

家で男の人と女の人が話しています。男の人は日本時間の何時頃に電話をかけますか。

M：ねえ、今日は理恵の誕生日だよ。電話しようよ。

F：でも、今こっちが朝７時だから、ロサンゼルスは午後２時よ。まだ授業が終わってないわよ。

M：え、土曜日だから学校休みでしょ？

F：ロサンゼルスは日本より 17 時間遅いって言ったでしょう？だから今向こうはまだ金曜の午後なの。でも、金曜日はたしか授業が早く終わるから４時には寮に帰ってるはずね。で、そのあと６時からバイトに行くはずだから向こうの午後５時頃に電話したらいいんじゃない？

M：向こうの午後５時だとこっちは…。

F：朝の 10 時ね。あと３時間。あ、そうだ。今月から向こうはサマータイムだから１時間足さなきゃいけないんだった。こっちの朝 10 時だと向こうは夕方６時になっちゃうから、９時には電話しないと。

M：でも、考えてみたら、それだと向こうはまだ誕生日になってないんだよね。それならこっちの夕方４時頃に電話するほうがいいか。そうすればちょうど向こうも日付が変わる頃でしょ。

F：でも、そんな遅くに電話したら、理恵はともかくルームメートに迷惑よ。

M：ああ、そうか。じゃ、やっぱり、バイトに行く前にしよう。

男の人は日本時間の何時頃に電話をかけますか。

【譯】

男士和女士在家裡交談。請問這位男士會在日本時間的幾點左右打電話呢？

M：欸，今天是理惠的生日吧？打個電話給她啦。

F：可是，現在是早上７點，洛杉磯那邊是下午２點唷，這時間她還沒下課呢。

M：嗄？今天是星期六，學校沒上課吧？

F：我不是告訴過你，洛杉磯比日本慢17個小時嗎？所以現在那邊還是星期五的下午。不過，我記得她星期五的課比較早結束，應該 4 點就會回到宿舍了。然後，接下來應該從 6 點開始要去打工，所以在那邊的下午 5 點左右打電話過去應該正好吧？

M：那邊的下午 5 點，也就是這邊的…。

F：早上10點呀。還有 3 個鐘頭。啊，對了！從這個月開始，那邊開始實施夏季節約時間，所以要再加上 1 個小時才對。這邊的早上10點等於那邊的傍晚 6 點，所以 9 點就得打給她了。

M：可是仔細想想，那時間打給她還沒到她的生日哩。這樣不如我們這裡的傍晚 4 點左右打給她比較好吧。這樣的話，剛好她那邊過了半夜十二點囉！

F：可是，那麼晚打電話，就算理惠還沒睡，也會吵到她室友呀！

M：啊，對喔。那，還是挑她還沒去打工之前打給她吧。

請問這位男士會在日本時間的幾點左右打電話呢？

1　上午 7 點左右

2　上午 9 點左右

3　上午10點左右

4　下午 4 點左右

（答案：2

【關鍵句】今月(こんげつ)から向(む)こうはサマータイムだから 1 時間(じかん)足(た)さなきゃいけないんだった。こっちの朝(あさ) 10 時(じ)だと向(む)こうは夕方(ゆうがた) 6 時(じ)になっちゃうから、9 時(じ)には電話(でんわ)しないと。

攻略要點

雖然測驗的是時差問題，而且還出現了夏季節約時間，看起來很難解題，不過對話中已經很貼心地告知了洛杉磯的幾點是日本的幾點，應該比較容易作答。

正確答案及說明

▶ 正確答案是選項 2 。實施夏季節約時間的期間，由於日本的上午 9 點是那邊的下午 5 點，對理惠小姐而言也是最方便接電話的時間。

其餘錯誤選項分析

▶ 選項 1　上午 7 點就是現在。日本雖是星期六，但洛杉磯還是星期五，後來男士得知理惠小姐還沒回到宿舍，因而作罷。

▶ 選項 3　起初雖想要在上午 10 點打電話給她，但是從這個月起實施夏季節約時間，因此那邊就是傍晚 6 點，然而那是理惠小姐要去打工的時間了。

▶ 選項 4　在理惠小姐所在地的洛杉磯，這個時間還不是理惠小姐的生日。那邊要等到日本時間的下午 4 點，才會過了午夜變成星期六。然後，男士接受了女士的意見「そんな遅くに電話したら、理惠はともかくルームメートに迷惑よ」，因而作罷了。

單字と文法

□ **ロサンゼルス【LosAngeles】** 洛杉磯

□ **寮**（りょう） 宿舍

□ **バイト（アルバイトの略（りゃく））【arbeit】** 打工

□ **サマータイム【summer time】** 夏令時間

□ **遅く**（おそ） 很晚的時刻

□ **～はともかく** 姑且不管…

說法百百種

▶ 有關時差的說法

私（わたし）、外国（がいこく）へ行（い）くのは好（す）きなんですけど、時差（じさ）がつらいんですよ。
／雖然我很喜歡出國，但總是飽受時差之苦呀。

私（わたし）はわりと時差（じさ）大丈夫（だいじょうぶ）ですよ。
／時差對我倒是沒有太大的影響喔。

向（む）こうは日本（にほん）より2時間（じかん）遅（おく）れているから、今（いま）午後（ごご）5時（じ）かな。
／那邊比日本晚 2 個小時，所以現在應該是下午 5 點吧。

もんだい1　第2回　第 5 題 答案跟解說

1-11

会社で男の人と女の人が話しています。男の人はこのあと花粉症対策のために何をしますか。

M：(くしゃみの音)

F：ひどいくしゃみね。もしかして花粉症？

M：そうなんです。くしゃみやら鼻水やら、ほんとに大変で。

F：あ、そういえば、この前テレビで言ってたんだけど、午後１時から３時の間がいちばん花粉が多く飛ぶから、その間はなるべく外出しないほうがいいそうよ。

M：でも、僕は外回りの仕事だから…。

F：それもそうね…。外から帰ってきたら、髪の毛や服についた花粉をよく払い落としてから中に入るといいらしいけど…、あなたのスーツ、もしかしてウールじゃない？ ウールは花粉がいちばんつきやすいらしいよ。ポリエステルのほうが簡単に払い落とせるって。

M：でも、ポリエステルのスーツってなんだか安っぽい感じがして嫌なんですよね。

F：最近は品質がだいぶ良くなったから、そんなことないよ。

M：そうですか。じゃあ、帰りに店に寄って見てみることにします。

F：花粉防止のカバーがついた眼鏡もあるらしいよ。

M：それは僕もかけてみたんですけど、今まで眼鏡かけたことがないから、なんだか慣れないんですよね。でも、ありがとうございます。いいこと教えていただきました。

男の人はこのあと花粉症対策のために何をしますか。

【譯】

男士和女士在公司裡交談。請問這位男士接下來會採取什麼行動以對抗花粉熱呢？

M：（打噴嚏貌）

F：你怎麼拚命打噴嚏呀？該不會是花粉熱吧？

M：就是花粉熱啊。不但打噴嚏還會流鼻水，真是難受極了。

F：啊，對了，我上次看電視節目介紹過，下午１點到３點之間是花粉濃度最高的時段，聽說那個時段盡量不要外出比較好喔。

M：可是，我的工作就是要跑外務…。

F：這麼說也是啦…。還聽說從外面回到室內的時候，要先把沾在頭髮和衣服上的花粉統統拍掉再進到房子裡，那樣有助於減輕症狀…，你的西裝，該不會是羊毛布料吧？聽說羊毛是最容易沾染花粉的喔！如果換成化學纖維材質的，一下子就能拍乾淨了。

M：可是化學纖維的西裝看起來很廉價，我很討厭耶！

F：最近的技術品質提升不少，不會有廉價感了喔。

M：這樣喔。那麼，我回去的時候去服飾店看一看。

F：聽說具有隔離花粉功用的護目鏡也上市了喔。

M：那種我也戴過了，可是因為從來沒戴過眼鏡，實在不習慣耶。不過，還是謝謝妳喔，告訴我那麼多有用的資訊。

請問這位男士接下來會採取什麼行動以對抗花粉熱呢？

1　下午 1 點到 3 點之間盡量不要外出

2　現在立刻把沾在衣服上的花粉全部拍掉

3　去找化學纖維材質的西裝

4　戴上具有隔離花粉功用的護目鏡

解題關鍵と訣竅

（答案：3

【關鍵句】あなたのスーツ、もしかしてウールじゃない？…。ポリエステルのほうが簡単(かんたん)に払(はら)い落(お)とせるって。
帰(かえ)りに店(みせ)に寄(よ)って見(み)てみることにします。

攻略要點

本題能夠找出正確答案的關鍵在於，在聽完對方的話，輪到自己要表達想法時先説的「じゃあ（那麼）」，以及陳述決定的「ことにする（會這麼做）」這兩個句子。問題句中的「このあと（接下來）」也是必須注意的字詞。

正確答案及說明

▶ 正確答案是選項 3。這位男士決定「帰りに店に寄って見てみることにします」回去時去服飾店看一看那種化學纖維質的西裝。

其餘錯誤選項分析

- 選項 1　儘管這麼做比較好，但是男士的工作是跑外務，所以無法執行。
- 選項 2　這是指從外面回到室內時做了以後有助於改善症狀的動作。他們兩人現在都待在公司裡，所以沒有必要「今すぐ」執行。
- 選項 4　關於具有隔離花粉功用的護目鏡，這位男士雖然戴過了，但由於「なんだか慣れない」，也就是委婉表示不想戴。

單字と文法

- □ **くしゃみ** 噴嚏
- □ **～やら～やら** 又…又…
- □ **鼻水**（はなみず） 鼻水
- □ **外出**（がいしゅつ） 外出
- □ **払い落とす**（はらいおとす） 拍落、拂落
- □ **カバー【cover】** 覆蓋物

問題二題型

ポイント理解

在聽取完整的會話段落之後，測驗是否能夠理解其內容（依據剛才已聽過的提示，測驗是否能夠抓住應當聽取的重點）。

考前要注意的事

作答流程 & 答題技巧

聽取說明

先仔細聽取考題說明

學習目標是，聽取兩人對話或單人講述之後，抓住對話重點。

內容順序一般是「提問 ➡ 對話(或單人講述) ➡ 提問」預估有 6 題

1 提問時常用疑問詞，特別是「どうして」（為什麼）。首要任務是理解要問什麼內容，接下來集中精神聽取提問要問的重點，排除多項不需要的干擾訊息。

2 注意選項跟對話內容，常用意思相關但說法不同的表達方式

答題

再次仔細聆聽問題，選出正確答案

▼ 前ページで解法テクニックを確認したら、次の演習問題にチャレンジしてください。▼

N2 聽力模擬考題　問題 2　第一回

2-1

問題 2 では、まず質問を聞いてください。そのあと、問題用紙のせんたくしを読んでください。読む時間はあります。それから話を聞いて、問題用紙の 1 から 4 の中から、最もよいものを一つ選んでください。

2-2　1 ばん

答え：① ② ③ ④

1　子どもの泣き声がうるさいと文句を言われたから

2　しつけのしかたについて説教されたから

3　上の階の人がよく夜中に騒いでいるから

4　上の階の子どもが挨拶しないから

2-3　2 ばん

答え：① ② ③ ④

1　家の中だけでなく外でも使えるから

2　携帯やスマホよりも長い文章を打つのに便利だから

3　家の中でも場所を移動して使えるから

4　ＤＶＤを見るときはテレビにつないで見られるから

2-4 3ばん

答え：①②③④

1 玉（たま）ねぎ

2 白（しろ）ねぎ

3 青（あお）ねぎ

4 ねぎを買（か）って来（こ）なかった

2-5 4ばん

答え：①②③④

1 禁煙室（きんえんしつ）のダブル一部屋（ひとへや）

2 禁煙室（きんえんしつ）のシングル一部屋（ひとへや）と禁煙室（きんえんしつ）のダブル一部屋（ひとへや）

3 喫煙室（きつえんしつ）のシングル一部屋（ひとへや）と禁煙室（きんえんしつ）のダブル一部屋（ひとへや）

4 禁煙室（きんえんしつ）のダブル二部屋（ふたへや）

2-6 5ばん

答え：①②③④

1 自動販売機（じどうはんばいき）が壊（こわ）れていたから

2 500円硬貨（えんこうか）が使（つか）えない自動販売機（じどうはんばいき）だったから

3 偽物（にせもの）の500円硬貨（えんこうか）だったから

4 古（ふる）いタイプの500円硬貨（えんこうか）だったから

もんだい 2　第 1 回　第 1 題 答案跟解說

2-2

マンションの入り口で女の人と男の人が話しています。男の人はどうして上の階の奥さんと言い合いになりましたか。

F：この前、上の階の奥さんとけんかしたそうですね。いったいどうしたんですか。

M：けんかといってもちょっと言い合いになっただけですよ。上の奥さんが、夜中にうちの赤ん坊の泣き声がうるさいって文句を言いにきて…。

F：そうですか。うちは下の階だけど全然聞こえませんけどね。

M：最初は僕も謝ったんですよ。言い合いなんかするつもりはなかったんです。でも、向こうはがみがみ言い続けたあげく、うちのしつけが悪いとかなんとか説教を始めたもんで、とうとうこっちも言い返しちゃって…。

F：そうだったんですか。それはひどいですね。でも、あそこのうちだってよく夜中に大声で騒いでますよね。うちでもよく聞こえますよ。

M：そうでしょう？それでも、うちは一度も文句なんか言ったことないんです。

F：だいたい、あの人が他人のしつけに文句を言う資格なんかありませんよ。だって、あそこのうちの子なんか人に会っても挨拶したこと一度もないんですから。私もそのことであの人と言い合いになったことがありますよ。

M：そうなんですか。困ったものですね。

男の人はどうして上の階の奥さんと言い合いになりましたか。

【譯】

女士和男士在大廈門口交談。請問這位男士為什麼和樓上的太太發生了口角呢？

F：聽說您前幾天和樓上的太太吵架了？到底發生什麼事了？

M：也算不上是吵架，只是有些爭執罷了。樓上那位太太來抱怨我家寶寶半夜哭鬧，吵到她家了…。

F：這樣哦。我家在您樓下，完全沒聽到寶寶的哭聲呀。

M：我一開始先向她道歉了，沒打算和她發生爭執。可是，對方不但非常嚴厲地罵個不停，還開始教訓起我家沒把小孩教好什麼的，結果我終於忍不住出言反駁了…。

F：原來是這樣哦，那實在太過分了呀。不過那位太太家也常在半夜大聲吵鬧耶，連我家都聽得清清楚楚的。

M：您家也聽到了吧？就算她家那麼吵，我家也從來沒去找她抱怨過。

F：話說，那位太太根本沒資格指責別人家小孩的教養。因為她家的孩子見了人也從來不打招呼。我也曾因為這種事和她發生過口角呢！

M：真的啊？實在很傷腦筋耶。

請問這位男士為什麼和樓上的太太發生了口角呢？

1　因為被抱怨寶寶的哭聲太吵了

2　因為被教訓沒把小孩教好

3　因為樓上的人經常在半夜吵鬧

4　因為樓上的小孩沒打招呼

解題關鍵と訣竅

（答案：2

【關鍵句】うちのしつけが悪(わる)いとかなんとか説教(せっきょう)を始(はじ)めたもんで、とうとうこっちも言(い)い返(かえ)しちゃって…。

攻略要點

關於發生口角的原因，男士未必是在承認「言い合いになった（發生了口角）」的情形之後會緊接著解釋。請勿立刻認定答案為選項1，務必注意聆聽後續的對話。

正確答案及說明

▶ 正確答案是選項2。「うちのしつけが悪いとかなんとか説教を始めたもんで、とうとうこっちも言い返しちゃって」，這就是發生口角的原因。

其餘錯誤選項分析

▶ 選項1　「子どもの泣き声がうるさいと文句を言われた」雖是事實，但是男士不但沒有回嘴，還向對方道歉了。假如那位太太接受道歉就此打住，就不會演變成口角了。

▶ 選項３　關於「上の階の人がよく夜中に騒いでいる」這件事，男士的說法是「うちは一度も文句なんか言ったことないんです」，所以不曾因此發生口角。

▶ 選項４　由於「上の階の子どもが挨拶しないから」這件事而曾經發生口角的是女士。

單字と文法

- □ **言い合い** 口角、爭執
- □ **夜中** 半夜
- □ **泣き声** 哭聲
- □ **あげく** …結果…
- □ **～とかなんとか** …什麼的（「～とか～とか」的應用）
- □ **言い返す** 反駁
- □ **ものだ** 真是…

もんだい 2　第 1 回　第 2 題 答案跟解說

2-3

女の学生と男の学生が話しています。女の学生はどうしてノートパソコンを買うことにしましたか。

F：私、今度パソコン買うんだけど、ノートとデスクトップのどっちにしようか迷ってるんだ。

M：僕なら、家の中だけじゃなくて外でも使えるからノートだね。外で長い文章打つには携帯やスマホは不便だから。

F：私は家でレポート書いたりネットやメール見たりするのがほとんど。外で長い文章打つことは今までほとんどなかったし、これからもあんまりありそうにないな。

M：それならデスクトップでもいいと思うよ。同じぐらいの性能ならデスクトップのほうが安いし。

F：でも、川崎君は家でもノート使ってるんでしょう？

M：うん。リビングで使ったり、寝室で使ったりもできるからね。

F：家の中でも持ち運びできるっていうのはいいね。

M：画面が小さいから映画のＤＶＤ見たいときなんかはちょっと物足りないけど、テレビにつないで見る方法もあるよ。

F：映画見るときは直接テレビで見るからそれはかまわないけど…。でも、参考になった。私もノート買うことにする。ありがとう。

女の学生はどうしてノートパソコンを買うことにしましたか。

【譯】

女學生和男學生在交談。請問這個女學生為什麼決定要買筆記型電腦呢？

F：我想要買電腦，可是正在猶豫該買筆記型的還是桌上型的。

M：要是我，會買筆記型的，這樣不但在家裡可以用，也可以帶出去外面用。在外面要打長篇文章時，不管是用傳統手機或是智慧型手機，都很不方便。

F：我幾乎都是在家裡打報告、上網和收電子郵件，從以前到現在幾乎不曾在外面打過長篇文章，我想以後應該也不太會有這樣的機會。

M：既然如此，那我覺得可以買桌上型的電腦呀。以性能差不多的來說，桌上型的比較便宜。

F：可是，川崎，你在家裡也用筆記型電腦吧？

M：嗯。因為可以在客廳用，也可以拿到臥室用。

F：連在家裡也可以隨意搬動，這樣很好耶。

M：只是畫面有點小，想要看電影DVD時覺得不太過癮，不過也可以連接到電視螢幕播放呀。

F：看電影時我會直接在電視上收看，所以那點倒是無所謂…。不過，你的話很有參考價值。我也決定要買一台筆記型電腦。謝謝你。

請問這個女學生為什麼決定要買筆記型電腦呢？

1　不但在家裡可以用，也可以帶出去外面用

2　比起用傳統手機或是智慧型手機，打長篇文章時比較方便

3　連在家裡也可以移動使用

4　看DVD時可以連接到電視螢幕觀賞

【關鍵句】家の中でも持ち運びできるっていうのはいいね。

攻略要點

男學生列舉了幾項筆記型電腦的優點，其中同樣吸引女學生的是哪一項優點？「いい（好）」這個關鍵字明確指出了答案。

正確答案及說明

▶ 正確答案是選項３。因為女學生説「家の中でも持ち運びできるっていうのはいいね」。選項３裡的「移動」與對話中的「持ち運び」是同樣的意思。

其餘錯誤選項分析

▶ 選項１、２　這對男學生而言是優點，但對女學生而言卻不重要。由女學生的這段話「家でレポート書いたりネットやメール見たりするのがほとんど」可以知道，她並沒有考慮要在外面使用電腦。此外，由於她「外で長い文章打つことはあんまりない」，因此筆記型電腦比起傳統手機或是智慧型手機來得方便好用，這一點也不是女學生的需求。

▶ 選項 4　女學生説她「映画見るときは直接テレビで見る」，因此看電影 DVD 沒打算使用電腦。

單字と文法

□ ノート（ノートパソコンの略）【notebook personal computer】筆記型電腦

□ デスクトップ（デスクトップパソコンの略）【desktop】桌上型電腦

□ だけでなく・だけじゃなく　不但…也…

□ スマホ（スマートフォンの略）【smartphone】智慧型手機

□ そうにない　不太可能會…

□ 持ち運び　搬動、搬運

說法百百種

▶ **條件的說法**

台所のほかに二部屋あるのが条件なんですが…、いいのありますか。
／我要求的條件是廚房以外還要有兩個房間…，請問有適合的物件嗎？

この俳優が好きなわけじゃないんですけど、イメージを変えようと思って。この写真みたいにカットしてください。
／我並不是喜歡這位男演員，只是想換個形象。請幫我剪成這張照片上的髮型。

小知識

嚴格來説，智慧型手機也屬於手機的一種，但在對話中的這個對照式陳述句中，「携帯（電話）」指的是傳統的行動電話。

もんだい2　第1回　第③題答案跟解說

2-4

家で新婚の夫婦が話しています。男の人が買って来たのはどんなねぎですか。

F：お帰りなさい。買って来てくれた？

M：うん、牛肉は特売だったから二パック買った。玉ねぎはなかった。それから…。

F：あれ、何これ？

M：え、どうかした？

F：何、このねぎ？お豆腐に載せるから、青くて細いやつがほしかったんだけど。

M：なんだ、それならそう書いてよ。リストにはただ「ねぎ」って書いてあったから。

F：ねぎって言ったら青くて細いのだよ。

M：そうか、そういえば君は京都だから、ねぎって言ったら「青ねぎ」なんだね。でも、関東ではねぎって言ったら「白ねぎ」のことなんだよ。

F：へえ、そうなんだ。知らなかった…。

男の人が買って来たのはどんなねぎですか。

【譯】

一對新婚夫妻在家裡交談。請問這位先生買回來的是哪一種蔥呢？

F：你回來了呀。幫我買回來了嗎？

M：嗯，牛肉正好特價，所以我買了兩盒。我沒找到洋蔥。還有…。

F：咦，這是什麼？

M：嗄，怎麼了？

F：這是什麼蔥呀？我是要放在豆腐上面的，所以要的是綠色、細細的那一種耶。

M：什麼啊，妳要是那種就寫清楚嘛。採購清單上面只寫了「蔥」而已，所以我就買了這種。

F：單是說「蔥」，當然就是指綠色、細細的那一種呀！

M：對哦，妳是京都人，所以提到蔥只想到「青蔥」；可是，在關東地區這邊，提到蔥指的是「白蔥」喔。

F：是哦，原來如此，我不曉得耶…。

請問這位先生買回來的是哪一種蔥呢？

1　洋蔥
2　白蔥
3　青蔥
4　沒買蔥回來

解題關鍵と訣竅 （答案：2

【關鍵句】リストにはただ「ねぎ」って書いてあったから。
関東ではねぎって言ったら「白ねぎ」のことなんだよ。

攻略要點

「ねぎ（蔥）」這個單字的難度很高，但即使不知道也能夠解答本題。先將答案選項瀏覽一遍，做好心理準備題目將會出現三種不同的蔥，不要緊張，冷靜聆聽對話就能夠作答了。

正確答案及說明

▶ 正確答案是選項２。因為「リストにはただ『ねぎ』って書いてあった」，而對這位先生而言，「ねぎって言ったら『白ねぎ』のこと」。

其餘錯誤選項分析

▶ 選項１　先生說了沒找到洋蔥。此外，一般單說「ねぎ（蔥）」一個字，通常不會將「玉ねぎ（洋蔥）」包括在內。

▶ 選項３　從太太的「青くて細いやつがほしかったんだけど」這句話，即可判斷先生並沒有買回「綠色、細細的那一種」。

▶ 選項４　從太太的「何、このねぎ？」這句話，可以知道先生確實買回了某一種蔥。

單字と文法

- □ 特売（とくばい） 特價
- □ パック【pack】 盒
- □ あれ 咦（感歎詞）
- □ そういえば 話說…
- □ ～と言（い）ったら・って言（い）ったら 提到
- □ へえ 嘿、是哦

小知識

這裡所說的「青（青色）」指的是「緑（綠色）」。這樣的例子其他還有「青菜（あおな／青菜）」「青葉（あおば／綠葉）」。

もんだい２　第１回　第 4 題 答案跟解說

男の人が電話でホテルの部屋を予約しています。男の人はどの部屋を予約しましたか。

M：すみません。3月 20 日に禁煙のダブルを一部屋予約したいんですが。

F：かしこまりました。お泊まりになるのは２名様ですね。

M：いえ、大人二人と子ども一人です。二人部屋はたしか子ども一人までは無料で一緒に泊まれるんですよね。

F：はい、小学校に入る前のお子様お一人までは無料でお泊まりいただけます。

M：小学生なんですけど。

F：それですと、申し訳ありませんが、追加料金が必要になります。

M：そうですか。それじゃ、僕がシングルで、家内と娘がダブルでお願いします。どちらも禁煙室で。

F：かしこまりました。少々お待ちください…。大変申し訳ありません。3月 20 日はシングルは喫煙室しか空いておりません。ダブルの禁煙室ならまだ空いていますので、ダブル二部屋になさいますか。

M：そうなんですか…。でも、どうせホテルの部屋にいるのは寝るときだけだから、我慢するからいいです。

F：申し訳ありません。それではお名前をお願いします。

男の人はどの部屋を予約しましたか。

【譯】

一位男士打電話到旅館預訂房間。請問這位男士預訂了哪一種房型呢？

M：不好意思，我想預約 3 月20日的一間雙人禁菸房。

F：好的。請問是兩位房客住宿嗎？

M：不，是兩個大人和一個小孩。我記得雙人房可以多加一個小孩免費住宿吧？

F：是的，可以帶一位上小學前的兒童免費住宿。

M：小孩已經上小學了。

F：那樣的話，非常抱歉，必須向您收取加床費。

M：這樣啊。那麼，麻煩給我一間單人房、內人和女兒一間雙人房，兩間都要禁菸房。

F：好的，請稍待一下…。非常抱歉，3月20日的單人房只剩下吸菸房了，但是雙人禁菸房還有空房，請問要兩間雙人房嗎？

M：這樣啊…。不過，反正待在旅館房間裡的時間也只用來睡個覺而已，忍耐一下就好。

F：真是非常抱歉。那麼，請告知您的大名。

請問這位男士預訂了哪一種房型呢？

1　一間雙人禁菸房

2　一間單人禁菸房和一間雙人禁菸房

3　一間單人吸菸房和一間雙人禁菸房

4　兩間雙人禁菸房

【關鍵句】僕がシングルで、家内と娘がダブルでお願いします。どちらも禁煙室で。

3月20日はシングルは喫煙室しか空いておりません。

我慢するからいいです。

攻略要點

本題並沒有明確陳述答案的句子，必須理解整段對話才能作答。先將答案選項瀏覽一遍，掌握「禁煙室／喫煙室（禁菸房／吸菸房）」、「シングル／ダブル（單人／雙人）」這幾個關鍵字。

正確答案及說明

▶ 正確答案是選項３。先生要求的一間雙人禁菸房有空房。原本也要求單人房是禁菸房，但只剩下吸菸房，所以他說「我慢するからいい」，意思是「喫煙室に泊まってもいい」。

其餘錯誤選項分析

▶ 選項１　這是一開始的要求。然而，在聽到小孩的部分必須支付加床費之後就作罷了。

▶ 選項 2　接下來，他要求「僕はシングルで、家内と娘がダブルで」以及「どちらも禁煙室で」，但是預定住宿日當天，單人禁菸房沒有空房。

▶ 選項 4　館方雖問了先生「ダブル 2 部屋になさいますか」，但是他沒有接受。

單字と文法

- □ ダブル【double】（內附一大床的）雙人房（內附兩張單人床的雙人房用「ツイン」）
- □ ～名様（めいさま） …位
- □ 無料（むりょう） 免費
- □ 追加（ついか） 追加、另加
- □ 料金（りょうきん） 費用、收費
- □ シングル【single】 單人房

說法百百種

▶ **住宿時常用到的說法**

セーフティーボックスはありますか。／請問有保險箱嗎

栓抜き（せんぬき）がありませんが…。／沒有開瓶器

ハンガーが足（た）りません。／衣架不夠。

もんだい 2　第 1 回　第 5 題 答案跟解說

2-6

男の留学生と女の学生が話しています。男の留学生の 500 円硬貨が使えないのはどうしてですか。

M：喉渇いたね。ちょうど自動販売機があるから何か買おうよ。あれ、500 円玉しかないや。

（500 円玉を自動販売機に入れる）

M：あれ、出てきちゃったよ。この自動販売機、壊れてるのかな？

F：たまに 500 円玉が使えない自動販売機もあるけど…。私も 500 円玉持ってるから、こっち使ってみて。

（500 円玉を自動販売機に入れる）

M：あれ、ちゃんと入ったよ。おかしいなあ。もしかして僕の、偽物？

F：さっきの 500 円玉ちょっと見せてくれる？平成 10 年発行ってなってるから、10 年以上前のだね。

M：それって関係あるの？

F：あ、林さんは知らないよね。随分前のことだけど、古い 500 円玉と材質や大きさは似てるけど価値がずっと小さい外国の硬貨を自動販売機で使う事件がたくさんあって、それで今の 500 円玉は材質を変えてあるんだって。といっても、見た目はほとんど同じだけど。それで、古いのは自動販売機では使えなくなったの。これは変わる前のよ。

M：それじゃ、これ、もう使えないの？

F：ううん、お店で買い物するのにはふつうに使えるから、大丈夫よ。

M：ふうん、そうなんだ。もしかしてもう使えないのかと思ってあせっちゃったよ。

男の留学生の 500 円硬貨が使えないのはどうしてですか。

【譯】

男留學生和女學生在交談。請問這個男留學生的 500 日圓硬幣為什麼無法使用呢？

M：好渴喔。這裡剛好有一台自動販賣機，來買瓶飲料吧。咦，我只有500日圓硬幣。

（將500日圓硬幣投進自動販賣機裡）

M：咦，銅板退出來了耶！這台自動販賣機是不是壞掉了？

F：偶爾會遇到有些自動販賣機不接受500日圓硬幣…。我也有一枚500日圓硬幣，你用用看。

（將500日圓硬幣投進自動販賣機裡）

M：咦，接受這枚了耶！好奇怪哦。該不會我的是偽幣吧？

F：你剛才那枚500日圓硬幣借我看一下好嗎？喔，這是平成10年發行的，已經超過十年了。

M：有關係嗎？

F：啊，林先生不曉得吧，那已經是滿久以前的事了。因為以前有一陣子經常發生有人拿一種材質與大小和舊版的500日圓硬幣非常相似，但是價值低很多的外國硬幣投進自動販賣機買東西的事件，所以才把500日圓硬幣換成了現在這種材質，不過，外表看起來幾乎完全一樣。也就是因為這樣，自動販賣機不再接受舊版的硬幣了。你這枚就是改版之前的舊硬幣。

M：這麼說，這枚硬幣，再也不能使用了嗎？

F：不是的，如果拿去一般的商店買東西，還是可以正常使用，沒問題的。

M：是哦，原來是這樣啊。我還以為不能用了，有點慌張呢。

請問這個男留學生的500日圓硬幣為什麼無法使用呢？

1　因為自動販賣機故障了

2　因為那台自動販賣機不接受500日圓硬幣

3　因為那是500日圓偽幣

4　因為那是舊版的500日圓硬幣

解題關鍵と訣竅

（答案：4）

【關鍵句】随分前のことだけど、古い500円玉と材質や大きさは似てるけど価値がずっと小さい外国の硬貨を自動販売機で使う事件がたくさんあって、それで今の500円玉は材質を変えてあるんだって。それで、古いのは自動販売機では使えなくなったの。

攻略要點

或許女學生這句「随分前のことだけど～」的句法不容易理解，因而不懂她講的內容，但是，只要仔細聽到「10年以上前」、「古い」、「使えなくなった」、「変わる前」這幾段關鍵詞，應該就能選出正確答案了。

正確答案及說明

- 正確答案是選項 4。如同女學生的說明，自動販賣機不再接受舊版的 500 日圓硬幣了，而男留學生持有的 500 日圓硬幣正是舊版的。

其餘錯誤選項分析

- 選項 1、2　由於自動販賣機接受了女學生那枚 500 日圓硬幣，表示機器沒有故障，只要是新版的 500 日圓硬幣即可使用。

- 選項 3　這只是男留學生杞人憂天而已。

單字と文法

□ **硬貨**（こうか） 硬幣

□ **自動販売機**（じどうはんばいき） 自動販賣機

□ **～円玉**（えんだま） …日圓硬幣

□ **発行**（はっこう） 發行

□ **材質**（ざいしつ） 材質

□ **見た目**（みため） 外表；看起來

もんだい2 小專欄！

フレーズとフレーズをつなぐ言い方を集めました。

【文句的接續方式】

□ **といえば・いったら**／談到…

▶ 日本料理**といったら**、おすしでしょう。／談到日本料理，非壽司莫屬了。

□ **ときたら**／說到…

▶ 鹿野**ときたら**、いつもスマホをいじっている。／說到鹿野呀，總是在玩智慧型手機。

□ **（か）と思うと・（か）と思ったら**／剛…就…

▶ 泣いていたか**と思ったら**突然笑い出した。／她剛才還在哭，沒想到突然又笑了起來。

□ **ものなら**／如果能…的話

▶ 行ける**ものなら**、行ってみたいなあ。／如果能去的話，真想去一趟耶。

□ **ないかぎり**／只要不…，就…

▶ 社長の気が変わら**ないかぎり**は、大丈夫だ。／只要社長沒改變心意就沒問題。

□ **ないことには**／如果不…的話，就…

▶ 工夫し**ないことには**、問題を解決できない。／如果不下點功夫，就沒辦法解決問題。

□ **を抜きにして（は）・は抜きにして**／沒有…就…

▶ 領事館の協力**を抜きにしては**、この調査は行えない。／沒有領事館的協助，就沒辦法進行這項調查。

□ **抜きで・抜きに・抜きの・抜きには・抜きでは**／沒有…的話

▶ この商談は、社長**抜きには**できないよ。／這個洽談沒有社長是不行的。

□ **をきっかけに（して）・をきっかけとして**／自從…之後

▶ がん**をきっかけに**自伝を書き始めた。／自從他發現自己罹患癌症以後，就開始寫自傳。

□ **を契機に（して）・を契機として**／自從…之後

▶ 子どもが誕生したの**を契機として**、たばこをやめた。／自從生完小孩，就戒了煙。

▼ 前ページで解法テクニックを確認したら、次の演習問題にチャレンジしてください。▼

N2 聴力模擬考題　問題２　第二回

2-1

問題２では、まず質問を聞いてください。そのあと、問題用紙のせんたくしを読んでください。読む時間はあります。それから話を聞いて、問題用紙の１から４の中から、最もよいものを一つ選んでください。

2-7 １ばん

答え：①②③④

1　プリンターのスイッチを切って、インクを取り替えた

2　インクの黄色いラベルをはがさないでプリンターにセットした

3　インクの黄色以外のラベルをはがしてプリンターにセットした

4　インクのラベルを全部はがしてプリンターにセットした

2-8 ２ばん

答え：①②③④

1　子どもの頃に見たことがあるから

2　内容を全部知っているから

3　以前のイメージが壊れるのが嫌だから

4　ＤＶＤが出たらレンタルして見るつもりだから

2-9 3ばん

答え：① ② ③ ④

1　5％
2　8％
3　10％
4　ポイントはもらえなかった

2-10 4ばん

答え：① ② ③ ④

1　すでに世界文化遺産に登録されることが決まったから
2　以前、世界自然遺産に申請しようとしたが取りやめたから
3　ごみの問題が解決できていないから
4　富士山の自然は世界的に見るとそれほど珍しくないから

2-11 5ばん

答え：① ② ③ ④

1　約 160 名
2　約 200 名
3　約 600 名
4　約 800 名

第二大題。請先聽每小題的題目，再看答案卷上的選項。此時會提供一段閱讀時間。接著聽完對話，從答案卷上的選項 1 到 4 當中，選出最佳答案。

もんだい 2　第 2 回　第 1 題 答案跟解說

2-7

会社で男の人と女の人が話しています。女の人は何を間違えましたか。

F：あの、すみません。プリンターのインクを取り替えたいんですけど、やり方を間違えたみたいで、印刷できないんです。教えていただけますか。

M：いいですよ。ええと、プリンターのスイッチは入ってますよね。プリンターのスイッチを切って交換すると、あとでうまく印刷できなくなっちゃうそうだから、必ずスイッチを入れたまま交換してくださいね。

F：大丈夫です。で、最初にこのボタンを押してから、プリンターのカバーを開けて、古いインクを取り出して、新しいインクをセットしたんです。

M：そこまでは合ってますね。じゃあ、何を間違えたのかな。あ、インクについてるラベルははがしましたか。

F：いえ、でも、インクの袋にはラベルは絶対にはがさないでくださいって書いてありますけど。

M：ほら、よく読んでくださいよ。「黄色以外のラベルは」って書いてあるでしょう？だから他のは残して黄色のラベルははがすんですよ。

F：ああ、そうか。すみません。不注意でした。これから気をつけます。

M：お願いしますよ。でも、そんなに気にしなくてもいいですよ。僕も昔、全部のラベルをはがしちゃったことがありますから。

女の人は何を間違えましたか。

【譯】

男士和女士在公司裡交談。請問這位女士做錯了什麼步驟呢？

F：呃，不好意思。我想要更換印表機的墨水，但是好像弄錯步驟了，沒辦法列印。可以請你教我嗎？

M：好啊。我看看哦…，印表機的電源是開著的吧？如果把印表機的電源關掉後才更換墨水，可能之後就沒辦法正常列印了，請務必開著電源更換喔。

F：那個步驟沒有問題。然後，先按下這個按鈕，打開印表機的蓋子，拿出舊墨水，把新墨水裝進去。

M：到這裡都正確呀。那，到底是哪裡出了錯呢？啊，有沒有把貼在墨水上面的標籤撕掉下來？

F：沒有。可是，墨水的包裝袋上寫著切勿撕除標籤…。

M：喏，妳看仔細一點啊！上面寫的是「除了黃色以外的標籤」吧？所以其他的標籤都要留著，但是黃色的標籤要撕掉啊。

F：啊，原來如此。對不起，我太粗心了，以後會多加留意的。

M：麻煩妳以後多用心喔。不過，不必那麼在意啦。我以前還曾經把所有的標籤通通撕下來哩！

請問這位女士做錯了什麼步驟呢？

1　把印表機的電源關掉，更換了墨水

2　沒有撕掉墨水上的黃色標籤，就裝進印表機裡了

3　把墨水上黃色以外的標籤都撕掉，裝進印表機裡了

4　把墨水上的標籤全部撕掉，裝進印表機裡了

解題關鍵と訣竅

（答案：2

【關鍵句】「黄色以外のラベルは」って書いてあるでしょう？だから他のは残して黄色のラベルははがすんですよ。

攻略要點

首先把答案選項全部瀏覽一遍，掌握「ラベル（標籤）」、「黄色（黃色）」、「はがす／はがさない（撕掉／不撕掉）」等等關鍵詞，再聽對話內容。

正確答案及說明

▶ 正確答案是選項２。從「インクについてるラベルははがしましたか」和「いえ（沒有）」這兩句話可以知道，女士並沒有把標籤撕下來。但是，如同男士的說明，「黄色のラベルははがす」。

其餘錯誤選項分析

- 選項１　雙方的對話已經説明了：「必ずスイッチを入れたまま交換してくださいね」，「大丈夫です」。
- 選項３、４　如上所述，女士並沒有撕下任何標籤。

單字と文法

- □スイッチ【switch】開關
- □で（「それで」の略）然後
- □取り出す　拿出
- □はがす　撕掉
- □不注意　疏忽、粗心
- □気をつける　留意、小心

說法百百種

▶各種說明的說法

この笛は、こっちを口に当てて、右手で縦に持って、左手は下の穴を押さえるように持ちます。
／這種笛子的吹奏方式是將嘴脣抵在這裡，笛身豎直以右手握住，左手則按住下面的音孔。

この地方には、外国から移住してきた人が多くいたため、独特の形のお墓が発達しました。
／由於這裡曾經住過許多國外移民，因而發展出了形狀奇特的墳墓。

今度のパーティーでは、参加者に名前を書いたカードをつけてもらいます。／這一回的派對，需請出席者別上寫了姓名的名牌。

小知識

正確而言，裝有墨水的小容器應該稱為「カートリッジ（墨水匣）」，但在日常生活中，如同這段會話呈現的，多半只以「インク（墨水）」代稱。

もんだい2　第2回　第❷題 答案跟解說

2-8

男の留学生が日本人の学生と話しています。日本人の学生はどうして映画館に「宇宙大戦争」を見に行かないのですか。

M1：昨日、映画館に「宇宙大戦争」を見に行ったんです。阿部さんはもう見ましたか。

M2：いや、まだだけど、たぶん見に行かないと思う。だって、あれって昔のアニメをもとに新しく作り直したリメイク作品だからね。子どものころに見たのは好きだったけど。

M1：じゃ、内容は全部ご存じなんですね。でも、だからって見に行かないのはもったいないと思いますよ。

M2：ストーリーは多少現代風にアレンジしてあるらしいから、その点は興味あるんだけどね…。

M1：絵もすごくきれいで迫力もあってよかったですよ。

M2：うん、今のアニメってコンピューターで作ってるのが多いから、昔のに比べると確かにきれいなんだけど、特にリメイクの場合は昔のを見慣れた人にとってはイメージと違っててね。

M1：僕は昔のは見たことがないから比べられませんが、すごく感動しましたよ。ＤＶＤが出たらレンタルして見たらどうですか。

M2：うーん。林さんがそんなに言うなら、考えとくよ。

日本人の学生はどうして映画館に「宇宙大戦争」を見に行かないのですか。

【譯】

男留學生和日本學生在交談。請問這位日本學生為什麼不去電影院看《宇宙大戰爭》呢？

M1：我昨天去電影院看了《宇宙大戰爭》。阿部先生看過了嗎？

M2：不，還沒，但大概不會去看吧。因為那是根據以前的卡通再重新翻拍的作品呀。小時候看的那部卡通，我倒是挺喜歡的…。

M1：那麼，電影內容您全部都知道了吧。不過，因為這樣就不去看，我覺得有點可惜耶。

M2：聽說故事情節好像用了一些現代手法加以改編，這點我倒是有興趣就是了…。

M1：畫面也很細膩、非常具有震撼力，真的拍得很棒喔！

M2：嗯，現在的動畫多半都是用電腦繪圖的，和以前的影片比起來的確細膩多了，尤其是重新翻拍的作品，對於看慣了以前那部卡通片的人來說，和印象裡的有點不太一樣。

M1：我沒看過以前那部，所以沒辦法比較，不過真的讓我非常感動耶！不如等DVD上市以後，您再租來看吧？

M2：是哦？既然林先生都這麼說了，那我就考慮看看吧。

請問這位日本學生為什麼不去電影院看《宇宙大戰爭》呢？

1　因為小時候曾經看過了

2　因為已經知道整部電影的內容了

3　因為不想破壞了以前的印象

4　因為打算等DVD上市以後再租來看

解題關鍵と訣竅　（答案：3

【關鍵句】…、特(とく)にリメイクの場合(ばあい)は昔(むかし)のを見慣(みな)れた人(ひと)にとってはイメージと違(ちが)っててね。

攻略要點

日本學生由於顧及男留學生覺得《宇宙大戰爭》是部好電影的心情，因此對話中出現多次避免否定說法、語氣未完結的回答。例如，「子どものころに見たのは好きだったけど」省略「リメイク作品はたぶん好きにならない（但是重拍的作品大概不會喜歡）」、「その点は興味あるんだけど」省略「それでも見ようという気持ちにはならない（即便如此，還是不想去看）」，就像這樣，可以再補上一句話使整個語意更加完整。應試者應該了解到說話者沒有把話明確說出口的體貼考量。

正確答案及說明

▶ 正確答案是選項 3 。「昔のを見慣れた人にとってはイメージと違っててね」這句話雖然沒有挑明了講「違っていて、どうだ（就是不一樣啊）」，但是含有「違っていて、嫌だ（因為不一樣，所以不喜歡）」的意涵。

其餘錯誤選項分析

▶ 選項 1 、2　日本學生的確由於小時候看過這部影片，所以知道整個故事內容。但是，從他提到關於電影情節經過改編的部分「興味ある」來看，他不去看這部片子還另有原因。

▶ 選項 4　留學生建議日本學生等 DVD 上市以後再租來看，但是日本學生只說了考慮看看，並沒有說會租來看。

單字と文法

- □ だって　因為
- □ ～をもとに　根據…
- □ だからって　因為這樣就…
- □ 多少　一些
- □ 現代風　現代手法、當代手法
- □ 迫力　震撼力
- □ 見慣れる　看慣

說法百百種

▶ 表明意見的說法

この博物館は、今まで、子どもたちの夢を育てる場として非常に役立ってきました。
／這座博物館從過去到現在，對於培育孩童擁有夢想提供了非常重要的幫助。

第 1 号が本屋に並んでいるのを見つけて、手にとってページをぱらぱら開いて見たときのうれしさは忘れられません。
／至今仍然無法忘懷當我在書店的陳列架上發現創刊號，拿在手中翻閱時那份喜悅。

経営状態はよかったにもかかわらず、館長一人の考えで閉館が決まるなんて、本当に残念です。／儘管營運狀況良好，館長仍然獨斷決定關閉館區，真是太可惜了。

もんだい２　第２回　第③題答案跟解說　2-9

電器屋で男の人が買い物をしています。男の人は今回、最終的に何％のポイントをもらいましたか。

Ｆ：お買い上げの商品、デジタルカメラ１点で29,800円でございます。ポイントカードはお持ちですか。

Ｍ：いえ、持ってません。どういうカードですか。

Ｆ：ポイントカードをお作りになると、お買い上げ金額の10％分のポイントをお付けいたします。今回は29,800円のお買い上げですから、2,980円分のポイントになりまして、次回のお買い物からご利用いただけますが。

Ｍ：分割払いでもポイントはもらえるんですか。

Ｆ：はい、ただ、ポイントが10％ではなく８％になります。

Ｍ：８％ですか。じゃ、今回は一括払いで。ポイントカードの方お願いします。

Ｆ：ありがとうございます。それから、こちらの商品はメーカーの無料保証期間が１年間となっておりますが、お買い上げ金額の５％でもって保証延長サービスにご加入いただくことができまして、保証期間を３年間延長できますが、いかがなさいますか。

Ｍ：今じゃなくて、１年後に延長できないんですか。

Ｆ：申し訳ありません。お買い上げの際にご加入いただくことになっております。ポイントカードをお持ちのお客様はお買い上げ分のポイントからご加入料金分のポイントを引かせていただくことになります。

Ｍ：分かりました。じゃ、お願いします。

男の人は今回、最終的に何％のポイントをもらいましたか。

【譯】

男士在電器行買東西。請問這位男士這次購物，最後獲得了多少％的回饋點數呢？

Ｆ：您購買的是數位相機一台，結帳金額是29,800日圓，請問您有集點卡嗎？

Ｍ：不，我沒有。請問是什麼樣的卡片呢？

F：只要申辦集點卡，就可以獲得等同於購買金額的10%的回饋點數。您本次結帳金額是29,800日圓，因此可累積等同於2,980日圓的點數，可以在下次購買時扣抵。

M：請問用分期付款的方式結帳也可以累積點數嗎？

F：是的，不過點數計算的百分比就不是10%，而是８%。

M：８%哦。那，我這次用一次付清結帳。麻煩幫我辦一張集點卡。

F：感謝您的惠顧。還有，這項商品由製造廠商提供一年的免費保固，顧客可以加付購買金額的５%加入延長保固的服務，保固期間即可延長至三年，請問您需要這項服務嗎？

M：可以不現在申辦，等到一年後再來辦延長保固嗎？

F：非常抱歉。依規定必須於購買時配搭這項服務。持有集點卡的顧客可以由購買時獲得的回饋點數中直接扣除加入延長保固服務的點數。

M：我懂了。那就麻煩妳吧。

請問這位男士這次購物，最後獲得了多少%的回饋點數呢？

1　５%

2　８%

3　10%

4　沒有獲得回饋點數

解題關鍵と訣竅　（答案：1

【關鍵句】ポイントカードをお作りになると、お買い上げ金額の 10 % 分のポイントをお付けいたします。
…お買い上げ金額の５%でもって保証延長サービスにご加入いただくことができまして、…。
じゃ、お願いします。

攻略要點

建議一聽到數字就趕快做筆記。雖然本題出現了「分割払い（分期付款）」、「一括払い（一次付清）」、「加入（加入）」等難度較高的單詞，但就算不懂這些詞彙也能夠作答。即使聽到不懂的字眼也不要緊張，仔細往下聽。此外，本題在題目中出現了「最終的に（最後）」的語詞，希望應試者要做好心理準備，一開始和之後的部分會出現不同的說法。

正確答案及說明

▶ 正確答案是選項１。男士一聽到分期付款可獲得的回饋點數是８％後，就決定採用一次付清，獲得了 10%的回饋點數。對話最後他說了「じゃ、お願いします」，表示願意加入扣除５％的點數以加入延長保固的服務，因此最後他獲得的回饋點數是５％。

單字と文法

□ **お買**(か)**い上**(あ)**げ**（您所）購買

□ **金額**(きんがく) 金額

□ **今回**(こんかい) 本次

□ **次回**(じかい) 下次

□ **保証**(ほしょう) 保固

□ **～でもって** 以…

□ **延長**(えんちょう) 延長

もんだい 2　第 2 回　第 4 題 答案跟解說

2-10

女の先生と男の生徒が話しています。女の先生が、富士山は将来も世界自然遺産に登録されることはないと考える理由は何ですか。

M：先生。昨日、富士山が世界文化遺産に登録されることになったってテレビで言ってましたが、何で自然遺産じゃないんですか。

F：先生は自然遺産での登録は無理だと思うな。

M：どうしてですか。

F：何年か前には、自然遺産での登録を目指したこともあったんだ。でも、あの頃の富士山ってごみが多くて汚いって有名で、それで自然遺産は諦めて、文化遺産での登録を目指したの。

M：僕、去年、途中まで登ったんですけど、そんなことありませんでしたよ。

F：最近は地元の人やボランティアの人達の努力で、以前よりはだいぶきれいになったみたいね。

M：じゃ、もっときれいになったら、将来は自然遺産にも登録してもらえますね。

F：うーん、それでもやっぱり無理かな。

M：どうして？文化遺産と自然遺産両方には登録できないんですか。

F：ううん、それはできるんだけど。富士山って、日本人にとっては特別な山にしろ、自然に関しては、既に自然遺産に登録されてる他の山ほど特別な点がないんだって。

M：ふうん、僕は富士山って世界で一番きれいな山だと思うんだけどな。

女の先生が、富士山は将来も世界自然遺産に登録されることはないと考える理由は何ですか。

【譯】

女老師和男學生在交談。請問這位女老師認為富士山未來仍不會被登錄為世界自然遺產的理由為何？

M：老師，昨天我看到電視報導，富士山已經被登錄為世界文化遺產了，為什麼不是世界自然遺產呢？

F：老師認為應該沒辦法被登錄為自然遺產哦。

M：為什麼呢？

F：幾年前，日本曾經努力爭取登錄為自然遺產，可是當時的富士山遍地垃圾又很髒亂是眾所周知的，於是只好放棄自然遺產項目，把目標改成爭取文化遺產了。

M：我去年曾爬到了半山腰，並沒有像老師說的那樣髒亂呀！

F：最近在當地居民和志工團體的努力之下，好像已經比以前乾淨多了。

M：那麼，如果讓環境變得更整潔，未來就能夠被登錄為自然遺產囉？

F：嗯…，我想還是不可能吧。

M：為什麼？不能同時登錄為文化遺產和自然遺產嗎？

F：不是的，可以同時登錄在兩個項目中。不過，雖然富士山對日本人而言具有特別的意義，但是據說其自然景觀，並不如目前已被登錄在自然遺產的其他山岳那般具有特色。

M：是哦？可是我覺得富士山是全世界最美的山啊。

請問這位女老師認為富士山未來仍不會被登錄為世界自然遺產的理由為何？

1　因為已經決定登錄為世界文化遺產了

2　因為以前曾經申請登錄世界自然遺產，但後來放棄了

3　因為垃圾問題還沒有解決

4　因為富士山的自然景觀就世界標準而言，並沒有那麼特殊罕見

【關鍵句】富士山って、日本人にとっては特別な山にしろ、自然に関しては、既に自然遺産に登録されてる他の山ほど特別な点がないんだって。

攻略要點

當題目詢問理由的時候，答案未必會緊接在第一次出現於對話中的「どうして（為什麼）」之後出現。本題即是在第二次的「どうして」之後才出現答案的。

正確答案及說明

▶ 正確答案是選項 4。女老師提到「富士山って…既に自然遺産に登録されてる他の山ほど特別な点がないんだって」。這就是女老師考量的最重要理由。請注意，「～ほど特別な点がない」換句話説就是選項 4 的「それほど珍しくない」。

其餘錯誤選項分析

- ▶ 選項 1　文化遺產和自然遺產兩個項目可以同時登錄，因此就算已經被登錄在文化遺產裡也沒有問題。
- ▶ 選項 2　以前曾經放棄登錄雖是事實，即便如此也不會影響到日後的申請。
- ▶ 選項 3　垃圾的問題已經有了改善，況且女老師提到，未來就算變得更乾淨，「やっぱり無理かな」。

單字と文法

- □ **登録**（とうろく） 登記、註冊
- □ **目指す**（めざ） 以…為目標
- □ **諦める**（あきら） 放棄
- □ **～にしろ** 即使…也…
- □ **既に**（すで） 已經
- □ **～ほど～ない** 沒有比…更…

小知識

「遺産（遺產）」這個單詞的難度較高。「世界遺產」分為「自然遺產」、「文化遺產」、以及「複合遺產」三大類。

女の人が、ある大学の今年の入試状況について話しています。経済学部を受験する人は現段階ではどれぐらいいますか。

F：全体的に見ると、本学の今年の受験者数は昨年に比べやや増加しており、現在のところ全学部あわせておよそ 6,000 人の応募があります。ただし、人気のある学部とない学部の倍率の差がかなり大きくなっています。各学部の定員はそれぞれ 200 名ですが、中でも最も人気のあるのが法学部で、今のところ約 800 名の応募があり、倍率は約 4 倍に達しています。次に人気があるのは経済学部で、倍率は約 3 倍となっています。反対にもっとも倍率が低いのは商学部の 0.8 倍で、こちらは受験者が定員に達しない状況となっています。

経済学部を受験する人は現段階ではどれぐらいいますか。

【譯】

有位女士正在敘述某大學今年入學考試的狀況。請問現階段報考經濟學系的考生大約有多少人呢？

F：就整體而言，本校今年的報考人數較去年略微增加，目前加總所有學系的報考人數大約有6,000人。然而，熱門學系與冷門學系的錄取率差異相當大。各學系的招收人數各約200人，其中最熱門的法律學系目前約有800人報名，錄取率約僅四分之一。第二熱門的學系為經濟學系，錄取率為三分之一。相對地錄取率最高的是商學系的1.25倍，該學系的報名人數低於招收人數。

請問現階段報考經濟系的考生大約有多少人呢？

1　大約160人

2　大約200人

3　大約600人

4　大約800人

（答案：3

【關鍵句】各学部の定員はそれぞれ 200 名ですが、…。
次に人気があるのは経済学部で、倍率は約３倍となっています。

攻略要點

一聽到數字請立刻做筆記。此外，在學習外語時，遇到閱讀測驗出現數字的時候，很容易會將數字部分挑出來採用母語的思考模式。假如沒有訓練自己使用正在學習的語言讀誦數字，在聽力測驗時就無法辨識了。

正確答案及說明

▶ 正確答案是選項 3。由於「各学部の定員はそれぞれ 200 名（各學系的招收人數各約 200 人）」，經濟學系的「倍率は約 3 倍（錄取率為三分之一）」，可推算得知報考人數約 600 人。雖然「倍率（錄取率）」這個單詞的難度較高，但即使不懂，只要知道法律學系的「800 名（800 人）」、「200 名（200 人）」、「4 倍（四分之一）」之間的相關性，應該就能依樣計算出經濟學系的人數了吧。

單字と文法

- □ **入試** 入學考試
- □ **状況** 狀況、情況
- □ **受験** 報考
- □ **本～** 本…
- □ **ところ** 場面、局面（表示某種空間或時間上的特定情況）
- □ **ただし** 然而

もんだい 2 小專欄 !

大小・多少・高低など、程度を表す副詞を集めました。

【表示程度的副詞】

□ **あまりにも**／太、過

▸ **あまりにも**痩せ過ぎだ。／瘦過頭了。

□ **いくぶん**／稍微、些許

▸ 給料が**いくぶん**上がった。／薪水微幅調漲了。

□ **いくらか**／稍微、有點

▸ その建物は**いくらか**右に傾いている。／那棟建築物稍微往右傾了些。

□ **うんと**／十分；充足（限用於口語）

▸ 家を買うには**うんと**金がかかるんだ。／買房得花很多錢。

□ **かなり**／相當、頗

▸ **かなり**いい点を取った。／考取相當不錯的成績。

□ **ぐっと**／更加

▸ 前より**ぐっと**大きくなった。／比之前還要變得更大了。

□ **相当**／相當、非常

▸ あの様子から見れば、彼は**相当**疲れているらしい。／從那個樣子來看，他似乎很疲倦。

□ **多少**／多少、稍微

▸ 私は日本語には**多少**自信がある。／我對日語多少還有些信心。

□ **たっぷり**／足夠

▸ 時間は**たっぷり**ある。／有充裕的時間。

問題三題型

概要理解

在聽取完整的會話段落之後，測驗是否能夠理解其內容（測驗是否能夠從整段會話中理解說話者的用意與想法）。

考前要注意的事

作答流程 & 答題技巧

聽取說明

先仔細聽取考題說明

學習目標是，聽取聽取一人或兩人講述的內容之後，（一）理解談話主題；（二）聽出說話者的目的跟主張。

內容順序一般是「提問 ➡ 單人（或雙人）講述 ➡ 提問＋選項」

預估有 5 題

1 提問及講述都在光碟中，所以要邊聽邊在空白答案卷上寫下大概的意思，不需要太注意細節。

2 關鍵字或多次出現的詞彙，一般是得到答案的鑰匙。

答題

再次仔細聆聽問題，選出正確答案

N2 聴力模擬考題　問題3　第一回

3-1

問題3では、問題用紙に何もいんさつされていません。この問題は、全体としてどんな内容かを聞く問題です。話の前に質問はありません。まず話を聞いてください。それから、質問とせんたくしを聞いて、1から4の中から、最もよいものを一つ選んでください。

3-2 1ばん

答え：①②③④

- メモ -

3-3 2ばん

答え：①②③④

- メモ -

3-4 3ばん

答え：① ② ③ ④

- メモ -

3-5 4ばん

答え：① ② ③ ④

- メモ -

3-6 5ばん

答え：① ② ③ ④

- メモ -

第三大題。答案卷上沒有印任何圖片和文字。這一大題在測驗是否能聽出內容主旨。在說話之前，不會先提供每小題的題目。請先聽完對話，再聽問題和選項，從選項 1 到 4 當中，選出最佳答案。

もんだい 3　第 1 回　第 1 題 答案跟解說

3-2

テレビでアナウンサーが若者と自動車について述べています。

F：近年、自動車を購入する若者の数が減っているといわれています。なぜ若者達は自動車を買わなくなったのでしょうか。
その理由としてまず第一に挙げられるのは、経済的な事情により自動車を買えない若者が増えたことです。しかし、それ以上に興味深いのは、生活習慣そのものの変化によって、自動車に興味を持つ若者が減ったことではないでしょうか。とくに都会で暮らす若者達にとっては、携帯やパソコンがあればネットで買い物ができ、商品を自宅に届けてもらうこともできるので、自動車の必要性は低くなっているといえます。今後、自動車販売台数を伸ばすために、自動車業界は、若者達の興味を引く新しい自動車の楽しみ方を提示していく必要があるのではないでしょうか。

若者と自動車の何について述べていますか。

1　若者が興味を持つ自動車の種類
2　若者が自動車を利用する目的
3　若者の生活習慣の変化が自動車販売に与えた影響
4　若者への自動車販売数増加に向けた業界の取り組み

【譯】

播報員在電視節目中報導年輕人與汽車的相關資訊。

F：近年來，據說年輕人購買汽車的人數逐漸減少。為什麼年輕族群愈來愈不想買汽車了呢？
首先，第一個提出的理由是，由於經濟能力的低落而買不起汽車的年輕人變多了。然而，更值得探討的是，或許由於生活習慣的改變，因而導致對汽車有興趣的年輕人變少了。尤其是住在都市裡的年輕族群，可以說只要有手機或電腦就能從網路購物，而購買的商品也能夠宅配到家裡，從而降低了生活中對汽車的需求性。為了提升汽車的銷售，或許今後汽車業界必須提出嶄新的開車休閒方式，來吸引年輕族群的目光吧。

請問主播在報導年輕人與汽車哪方面的相關資訊呢？

1　年輕人有興趣的汽車種類
2　年輕人使用汽車的目的
3　年輕人生活習慣的改變對汽車銷售造成的影響
4　業界為了提升對年輕族群的汽車銷售數量所採取的方案

解題關鍵と訣竅　（答案：3

【關鍵句】それ以上(いじょう)に興味深(きょうみぶか)いのは、生活習慣(せいかつしゅうかん)そのものの変化(へんか)によって、自動車(じどうしゃ)に興味(きょうみ)を持(も)つ若者(わかもの)が減(へ)ったことではないでしょうか。

攻略要點

由「まず第一に（首先，第一個…）」這句可以預測到接下來會闡述兩個以上的理由。緊接著出現的是「それ以上に興味深いのは（更值得探討的是）」，可以知道接下來敘述的即是重點。

正確答案及說明

▶ 正確答案是選項３。報導中提到的「それ以上に興味深いのは、生活習慣そのものの変化によって、自動車に興味を持つ若者が減ったことではないでしょうか」或許由於生活習慣的改變，從而導致對汽車有興趣的年輕人變少了，即為答案。

其餘錯誤選項分析

▶ 選項１　關於年輕人有興趣的汽車種類，在敘述中完全沒有提到。

▶ 選項２　關於年輕人使用汽車的目的，由「携帯やパソコンがあればネットで買い物ができ、商品を自宅に届けてもらうこともできる」這一段可以知道，雖然提到以前出門購物是使用汽車的主要目的之一，但是並沒有直接描敘述的相關段落。

▶ 選項４　關於業界為了提升對年輕族群的汽車銷售數量所採取的方案是今後的課題，這部分只在最後一段略微提及而已。

單字と文法

- □ 第一（だいいち） 第一個
- □ 事情（じじょう） 情形、狀況
- □ 興味深い（きょうみぶかい） 值得探討、頗有意思
- □ 都会（とかい） 都市
- □ 自宅（じたく） 自家
- □ 業界（ぎょうかい） 業界
- □ 興味を引く（きょうみをひく） 吸引（某人）目光

もんだい 3　第 1 回　第 2 題 答案跟解說

家の玄関で、男の人と女の人が話しています。

M：ごめんください。

F：はーい。どなたですか。

M：東日新聞なんですけど、失礼ですがお宅、新聞は何をお読みになってますか。

F：別に決めてないです。読みたいときに読みたい新聞をコンビニで買ってますから。

M：３か月だけでいいですから、取ってもらえませんか。

F：別に毎朝読みたいわけじゃないから、結構です。

M：洗剤五つおつけしますよ。

F：洗剤ならうちにたくさんありますから。

M：今月限りのキャンペーンで、半年以上のご契約で割引もありますよ。

F：すみません。ほんとに結構です。

男の人は何をしに来ましたか。

1　新聞についてのアンケートを取りに来た
2　新聞の契約を取りに来た
3　洗剤をくれに来た
4　洗剤の割引販売に来た

【譯】

男士和女士在家門口交談。

M：打擾了。
F：來了。請問是哪一位？
M：我是東日報的員工。不好意思，請問府上看什麼報紙呢？
F：沒有固定看某一家的報紙。想看的時候，就去便利商店買一份想看的報紙。
M：可以請您訂一份嗎？只要三個月就好。
F：我家沒有每天早上看報的習慣，不用了。
M：還會贈送五盒洗衣粉喔！
F：洗衣粉我家已經有很多了。
M：這個月的特別優惠活動是只要訂閱半年以上，還可以享有折扣喔！

F：不好意思，我家真的不需要。

請問這位男士來訪的目的是什麼？

1　來做關於報紙的問卷調查

2　來推銷報紙

3　來送洗衣粉

4　來販售有折扣優惠的洗衣粉

解題關鍵と訣竅 ------------------------------------（答案：2

【關鍵句】3か月（げつ）だけでいいですから、取（と）ってもらえませんか。

攻略要點

男士希望對方「取って（訂閱）」的是什麼呢？既然是N２級的測驗，當然應該知道「取る（訂、拿、取）」這個簡單的單字吧。但是，愈是基本的單字，更必須了解其各種用法。

正確答案及說明

▶ 正確答案是選項２。「３か月だけでいいですから、取ってもらえませんか」，這就是男士來訪的目的。

其餘錯誤選項分析

▶ 選項１　對話中沒有出現「アンケート（問卷）」。男士請教女士看什麼報紙，應該是想批評別家報紙的缺點，說東日報的優點吧。

▶ 選項３、４　洗衣粉是訂閱了報紙以後的贈品。

單字と文法

□（新聞を）取る 訂閱（報紙）

□ 洗剤 洗衣粉

□ 限り 只要…、以…為限

□ 契約 契約、合約

□ 割引 折扣

□ アンケート【〈法〉enquête】問卷調查

說法百百種

▶ 拒絕別人的說法

残念ですが、お断り致します。／對不起，我不能接受。

遠慮しております。／恕難從命。

悪いけれど、今時間がありません。／不好意思我現在沒時間。

小知識

在日本，有許多家庭都訂閱特定的報紙，這叫做「新聞を取る（訂閱報紙）」。如果用於「配達してもらって買う（買了以後請店家送來）」的意思，其他還有「すしを取る（訂壽司）」、「ピザを取る（訂披薩）」等用法。「取る」在本題還出現了「アンケートを取る（做問卷）」、「契約を取る（推銷）」等等用法。

もんだい3　第1回　第3題答案跟解說　3-4

テレビで医者が話しています。

M：交通機関の発達した現代社会では、歩く時間が少なくなって運動不足になりがちです。また食生活が欧米化したことによってカロリーの高い食事をとる割合も増えています。それに夜遅くまで起きている人も多くなりましたが、不規則な生活や睡眠不足も太る原因になります。肥満が病気につながることも多いですから、美容という観点からだけでなく健康のためにも、女性に限らず男性も太り過ぎには気をつけてほしいですね。

医者は何について話をしていますか。

1　現代人が太りやすい理由とその影響
2　失敗しないダイエットの方法
3　太り過ぎが原因の病気が増えていること
4　ダイエットに挑戦する人が増えている理由

【譯】

有位醫師在電視節目中發表言論。

M：在大眾交通運輸工具發達的現代社會，人們走路的時間越來越少，導致運動量越來越不足。此外，飲食習慣的西化，也使得攝取高熱量食物的比率日趨增加。再加上熬夜的人變多了，生活不規律和睡眠不足都是造成肥胖的原因。肥胖與許多疾病都有相關，因此不僅從美容觀點，為了身體健康著想，希望不單是女性，男性也必須留意不能過重喔。

請問這位醫師在談什麼議題呢？

1　現代人容易發胖的理由與其帶來的影響
2　不會失敗的減重方法
3　由於過重而導致的疾病日漸增加
4　有越來越多人挑戰減重的理由

(答案：1

【關鍵句】…太る原因になります。

攻略要點

整段論述必須只靠聆聽就要了解內容。內文敘述和答案選項，經常會出現不同的描述方式，請務必注意。

正確答案及說明

▶ 正確答案是選項１。第一、二、三段敘述的是「現代人が太りやすい（現代人容易發胖）」的三種因素（如下表），第四段則敘述肥胖對健康造成的影響，以及因此希望不分男女都必須注意切勿過重的結論。

歩く時間が少なくなって運動不足になりがち

＋

カロリーの高い食事をとる割合も増えている

＋

不規則な生活や睡眠不足

↓

現代人が太りやすい理由

其餘錯誤選項分析

▶ 選項２　沒有相對應的段落。

▶ 選項３　雖然提到「肥満が病気につながることも多い」，但是並沒有說由於過重而導致的疾病日漸增加。

▶ 選項４　沒有相對應的段落。

單字と文法

- □ 交通機関　大眾交通運輸工具
- □ 欧米化　西化
- □ カロリー【calorie】　熱量、卡路里
- □ 不規則　不規律
- □ 睡眠　睡眠
- □ 肥満　肥胖
- □ 美容　美容
- □ に限らず　不管…都…
- □ 現代人　現代人

說法百百種

▸ 指示建議的說法

このお茶は、太りすぎに悩んでいる人に試してもらいたいものです。／有體重過重煩惱的人，希望能夠嘗試飲用這種茶。

このお茶はおなかの調子を整えるものです。食べ過ぎの時はぜひお試しください。／這種茶可以健胃整腸，飲食過量時請務必飲用這種茶。

この植物は日が強すぎると枯れてしまうので、日陰に置いたほうがいいでしょう。また、零度以下になりそうなときには、室内に入れてください。／這種植物如果在烈陽下曝曬將會枯萎，建議放在陰涼處。另外，當氣溫可能低於零度以下時，請將植物移入室內擺放。

もんだい3　第1回　第④題答案跟解說

3-5

テレビでリポーターがカレー専門店について取材しています。

F：最近、この辺りではカレー専門店が増えていて、激しい競争になっているそうです。今日はその内の１店をご紹介したいと思います。お食事中におじゃましてすみません。ちょっとお話をうかがっていいですか。

M：はい、いいですよ。

F：よくこちらのお店でお食事なさるんですか。

M：ええ、週に１回は来ますね。

F：この近くには他にもカレー専門のお店が多いようですが、このお店のどんなところが気に入ってますか。

M：そうですね。ソースの種類が豊富で辛さも選べるだけでなく、トンカツとかハンバーグとか上に載せるものも自分で組み合わせられるので、自分好みのカレーを食べられるところですね。

F：そうですか。お値段のほうはどうですか。

M：何も載せなければ他の店よりも安いんですけど、いろいろ載せるとちょっと高くなりますね。でも、この店は上に載せるものがどれもおいしいんですよ。

F：このお店はご飯とキャベツがおかわり自由なのが人気だそうですが。

M：そうみたいですね。でも、僕はご飯は一皿で十分ですけどね。

F：そうですか。お食事中ありがとうございました。

男の人は、この店のカレーについてどう思っていますか。

1　自分オリジナルのカレーを食べられるところがいい
2　自分で作って食べられるところがいい
3　値段が安いところがいい
4　ご飯とキャベツを何度でもおかわりできるところがいい

【譯】

電視節目裡的播報員正在採訪一家咖哩專賣店。

F：最近這一帶的咖哩專賣店越開越多家，競爭也似乎愈趨白熱化了。今天想為各位介紹其中的一家。不好意思，用餐中打擾了。可以請教您一下嗎？

M：好，可以呀！

F：請問您經常來這家店用餐嗎？

M：是啊，每個星期會來一次喔！

F：這附近好像還有很多家咖哩專賣店，請問您喜歡這家店的哪些部分呢？

M：這個嘛…，不但醬汁的種類豐富，也可以選擇辣度，還能夠自由搭配炸豬排或漢堡之類配菜的組合，因此可以吃到自己喜歡的咖哩餐。

F：原來如此。那麼價錢您覺得如何？

M：假如沒有另加配菜，價錢比其他家便宜，如果搭上各種配菜就比別家貴一點囉。不過，這家店的配菜每一種都非常好吃喔！

F：這家店的白飯和高麗菜絲都可以無限續加，聽說這項服務很受歡迎哦？

M：好像是啊。不過，我只要吃一盤白飯就很飽了。

F：這樣呀。非常感謝您在用餐中接受訪問！

請問這位男士對這家店的咖哩飯有什麼看法呢？

1　他很滿意能夠吃到自己搭配的特製咖哩飯

2　他很滿意能夠吃到自己下廚做的餐食

3　他很滿意價格便宜

4　他很滿意白飯和高麗菜絲都可以無限續加

【關鍵句】 自分好み（じぶんごの）のカレーを食（た）べられるところですね。

攻略要點

通常題目在測驗想法或意見的時候，答案選項的敘述十分簡要，但內文敘述會是詳細的說明，因此必須能夠掌握並歸納重點。

正確答案及說明

▶ 正確答案是選項１。男士提到「ソースの種類が豊富で辛さも選べるだけでなく、トンカツとかハンバーグとか上に載せるものも自分で組み合わせられるので、自分好みのカレーを食べられる」，所以他喜歡這家店。

其餘錯誤選項分析

- 選項 2　所謂「自分好みのカレーを食べられる」是指能夠選擇自己喜歡的醬汁及配菜的種類；而「自分で作って食べられる」是指能夠吃到自己下廚做的咖哩餐。
- 選項 3　關於價格，「何も載せなければ他の店よりも安い」，但是對這位男士來説，加購的配菜正是這家店吸引他來用餐的特色。不過，「いろいろ載せるとちょっと高くなりますね」，因此這一家的價格並不算便宜。
- 選項 4　白飯和高麗菜絲的確都可以無限續加，但是，男士説「僕はご飯は一皿で十分です」。雖然不知道他對於高麗菜絲的續加有什麼看法，但可以續加白飯不是吸引他的優點。

單字と文法

- □ **専門店**（せんもんてん） 專賣店
- □ **～店**（てん） …家（數量詞）
- □ **そうですね** 這個嘛…
- □ **～好み**（ごのみ） 愛好、喜歡…（原為「このみ」，遇到連濁現象讀作「ごのみ」）
- □ **～皿**（さら） …盤
- □ **オリジナル【original】** 原創

もんだい3　第1回　第⑤題答案跟解說　3-6

野球の国際大会に出場した選手が、大会を振り返って話しています。

M：今日は相手に先に点を取られて、苦しい試合になりましたが、チームみんなが最後まで絶対に諦めないという気持ちで戦いました。前回優勝したので、今回も優勝しなければならないという大きなプレッシャーの中で、皆さんの期待に応えることができて今はほっとしています。ただ、自分個人としては、チャンスが何回かあったにもかかわらず、思うように打てなくて、応援してくれたファンの皆さんに申し訳ない気持ちでいっぱいです。しかし、今回、こういう大きな舞台で試合に出られたことは、僕にとってはとてもいい経験になったと思うので、これを次に生かして、今度こそチームの勝利に貢献できるように頑張りたいと思います。

この選手は今大会はどうだったと言っていますか。

1　チームは優勝できたし、自分も活躍したので満足している

2　チームは優勝できたが、自分は活躍できなかったので満足していない

3　チームは優勝できなかったが、自分は活躍したので満足している

4　チームは優勝できなかったし、自分も活躍できなかったので満足していない

【譯】

有位參加了國際棒球大賽的選手正在回顧他對這場大賽的感想。

M：今天這場比賽雖被對手先馳得分，打得非常辛苦，但是全隊的球員都抱著拚到最後一刻、絕不輕言放棄的決心奮戰。由於上一次獲得了冠軍，因此這次出賽更背負了非得奪冠不可的龐大壓力，這樣的結果總算對得起看好我們的各位，現在可以鬆一口氣了。只是，我看自己今天的表現，儘管有好幾次絕佳的機會，打擊結果卻不如預期，覺得對那些支持我的球迷們感到非常愧疚。不過，這次能夠在如此重要的大賽出賽，對我而言是一個非常寶貴的經驗，我會善用這次的經驗，在下次的比賽中盡力發揮，協助球隊奪得勝利。

請問這位選手對於今天這場大賽的結果有什麼樣的感想？

1　不僅所屬球隊獲勝，自己也充分發揮了實力，他感到很滿意

2　雖然所屬球隊獲勝，但是自己並未充分發揮實力，他感到不滿意

3　儘管所屬球隊並未獲勝，但是自己充分發揮了實力，他感到很滿意

4　不僅所屬球隊未能獲勝，自己也並未充分發揮實力，他感到不滿意

解題關鍵と訣竅 （答案：2

【關鍵句】…、皆さんの期待に応えることができて今はほっとしています。ただ、自分個人としては、チャンスが何回かあったにもかかわらず、思うようにうてなくて、…。

攻略要點

關鍵在於「チーム——優勝できた／できなかった（球隊——奪得冠軍／未能奪冠）」「自分——活躍できた／できなかった（自己——充分發揮了實力／未能充分發揮實力）」這兩段敘述。

正確答案及說明

▶ 正確答案是選項２。選手提到，「前回優勝したので、今回も優勝しなければいけないという大きなプレッシャーの中で、皆さんの期待に応えることができて」，由此可知其所屬球隊獲勝了。不過，「自分個人としては、チャンスが何回もあったにもかかわらず、思うように打てなくて、応援してくれたファンの皆さんに申し訳ない気持ちでいっぱい」，換言之，他自己並未充分發揮實力。

單字と文法

□ **大会** 大賽

□ **優勝** 優勝、冠軍

□ **応える** 回應

□ **チャンス【chance】** 機會

□ **～にもかかわらず** 儘管…

□ **貢献** 貢獻、奉獻

もんだい３ 小專欄！

話し手・書き手の考えや気持ちをつかむのに役立ちます。

【情感、事態等的表現方式】

□ **ことか**／多麼…啊

▶ ついに勝った。どれだけうれしい**ことか**。／終於贏了！真不知道該怎麼形容心中的狂喜！

□ **ずにはいられない**／不由得…、禁不住…

▶ 気になって、最後まで読ま**ずにはいられない**。／由於深受內容吸引，沒有辦法不讀到最後一個字。

□ **ないではいられない**／不由得…、禁不住…

▶ 特売が始まると、買い物に行か**ないではいられない**。／特賣活動一開始，就忍不住想去買。

□ **ものがある**／有…的價值、確實有…的一面

▶ 彼のストーリーの組み立て方には、見事な**ものがある**。／他的故事架構實在太精采了。

□ **どころではない**／哪裡還能…、不是…的時候

▶ 先々週は風邪を引いて、勉強**どころではなかった**。／上上星期感冒了，哪裡還能唸書啊。

□ **というものだ**／也就是…、就是…

▶ この事故で助かるとは、幸運**というものです**。／能在這事故裡得救，算是幸運的了。

□ **次第だ**／要看…而定、決定於…

▶ 旅行に行けるかどうかは、父の気分**次第だ**。／是否能去旅行，一切都看爸爸的心情。

N2 聴力模擬考題　問題3　第二回

3-1

問題3では、問題用紙に何もいんさつされていません。この問題は、全体としてどんな内容かを聞く問題です。話の前に質問はありません。まず話を聞いてください。それから、質問とせんたくしを聞いて、１から４の中から、最もよいものを一つ選んでください。

3-7 1ばん

答え：①②③④

- メモ -

3-8 2ばん

答え：①②③④

- メモ -

3ばん

答え：① ② ③ ④

- メモ -

3-10 4ばん

答え：① ② ③ ④

- メモ -

3-11 5ばん

答え：① ② ③ ④

- メモ -

第三大題。答案卷上沒有印任何圖片和文字。這一大題在測驗是否能聽出內容主旨。在說話之前，不會先提供每小題的題目。請先聽完對話，再聽問題和選項，從選項 1 到 4 當中，選出最佳答案。

もんだい 3　第 2 回　第 1 題 答案跟解說

3-7

家で女の学生と母親が話しています。

Ｆ１：お母さん、あとで私の部屋にも掃除機かけといてくれる？

Ｆ２：どこか出かけるの？

Ｆ１：うん、友達と映画行くことになってるの。２時に出かけるから。

Ｆ２：それならまだ２時間もあるじゃない。

Ｆ１：だってその前にシャワー浴びたりしたいんだもん。

Ｆ２：だったら、帰ってきてからやればいいでしょう？

Ｆ１：いつもやってくれてるじゃない。

Ｆ２：これまでは受験勉強で忙しかったからやってあげてたんです。もう終わったんだから、これからは自分でしなさい。

Ｆ１：そうだけどさ。どうせリビングも掃除機かけるんだから、ついでにやってくれてもいいじゃない。

Ｆ２：いい加減にしなさい。いつまでもそんなこと言ってると、全部の部屋の掃除やらせるわよ。

母親の言いたいことは何ですか。

1　時間があるときでいいから、自分で掃除しなさい

2　今日の勉強はもう終わったのだから、自分で掃除しなさい

3　リビングを掃除するのだから、ついでに自分の部屋も掃除しなさい

4　適当にやればいいから、全部の部屋を自分で掃除しなさい

【譯】

女學生和母親在家裡交談。

Ｆ１：媽媽，等一下可以順便用吸塵器幫我打掃房間嗎？

Ｆ２：妳要出門嗎？

Ｆ１：嗯，我跟朋友約好要去看電影。兩點要出門。

Ｆ２：那不是還有兩個小時嗎？

Ｆ１：可是人家想在出門前沖個澡嘛！

Ｆ２：既然這樣，等妳回來再自己打掃不就行了？

Ｆ１：妳平常不都是幫我弄嘛。

F２：以前是因為妳忙著準備升學考試，所以才幫妳打掃。現在已經考完了，往後要自己做！
F１：話是沒錯啦，可是反正客廳也要用到吸塵器，那就順手幫人家掃一下有什麼關係嘛。
F２：妳夠了沒！再這樣耍賴下去，所有的房間統統叫妳來掃！

請問這位母親想表達的意思什麼？

1　等到有空的時候再自己打掃
2　今天已經用功完畢了，所以要自己打掃
3　反正要打掃客廳，所以順便也打掃自己的房間
4　大致清理一下就好，所有的房間統統自己打掃

【關鍵句】帰ってきてからやればいいでしょう？
これからは自分でしなさい。

攻略要點

母親想表達的「部屋を掃除しなさい」這部分已經無庸置疑了。問題是：什麼時候？哪個房間？為什麼？

正確答案及說明

▶ 正確答案是選項１。由於母親提到「帰ってきてからやればいいでしょう？」，因此意思是等到女學生有空的時候再自己打掃就行了。

其餘錯誤選項分析

▶ 選項２　「もう終わった」的是「受験勉強」升學考試。

▶ 選項３　女學生提到「どうせリビングも掃除機かけるんだから」，母親對此也沒有否認，亦即用吸塵器打掃客廳的是母親，因此女學生無法「ついで」打掃自己的房間。

▶ 選項４　母親斥責「いつまでもそんなこと言ってると、全部の部屋の掃除やらせるわよ」，所以只要女學生閉嘴，不「そんなこと」繼續說下去，就不必打掃所有的房間了。所謂「いい加減にしなさ

い」是指「ほどほどのところでやめなさい（說到這地步就該適可而止了）」，而不是「適当にやりなさい（大致做一下）」的意思。

單字と文法

- □ （掃除機を）かける　使用（吸塵器）
- □ じゃない　不是…嗎
- □ 浴びる　沖（澡）；曬（太陽等）
- □ 受験勉強　入學考試
- □ 加減　適當、恰當、程度
- □ いい加減にしなさい　請適可而止、夠了沒

說法百百種

▶不滿、抱怨的說法

調子に乗るなよ。／別得寸進尺了！

大きなお世話だよ。／不用你雞婆啦！

勘弁してよ。／你就饒了我吧！

もんだい３　第２回　第❷題 答案跟解說　3-8

コンビニの事務室で男の店長と女の人が面接しています。

M：それでは、毎週火曜日と木曜日の午後６時から９時までということでよろしいですね。

F：はい、よろしくお願いします。

M：前の時間の人との引き継ぎをしなければいけませんから、遅くても10分前には事務室に入って、５分前にはお店に出るようにしてください。それから、終わる時も時間になったからといってすぐに事務室に引っ込まないで、レジにお客さんが並んでいる時などはちょうどいいところまで手伝ってもらわなければなりませんよ。

F：はい、分かりました。

M：最初のうちは掃除や棚の整理が中心だけど、慣れてきたら少しずつ他のこともやってもらいます。宅配便とかインターネット商品の受け渡しとか、覚えてもらわなければならないことがたくさんありますから、頑張ってください。

F：結構大変そうですね。大丈夫かな。

M：一緒にやってもらう太田さんはベテランだし、親切だから大丈夫ですよ。あ、それからもし休むときには、代わりの人を探さなくちゃいけないから、早めに連絡してくださいね。それじゃ、来週からお願いします。

男の店長の話した内容と合っているのはどれですか。

1　５時50分までには店に出て、仕事を始めなければならない

2　覚えなければならないことはたくさんあるが、心配しなくてもいい

3　仕事を始めるときは毎回、最初に掃除と棚の整理をしなくてはならない

4　仕事を休むときは、自分で代わりの人を探さなくてはならない

【譯】

男店長在便利商店的辦公室裡面試一位女士。

M：那麼，請妳每週二和週四的下午 6 點到 9 點之間來打工，這樣可以吧？
F：好的，請多多指教。
M：由於還必須與上一個時段的同事交接工作，因此最遲必須提前10分鐘抵達辦公室、提前 5 分鐘進入店裡。還有，工作結束時也不能時間一到就立刻回到辦公室裡，當收銀機前面還有顧客在排隊時，必須幫忙到告一個段落才可以下班喔！
F：好的，我明白了。
M：起初主要的工作是打掃擦拭和整理貨架，等到上手了以後再慢慢學習其他項目。例如收受和轉交宅配和網路購物的商品等等，有很多工作都得學會怎麼做才行，請加油！
F：聽起來似乎很難，不曉得我學得會嗎？
M：和妳一起工作的太田小姐已經是老手了，為人很親切，不會有問題的。啊，還有，萬一要請假的時候，店裡必須找人來代班，請盡早告知喔！那麼，就麻煩從下星期開始來上班。

請問以下哪一項符合這位男店長的談話內容呢？

1　必須在 5 點50分之前進入店裡開始工作才行
2　雖然有很多工作都得學會怎麼做才行，但是可以不用擔心
3　每一次工作的時候都必須先從打掃擦拭和整理貨架開始做起
4　要請假的時候必須自己找人來代班才行

答案：2

【關鍵句】 覚えてもらわなければならないことがたくさんありますから、頑張ってください。
大丈夫ですよ。

攻略要點

「話した内容と合っているのはどれですか（哪一項符合談話內容呢）」這樣的問法，答案選項和對話內容的敘述通常不太一樣，因此不能僅僅對照單詞尋找答案，必須從內文段落找到對應的部分。

正確答案及說明

▶ 正確答案是選項 2。男店長說，雖然「覚えてもらわなければならないことがたくさんあります」，但是「大丈夫ですよ（不會有問題的）」，也就是要女士「心配しなくてもいい（不用擔心）」。

其餘錯誤選項分析

▶ 選項 1　女士的上班時間是從下午 6 點開始。但是，「遅くても 10 分前には事務室に入って、5 分前にはお店に出るようにしてください」，換言之，她最晚必須在 5 點 55 分之前進入店裡開始工作。

▶ 選項 3　男店長說的「最初のうちは掃除や棚の整理が中心」這句話的「最初のうち」，指的是剛開始打工那段期間，而不是每次上班的一開始。

▶ 選項 4　由男店長的這段話「もし休むときには、代わりの人を探さなくちゃいけないから、早めに連絡してくださいね」，可以知道只要事先告知就可以了。

單字と文法

□ 事務室（じむしつ） 辦公室
□ 店長（てんちょう） 店長
□ 引き継ぎ（ひつ） 交接
□ ～からといって 即使…也…
□ 引っ込む（ひこ） 退下、回到
□ 受け渡し（うわた） 轉交

もんだい 3　第 2 回　第 ③ 題 答案跟解說

3-9

テレビで男の人が飲酒運転による交通事故について話しています。

M：飲酒運転による交通事故は、最悪だった平成 12 年には、年間 2 万 5 千件を超えていましたが、その後は減少傾向が続き、平成 22 年には 10 年前の約 5 分の 1 にまで減少しました。警察による取り締まりの強化や、交通安全教育などの対策が一定の成果をあげているといえますが、それでも飲酒運転による事故は依然として後を絶ちません。飲酒運転による死亡事故の発生率は飲酒なしの場合の約 8.7 倍もあり、その危険性の高さが分かります。飲酒運転は重大な事故につながる悪質な違反です。飲酒運転を完全になくすためには、国民一人ひとりが「飲酒運転を絶対にしない、させない」という強い意志を持つことが何よりも重要です。

男の人の話の内容に合うのはどれですか。

1　飲酒運転がなくならないのは警察の対策が不十分だからである
2　飲酒運転による死亡事故の発生率は 10 年前よりも増加している
3　飲酒運転をなくすためには国民の意識の向上が必要である
4　飲酒運転による交通事故は減少したが、逆に飲酒なしの事故が増加した

【譯】

有位男士在電視節目中發表對於酒駕造成交通事故的看法。

M：由於酒駕造成的交通事故，最嚴重的年度是平成12年，全年統計超過了 2 萬 5 千起事故，之後逐年遞減，到了平成22年，已經大約降低至10年前的五分之一了。儘管警察的加強取締，以及交通安全宣導等對策均發揮了一定的成效，但是仍然無法遏止酒駕肇事的發生。酒駕導致的死亡車禍發生率高達未酒駕的8.7倍，由此可以了解其高度的危險性。酒駕是造成重大車禍的惡劣違規。為了徹底杜絕酒後開車，最重要的是每一位國民都要秉持「自己絕對不酒駕，也絕不讓人酒駕」的強烈意識。

請問以下哪一項符合這位男士的談話內容呢？

1　酒駕無法減少是由於警察的對策不夠完整
2　酒駕導致的死亡車禍發生率比10年前更高

3　為了杜絕酒駕，必須提升國民的意識

4　酒駕導致的交通事故雖然已經減少了，但未酒駕的事故反而增加了

解題關鍵と訣竅

（答案：3

【關鍵句】飲酒運転を完全になくすためには、国民一人ひとりが「飲酒運転を絶対にしない、させない」という強い意志を持つことが何よりも重要です。

攻略要點

本題出現了好幾個數字，全都是擾亂應試者的煙霧彈，必須聽完整段談話才能作答。

正確答案及說明

▶ 正確答案是選項 3 。最後一段即為男士想說的結論，亦與這個選項相符。

其餘錯誤選項分析

▶ 選項 1　男士的敘述是「警察による取り締まりの強化や、交通安全教育などの対策が一定の成果をあげているといえます」。即便如此，仍然無法遏止酒駕事故的發生。因為除了警察的對策以外，其他應該做的事情還有待努力。

▶ 選項 2　酒駕造成的交通事故已經「10 年前の約 5 分の 1 にまで減少」，男士也敘述了「飲酒運転による死亡事故の発生率は飲酒なしの場合の約 8.7 倍」，但是關於酒駕導致「死亡事故」發生率，他並沒有提到目前與 10 年前的比較。

▶ 選項 4　男士並未敘述「飲酒なしの事故」的發生件數。

單字と文法

□ **飲酒**（いんしゅ） 飲酒

□ **最悪**（さいあく） 最惡劣、最嚴重

□ **傾向**（けいこう） 傾向、趨勢

□ **強化**（きょうか） 加強

□ **対策**（たいさく） 對策、應付方法

□ **なし** 未…、沒有…

□ **意志**（いし） 意識

もんだい 3 第 2 回 第 4 題答案跟解說

3-10

日本人の男の人と台湾人の女の人が、名古屋のあるラーメン屋で話しています。

M：僕は台湾ラーメンにするよ。名古屋に来たらやっぱりこれを食べないとね。林さんは名古屋は初めてだよね？

F：はい。台湾ラーメンって名古屋名物だそうですね。私も試してみます。

M：でも、すっごく辛いから、初めての人はアメリカンにするほうがいいかもしれないよ。

F：アメリカのラーメンもあるんですか。

M：いや、頼むときにそう言うと辛さを少し抑えてくれるんだ。コーヒーでも薄味のことをアメリカンって言うじゃない？ほんとはそういう意味じゃないらしいけど。

F：じゃ、私はアメリカンにします。でも、名古屋名物なのに台湾ラーメンなんて面白いですよね。

M：名古屋で台湾料理店をやってる台湾人が台湾の麺料理を辛くアレンジしたのが始まりなんだってね。それで、そういう名前らしいよ。僕も最初はてっきり台湾から日本に伝わったものだと思ってたよ。

F：台湾には台湾ラーメンなんて名前のラーメンはありませんよ。それに、その元になった麺料理だって、台湾人からすれば名古屋の台湾ラーメンとは全然似てませんしね。

台湾ラーメンとはどのようなものですか。

1　アメリカのラーメンの辛さを抑えたもの
2　名古屋に住んでいる台湾人が考えたもの
3　台湾の麺料理が日本に伝わったもの
4　本当の台湾ラーメンとは全然関係のないもの

【譯】

日本男士和台灣女士在一家位於名古屋的拉麵店交談。

M：我要吃台灣拉麵喔。來到名古屋就一定要吃這道料理才行。林小姐是第一次來名古屋吧？

F：對。聽說台灣拉麵是名古屋知名料理呢。我也要吃吃看。

M：可是，這種拉麵非常辣，第一次嘗試的人或許吃美式的比較好哦。

F：這裡連美國的拉麵都賣嗎？

M：不是的，而是點餐的時候只要這樣說，店家就會把辣度降低。咖啡也一樣，比較淡的那種不是就叫美式嗎？雖然聽說其實並不是那樣的意思。

F：那，我要美式的。不過，名古屋的知名料理居然是台灣拉麵，實在很有趣耶！

M：聽說最早是有位台灣人在名古屋開起台灣餐館，店裡的台灣麵食煮得很辣，成了這道料理的起源。所以，才會叫那樣的名稱。我一開始還以為想必是從台灣傳到了日本的麵食呢。

F：在台灣，根本沒有麵食叫做台灣拉麵這樣的名稱呢！而且，就連其前身的那道台灣麵食，由台灣人看來，和名古屋的台灣拉麵根本不像呀！

請問所謂的台灣拉麵是什麼樣的東西呢？

1　把美國的拉麵辣度降低的東西

2　住在名古屋的台灣人創造出來的東西

3　台灣的麵食傳到了日本的東西

4　和真正的台灣拉麵完全不相關的東西

【關鍵句】名古屋で台湾料理店をやってる台湾人が台湾の麵料理を辛くアレンジしたのが始まりなんだってね。

攻略要點

由於交談的兩人都曉得什麼是「台湾ラーメン（台灣拉麵）」，因此沒有特別彙整並解釋「台湾ラーメンとは何か（什麼叫做台灣拉麵）」的段落。必須要把零星出現的資料加以彙整之後才能作答。

正確答案及說明

▶ 正確答案是選項２。所謂的台灣拉麵是指「名古屋で台湾料理店をやってる台湾人が台湾の麵料理を辛くアレンジしたのが始まり」。

其餘錯誤選項分析

▶ 選項 1　在點用「台湾ラーメン」時告訴店家要「アメリカン」的，店家就會把辣度降低。但是在對話裡沒有提到「アメリカのラーメン」。

▶ 選項 3　雖然台灣拉麵的前身是台灣的麵食，但卻已經變化成完全不同的料理了，所以不能說「台湾の麺料理が日本に伝わったもの」。此外，由特定的個人介紹的時候，與其用「伝わった」，應該使用「伝えた」比較恰當。

▶ 選項 4　由於台灣並沒有叫做「台湾ラーメン」這種名稱的麵食，因此不能稱為「本当の台湾ラーメン」。此外，既然是模仿台灣的麵食而來，也不能說與台灣完全沒有關係。

單字と文法

□ 名物（めいぶつ） 特產
□ アレンジ【arrange】改創、改作
□ アメリカン【American】美式
□ 元（もと） 原本
□ 薄味（うすあじ）（味道）清淡
□ ～からすれば 從…來看

小知識

台灣拉麵可以在名古屋和其周邊地區吃得到，其他地方則幾乎沒有這道料理，知道的人也很少。至於這道料理的前身則是「擔仔麵」。

もんだい 3　第2回　第⑤題 答案跟解說　3-11

テレビで男の人が話しています。

M：昨年の株式市場は、年の初めの予想に比べ非常に厳しいものとなりました。世界的な不況の中で、日本経済もその影響を大きく受けたといえるでしょう。大手銀行の倒産が発表された４月を境に、株価は徐々に下がり始め、８月には一気に下落しています。10月に昨年の最安値をつけたあとも、回復傾向は見られず、今年２月になっても依然として低空飛行が続いています。したがって、今後の景気回復についても楽観できる状況にはありません。

男の人は何の話をしていますか。

1　昨年の株価の動きと今後の予想
2　大手銀行の倒産をきっかけに株価が下落した理由
3　株価の下落が生活に与える影響
4　株価を予想することの難しさ

【譯】

有位男士正在電視節目中發表言論。

M：去年的股票市場對照年初的預測，呈現非常嚴峻的狀態。在全球不景氣之下，日本的經濟可以說也受到了極大的影響。以大型銀行宣布了倒閉的４月作為分水嶺，股價開始逐漸下滑，到了８月更是一口氣探底。在10月創下了去年的跌停價，之後也不見反彈的趨勢，到了今年２月依然持續在低空盤旋。因此，關於往後的景氣恢復，還是無法樂觀看待。

請問這位男士在談什麼議題呢？

1　去年的股價動態與今後的預測
2　自從大型銀行倒閉之後股價開始下滑的理由
3　股價下滑對生活造成的影響
4　預測股價的難度

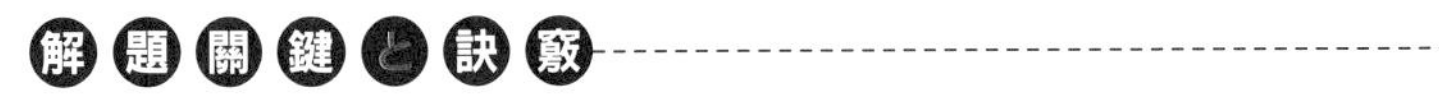

答案：1

【關鍵句】昨年の株式市場は、年の初めの予想に比べ非常に厳しいものとなりました。
したがって、今後の景気回復についても楽観できる状況にはありません。

攻略要點

答案選項和敘述內文出現很多不同的敘述方式，不能只靠單詞對照，必須找出內文的對應段落才能作答。

正確答案及說明

▶ 正確答案是選項１。首先在第一段裡，大致描述了去年股票市場的概況，接下來再詳細分析。最後一段則是「今後の予想（今後的預測）」。

其餘錯誤選項分析

▶ 選項２　的確自從大型銀行宣布倒閉之後，股價就開始下滑，但是並沒有敘述此一現象的「理由」。

▶ 選項３、４　論述中並沒有提到這個話題。

單字と文法

□ 境（さかい） 界限、分水嶺

□ 株価（かぶか） 股價

□ 徐々に（じょじょに） 逐漸

□ 回復（かいふく） 恢復；康復

□ 飛行（ひこう） 飛行

□ 低空飛行が続く（ていくうひこうがつづく）（比喻表現） 持續在低空盤旋

□ 景気（けいき） 景氣

□ ～をきっかけに 自從…

說法百百種

▶「增」「減」的對義詞說法

增大（ぞうだい）－減少（げんしょう）／增大－減少

激増（げきぞう）－激減（げきげん）／激增－銳減

急増（きゅうぞう）－急減（きゅうげん）／突然增加－突然減少

倍増（ばいぞう）－半減（はんげん）／倍增－減半

増額（ぞうがく）－減額（げんがく）／增額－減額

増税（ぞうぜい）－減税（げんぜい）／增稅－減稅

もんだい3 小專欄！

フレーズとフレーズをつなぐ言い方と、接続詞を勉強しましょう。

【句型及接續詞】

□ **以上（は）**／既然…

▸ 彼の決意が固い**以上**、止めても無駄だ。／既然他已經下定決心，就算想阻止也是沒用的。

□ **上は**／既然…

▸ やると決めた**上は**、最後までやり抜きます。／既然決定要做了，就會堅持到最後一刻。

□ **ことだから**／因為是…，所以…

▸ あなたの**ことだから**、きっと夢を実現させるでしょう。／因為是你，所以一定可以讓夢想實現吧！

□ **あまり（に）**／由於過度…

▸ 父の死を聞いて、驚きの**あまり**言葉を失った。／聽到父親的死訊，在過度震驚之下說不出話來。

□ **ことから**／因為…

▸ 顔がそっくりな**ことから**、双子だと分かった。／ 因為長得很像，所以知道是雙胞胎。

□ **せいで・せいだ**／因為…的緣故、都怪…

▸ 電車が遅れた**せいで**、会議に遅刻した。／都怪電車誤點，所以開會遲到了。

□ **おかげで・おかげだ**／多虧…、因為…

▸ 街灯の**おかげで**夜でも安心して道を歩けます。／有了街燈，夜晚才能安心的走在路上。

即時応答

在聽完簡短的詢問之後，測驗是否能夠選擇適切的應答。

考前要注意的事

作答流程 & 答題技巧

聽取說明

先仔細聽取考題説明

聽取問題與內容

這是全新題型。學習目標是，聽取詢問、委託等短句後，立刻判斷出合適的答案。

預估有 11 題

1 提問及選項都在錄音中，而且都很簡短，因此要集中精神聽取對話中的表達方式及語調，確實掌握問句跟回答句的含義。

2 作答時要當機立斷，馬上回答，答題後立即進入下一題。

答題

再次仔細聆聽問題，選出正確答案

N2 聴力模擬考題　問題4　第一回

4-1

問題4では、問題用紙に何もいんさつされていません。まず文を聞いてください。それから、それに対する返事を聞いて、１から３の中から、最もよいものを一つ選んでください。

4-2 1ばん

答え：①②③

- メモ -

4-3 2ばん

答え：①②③

- メモ -

4-4 3ばん

答え：① ② ③

- メモ -

4-5 4ばん

答え：① ② ③

- メモ -

4-6 5ばん

答え：① ② ③

- メモ -

6ばん

答え：①②③

- メモ -

4-8 7ばん

答え：①②③

- メモ -

4-9 8ばん

答え：①②③

- メモ -

第四大題。答案卷上沒有印任何圖片和文字。請先聽完主文，再聽回答，從選項 1 到 3 當中，選出最佳答案。

もんだい 4　第 1 回　第 1 題 答案跟解說

4-2

F：あとで出かけるとき、ついでにごみ出してってくれる？

M：1　うん、あとでもいいよ。

　　2　もう、出してきたよ。

　　3　じゃ、そろそろ行こうか。

【譯】

F：你等一下出門的時候，可以幫我順便倒個垃圾嗎？

M：1　嗯，待會兒也可以呀！

　　2　我已經倒好了呀！

　　3　那，差不多該出門了吧！

解題關鍵と訣竅

答案：2

【關鍵句】ごみ出してってくれる？

攻略要點

對於請託的答覆，必須思考到底回答的是了解、拒絕，還是已經完成了。

正確答案及說明

▶ 正確答案是選項 2。該項答覆陳述的是已經完成了交辦事宜。如果還沒倒垃圾，但是已經聽到對方的請求時，應該回答「分かった（知道了）」；若是不方便幫忙要拒絕時，舉例來說可以回答「荷物が多いからちょっと持って行けないよ（我已經帶了很多東西，沒辦法再拿垃圾去倒了）」。

其餘錯誤選項分析

▶ 選項 1　禮讓別人先洗澡等等的時候，可以用這句話。

▶ 選項 3　這句話可以用在原本就說好要一起出去，現在催促對方該出門了的時候。

單字と文法

□ 出かける（で） 出門、外出

□ ～てって …去、…下去（「～ていって」的口語形，表示往說話人視線由近及遠）

もんだい4　第1回　第 2 題 答案跟解説

4-3

F：ねえ、このお店おいしそうよ。ここで食べてかない？

M：1　でも、随分並んでるよ。

　　2　誰が言ってたの？

　　3　やっと、見つかったね。

【譯】

F：欸，這家店看起來滿好吃的耶，要不要在這裡吃？

M：1　可是，已經排了不少人喔！

　　2　是誰這樣說的？

　　3　總算找到囉！

解題關鍵と訣竅

（答案：1

【關鍵句】ここで食べてかない？

攻略要點

「そうだ」有兩種不同語意（前接動詞連用形或形容詞／形容動詞詞幹，為「好像…、看起來…」之意；前接用言終止形，為「據説…」之意），要注意接續用法的不同。

正確答案及説明

▶ 正確答案是選項１。「おいしそう（看起來滿好吃的）」是説話者本人陳述看法，選項１是附和女士提議的回答。

其餘錯誤選項分析

- 選項２　這句回答適用於聽到女士轉述別人說「この店おいしいそうよ（這家店看起來滿好吃的耶）」時使用。在口語中，有時會將長母音讀成短母音，但如果讀成短母音時會改變語意，就不會這樣發音。

- 選項３　這句話可用在依循導覽手冊上的介紹尋找店家，好不容易找到的時候說。不過根據女士的語意，她是「今（現在）」才看到這家店的。

單字と文法

□ **～てかない**　要不要去（做）…（「～ていかない」的口語形）

□ **随分**（ずいぶん）　非常、相當（比想像的更加…）

說法百百種

▶ 贊成的說法

はい、結構（けっこう）です。／可以，這樣就好了。

ぜんぜんオッケー。／好啊。那有什麼問題。

では、お言葉（ことば）に甘（あま）えて。／那就恭敬不如從命。

もんだい 4　第 1 回　第 3 題 答案跟解說

4-4

M：もう少しで間に合ったのに。

F：1　ぎりぎりだったね。

　　2　30 分も遅れちゃったね。

　　3　もっと早く出ればよかったね。

【譯】

M：只差那麼一點就趕得上了呀！

F：1　好險，就差一點點而已。

　　2　已經遲到30分囉！

　　3　早知道再早一點出門就好了！

解題關鍵と訣竅

答案：3

【關鍵句】…のに

攻略要點

請注意逆接用法。

正確答案及說明

▶ 正確答案是選項 3。男士那句話最後的「のに（表示遺憾、惋惜之意）」，表示沒有趕上，而「もっと早く出ればよかった（早知道再早一點出門就好了）」指實際上並沒有提早出門。

其餘錯誤選項分析

▶ 選項 1　這句話是表示趕上了。

▶ 選項 2　「30 分も」中的「も」強調「很多」的意思，跟男士所說的「もう少し（只差那麼一點）」互相矛盾。

單字と文法

☐ **間に合う** 趕得上、來得及

☐ **ぎりぎり** 最大限度、極限、到底、勉強（形容沒有餘地的情況）

もんだい4　第1回　第④題答案跟解說

4-5

M：すみません。明日、お時間ありますか。

F：1　そうですね。12時頃ですね。

　　2　はい、午後からでよければ。

　　3　あと、1時間ぐらいならいいですよ。

【譯】

M：不好意思，請問您明天有空嗎？

F：1　我看一下，大約12點左右吧。

　　2　可以，如果下午時段可以的話。

　　3　如果只要一個小時左右，我沒問題呀。

解題關鍵と訣竅

答案：2

【關鍵句】お時間ありますか。

攻略要點

具有多種意義的基本單詞，一定要記住其不同用法。

正確答案及說明

▶ 正確答案是選項２。因為「お時間ありますか（請問您有空嗎）」問的是對方有沒有有空檔時間，因此回答下午時段有空的選項２最為恰當。

其餘錯誤選項分析

▶ 選項１　這是當被問到「今何時ですか（現在是幾點）」的回答。

▶ 選項３　這個選項雖然回答了有空檔時間，問題是有空的時段是「今から１時間くらい（從現在開始一個小時左右）」。由於男士問的是「明日（明天）」，因此不適合作為本題的答案。

單字と文法

□ **お時間** 您（的）時間

□ **あと** 再過、以後

もんだい4　第1回　第5題答案跟解說

4-6

M：困（こま）ったことになっちゃったな。

F：1　うっかりしてたね。

2　きっちりやったね。

3　さっぱりしたね。

【譯】

M：這下傷腦筋了啊。

F：1　一時粗心了吧？

2　做得無懈可擊呀！

3　感覺很爽快吧？

解題關鍵と訣竅

（答案：1

【關鍵句】困（こま）った

攻略要點

本題為單純的語彙能力問題。有很多副詞看起來都很相似，由於確切語意只能心領神會，因此讓許多人感到很頭痛，請多多瀏覽使用範例，牢牢記住其用法吧。

正確答案及說明

▶ 正確答案是選項１。「うっかり（粗心）」是用於形容漫不經心的狀態，因此可以被當作是「困ったことになっちゃった（這下傷腦筋了）」的原因。

其餘錯誤選項分析

▶ 選項２　「きっちり（準確）」是用於形容精準而確實的狀態。

▶ 選項３　「さっぱり（爽快）」是用於形容清爽或痛快的狀態。

單字と文法

□ **うっかり** 不注意、不留神

□ **さっぱり** 爽快、痛快；（味道）清淡

もんだい 4　第 1 回　第 6 題 答案跟解說

4-7

F：まだ8時よ。そんなに慌てることないじゃない。

M：1　そっか。じゃ、のんびり行こう。

2　あと、もう少しだね。

3　大変だ。早くしないと。

【譯】

F：現在才 8 點呀？不必那麼慌慌張張的吧。

M：1　對哦。那，慢慢走吧。

2　再一下下就要開始囉。

3　不好啦！得快一點才行！

【關鍵句】まだ8時よ。

攻略要點

請想一想「～ことないじゃない／～ことはないではないか（不必…吧、不需要…吧）」到底是肯定句，還是否定句呢？

正確答案及說明

▶ 正確答案是選項 1 。同意女士的說法時，這是最恰當的回答。

其餘錯誤選項分析

▶ 選項 2　這句話可以用在煙火即將施放，或演唱會即將開演等的情況。

▶ 選項 3　這句話適用於突然發現時間來不及的時候。女士說時間還很充裕，但這句回答的意思卻是相反的。

單字と文法

□ 慌てる 驚慌、慌張

□ こと（は）ない 用不著…

もんだい 4　第 1 回　第 7 題 答案跟解說

4-8

F：何か私にお手伝いできることはございませんか。

M：1　じゃ、やってごらん。

2　どうぞ、ご遠慮なく。

3　いや、もう全部済みました。

【譯】

F：有沒有什麼我可以幫得上忙的地方？

M：1　那，你做做看。

2　請用，別客氣。

3　不用，已經全部做完了。

解題關鍵と訣竅

答案：3

【關鍵句】お手伝いできること。

攻略要點

當有人說要幫忙時，回答應該是希望麻煩對方協助，或是不需要對方協助。

正確答案及說明

▶ 正確答案是選項 3 。這個回答是已經不需要請對方協助了。

其餘錯誤選項分析

▶ 選項 1　這句話可以用在比方運動時由教練先做示範，接著要學習者照著做的情況。

▶ 選項 2　這句話可以用在請來客喝茶、用甜點的時候。

單字と文法

□ ～てごらん 試看看…

□ ご遠慮なく 別客氣

もんだい 4　第 1 回　第 8 題 答案跟解說

4-9

M：うとうとしてたら、乗り過ごしちゃったよ。

F：1　何を見ていたの？

　　2　疲れてたのね。

　　3　よっぽど混んでたのね。

【譯】

M：就這麼打著盹兒，結果搭過站了啦！

F：1　你在看什麼？

　　2　太累了吧！

　　3　車裡很擠吧？

【關鍵句】うとうとして

攻略要點

請思考搭過站的理由是什麼。

正確答案及說明

▶ 正確答案是選項 2。「乗り過ごす（搭過站）」是指搭乘電車或巴士時，來不及在原本預訂下車的車站或站牌下車。「うとうと（打盹兒）」是指打瞌睡。男士由於車子到了目的地時還在睡覺，所以來不及下車。而女士猜測男士睡過頭的理由是「疲れてた（太累了）」。

其餘錯誤選項分析

▶ 選項 1　這句話可以當作在對方說「スマホを夢中で見てたら、乗り過ごしちゃったよ（只顧著玩手機，結果搭過站了啦）」時候的回答。

▶ 選項 3　這雖然實在不像是搭過站的理由，但如果要勉強解釋，或許可以說由於車廂太過擁擠，導致即使車子已到達預訂下車的車站，卻沒有辦法擠到車門口，以致於來不及下車。

單字と文法

□ うとうと 迷迷糊糊、似睡非睡狀　　□ 乗り過ごす 坐過站

說法百百種

▶ 和「睡覺」相關的說法

ぐうぐう／睡得很熟的樣子。

うつらうつら／半睡半醒的樣子。

ぐっすり／熟睡的樣子。

こっくり／頭前後搖擺打瞌睡的樣子。

もんだい４ 小專欄！

擬態語を見ても、どきどき、まごまごしないようになりましょう。

形容人物樣子或心情的擬聲擬態語

□ **生き生き**／生氣勃勃；生動的、栩栩如生

▸ 何だかこのごろ**生き生き**してるね。／總覺得最近你看起來很有活力呢。

□ **どきどき**／怦然心跳；緊張

▸ 達樹君を見ると、**どきどき**しちゃう。／一見到達樹，讓我不禁小鹿亂撞。

□ **いらいら**／焦急、煩躁

▸ バスが来ないから、**いらいら**した。／公車還不來，我感到很焦慮。

□ **はきはき**／俐落、乾脆

▸ **はきはき**と返事をする。／回覆地乾脆。

□ **ぶつぶつ**／嘟囔；抱怨

▸ **ぶつぶつ**言わないでください。／請別再發牢騷了。

□ **まごまご**／手忙腳亂；不知所措

▸ 駅で迷って、**まごまご**してしまった。／在車站迷了路，我不知該如何是好。

□ **わくわく**／雀躍

▸ 明日は遠足だ。**わくわく**するなあ。／明天要去遠足了。心情真是雀躍啊！

□ **はらはら**／擔心、憂慮

▸ 運動会で子どもが転んで**はらはら**した。／有小孩在運動會上摔了跤，真令人擔憂。

▼ 前ページで解法テクニックを確認したら、次の演習問題にチャレンジしてください。▼

N2 聴力模擬考題　問題4　第二回

4-1

問題4では、問題用紙に何もいんさつされていません。まず文を聞いてください。それから、それに対する返事を聞いて、1から3の中から、最もよいものを一つ選んでください。

4-10 1ばん

答え：①②③

- メモ -

4-11 2ばん

答え：①②③

- メモ -

3ばん

答え：①②③

- メモ -

4-13 4ばん

答え：①②③

- メモ -

4-14 5ばん

答え：①②③

- メモ -

4-15 6ばん

答え：① ② ③

- メモ -

4-16 7ばん

答え：① ② ③

- メモ -

4-17 8ばん

答え：① ② ③

- メモ -

もんだい 4　第 2 回　第 1 題 答案跟解說

4-10

M：もっと、きびきびやらなきゃだめだよ。

F：1　はい、今度(こんど)はもっと丁寧(ていねい)にやります。

　　2　はい、今度(こんど)はもっと早(はや)くやります。

　　3　はい、今度(こんど)は間違(まちが)えないように気(き)をつけます。

【譯】

M：妳做事得更加迅速敏捷才行啊！

F：1　是，以後會做得更仔細一點。

　　2　是，以後會做快一點。

　　3　是，以後會小心不再出錯。

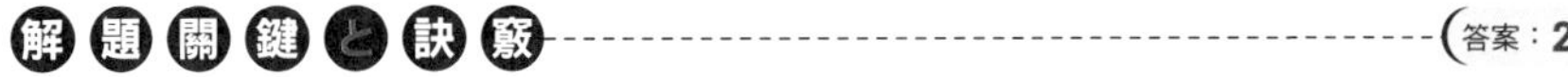

解題關鍵と訣竅

（答案：2

【關鍵句】きびきび

攻略要點

三個答案選項都是受到責備時的回答。請想一想受到這位男士斥責時，應該回答哪一個答案才對。

正確答案及說明

- 正確答案是選項 2。「きびきび（迅速敏捷）」是形容動作迅速的模樣。順道一提，「きびきび」和「てきぱき（乾脆俐落）」很相近，但是「てきぱき」是形容有要領且處理迅速的感覺，而「きびきび」是指動作迅速而敏捷的感覺。

其餘錯誤選項分析

- 選項 1　這是被指責做事粗枝大葉時的回答。

- 選項 3　這是被指責做錯事時的回答。

單字と文法

□ **きびきび** 乾脆、利落；爽快　　□ **気(き)をつける** 小心、當心、警惕、留神

もんだい4　第2回　第❷題 答案跟解說

F：何（なに）、きょろきょろしてるの？

M：1　コンタクト落（お）としちゃったんだ。

2　だって、面白（おもしろ）かったんだもん。

3　あそこにスカイツリーが見（み）えるよ。

【譯】

F：你幹嘛四下探看呀？

M：1　我的隱形眼鏡掉了。

2　因為有意思極了嘛！

3　那邊可以看得到晴空塔喔！

解題關鍵と訣竅

（答案：1

【關鍵句】きょろきょろしている

攻略要點

重點在於「きょろきょろ」是形容什麼樣的「看」的狀態。

正確答案及說明

▶ 正確答案是選項１。「きょろきょろ」可以用來形容發現罕見的事物（眼睛滴溜溜地轉）、正在尋找某個東西（四下探看）、坐立不定到處張望（東張西望）的模樣。

其餘錯誤選項分析

▶ 選項２　相對於「きょろきょろしている（正在四下探看）」是指「今（現在）」，「面白かった（有意思極了）」用的是過去式，因此不是答案。此外，句末的「もん（…嘛）」，比較年輕的男性也會使用（不過，一般男性不太會用「もの（…嘛）」）。

▶ 選項３　這句話是用在心想對方應該不知道這個位置看得到晴空塔的時候說的。由於「きょろきょろ（東張西望）」是形容東看看、西看看的樣子，所以和一直望著晴空塔的狀態並不吻合。

單字と文法

□きょろきょろ 四下尋摸、東張西望　　□もん 因為…嘛

說法百百種

▶ 和「看」相關的說法

睨み付ける／瞪視

食い入る／凝視

目を配る／四處察看

小知識

女士所說的「何（幹嘛）」，問的是對方這種行為的理由。

もんだい4　第2回　第③題 答案跟解說

4-12

M：ああ、もうくたくただ。

F：1　そんなにがっかりしないで。

2　風邪（かぜ）ひいたんじゃない？

3　お疲（つか）れ様（さま）。

【譯】

M：唉，我已經累癱啦。

F：1　不要那麼沮喪嘛。

2　是不是感冒了？

3　辛苦你了。

答案：3

【關鍵句】くたくた

攻略要點

關鍵在於「くたくた」是什麼樣的狀態。

正確答案及說明

▶ 正確答案是選項3。「くたくた（累癱）」是用來形容精疲力竭的狀態。

其餘錯誤選項分析

▶ 選項1　「がっかり（沮喪）」是形容失望或頹喪的模樣，因此不是答案。

▶ 選項2　假如男士說的是「ああ、何だかくらくらする（唉，我好像頭暈眼花的）」，就可以用這句話回答。

單字と文法

□ くたくた　筋疲力盡、疲憊不堪　　□ がっかり　頽喪、心灰意冷

第 4 題答案跟解說

M：おなか、ぺこぺこだよ。

F：1　すぐご飯の支度するね。

　　2　大変、病院に行かないと。

　　3　食べ過ぎたんじゃない？

【譯】

M：我肚子已經餓扁扁了啦！

F：1　我馬上去煮飯喔。

　　2　糟了，得去看病才行！

　　3　是不是吃太多了？

解題關鍵と訣竅

答案：1

【關鍵句】ぺこぺこ

攻略要點

重點在於「ぺこぺこ」是形容什麼樣的狀態。

正確答案及說明

▶ 正確答案是選項 1。「ぺこぺこ（餓扁扁）」是用來形容肚子餓了的狀態。

其餘錯誤選項分析

▶ 選項 2　如果說的不是「ぺこぺこ（餓扁扁）」，而是以「おなか／胃がきりきり／しくしくする（肚子或胃絞痛／隱隱作痛）」表示疼痛，那麼答案就可以選「病院に行かないと（得去看病才行）」。不過「大変（糟了）」通常用在看到對方已經失去意識、或是發高燒這種相當緊急的狀況，用在區區「おなかが痛い（肚子痛）」這種小事上，恐怕有些誇大。

▶ 選項 3　如果答案是「食べ過ぎたんじゃない？（是不是吃太多了？）」，那麼男士說的應該是「おなかがごろごろする（肚子圓滾滾的）」。請務必牢記各種擬態語。

單字と文法

□ぺこぺこ 肚子餓

□～ないと 不…不行（這裡省略了後面的「いけない」）

說法百百種

▶和「吃」相關的說法

むしゃむしゃ／狼吞虎嚥的樣子。

もぐもぐ／細嚼慢嚥的樣子。

がつがつ／貪婪地吃。

がぶがぶ／咕嚕咕嚕地喝。

M：何（なに）をそんなにそわそわしてるの？

F：1　だって、びっくりしたんだもん。

　　2　今日（きょう）、大学（だいがく）の合格発表（ごうかくはっぴょう）なんだ。

　　3　ちょっと寒気（さむけ）がするんだ。

【譯】

M：你幹嘛坐立不安啊？

F：1　因為人家嚇了一跳嘛！

　　2　今天大學入學考試要放榜呀。

　　3　我覺得有點涼意。

解題關鍵と訣竅

答案：2

【關鍵句】そわそわ

攻略要點

重點在於「そわそわ」是形容什麼樣的狀態。

正確答案及說明

▶ 正確答案是選項 2。「そわそわ（坐立不安）」是用來形容無法定下心來的狀態。

其餘錯誤選項分析

▶ 選項 1　「びっくりする（嚇了一跳）」是指受到驚嚇。

▶ 選項 3　這是指由於生病或是恐懼而感到涼意的意思。

單字と文法

□ **そわそわ** 不鎮靜、慌張坐立不安　　□ **合格発表（ごうかくはっぴょう）** 考試放榜

小知識

男士問的「何を（幹嘛）」是詢問理由。如果用「なんで（為什麼）」只是單純問理由，而「何を（幹嘛）」則是強調感覺事有蹊蹺的詢問方式。

もんだい 4　第 2 回　第 6 題 答案跟解說

4-15

M：今年(ことし)の夏(なつ)は暑(あつ)くてかなわないね。

F：1　そう？それほどでもないと思(おも)うけど。

　　2　ええっ。こんなに暑(あつ)いのに。

　　3　うん、去年(きょねん)の夏(なつ)はもっと暑(あつ)かったね。

【譯】

M：今年夏天熱得教人受不了啊。

F：1　是嗎？我不覺得有那麼熱呀。

　　2　嗄？都已經那麼熱了耶！

　　3　嗯，去年夏天更熱。

答案：1

【關鍵句】…てかなわない

攻略要點

關鍵在於辨別「～てかなわない（受不了）」是肯定句還是否定句。

正確答案及說明

▶ 正確答案是選項 1。「暑くてかなわない（夏天熱得受不了）」是指「暑くて我慢できない（熱到讓人無法忍受）」的意思。

其餘錯誤選項分析

▶ 選項 2　這句話可用於當對方說「それほど暑くない（沒有那麼熱）」時候的回應。

▶ 選項 3　關於「去年の夏（去年夏天）」的氣溫，男士完全沒有提及。

單字と文法

□ **～てかなわない** …受不了

□ **それほどでもない** 不覺得有那麼…

F：ケーキ焼いたんだ。食べてみて。

M：1　ひっそりしてるね。

　　2　ふんわりしてるね。

　　3　ふらふらしてるね。

【譯】

F：蛋糕烤好囉！來吃吃看！

M：1　靜悄悄的呢。

　　2　軟綿綿的呢。

　　3　搖搖晃晃的呢。

【關鍵句】ケーキ

攻略要點

有許多人都對擬態語感到很苦惱，但是日本人的日常對話中充滿了擬態語，只能努力適應了。

正確答案及說明

▶ 正確答案是選項 2。「ふんわり（軟綿綿的）」用來形容柔軟蓬鬆的樣子，很適合用在「ケーキ（蛋糕）」上。

其餘錯誤選項分析

▶ 選項 1　「ひっそり（靜悄悄的）」是形容安靜無聲的狀態。

▶ 選項 3　「ふらふら（搖搖晃晃）」是形容不太安穩的模樣。

單字と文法

□ **ひっそり** 寂靜、鴉雀無聲　　□ **ふんわり** 輕輕地；輕飄飄地；鬆軟

小知識

請記住在這三個詞彙中，只有「ふらふら（搖搖晃晃）」可以「形容動詞化」，轉變成「ふらふらになる（變得搖搖晃晃的）」的用法。

もんだい 4　第 2 回　第 8 題 答案跟解說

(4-17)

F：信号（しんごう）、青（あお）になったよ。行（い）かないの？

M：1　ごめん、ちょっとがっかりしてた。

　　2　ごめん、ちょっとぐっすりしてた。

　　3　ごめん、ちょっとぼんやりしてた。

【譯】

F：號誌變成綠燈囉，你不走嗎？

M：1　抱歉，我有點沮喪了。

　　2　抱歉，我稍微熟睡了。

　　3　抱歉，我發呆了一下。

解題關鍵と訣竅

答案：3

【關鍵句】信号（しんごう）、青（あお）になったよ。

攻略要點

本題同樣是擬態語的問題。

正確答案及說明

▶ 正確答案是選項 3。「ぼんやり（發呆）」是用來形容意識有點不太清醒的樣子，因此與沒發現號誌變換了的情況很吻合。

其餘錯誤選項分析

▶ 選項 1　「がっかり（沮喪）」是形容失望、頹喪的樣子。「がっかりしていた（感到沮喪）」是用來形容別人的狀態，通常不會用在自己身上，但是「がっかりした」可以用在自己身上。

▶ 選項 2　「ぐっすり（熟睡）」是形容睡得很沉的樣子，可以變化成「ぐっすり（と）眠る（睡得很熟）」的用法，但是不會說「ぐっすりする」，因此在任何狀況之下都不會出現選項 2 的用法。

單字と文法

□ **青**（あお） 藍色、綠色（綠燈叫做「青信号【あおしんごう】」）

□ **ぼんやり** 心不在焉、發呆

もんだい4 小專欄！

日本人がよく使う擬音語・擬態語はおよそ 400 から 700 語あるそうです。

【形容事物樣子的擬聲擬態語】

- □ **広々**／寬敞、廣闊
  - ▶ **広々**とした草原で牛が草を食べている。／廣闊的草原上，牛正在吃草。

- □ **ぴかぴか**／閃閃發光
  - ▶ 靴を**ぴかぴか**に磨く。／把鞋擦得閃閃發亮。

- □ **ふわふわ**／柔軟、軟綿綿
  - ▶ **ふわふわ**の泡で顔を洗う。／用蓬鬆柔軟的泡沫洗臉。

- □ **ぞろぞろ**／絡繹不絕、一個接一個（也可用於人）
  - ▶ 穴からねずみが**ぞろぞろ**出てきた。／老鼠從洞裡一個接一個跑了出來。

- □ **どんどん**／順利、連續不斷
  - ▶ 仕事が**どんどん**進む。／工作進展順利。

- □ **しとしと**／淅淅瀝瀝
  - ▶ 朝から雨が**しとしと**と降っている。／從早上開始，雨便淅淅瀝瀝地下著。

- □ **だぶだぶ**／寬鬆
  - ▶ 彼はいつも**だぶだぶ**のズボンをはいている。／他總是穿著寬鬆的褲子。

- □ **きらきら**／閃耀、耀眼
  - ▶ 星が**きらきら**光っている。／星星閃閃發光著。

統合理解

在聽完較長的會話段落之後，測驗是否能夠將之綜合比較並且理解其內容。

考前要注意的事

作答流程 & 答題技巧

聽取說明
先仔細聽取考題說明

聽取問題與內容
學習目標是，聽取內容較長的文章，一邊比較、整和大量的資訊，一邊理解談話內容。

預估有 4 題

1 這道題必須結合所有聽力技巧，聽取兩人以上的談話內容後，進行作答。

2 資訊量較大，請邊聽邊做筆記。

答題
再次仔細聆聽問題，選出正確答案

▼ 前ページで解法テクニックを確認したら、次の演習問題にチャレンジしてください。▼

N2 聴力模擬考題　問題5　第一回

5-1

問題5では、長めの話を聞きます。

1ばん、2ばん、3ばん

問題用紙に何もいんさつされていません。まず話を聞いてください。それから、質問とせんたくしを聞いて、1から4の中から、最もよいものを一つ選んでください。

5-2 1ばん

答え：① ② ③ ④

- メモ -

5-3 2ばん

答え：① ② ③ ④

- メモ -

5-4 3ばん

答え：① ② ③ ④

- メモ -

4ばん

5-5

まず話を聞いてください。それから、二つの質問を聞いて、それぞれ問題用紙の1から4の中から、最もよいものを一つ選んでください。

5-6 4ばん

答え：①②③④

質問1

1　日常英会話コースの中級クラス

2　日常英会話コースの上級クラス

3　ビジネス英会話コースの中級クラス

4　ビジネス英会話コースの上級クラス

質問2

1　日常英会話コースの初級クラス

2　日常英会話コースの中級クラス

3　ビジネス英会話コースの初級クラス

4　ビジネス英会話コースの中級クラス

第五大題。聆聽一段長對話。第 1 、 2 、 3 題。答案卷上沒有印任何圖片和文字。請先聽完對話，再聽問題和選項，從選項 1 到 4 當中，選出最佳答案。

もんだい5　第1回　第 1 題 答案跟解說

5-2

家族３人が数学の勉強法について話しています。

F　：最近数学の点数がよくないんじゃない？

M1：えっ、そうかなあ。この前よりは少し上がったよ。

F　：でも、来年受験なのに…。ねえ、あなた。昔、数学得意だったんでしょう？教えてあげてよ。

M2：どれ、ちょっと見せて。へえ、こんなに難しいのやってんだ。もう、すっかり忘れちゃったな。塾に行かせるほうがいいんじゃない？

M1：ええっ。塾はいやだよ。前にも英語の塾に行ったけど、成績全然上がらなかったじゃない？

F　：じゃあ、どうするつもりなの。家庭教師に来てもらう？

M2：家庭教師は高いよ。最低でも１時間３千円ぐらいするんでしょう？

F　：それぐらい、しかたないじゃない。

M1：大丈夫だよ。これから学校の授業ももっとよく聞いて、家に帰ったら自分でちゃんと予習も復習もするから。

F　：本当？じゃ、この次のテストで 80 点以上取れなかったら、本当に家庭教師に来てもらうことにするからね。

M2：うん、それがいいんじゃないかな。

M1：分かったよ。

両親はどうすることに決めましたか。

1　父親が子どもに数学を教える

2　子どもを数学の塾に行かせる

3　数学の家庭教師に来てもらう

4　次のテストまで様子を見る

【譯】

一家三口在討論數學科目的學習方法。

F　：最近你的數學分數是不是不太好呀？

M1：嗄，不會吧？比以前進步一點了耶！

F　：可是，明年就要參加升學考試了…。欸，孩子的爸，你以前數學很拿手吧？教教他嘛。

M2：唔，給我看看。哦，現在教這麼難啊。我好像都忘光光了。不如讓他去上補習班比較好吧？

M1：嗄，我不要去補習班啦！之前也去上過英文補習班了，成績根本一點也沒有進步呀？

F　：那，該怎麼辦才好？請家教老師來？

M2：家教老師很貴耶！最少每小時也要 3 千日圓左右吧？

F　：這麼點錢，該花的還是得花吧。

M1：不用了啦。我以後會更注意上課聽講，回家以後也會自己認真預習和複習的。

F　：真的？那，假如下次考試沒有考80分以上，就真的要請家教老師來上課囉！

M2：嗯，這主意應該不錯吧。

M1：好啦！

請問這對父母決定要怎麼做呢？

1　父親教孩子數學

2　讓孩子去上數學補習班

3　請數學的家教老師來上課

4　視下次的考試結果再決定

（答案：4

【關鍵句】じゃ、この次のテストで 80 点以上取れなかったら、本当に家庭教師に来てもらうことにするからね。
うん、それがいいんじゃないかな。

攻略要點

母親以「～ことにする（決定要…）」這樣的說法表示決定事項。本題以前面提到的「～たら（假如…）」，作為附帶條件式的決定。遇到談話對象為兩人以上的題型時，可於聆聽的同時邊紀錄重點，如下：

父	（1）教える×→塾→（4）家庭教師△
子ども	（2）塾×→（5）自分で勉強
母	（3）家庭教師→（6）次のテストで80点× →家庭教師

正確答案及說明

- 正確答案是選項 4。孩子說「これから学校の授業ももっとよく聞いて、家に帰ったら自分でちゃんと予習も復習もするから」，母親的回應是「この次のテストで 80 点以上取れなかったら、本当に家庭教師に来てもらうことにするからね」，而父親也隨著附和「うん、それがいいんじゃないかな」。亦即父母決定，先讓孩子自己努力用功，看下次的考試結果再決定。

其餘錯誤選項分析

- 選項 1　父親提到「こんなに難しいのやってんだ。もう、すっかり忘れちゃったな。塾に行かせるほうがいいんじゃない？」。
- 選項 2　孩子說「塾はいやだよ。前にも英語の塾に行ったけど、成績全然上がらなかったじゃない？」，打消了父母要他去上補習班的想法。
- 選項 3　由於家教老師費用太高，暫時不考慮聘請家教。

單字と文法

- □ **～法**（ほう） 方法
- □ **どれ** 哎、啊
- □ **成績**（せいせき） 成績
- □ **家庭教師**（かていきょうし） 家教老師
- □ **様子**（ようす） 情況；動向
- □ **様子を見る**（ようすをみる） 看情況

說法百百種

▶ 各種提問的說法

娘(むすめ)は父親(ちちおや)に対(たい)して、どう思(おも)っていますか。／女兒對父親有什麼看法？

父(ちち)と娘(むすめ)が家具(かぐ)の置(お)き方(かた)について話(はな)しています。娘(むすめ)の部屋(へや)はどうなりますか。
／父親和女兒正在討論家具的擺置方式。女兒的房間會有什麼樣的新面貌呢？

父親(ちちおや)はどうして子(こ)どもとよく遊(あそ)ぶようになりましたか。
／為什麼父親現在比較常陪孩子玩了呢？

小知識

父親說的「やってんだ（做）」是「やっているんだ」的口語縮約形。這裡的「んだ／のだ」表示說話人信服的語氣。

もんだい 5　第 1 回　第 2 題 答案跟解說

5-3

家で母親と子どもが話しています。

F1：ピザがまだ残ってるよ。健太と綾子で分けて食べちゃってよ。

M：ええっ。もう入らないよ。7枚も食べたんだから。

F2：綾子だって5枚食べたよ。

M：あれ、そういえば、お母さん、まだ1枚も食べてないんじゃない？サラダばっかり食べて。

F1：だってお母さん今ダイエットしてるんだから、ピザなんか食べられないよ。カロリー高いんだから。

M：じゃ、残りは全部お父さんに食べてもらえば？お父さんならこれぐらい食べられるでしょう？

F1：でも、お父さんさっき電話で会社の人と飲んでくるって言ってたから、夕飯は食べないよ。困ったね…。じゃ、健太と綾子であと1枚ずつ食べてよ。残りの2枚はあとでお父さんに食べてもらうから。

M：あと1枚ならなんとか入るかな。綾子は？

F2：あと1枚なら食べられる。

ピザは全部で何枚ありましたか。

1　12枚

2　14枚

3　16枚

4　18枚

【譯】

母親和孩子們在家裡交談。

F1：披薩還有剩下的喔。健太和綾子分一分吃掉啦。

M：嗄？我已經吃不下了啦！我都已經吃7片了耶！

F2：綾子也吃5片了呀！

M：咦，對了，媽媽，妳連一片都還沒吃耶？從頭到尾都在吃沙拉。

F1：因為媽媽現在正在減重，怎麼能吃披薩呢！熱量太高了。

M：那，剩下的全部給爸爸吃囉？就剩下這麼幾片，爸爸應該吃得完吧？

F1：可是，你們爸爸剛才打電話回來說他要和公司的同事去喝酒，不回來吃晚飯了呀。傷腦筋耶…。那，健太和綾子再各吃 1 片嘛。剩下的 2 片，晚一點要爸爸吃掉吧。

M：如果只再吃 1 片，我應該還塞得下吧。綾子呢？

F2：再 1 片的話，我吃得下。

請問披薩總共有幾片呢？

1　12片

2　14片

3　16片

4　18片

【關鍵句】7枚も食べたんだから。
綾子だって5枚食べたよ。
健太と綾子であと1枚ずつ食べてよ。残りの2枚はあとでお父さんに食べてもらうから。

攻略要點

一聽到數字就要寫筆記。即使出現需要計算的題目，也不會是太複雜的考題。

正確答案及說明

▶ 正確答案是選項 3。前面的段落提到，健太「7 枚も食べた」、「綾子だって 5 枚食べた」，媽媽建議剩下的「健太と綾子であと 1 枚ずつ食べてよ。残りの 2 枚はあとでお父さんに食べてもらうから」，因此全部加總起來是 7 ＋ 5 ＋ 1 ＋ 1 ＋ 2 ＝ 16。

單字と文法

□ ピザ【〈義〉pizza】披薩
□ ダイエット【diet】減重
□ 入る（はいる）吃得下
□ 残り（のこり）剩下
□ だって 因為
□ 飲む（のむ）此指喝酒

小知識

對話裡將切片披薩以「枚（片）」計算，但在日文中，「枚」較常用在切開前圓扁形物體的計數單位，因此像這樣切開後的片狀物，稱作「切れ（切片）」會更加明確。不過在日常會話中，常將切片的物體以「枚」作為計數單位，尤其是小孩。

もんだい５　第１回　第③題 答案跟解說

5-4

男の人と女の人が、会社の食堂で、テレビでやっている桜の開花予想を見ています。

M：では、続いて桜の開花予想をお伝えします。今年は３月上旬の平均気温が平年を大きく上回った影響で、西日本では桜の開花が記録的に早くなり、九州地方では今週末ごろには満開になるところが多いでしょう。関東や東北地方などでも平年より１週間ほど開花が早まると予想され、関東地方では来週末ごろに満開を迎えるでしょう。東北地方では４月上旬から下旬にかけて南のほうから順に満開になるでしょう。一方、北海道の今年の桜の開花日と満開日は平年並みで、５月の上旬から中旬にかけて満開となるところが多いでしょう。

F：あーあ、九州は毎年だいたい来週末ごろに桜が満開になるから、それにあわせて行こうと思って有休とったのに…。これじゃ、私が行くころにはもう全部散っちゃってるかもしれないな。

M：もし来週末に行くなら、場所を変更すれば？今、関東地方は来週末に満開になるって言ってたから、ちょうどいいんじゃない？

F：でも、関東で桜の有名なところはほとんど行ったことあるんですよ。だからたまには他のところの桜も見てみたくて。

M：へえ、そんなに桜が好きなんだ。５月上旬まで待てるなら、ゴールデンウィークがあるから、そのときに北海道に行けば？北海道ってあんまり桜のイメージないけど、前にテレビで紹介してたの見たら、結構よかったよ。

F：そうなんですか。じゃ、そうしようかな。でも、東北の桜も見たことないから、行ってみたいな。

M：東北は４月の上旬から下旬にかけて満開って言ってたよね。４月はうちはいろいろと忙しいから有休とるのはやめといたほうがいいよ。

F：そうですね。それにゴールデンウィークに行けば有休使わなくてもいいし。あとで課長に相談してみます。

女の人は、いつ、どこに桜を見に行くつもりですか。

1　今週末に九州
2　来週末に関東
3　4月に東北
4　5月上旬に北海道

【譯】

男士和女士在公司的員工餐廳裡收看電視上報導的櫻花花期預測。

M：那麼，接下來播報櫻花花期預測。受到今年 3 月上旬平均氣溫較往年大幅上升的影響，西日本地區的櫻花創新紀錄提早開花，而九州地區應有多處將於本週末達到盛開高峰。預估關東和東北地區亦將比往年提早一週左右開花，關東地區將會在下週末前後達到盛開高峰，東北地方應是自 4 月上旬到下旬從南部依序往上盛開。另一方面，北海道今年的櫻花開花日及盛開日預估和往年差不多，多數地方將於 5 月上旬至中旬之間達到盛開高峰。

F：唉唷，我還以為九州的櫻花每年差不多都是在下週末盛開，想趁那段時間去賞櫻，所以還請了休假耶…。這麼一來，等我到了那裡，不就全都謝光了嗎？

M：如果要在下週末去賞櫻，不如換個地方吧？剛才的報導說了，關東地區下週末會盛開，時間不是剛好嗎？

F：可是，關東地區知名的賞櫻景點我幾乎都去過了嘛，所以才想要到其他地方賞櫻呀。

M：是哦，妳那麼喜歡櫻花喔。如果可以等到 5 月上旬，恰好是黃金週的假期，不如到那時候再去北海道吧？一般人對北海道的櫻花沒什麼印象，不過我上次看到電視節目的介紹，其實挺漂亮的耶！

F：真的嗎？那，還是要改成去北海道呢…？不過，我也沒看過東北的櫻花，好想去哦。

M：剛才的報導說，東北的盛開期是 4 月上旬到下旬吧。 4 月份我們公司很多事要忙，我看妳還是不要在那段時間請假比較好哦。

F：有道理耶。而且利用黃金週的假期去，就不必用到自己的休假了。我等一下去和課長商量看看。

請問這位女士打算什麼時候、去什麼地方賞櫻呢？

1　本週末去九州
2　下週末去關東
3　4 月去東北
4　5 月上旬去北海道

解題關鍵と訣竅 （答案：4

【關鍵句】5月上旬まで待てるなら、ゴールデンウィークがあるから、そのときに北海道に行けば？
ゴールデンウィークに行けば有休使わなくてもいいし。

攻略要點

從男士提議利用黃金週的假期去賞櫻，到女士決定日期地點之間，還夾了一個去東北的方案。這是混淆視聽的常見手法。或許應試者不懂「ゴールデンウィーク（黃金週的假期）」和「有休（帶薪休假）」，但本題即使不懂這兩個單詞也能作答。

正確答案及說明

▶ 正確答案是選項４。男士建議「５月上旬まで待てるなら、ゴールデンウィークがあるから、そのときに北海道に行けば？」，女士附議「ゴールデンウィークに行けば有休使わなくてもいいし」，也就是接受了男士的提案。

其餘錯誤選項分析

▶ 選項１　女士原本計畫於下週末去九州，但是今年提早開花，九州的櫻花在本週末就會盛開了。

▶ 選項２　關東地區的櫻花將於下週末盛開，但女士說她「関東で桜の有名なところはほとんど行ったことある」，所以想要到其他地方賞櫻。

▶ 選項３　東北地區的櫻花將於４月盛開，但男士建議「４月はうちはいろいろと忙しいから有休とるのはやめといたほうがいいよ」，而女士也同意了。

單字と文法

- □ **平年** 往年、常年
- □ **記録的** 創記錄的
- □ **順** 順序、次序
- □ **一方** 另一方面
- □ **あーあ** 唉唷（表示失望）
- □ **有休（「有給休暇」の略）** 帶薪休假
- □ **ゴールデンウィーク【golden week】** 黃金週（四月底到五月初）

說法百百種

▶ 和地球暖化相關的說法

皆さんご存じのように、この数十年間地球は温暖化しつつあります。
／如同在座各位所知，這十幾年來地球暖化程度持續惡化。

今後さらに暖かくなると、動物や植物にも影響を与えることが考えられます。／往後若地球持續暖化，可以想見包括動物和植物在內都會受到影響。

この島は冬の寒さが厳しいことで知られていますから、もしこのまま温暖化が進めば、動物や植物にとって過ごしやすくなり、数が増えると一般には思われがちです。
／這座小島以嚴酷的寒冬聞名，若是地球持續暖化，一般認為將有助於動物與植物的生存因而數量增多。

第 4 題。請先聽完對話，接著聆聽兩道問題，並分別從答案卷上的選項 1 到 4 當中，選出最佳答案。

もんだい 5　第 1 回　第 4 題 答案跟解說

5-6

男の人と女の人が英会話教室でコースの説明を聞いています。

F1：では、当校のコースについてご説明いたします。当校では日常英会話コースとビジネス英会話コースに分かれておりまして、それぞれのコースに初級、中級、上級のクラスがございます。同じ初級クラスでもビジネス英会話コースのほうが少しレベルは高くなりますが、学校の英語を一通り学習されてきた方でしたら、こちらでも問題ないと思います。日常英会話コースはほんとに中学生レベルの初歩からになりますので。ビジネス英会話コースの初級クラスでは簡単な挨拶や自己紹介から入り、会社の業務の紹介、電話の応対などを練習していただきます。中級クラスでは主に企業間の交渉、契約の仕方を学んでいただき、上級クラスでは国際会議の場で使える英語を目指します。

M：どのクラスを見学しようかな？荒川さんは当然ビジネスコースの上級ですよね。

F2：上級なんてまだ無理ですよ。せいぜい中級が精一杯ですよ。

M：そんなことないですよ。さっきの英語のプレゼンだって完璧だったじゃないですか。

F1：ご見学なさってみて、合わないようでしたら、他のクラスに変更されてもかまいませんよ。

F2：そうですか。じゃ、頑張ってチャレンジしてみます。浅田さんはどうします？

M：僕は日常会話も全然話せないんですから、もちろん日常会話コースの初級クラスからですよ。

F1：でも、仕事で使う英会話をお習いになりたいなら、やっぱりビジネスコースのほうがいいと思いますよ。

F2：そうですよ。それに、浅田さんも読み書きはよくおできになるじゃないですか。ビジネスコースの中級クラスになさったらいかがですか。

M：いや、僕は読み書きだけで、話すのはほんとに駄目なんですよ。でも、いわれてみればそうですね。ふだんの生活の中で英語が必要なことなんて滅多にありませんしね。じゃ、そうします。でも、クラスは最初は簡単なのからにします。

質問１　女の人はどのクラスを見学しますか。

質問２　男の人はどのクラスを見学しますか。

【譯】

男士和女士在英語會話教室裡一起聽取課程介紹。

F1：那麼，現在為您介紹本校的課程。本校分為日常英語會話課程和商用英語會話課程兩種，每種課程都分別有初級、中級、高級等三個班級。同樣是初級班，商用英語會話課程的程度會稍微高一點，不過我想，只要是曾在學校上過英文課的人士，上這個班級應該沒有問題。日常英語會話課程幾乎都是由中學程度的初級內容開始上課。商用英語會話課程的初級班是從簡單的問候與自我介紹開始上起，還會加入公司業務介紹、電話應答等等練習。中級班主要學習企業間的交涉以及洽談合約，高級班則是學習在國際會議場合使用的英語。

M：我該去哪一班試聽呢？荒川小姐當然是到商用課程的高級班吧。

F2：我哪有辦法上高級班呢？頂多是中級班就很吃力了。

M：不會啦，妳剛才用英文做的簡報根本無懈可擊呀！

F1：您們可以先去試聽，若是不適應，可以再換到其他班級，沒有問題喔。

F2：這樣呀。那麼，我就努力挑戰看看。淺田先生打算上哪一班？

M：我連日常會話都完全不行，當然是從日常會話課程的初級班開始囉。

F1：可是，如果您想學習工作上會用到的英語會話，我建議還是參加商用課程比較好喔。

F2：是呀。何況淺田先生的讀寫程度不是都很厲害嗎？您要不要試試商用課程的中級班呢？

M：不，我只有讀寫還可以，會話真的完全不行。不過，妳們這麼說也有道理，一般日常生活中幾乎不會用到英語。那，就這樣吧。不過，課程一開始還是要從簡單的上起。

問題１　請問這位女士會試聽哪個班級呢？

1　日常英語會話的中級班　　2　日常英語會話的高級班

3　商用英語會話的中級班　　4　商用英語會話的高級班

問題２　請問這位男士會試聽哪個班級呢？

1　日常英語會話的初級班　　2　日常英語會話的中級班

3　商用英語會話的初級班　　4　商用英語會話的中級班

解題關鍵と訣竅 （答案：（1）**4**、（2）**3**

【關鍵句】（1）当然ビジネスコースの上級ですよね。
中級が精一杯ですよ。
（2）じゃ、頑張ってチャレンジしてみます。
でも、いわれてみればそうですね。ふだんの生活の中で英語が必要なことなんて滅多にありませんしね。じゃ、そうします。でも、クラスは最初は簡単なのからにします。

攻略要點

會話中出現了「チャレンジする（挑戰）」、「そうする（就這樣）」之類的曖昧用法，聆聽時請思考其具體指涉的事項是什麼。

正確答案及說明

(1)

▶ 正確答案是選項 4 。當男士認為女士「当然ビジネスコースの上級ですよね」，女士一開始答稱「中級が精一杯」，但聽到職員告知試聽之後還可以更換班級，於是就說「じゃ、頑張ってチャレンジしてみます」。

(2)

▶ 正確答案是選項 3 。男士原本打算「もちろん日常会話コースの初級クラスから」，但在職員和女士的勸説之下改變了主意，回答「いわれてみればそうですね。ふだんの生活の中で英語が必要なことなんて滅多にありませんしね。じゃ、そうします」。這句話裡的「そうする」，指的是「ビジネスコースにする」。「荒川さん」雖建議他從商用課程的中級班上起，但男士回答「クラスは最初は簡単なのからにします」，因此男士想要試聽的課程是初級班。

單字と文法

- □ **日常** 日常、平時
- □ **初級・中級・上級** 初級、中級、高級
- □ **レベル【level】** 程度
- □ **一通り** 大略、粗略
- □ **応対** 應對、接待、應酬
- □ **目指す** 以…為目標
- □ **見学** 試聽、參觀
- □ **チャレンジ【challenge】** 挑戰
- □ **読み書き** 讀寫
- □ **滅多に** 難得、罕見、很少（後面多接否定）

もんだい5 小專欄！

後ろによく否定が来る副詞、必ず否定が来る副詞を集めました。

【搭配否定表現的副詞】

□ **一切～ない**／全都不…；絲毫沒有…（後面一定要接否定）

▶ ダイエット中だから、肉は**一切**食べ**ない**。／因為在減肥中，所以完全不吃肉。

□ **絶対（に）～ない**／絕對不…

▶ 何でもできる人なんて**絶対**い**ない**。／絕對沒有什麼都辦得到的人。

□ **少しも～ない**／一點都不…（後面一定要接否定）

▶ あんな子、**少しも**かわいく**ない**。／那樣的女孩一點都不可愛。

□ **そう～ない**／不那麼…

▶ **そう**難しいことでは**ない**よ。／並沒有那麼困難呦。

□ **大して～ない**／不怎麼…（後面一定要接否定）

▶ 雨は**大して**降ら**なかった**。／雨下得不怎麼大。

□ **どうしても～ない**／怎麼也不…、無論如何都不…

▶ **どうしても**許せ**ない**。／無論如何都不能原諒。

□ **とても～ない**／怎麼…也不…

▶ あの美魔女は**とても** 40 には見え**ない**。／那個美魔女怎麼看也不像四十歲。

□ **何とも～ない**／沒有什麼…（後面一定要接否定）

▶ **何とも**説明のしようが**ない**。／想說明也無從說明。

□ **別に～ない**／並不…、沒特別…（後面一定要接否定）

▶ **別に**聞きたくは**ない**。／並不怎麼想聽。

□ **全く～ない**／完全不…

▶ **全く**信じられ**ない**。／完全無法相信。

N2 聴力模擬考題　問題5　第二回

5-7

問題5では、長めの話を聞きます。

1ばん、2ばん、3ばん、4ばん

問題用紙に何もいんさつされていません。まず話を聞いてください。それから、質問とせんたくしを聞いて、1から4の中から、最もよいものを一つ選んでください。

5-8 1ばん

答え：①②③④

- メモ -

5-9 2ばん

答え：①②③④

- メモ -

5-10 3ばん

答え：①②③④

- メモ -

5-11 4ばん

答え：① ② ③ ④

- メモ -

5ばん

5-12

まず話(はなし)を聞(き)いてください。それから、二(ふた)つの質問(しつもん)を聞(き)いて、それぞれ問題用紙(もんだいようし)の1から4の中(なか)から、最(もっと)もよいものを一(ひと)つ選(えら)んでください。

5-13 5ばん

答え：① ② ③ ④

質問(しつもん)1

1 治療代(ちりょうだい)を払(はら)う必要(ひつよう)も見舞(みま)いをする必要(ひつよう)もない

2 治療代(ちりょうだい)は払(はら)うべきだが、見舞(みま)いする必要(ひつよう)はない

3 治療代(ちりょうだい)を払(はら)う必要(ひつよう)はないが、見舞(みま)いはするほうがよい

4 治療代(ちりょうだい)を払(はら)って見舞(みま)いもするべきだ

質問(しつもん)2

1 治療代(ちりょうだい)を払(はら)う必要(ひつよう)も見舞(みま)いをする必要(ひつよう)もない

2 治療代(ちりょうだい)は払(はら)うべきだが、見舞(みま)いする必要(ひつよう)はない

3 治療代(ちりょうだい)を払(はら)う必要(ひつよう)はないが、見舞(みま)いはするほうがよい

4 治療代(ちりょうだい)を払(はら)って見舞(みま)いもするべきだ

第五大題。聆聽一段長對話。第１、２、３、４題。答案卷上沒有印任何圖片和文字。請先聽完對話，再聽問題和選項，從選項１到４當中，選出最佳答案。

もんだい５　第２回　第１題答案跟解說

5-8

男の人が電話で日帰りツアーの予約をしています。

M：すみません、そちらで主催されている日帰りツアーに参加したいんですが。

F：ありがとうございます。日にちとご希望のツアーはお決まりですか。

M：いえ、まだちゃんと決めてないんです。ええと、来月の 15 日から三日間そちらに行くんですけど…。ダイビングのツアーがありますよね。全然経験ないんですけど、大丈夫ですか。

F：はい、専門のインストラクターがお教えいたしますので、ご安心ください。

M：じゃ、お願いします。ええと、そのツアーは朝８時出発で午後までかかるんですよね。それじゃ、それは二日目の 16 日でお願いします。それから、熱気球のツアーもあるんですよね。

F：熱気球につきましては、ご予約の必要はございません。朝６時から夜７時の間に会場においでいただければ結構です。ただ、当日の風の具合によって中止になることもございますので、事前にお電話でご確認ください。

M：分かりました。ええと、それから、川下りのツアーもありますよね。朝８時出発でお昼までだから、最後の日でも参加できそうだな。これ、17 日にお願いします。

F：かしこまりました。以上でよろしいですか。

M：何か他にお勧めのツアーはありますか。

F：そうですね。夜間になりますが、星空観察ツアーはいかがですか。夜８時出発で 10 時までのコースでございます。あと、人気があるのは乗馬体験ですね。こちらは朝から夕方までご予約なしでご参加いただけます。

M：星空観察は面白そうだな。でも、次の朝早く起きなきゃいけないから、夜はやめておきます。あと、乗馬もよさそうだな…、それは最初の日の午後に天気がよかったら行ってみます。じゃ、以上でお願いします。

男の人が予約したツアーはどれとどれですか。

1　ダイビングと川下り

2　ダイビングと熱気球

3　乗馬と川下り

4　熱気球と星空観察

【譯】

一位男士打電話預約一日遊行程。

M：不好意思，我想參加貴公司主辦的一日遊行程。

F：非常感謝您的惠顧！請問您是否已經決定好日期和想參加的行程了呢？

M：不，我還沒有決定。我看一下，我會在下個月15號起去那邊 3 天…。你們有潛水的行程吧？我完全沒有經驗，可以參加嗎？

F：沒有問題，這裡有專業的教練會教您，請儘管放心。

M：那，麻煩幫我訂這個。呃，那個行程是從早上 8 點出發一直到下午吧。那麼，請幫我排在第二天的16號。還有，你們也有熱氣球的行程吧？

F：熱氣球行程不必預約，只要在早上 6 點到晚上 7 點之間直接到會場就可以了。不過，有時候會因為當天的風勢強勁而取消，麻煩事先打電話確認。

M：好的。呃，然後，你們也有泛舟的行程吧？從早上 8 點出發到中午結束，看起來應該可以擺在最後一天參加，這個請幫我排在17號。

F：好的。請問您要預訂的就是以上這些行程嗎？

M：有沒有其他推薦的行程？

F：我幫您看看。有一項觀星活動，您有興趣嗎？不過時間安排在晚上，從晚上 8 點出發到10點結束。還有，騎馬體驗也很熱門，這一項是從早上到傍晚都可以參加，不需要預約。

M：觀星聽起來好像蠻有意思的耶。不過，隔天還得早起，那晚上就不排活動了。另外，騎馬似乎也不錯…，假如第一天下午天氣不錯，我就去看看。那麼，以上這些行程麻煩妳了。

請問這位男士預約的行程是哪一項和哪一項呢？

1　潛水和泛舟

2　潛水和熱氣球

3　騎馬和泛舟

4　熱氣球和觀星

解題關鍵と訣竅 ------------------------------（答案：1

【關鍵句】ダイビングのツアーがありますよね。…。16日でお願いします。
川下りのツアーもありますよね。…。これ、17日にお願いします。

! 攻略要點

聆聽時請特別注意「参加するつもりかどうか（是否打算參加）」和「予約をしたかどうか（是否已經預約了）」的不同。

正確答案及說明

▶ 正確答案是選項 1。男士在對話中提到，潛水行程「16 日でお願いします」，以及泛舟行程「17 日にお願いします」，因此預約的只有這兩個項目。熱氣球不需要預約，觀星則放棄了。騎馬雖然有興趣，但是職員告知不需預約，於是他決定「最初の日の午後に天気がよかったら行ってみます」，換言之，他並沒有預約。

單字と文法

- □ **日帰り** 當日往返
- □ **ツアー【tour】** 旅行、旅遊；團體旅遊
- □ **夜間** 夜間、夜晚
- □ **星空** 星空、星光閃耀的天空
- □ **観察** 觀察；仔細察看
- □ **以上** 以上、上述

說法百百種

▶ 各種提問說法

女の人がコンビニでサラダを選んでいます。女の人が選んだサラダはどれですか。
／女士在超商選購沙拉。請問女士挑選的沙拉是哪一種呢？

女の人が男の人のかばんの中を見ながら話しています。男の人がいつもかばんに入れている物は何ですか。
／女士一邊檢視男士的提包內部，一邊講話。請問男士慣常放在提包裡的是什麼物品呢？

女の人が温泉の入り方を説明しています。この人が勧めている温泉の入り方はどれですか。

／女士正在說明浸泡溫泉的步驟。請問她推薦的浸泡溫泉的步驟是哪一種呢？

第❷題答案跟解說

本屋で男の人が本を探しています。

M：すみません。本を探してもらいたいんですが。この「日本近代史」は上と下があって、下は見つかったんですが、上が見つからないんです。

F：検索してみますので、少々お待ちください。

（コンピューターで本を検索する）

F：そうですね。こちらの上のほうは売れてしまったようで、ただいま在庫がございません。ご注文なさいますか。

M：でも、下だけ先に買って帰ってもしょうがないから、両方一緒に注文してもいいですか。家まで配達していただけるんですよね。

F：はい、ただし、１回のご注文が 5,000 円未満の場合、300 円の送料がかかります。

M：上と下あわせたら 5,000 円になるはずですけど。

F：あ、そうですね。上下２冊で消費税込みで 5,400 円ですね。失礼しました。お支払いは先払いになさいますか、それとも商品のお届けと引き換えになさいますか。お届けと引き換えの場合は手数料が 250 円かかりますが。

M：じゃ、先に払っちゃいます。あとで上下一緒に家まで送ってください。

F：かしこまりました。では、こちらにお名前とご住所をご記入ください。

男の人は商品を受け取るとき、いくら払いますか。

1　5,000 円

2　5,400 円

3　5,650 円

4　払わない

【譯】

有位男士在書店找書。

M：不好意思。我想麻煩妳幫我找一本書。這套《日本近代史》有上下兩冊，我已經找到下冊了，但是找不到上冊。
F：我現在為您搜尋，請稍待一下。

（在電腦上搜尋書目）

F：嗯，這套書的上冊好像已經賣掉了，目前沒有庫存。請問要為您訂購嗎？
M：可是，只把下冊先買回去也沒有用，請妳幫我一起訂上下兩冊好嗎？可以寄到家裡吧。
F：好的，不過，單筆訂單不滿5,000日圓時，必須支付300日圓的運費。
M：上下兩冊加起來應該有5,000日圓才對。
F：啊，沒錯。上下兩冊含稅後總共是5,400日圓才對。非常抱歉。請問付款方式您要選擇預付，還是貨到付款呢？選擇貨到付款需要加上250日圓的手續費。
M：那，我先付掉吧。之後請將上下兩冊一起送到家裡。
F：好的。那麼，麻煩您在這裡填上大名和住址。

請問這位男士在收到商品的時候，需支付多少錢呢？

1　5,000日圓
2　5,400日圓
3　5,650日圓
4　不需付款

解題關鍵と訣竅 （答案：4

【關鍵句】お支払いは先払いになさいますか、それとも商品のお届けと引き換えになさいますか。お届けと引き換えの場合は手数料が 250 円かかりますが。
じゃ、先に払っちゃいます。

攻略要點

本題乍看之下是計算題，其實陷阱就在問題中的「商品を受け取るとき（在收到商品的時候）」這句話。

正確答案及說明

▶ 正確答案是選項 4。男士購買商品的金額是 5,400 日圓，免運費。貨到付款的手續費是 250 日圓，但是男士已經預先付清了，因此他需要支付的金額合計是 5,400 日圓。由於題目問的是「商品を受け取るとき（在收到商品的時候）」，因此他完全不必支付任何款項。

單字と文法

□ 上・下（「上巻・下巻」の略） 上下兩冊

□ 検索 檢索、檢查、查看

□ 配達 送；投遞

□ 未満 未滿、不足

□ 消費税 消費稅

□ ～込み 包含…在內

說法百百種

▶ 商店購物常用說法

ご自分で袋を持ってきてくださったお客様に毎回 1 点をさしあげます。／自備購物袋的顧客每次購物將致贈 1 點。

20 点溜まりましたら、お買い物にお使いいただける 100 円券を差し上げます。／集滿 20 點將致贈 100 圓禮券供購物時使用。

配達する日や時間を指定することはできますか。
／可以指定投遞的日期或時間嗎？

もんだい 5　第 2 回　第 ③ 題 答案跟解說

女の学生が男の学生に相談しています。

F　：私、今度パソコン買い替えるんだけど、古いパソコンって粗大ごみで持ってってもらうのにいくらぐらいかかるか知ってる？

M1：もう随分前のことだけど、僕が古いパソコンを処分したときはたしか 3,000 円ぐらいだったと思うよ。

F　：へえ、結構かかるんだ。

M2：あれ、今は違うんだよ。パソコンリサイクルの法律変わったの知らないの？

F と M1：え、ほんと？

M2：うん。そのパソコンって自分で組み立てたんじゃなくてお店で買ったんでしょう？いつごろ買ったの？

F　：うーん、たしか 7、8 年前かな。

M2：それなら、パソコンのどこかに「ＰＣリサイクル」って書いてあるマークがあるはずだよ。それがついてれば、そのパソコンメーカーに連絡すれば無料で引き取ってくれるよ。

F　：へえ、そうなんだ。あ、たしかにそのマークついてる。

M1：じゃ、僕のみたいに自分で組み立てたパソコンはどうすればいいの？

F　：元の通りバラバラにすればごみに出してもいいんじゃない？

M2：それでもいいけど、「ＰＣリサイクル」マークのないパソコンを引き取ってくれる専門のリサイクルセンターがあったはずだよ。その場合は有料だけどね。

女の学生は古いパソコンをどうしますか。

1　粗大ごみとして持っていってもらう

2　パソコンメーカーに連絡して引き取ってもらう

3　バラバラにしてごみに出す

4　専門のリサイクルセンターに引き取ってもらう

【譯】

女學生找男學生們商量事情。

F　：我這次要買一台新電腦，舊電腦要當作大型垃圾請人來回收，請問你們知不知道大概要付多少錢呢？

M1：那已經是很久以前的事了，不過印象中我把舊電腦處理掉的時候，好像花了3,000日圓左右。

F　：是哦，還真不便宜耶。

M2：咦，現在不是囉。你們不曉得電腦回收的法規已經改了嗎？

F和M1：嗄，真的嗎？

M2：嗯。妳那台電腦應該不是自己組裝的，而是在店裡買的吧？大概是多久以前買的？

F　：呃…，好像是7、8年前吧。

M2：那樣的話，應該在電腦的某個地方貼著印有「ＰＣ回收」的貼紙喔。只要有那張貼紙，就可以跟那家電腦製造商聯絡，請他們來免費回收喔。

F　：哦，原來是這樣呀。啊，上面真的有那張貼紙！

M1：那，像我那台是自己組裝的電腦，該怎麼處理呢？

F　：只要把它全部拆開恢復成零件，再當成垃圾拿去丟，應該就可以了吧？

M2：那樣也可以，不過應該有專業回收中心會收取那種沒有「ＰＣ回收」貼紙的電腦喔。只是交給回收中心處理的話，還要付費就是了。

請問這位女學生將要如何處理舊電腦呢？

1　請人來回收這件大型垃圾

2　聯絡電腦製造商請對方來回收

3　全部拆開後當成垃圾丟掉

4　請專業回收中心來回收

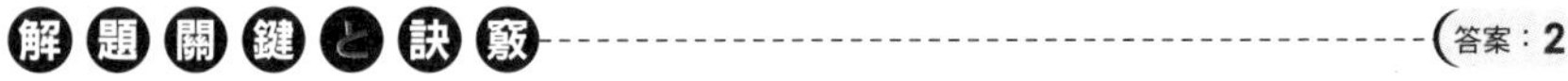

【關鍵句】パソコンのどこかに「ＰＣリサイクル」って書いてあるマークがあるはずだよ。それがついてれば、そのパソコンメーカーに連絡すれば無料で引き取ってくれるよ。

攻略要點

對話中出現了「粗大ごみ（大型垃圾）」、「リサイクル（回收）」等等難度略高的單詞，不過這一題並沒有暗藏拐彎抹角的陷阱。

正確答案及說明

▶ 正確答案是選項２。女學生的電腦上貼著印有「ＰＣリサイクル（ＰＣ回收）」的貼紙，所以只要和那台電腦的製造商聯絡，就能請對方免費回收。

其餘錯誤選項分析

▶ 選項１　女學生雖然一開始想當作大型垃圾處理，但男學生告訴她相關法規已經修改了。

▶ 選項３　若是自己組裝的電腦，可以全部拆開恢復成零件後再成垃圾丟棄，不過女學生的電腦是買來時已經組裝完整的現貨。

▶ 選項４　如果是自己組裝的電腦，可以請專業回收中心來回收，但是女學生的電腦是買來時已經組裝完整的現貨。

單字と文法

□ **買い替える**（か・か）　換購（買新品將舊貨換掉）

□ **組み立てる**（く・た）　裝配、組合

□ **マーク【mark】**　標籤、標誌

□ **無料**（むりょう）　免費

□ **ごみに出す**（だ）　當成垃圾拿去丟

□ **有料**（ゆうりょう）　收費、付費

レストランのレジで男の人と女の人がお金を払っています。

F1：合計で 4,000 円になります。

F2：あの、この 500 円のクーポン券を使いたいんですが。

F1：こちらですか。大変申し訳ありません。ここにも記してありますように、こちらのクーポンは消費金額が 5,000 円以上の場合に限りご利用いただけることになっております。

F2：あ、そうなんだ。じゃ、このお持ち帰りカレーがちょうど 1,000 円だから、これ買って 5,000 円にすれば、クーポン使えますよね。

M：クーポン使うためにわざわざ買わなくてもいいじゃん。それじゃ、結局 4,500 円払わなくちゃいけないよ。

F2：別にクーポン使うためにわざわざ買うわけじゃないよ。もともと買って帰ろうと思ってたんだよ。

M：そう？それならいいけど…。あれっ？あの、ここに今月が誕生日の人がいる場合は合計金額から 10 % 割引って書いてありますけど、こちらはいくら以上って制限はないんですよね。僕、今月が誕生日なんです。これ、免許証でよければ。

F1：はい。お誕生日月割引サービスをご利用いただきますと、10 % 割引ですので、3,600 円になります。あ、申し遅れましたが、お誕生日月割引サービスとクーポン券は同時にご利用になることはできませんが、よろしいですか。

M：クーポンはまた今度使えばいいんだから、今日はこっちにしようよ。そうすれば、持ち帰りカレー買わなくてもいいんだから。

F2：クーポンはいいけど、やっぱりカレーも買って帰りたいな。

M：そう？じゃ、すみません。これも一つお願いします。

二人(ふたり)はいくら払(はら)いますか。

1　3,600円(えん)

2　4,000円(えん)

3　4,500円(えん)

4　5,000円(えん)

【譯】

男士和女士在餐廳的收銀台前結帳。

F1：總共是4,000日圓。

F2：不好意思，我想要用這張500日圓折價券。

F1：請問是這張嗎？非常抱歉，如同上面印的注意事項，這張折價券必須在消費金額超過5,000日圓以上才能折抵。

F2：啊，這樣呀。那，外帶咖哩正好1,000日圓，只要買了這個湊滿5,000日圓了，就可以用折價券了吧？

M：不必為了用折價券而特地買東西湊金額啦。這樣一來，結果反而要付4,500日圓耶！

F2：我不是為了要用折價券才特地買的呀，我本來就想買回去嘛。

M：是哦？那樣倒是沒關係…。咦？請問一下，這上面寫著本月壽星可享結帳金額九折優惠，這項優惠沒有規定金額必須多少以上吧？我這個月生日。這是我的駕照，請看一下。

F1：好的。如果使用壽星折扣優惠就是九折，打折後是3,600日圓。啊，忘了提醒您，壽星優惠和折價券不能同時使用，請問這樣可以嗎？

M：折價券下次再用就好了，今天先用這項優惠吧。這樣的話，就不用買外帶的咖哩了。

F2：折價券用不用無所謂，可是我還是想買咖哩帶回去。

M：是哦？那，不好意思，麻煩這個一起結帳。

請問這兩位總共要付多少錢？

1　3,600日圓

2　4,000日圓

3　4,500日圓

4　5,000日圓

解題關鍵と訣竅

（答案：3

【關鍵句】このお持ち帰りカレーがちょうど 1,000 円だから、これ買って 5,000 円にすれば、…。

今月が誕生日の人が…10 % 割引って、…。

攻略要點

到底要不要買咖哩？要用壽星優惠還是折價券？解題的重點就在於這兩項關鍵。

正確答案及說明

▶ 正確答案是選項 3 。兩人的餐費是 4,000 日圓，另外又買了 1,000 日圓的咖哩外帶，合計是 5,000 日圓。但由於男士是本月壽星，可以享有九折優惠。5,000 日圓的九折是 5,000 X 0.9 = 4,500（日圓）。

單字と文法

- □ **クーポン（券）【〈法〉coupon】** 折價券、優惠券
- □ **持ち帰り** 外帶、帶走
- □ **結局** 到底、結果
- □ **もともと** 本來、原來
- □ **合計** 共計、合計、總計
- □ **制限** 限制、限度、界限
- □ **免許証** 許可證、執照
- □ **申し遅れる** 沒有及早告訴

小知識

日本的消費稅自 2014 年 4 月 1 日起調高為 8 %，但是本題的各項金額均包含消費稅。

男士說的「～買わなくてもいいじゃん（～不用特地買了啦）」句中的「じゃん」，其實是「ではないか（不是嗎）」的非正式口語用法。據說原先是方言，但現在日本全國各地均已廣泛使用，尤其是年輕人。

第 5 題。請先聽完對話，接著聆聽兩道問題，並分別從答案卷上的選項 1 到 4 當中，選出最佳答案。

もんだい 5　第 2 回　第 5 題 答案跟解說

(5-13)

家で男の人と女の人がテレビのニュースを見ています。

M：今月三日、レストランで食事をした3歳の男の子が、スープで舌をやけどするという事故が起こりました。事故が起こったのはこちらのレストランで、母親に連れられた3歳の男の子が、運ばれてきたばかりのお子様ランチのカップスープに口を付けたところ、口の周りや舌をやけどしたということです。病院で検査した結果、幸いやけどの程度は軽いということですが、男の子の母親は、子どもが飲むのを分かっていながら、そんなに熱いスープを出した店側に責任があるとして、治療代の支払いを求めています。一方、レストランの経営者は、スープを運んだ店員に確認したところ、テーブルに置く際に「熱いのでお気をつけください」と注意をしたということなので、店側には責任はないと述べ、両者の言い分は平行線をたどっています。

F：いくら「熱いから気をつけてください」って言ったといっても、お子様ランチのスープなのにやけどするほど熱いのを出したのは、やっぱり店の不注意だよね。

M：だとしても、せいぜいお見舞いするだけで十分だと思うな。店にも少しは責任があるとしても、基本的には子どもを守るのは親の責任なんだから、店はそれ以上する必要はないよ。

F：そうかな。アメリカなんかじゃこういう事故があったときは、たいてい店の責任になってすごい金額のお金を払わされるっていうじゃない？お見舞いだけじゃ足りないと思うけど…。

M：そりゃ、もし、店員がトレーをひっくり返して子どもにスープをかけちゃったとかなら、治療代も払うべきだよ。でも、今回はやけども軽くてすぐ治るんでしょう？お見舞いして男の子にお菓子でもあげて、母親にサービス券かなんかあげればそれで十分なんじゃない？

質問1　男の人は、レストランはどうするべきだと言っていますか。

質問2　女の人は、レストランはどうするべきだと言っていますか。

【譯】

男士和女士在家裡收看電視新聞報導。

M：這個月 3 號，一個在餐廳用餐的 3 歲男孩發生了被熱湯燙傷舌頭的意外。該起意外發生在這家餐廳。由媽媽帶來用餐的 3 歲小男孩，端起餐廳剛送上的兒童餐的杯湯，才喝了一口，嘴巴周圍和舌頭立刻受到了燙傷。經過醫院檢查的結果，幸好只是輕微的燙傷。男孩的媽媽認為，既然餐廳明知這是要給兒童喝的湯，就不該送來滾燙的熱湯，因此錯在店家，要求店家必須支付醫療費。然而，餐廳的負責人問過送湯上桌的店員之後，確認店員把湯放在到桌上時，已經提醒過顧客「小心燙口」，因此責任不在店家。雙方各執一詞，目前仍然僵持不下。

F：就算說了「小心燙口」，但是兒童餐附湯的溫度居然在出餐時還會燙傷人，再怎麼說都是餐廳不夠小心呀。

M：就算如此，我覺得頂多去探望一下就夠了。即便店家有一點過錯，原則上照顧孩子仍是屬於父母的責任，所以店家不必再支付進一步的賠償啊。

F：是嗎？假如這件事發生在美國，聽說多半會被認定是餐廳的過錯，還得支付一大筆錢才行不是嗎？我覺得光是去探望還不夠吧…。

M：當然啦，假如是店員打翻托盤，把熱湯潑灑在小孩身上，自然應該支付醫藥費；可是這回說是燙傷，也只是輕傷而已，很快就能治好了呀？餐廳去探望時只要送給小男孩糖果餅乾，再送媽媽招待餐券之類的禮物，應該就足夠了吧？

問題 1　請問這位男士認為餐廳應該怎麼做呢？

1　既沒必要支付醫療費，也沒必要去探望

2　雖然應當支付醫療費，但是沒必要去探望

3　雖然沒必要支付醫療費，但最好要去探望

4　必須支付醫療費，也應該去探望

問題 2　請問這位女士認為餐廳應該怎麼做呢？

1　既沒必要支付醫療費，也沒必要去探望

2　雖然應當支付醫療費，但是沒必要去探望

3　雖然沒必要支付醫療費，但最好要去探望

4　必須支付醫療費，也應該去探望

（答案：（1）**3**、（2）**4**

【關鍵句】（1）お見舞いするだけで十分だと思うな。
店はそれ以上する必要はないよ。
店員がトレーをひっくり返して子どもにスープをかけちゃったとかなら、治療代も払うべきだよ。
（2）お見舞いだけじゃ足りないと思うけど…。

攻略要點

會話中的兩位意見不相同。在聆聽時，必須掌握兩人分別有什麼樣的看法？是否説服了對方？從Ｎ２級開始，新加入「綜合理解」的題型。本題中的兩人從頭到尾只是反覆闡述各自的意見，算是比較單純的題目。

正確答案及說明

(1)

▶ 正確答案是選項３。男士提到「お見舞いするだけで十分だと思う」，因此他贊成要去探望。不過，從他說的這句話「店はそれ以上する必要はない」可以知道，他認為店家沒有責任支付進一步的賠償，也就是負擔醫藥費。此外，從「店員がトレーをひっくり返して子どもにスープをかけちゃったとかなら、治療代も払うべき」這段話也可以了解，他認為這次店員並未犯下那樣的過錯，所以不必支付醫藥費。

(2)

▶ 正確答案是選項４。女士說過「お見舞いだけじゃ足りないと思うけど」，可見得她認為除了去探望之外，還應該負擔醫藥費。

單字と文法

- □ **やけど** 燒傷、燙傷
- □ **お子様ランチ** 兒童餐
- □ **幸い** 幸好、幸虧、好在
- □ **程度** 程度、水準
- □ **として** 作為…
- □ **経営者** 經營者、管理者
- □ **平行** 平行；並行
- □ **ひっくり返す** 打翻、翻倒
- □ **（水などを）かける** 潑、灑（水等）
- □ **サービス【service】**（商店等）附帶贈品、優惠；服務

もんだい5 小專欄！

覚えがたい？　覚えられっこない？　でも、覚えざるを得ません。

【表示判斷、推測、可能性的句型】

□ **を～とする**／把…視為…

▸ この会は卒業生の交流を**目的としています**。／這個會是為了促進畢業生的交流。

□ **ざるを得ない**／不得不…、只好…、被迫…

▸ 不景気でリストラを実施せ**ざるを得ない**。／由於不景氣，公司不得不裁員。

□ **よりほかない、よりほかはない**／除了…之外沒有…

▸ 君**よりほか**に頼める人がい**ない**。／除了你以外，沒有其他人能夠拜託了。

□ **得る、得る**／可能、能、會

▸ そんなひどい状況は、想像し**得**ない。／那種慘狀，真叫人難以想像。

□ **かねない**／很可能…、也許會…

▸ 二股かけてたって？　森村なら、やり**かねない**な。／聽說他劈腿了？森村那個人，倒是挺有可能做這種事哦。

□ **っこない**／不可能…、決不…

▸ 彼はデートだから、残業し**っこない**。／他要去約會，所以根本不可能加班的！

□ **がたい**／難以…、很難…

▸ その条件はとても受け入れ**がたい**です。／那個條件叫人難以接受。

□ **かねる**／難以…、不能…

▸ 患者は、ひどい痛みに耐え**かねた**のか、うめき声を上げた。／病患可能是無法忍受劇痛，發出了呻吟。

課題理解

在聽取完整的會話段落之後，測驗是否能夠理解其內容（於聽完解決問題所需的具體訊息之後，測驗是否能夠理解應當採取的下一個適切步驟）。

考前要注意的事

作答流程 & 答題技巧

聽取說明

先仔細聽取考題說明

聽取問題與內容

測驗目標是在聽取建議、委託、指示等相關對話之後，判斷接下來該怎麼做。選項會印在考卷上，有文字或圖片兩種呈現方式。

內容順序一般是「提問 ➡ 對話 ➡ 提問」

預估有 6 題左右

1 首先要理解應該做什麼事？第一優先的任務是什麼？要邊聽邊整理。

2 經常以換句話說的表現方式出題。

答題

再次仔細聆聽問題，選出正確答案

▼ 前ページで解法テクニックを確認したら、次の演習問題にチャレンジしてください。▼

N1 聽力模擬考題　問題 1　第一回

問題 1 では、まず質問を聞いてください。それから話を聞いて、問題用紙の 1 から 4 の中から、最も よいものを一つ選んでください。

1-2 例

【答案詳見：608 頁】

答え：1 2 3 4

1　タクシーに乗る

2　飲み物を買う

3　パーティに行く

4　ケーキを作る

1-3 1 番

答え：1 2 3 4

1　他の仕事を探す

2　もっと早く準備をする

3　自分の会社についてもっとよく知る

4　競争相手の会社について研究する

1-4 2 番

答え：1 2 3 4

1　8 時半

2　9 時

3　9 時半

4　10 時

1-5 3番　答え：1 2 3 4

1 大部屋

2 二人部屋

3 三人部屋

4 個室

1-6 4番　答え：1 2 3 4

1 リサイクル業者に連絡する

2 足りない書類を探す

3 弁当を買いに行く

4 書類の整理を続ける

1-7 5番　答え：1 2 3 4

1 野菜を切る

2 肉を炒める

3 鍋に調味料を入れる

4 炒めた野菜をフライパンに戻す

1-8 6番　答え：1 2 3 4

1 飛行機

2 新幹線

3 自動車

4 長距離バス

問題1では、まず質問を聞いてください。それから話を聞いて、問題用紙の1から4の中から、最もよいものを一つ選んでください。

1番

会社で男の人と女の人が話しています。女の人は男の人がこれからどうすべきだと言っていますか。

M：課長、契約がとれなくて申し訳ありませんでした。

F：まあ、初めてにしてはなかなかよくやったと思いますよ。確か、二か月前からでしたね。準備したのは。

M：はい。自分としては早く始めたつもりだったんですが。次はもっと早く準備をします。

F：ただ、準備には時間さえかければいいというものでもないんですよ。[1] ＜關鍵句

M：はい。競争相手に勝つには、相手についてどれだけ知っておくかということですね。[2] ＜關鍵句

F：それもあるけど、まずは自分の側、つまり自社の強みや弱みについても、十分にわかっておくことが大事なんですよ。[3] ＜關鍵句

M：あ、…はい。私の勉強不足でした。これからは気をつけます。

□ 契約　契約
□ 競争相手　競爭對手
□ 自社　己方公司
□ 気をつける　小心，注意

女の人は男の人がこれからどうすべきだと言っていますか。

1　他の仕事を探す
2　もっと早く準備をする
3　自分の会社についてもっとよく知る
4　競争相手の会社について研究する

第一大題。請先聽每小題的題目，接著聽完對話，再從答案卷上的選項 1 到 4 當中，選出最佳答案。

(1)

男士和女士正在公司裡談話。請問女士說男士接下來應該做什麼呢？

M：科長，沒能拿到訂單，實在非常抱歉。

F：我認為以第一次參加競標而言，你已經做得相當好了。我記得你大約是從兩個月前開始籌劃的吧？

M：是的。我原本以為這樣已經算是提早作業了。下次會更提前準備的。

F：不過，籌備工作不見得是花費時間就能準備周詳的喔。

M：科長說得是。贏過競爭對手的關鍵，在於是否充分掌握了對方的實力。

F：那也是要素之一，但更重要的是，必須徹底了解我方，也就是自家公司的強項和弱項喔！

M：啊……我明白了。這次是我準備不夠充分，以後會多加注意的。

①科長並沒有要求男士盡量提早準備。

②③科長說比起了解競爭對手的公司，首先必要徹底了解我們自己的公司。

Answer 3

請問女士說男士接下來應該做什麼呢？

1 找其他工作

2 更早準備

3 更充分了解自家公司

4 研究競爭對手的公司

2番

会社で男の人と女の人が話しています。女の人は明日何時までに出勤しなければなりませんか。

F：明日は直接本社に行くから、よろしくね。

M：10時に着いていなきゃならないんだったら、15分前には着いていたほうがいいね。10時からでしょ。明日の委員会は。[1]〈關鍵句〉

F：それが、そうはいかないの。明日は私が議長なんで30分前には着いてないと。[2]〈關鍵句〉家から一時間半以上はかかるから、早起きしなきゃ。ここからだったら30分で着くんだけどね。

M：ああ、そりゃ大変だ。会場の準備もしなくちゃいけないんでしょ。

F：そっちは本社の山口さんに頼んだから、明日の9時半には出来てると思う。

M：でもさ、山口さん、お子さんを保育園に連れて行ってるから、最近はぎりぎりに出勤することもあるみたいだよ。

F：ああ、そうか。じゃ、今日のうちにやってもらおう。そうすればなんとかなるから。

- □ 委員会　委員會
- □ 議長　主席；主持人
- □ お子さん　尊稱別人的孩子
- □ 保育園　幼兒園
- □ ぎりぎり　極限，最大限度

女の人は明日何時までに出勤しなければなりませんか。

1　8時半
2　9時
3　9時半
4　10時

(2)

男士和女士正在公司裡談話。請問女士明天必須在幾點之前上班呢？

F：我明天直接去總公司，這裡麻煩你了。

M：如果必須在10點準時抵達的話，最好提前15分鐘到。明天的委員會訂在10點開會吧？

F：我不能那麼晚到。明天由我擔任主席，所以必須提前30分鐘到會議室。從我家出發需要一個半小時以上，得早點起床才行。要是從這裡出發，只要30分鐘就到了。

M：是哦，太辛苦了。妳不是還要布置會議室嗎？

F：那部分已經拜託總公司的山口小姐幫忙了，我想明天 9 點半之前就可以完成了。

M：可是，山口小姐要送小孩去幼兒園，最近有幾次似乎差點遲到了喔。

F：這樣喔，那麼，我請她今天下班前先去整理場地，這樣應該就來得及了。

①會議從十點開始。

②因為這位女士擔任主席，所以必須提前三十分鐘到達總公司。因此，這位女士必須在九點半前抵達總公司上班。

Answer 3

請問女士明天必須在幾點之前上班呢？

1 八點半
2 九點
3 九點半
4 十點

3番

病院の受付で男の人がパソコンの画面を見ながら説明を聞いています。男の人はどの部屋にしますか。

F：ご入院されるお部屋ですが、この画面をご覧ください。こちらは大部屋で、4人から6人の部屋になります。ベッド代はかかりません。トイレや洗面台、冷蔵庫は共同で部屋の外で使います。[1] ＜關鍵句

M：ええと、テレビは。

F：テレビは、レンタル料は無料ですが、テレビカードを買って見ていただきます。[2] 今はベッドも…はい、空いています。 ＜關鍵句

M：はあ。

F：で、こちらは三人部屋で一日3000円ですね。トイレはないですが、洗面台はついてます。二人部屋は8000円で、トイレと洗面台、あとお一人ずつ冷蔵庫がついています。

M：一人部屋はどうですか。

F：いくつかの種類がございます。こちらの写真の通り、個室には基本的にトイレと洗面台、それにインターネットにつながるテレビもついているんですが、シャワーとお客様用ソファーセットとキッチンもついている100,000円の部屋から、もっと小さめの20,000円の部屋もあります。見学されますか。

M：一日100,000円ですか。すごいなあ…。まあ、僕はテレビさえあればいいんです。[3] 共同のトイレや洗面台もそんなに遠くないし。これに決めます。[4] ＜關鍵句 ＜關鍵句

F：ええ。トイレまで歩くのも、運動ですからね。

□ 大部屋　大房間；大病房

□ 洗面台　洗手台

□ レンタル料【rental料】
租用費，租金

□ 見学　參觀

□ 共同　共同；共用

男の人はどの部屋にしますか。

1　大部屋
2　二人部屋
3　三人部屋
4　個室

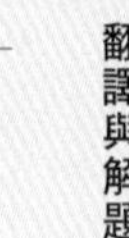

(3)

男士在醫院櫃臺一邊看電腦螢幕一邊聽説明。請問男士決定選哪種房型呢？

F：請看螢幕來挑選您住院的房型。這種是多人房，可容納四到六人，不需支付床位費，公用的廁所、洗手台和冰箱都在病房外面。

M：呃，電視呢？

F：電視不必支付租用費，而是買電視卡收看。我看看目前的床位……好，還有空床。

M：喔。

F：接著，這種是每天3,000圓的三人房。病房裡雖然沒有廁所，但是有洗手台。雙人房則是8,000圓，裡面有廁所和洗手台，以及每人各自使用一台冰箱。

M：單人房包含那些設施呢？

F：有幾種不同的房型。請看這裡的照片，單人房原則上都有廁所和洗手台，還可上網，也有電視，病房裡也有淋浴間和客用沙發茶几以及廚具，價格從100,000圓的房型到比較小間的20,000圓不等。您想參觀一下嗎？

M：每天100,000圓喔？好貴喔……。算了，我只要有電視就夠了，反正公用廁所和洗手台也不算遠，就挑這一種。

F：好的。走去廁所也可以順便運動喔。

①④多人房的廁所和洗手台是共用的，但男士説這點沒有關係。

②③男士説：我只要有電視就夠了。而電視可以買電視卡收看。

因此，男士選擇了「大部屋（多人房）」。

Answer 1

請問男士決定選哪種房型呢？

1 多人房
2 兩人房
3 三人房
4 單人房

4番

女の学生が男の学生と話しています。女の人はこれから何をしますか。

F：ふう。ずいぶん整理できたね。でも、こんなに紙を処分しなきゃならないなんて、もったいない。リサイクルもできないなんて。

M：まだまだあるよ。みんな個人情報が書かれているんだからしょうがないよ。

F：そうね。名前や住所、年齢。

M：それだけじゃないよ。学歴や収入まで書かれてる。もしこの情報が外に漏れようものなら大変だよ。明日回収だから今日中に全部箱の中の書類を分別した上で業者に出さないと。<u>でも、とりあえず、夕飯に行こうよ。</u>[1] ＜關鍵句

F：<u>ええー*。このままここを離れるなんて無理だよ。</u>[2] 私、この箱ぐらいやっておくから、行ってきていいよ。 ＜關鍵句

M：そうか。じゃ弁当でも買って、ここで食べるしかないか。俺、行ってくるよ。

□ 処分　丟掉；處理；處罰

□ 収入　收入

□ 漏れる　洩漏（秘密等）；漏出

□ 回収　回收

□ 分別　區別，分類

□ 業者　業者

女の人はこれから何をしますか。

1　リサイクル業者に連絡する

2　足りない書類を探す

3　弁当を買いに行く

4　書類の整理を続ける

(4)

女學生和男學生正在談話。請問女生接下來要做什麼呢？

F：呼，已經整理不少了。可是，這麼多紙張都要丟掉，好浪費喔。不能回收利用嗎？

M：還不只這些咧。紙上都寫著個人資料，所以不得不處理掉啊。

F：也對，例如姓名、住址和年齡。

M：不單是那些資料喔，連學歷和收入也都寫在上面。萬一這些資料外洩，那就糟糕了。明天就要來回收，所以今天之內必須把所有箱子裡面的文件分類完畢，才能交給相關業者。不過，我們先去吃個飯吧。

F：嗄？不能就這樣把東西扔在這裡跑掉啦！至少讓我把這個箱子整理完，你先去吃吧。

M：這樣啊，那我們只好買便當回來在這裡吃了。我去買便當囉！

①②男同學邀請女同學一起去吃晚飯，但是女同學拒絕了，並說她想要繼續整理。

Answer 4

請問女生接下來要做什麼呢？

1 聯絡回收業者
2 尋找缺少的文件
3 去買便當
4 繼續整理文件

選項 1 和選項 2，關於聯絡回收業者和尋找缺少的文件，會話中都沒有提到。

選項 3，要去買便當的是男同學。

（＊）嗄＝並非表達肯定意思的「ええ（嗯，對）」，相反的，「嗄」用在無法認同對方的話時，發音應將語尾上揚。

5番

テレビの料理番組で男の人と女の人が話しています。男の人は次に何をしますか。

F：この料理は、野菜が柔らかくなりすぎるとおいしくないんです。だから、今炒めたものを皿に移しておいて、肉に火が通ったらまたフライパンに戻して炒めるんです。[1] ＜關鍵句

M：わかりました。さっと炒めただけだから、色もいいし、シャキシャキ*してますね。

F：ええ。それにほら、しばらくおいといても、たっぷりの油で炒めてあるので冷めないでしょ。

M：で、こうして肉を炒めて、最後に調味料と混ぜるんですね。[2] ＜關鍵句

F：いえいえ、今ここで調味料を入れるんです。[3] こうして。肉にね、たっぷり味が染みこむように。はい、味がつきましたね。 ＜關鍵句

M：なるほど。じゃ、ここでもう一度こちらをフライパンに戻すんですね。[4] ＜關鍵句

F：ええ。そうです。どうぞ、お願いします。[5] ＜關鍵句

□ 炒める 炒（菜、飯等）

□ フライパン【frypan】平底鍋；煎鍋

□ シャキシャキ （口感）清脆；俐落

□ 調味料 調味料

□ 染みこむ 滲入

男の人は次に何をしますか。

1 野菜を切る
2 肉を炒める
3 鍋に調味料を入れる
4 炒めた野菜をフライパンに戻す

(5)

男士和女士正在烹飪電視節目中交談。請問男士接下來要做什麼呢？

F：這道菜，如果蔬菜太軟爛就不好吃了，所以要把現在炒好的先盛到盤子裡，等到肉炒熟了以後，再把它倒回平底鍋裡一起炒。

M：好的。只是很快地炒一下，所以不但色澤漂亮，而且也保有清脆的口感。

F：是呀。而且你看，因為剛才用大量的油炒過了，就算擺一陣子也不會變涼喔。

M：所以，像這樣炒肉，最後再擱入調味料拌炒，對吧？

F：不不不，現在就要加調味料了。像這樣加進去。如此一來，才能讓肉充分入味。好，這樣就入味了。

M：原來如此，那，現在再一次把這邊的倒回平底鍋裡，對吧？

F：是呀，就是這樣。請倒進來吧。

①②③炒好的蔬菜先盛到盤子裡→用同一個平底鍋炒肉→加入調味料讓肉充分入味。到這裡為止，女士都是一邊向男士說明一邊進行動作。

④⑤對於男士說要再一次把蔬菜倒回平底鍋裡，女士回答「お願いします（請倒進來吧）」。

Answer 4

請問男士接下來要做什麼呢？

1 切蔬菜

2 炒肉

3 把調味料加入平底鍋

4 把炒好的蔬菜放回平底鍋

（＊）咔嚓咔嚓＝食物不太柔軟，咬起來很脆的樣子

6番

旅行会社で店員と客が話しています。客はどんな交通手段を選びましたか。

F：こちらの日は、あいにく連休前で大変混雑しています。今からですと、飛行機の運賃は、このようになっております。

M：ああ、これ、片道ですか。

F：はい。いちばんお安い料金でも、38, 000 円ですね。往復ですと 76, 000 円です。【關鍵句】

M：新幹線はどうですか。[1] 席はありますか。

F：指定席は売り切れです。でも、グリーン車ならございます。[2]【關鍵句】あとは、自由席で乗っていただくか…。通常ですと、長距離バスもあるんですが、直前ですととれるかどうか…。[3]【關鍵句】

M：ただ、とれたとしても、万が一雪でも降って途中で止まったり、動かなかったりしたら台無しですからね。[4]【關鍵句】かといって贅沢もできないし、[5]【關鍵句】…いいや、早めに行って並ぶことにします。[6]【關鍵句】

□ 連休　連假

□ 混雑　擁擠；混雜

□ 片道　單程

□ 往復　往返，來回

□ グリーン車【green車】頭等車廂

□ 通常　通常，平常，普通

□ 台無し　弄壞，毀損，糟蹋，完蛋

客はどんな交通手段を選びましたか。

1　飛行機

2　新幹線

3　自動車

4　長距離バス

(6)

店員和顧客正在旅行社裡談話。請問顧客選擇了什麼樣的交通方式呢？

F：您出發的日期正巧是連假前一天，所以票很難訂。現在購票的話，機票是這個價格。

M：喔，這數字是單程嗎？

F：是的。最便宜的單程票也要38,000圓，來回票價則是76,000圓。

M：搭新幹線的話呢？還有空位嗎？

F：對號座已經賣完了，不過頭等車廂還有空位。另外，如果您願意搭乘自由座的話……。若是非旺季時段，還可以選擇搭乘長途巴士，但現在剩不到幾天就要出發了，不確定能不能訂得到……。

M：可是就算訂得到票，萬一下雪而半路停駛或動彈不得，那假期就泡湯了。話說回來，又不能太揮霍，……算了，我早點去排座位就好。

①在這裡轉變為新幹線的話題。

②⑤頭等車廂還有空位，但男士說不能太揮霍。

③④不確定能不能訂到長途巴士，男士又說擔心下雪。

⑥男士說為了搭乘新幹線的自由座，決定早點去排隊。

Answer 2

請問顧客選擇了什麼樣的交通方式呢？

1 飛機
2 新幹線
3 汽車
4 長途巴士

▼ 前ページで解法テクニックを確認したら、次の演習問題にチャレンジしてください。▼

N1 聴力模擬考題　問題 1　第二回

1-9

問題 1 では、まず質問を聞いてください。それから話を聞いて、問題用紙の 1 から 4 の中から、最もよいものを一つ選んでください。

1-10 例

【答案詳見：608 頁】

答え：1 2 3 4

1　タクシーに乗る

2　飲み物を買う

3　パーティに行く

4　ケーキを作る

1-11 1番

答え：1 2 3 4

1　子どもが生まれた病院に行く

2　職場に健康保険証を取りに行く

3　子育て支援課で書類を出す

4　保険課で健康保険証を作る

1-12 2番

答え：1 2 3 4

1　食器を片付ける

2　料理をする

3　買い物に行く

4　買うものをメモする

1-13 3番(ばん)

答え：1 2 3 4

1　Aの部屋(へや)

2　Bの部屋(へや)

3　Cの部屋(へや)

4　Dの部屋(へや)

1-14 4番(ばん)

答え：1 2 3 4

1　荷造(にづく)りをする

2　床屋(とこや)へ行(い)く

3　薬屋(くすりや)へ行(い)く

4　役所(やくしょ)に行(い)く

1-15 5番(ばん)

答え：1 2 3 4

1　子(こ)どもの転校(てんこう)のための書類(しょるい)を書(か)く

2　体育着(たいいくぎ)と運動靴(うんどうぐつ)を買(か)う

3　帽子(ぼうし)を買(か)う

4　隣(となり)の町(まち)の靴屋(くつや)に行(い)く

1-16 6番(ばん)

答え：1 2 3 4

1　水(みず)

2　缶詰(かんづめ)

3　パンとごはん

4　ラジオ付(つ)き懐中電灯(かいちゅうでんとう)

問題1では、まず質問を聞いてください。それから話を聞いて、問題用紙の1から4の中から、最もよいものを一つ選んでください。

1番

市役所で男の人と女の人が話しています。男の人はこれから何をしなければなりませんか。

M：出生届を出したいんですけど。

F：失礼ですが、お子さんのお父さんですか。

M：はい。

F：おめでとうございます。母子手帳と、病院から出された、この用紙はお持ちですか。[1] 〈關鍵句〉

M：はい。これですね。

F：はい。では、こちらの用紙にご記入ください。医療費の助成も受けられますか？　これは所得制限がなく、どなたでもお子さんが15歳になるまで医療費が免除になるという制度なのですが、子育て支援課に届け出が必要です。[2]また、児童手当を受けるのも申請がいります。〈關鍵句〉

M：はい。書類はあります。子どもはまだ病院にいるのですが。

F：大丈夫です。健康保険証と、昨年の収入が証明できるもの、それに、身分証明書と、印鑑が必要です。

〈關鍵句〉

M：あ、仕事が変わったばかりなので保険証がまだ手元にないんです。[3]職場には届いているはずなのですが。保険課に行った方がいいですか。

F：いえ、保険証はできてからでも大丈夫ですよ。[4]書類の不備があっても支給は開始されます。ただ、近日中には提出していただかなければならないのですが。〈關鍵句〉

M：わかりました。今日、申請していきます。[5]〈關鍵句〉

- □ 出生届　出生證明
- □ 医療費　醫療費
- □ 助成　助成
- □ 印鑑　印章
- □ 保険証　健保卡
- □ 支給　支付

男の人はこれから何をしなければなりませんか。

1　子どもが生まれた病院に行く
2　職場に健康保険証を取りに行く
3　子育て支援課で書類を出す
4　保険課で健康保険証を作る

第一大題。請先聽每小題的題目，接著聽完對話，再從答案卷上的選項 1 到 4 當中，選出最佳答案。

(1)

男士和女士正在市公所裡交談。請問男士接下來必須做什麼呢？

M：我想送交出生證明。

F：不好意思，請問您是小朋友的爸爸嗎？

M：我是。

F：恭喜！請問您帶了孕婦健康手冊，以及醫院開立的這種申請單嗎？

M：有，是這張嗎？

F：對。那麼，請填寫這張申請單。請問您也要申請醫療補助費嗎？這項補助制度沒有所得限制，只要孩子未滿15歲之前，所有的父母都可以享有這項免費醫療制度，但是要向育兒輔助科申請。此外，領取兒童補助金也需要提出申請。

M：是，相關文件都在這裡，不過小孩還在醫院。

F：一樣可以申請。辦理手續需要健保卡、去年的收入證明文件，還有身份證及印章。

M：啊，我剛換工作，所以手邊暫時沒有健保卡，不過新卡應該已經送到公司了。請問我是不是去一趟保險科比較好呢？

F：沒關係，等拿到健保卡再辦理就可以了。即使文件不齊全，也會先行開始支付。不過，一定要在近期內補交。

M：我明白了。今天就去申請。

③④對話中提到沒有健保卡也沒有關係。

①②⑤女士請男士填寫醫院開立的申請單，然後交到育兒輔助科。對於女士的要求，男士回答「今日、申請していきます（今天就去申請）」。

Answer 3

請問男士接下來必須做什麼呢？

1　去孩子出生的醫院

2　去公司領健保卡

3　向育兒輔助科提交文件

4　到保險科製作健保卡

2番

男の人と女の人が引っ越しの荷物を片付けています。女の人はこれから何をしますか。

F：あとは、テーブルと椅子が入ったら終わりね。私、食器を片付けるね。[1] そろそろ食事の時間だから。 〈關鍵句〉

M：ちょっと待って。[2] その前に、カーペットを敷いておかないと。 〈關鍵句〉

F：それは、まだ届いてないよ。注文したのは昨日の夕方だもん。明日になるんじゃない。

M：ええっ、テーブルや棚を置いちゃった後だと、敷くの大変だよ。僕が車でもらってくるよ。[3] 大きい荷物が来る前に。 〈關鍵句〉

F：それなら私が行くわよ。ほら、買い物もしたいし。

M：君が行くと長くなるから、買ってくるもの書いてよ。[4] 僕がついでにすませるから。 〈關鍵句〉

F：そう。わかった。

□ カーペット【carpet】
地毯

□ 敷く　鋪設

女の人はこれから何をしますか。

1　食器を片付ける
2　料理をする
3　買い物に行く
4　買うものをメモする

(2)

男士和女士正在整理搬家的行李。請問女士接下來要做什麼呢？

F：只剩下把桌子和椅子搬進來就結束了。我去整理碗盤囉，差不多該吃飯了。

M：等一下，要先鋪地毯才行！

F：地毯還沒送來呀。昨天傍晚才訂的嘛，大概明天才會到貨吧。

M：什麼！如果桌子和櫃子先就定位了才要鋪，會很辛苦吔！趁大型家具送來之前，我開車去拿回來吧。

F：那就我去吧。反正還得去買菜。

M：妳出門會耽擱太多時間，把要買的東西寫給我，我順便買回來。

F：哦，好吧。

③男士要開車去把地毯拿回來。

④男士向女士説「買ってくるものを書いて(把要買的東西寫給我)」。因此，女士接下來要做的事是選項4「買うものをメモする(把要買的東西記下來）」。

Answer 4

請問女士接下來要做什麼呢？

1　整理碗盤
2　做飯
3　去買菜
4　把要買的東西記下來

選項1，對於女士説要整理碗盤，男士回答「ちょっと待って（等一下）」。

選項2，對話中沒有提到要做飯。

選項3，關於買東西，男士説他會「ついでにすませる（順便買回來）」。

3番

不動産会社で女の人が店員と話しています。女の人はどの部屋を見に行きますか。

M：こちらのAのお部屋は建てられてから10年未満です。駅からは少し遠いですが、静かでいいですよ。もう少し駅に近い所だと、こちらのBは、30年前にできたマンションですが中はきれいです。徒歩20分ですね。[1] ＜關鍵句

F：ああ、この新しい部屋はバスなんですね。駅から…うーん。[2] ＜關鍵句

M：駅の近くは、他に、…ああ、このCは、徒歩5分で[3]エレベーターなしの5階。できたのは40年前ですけど、まあ部屋の中はきれいになってます。 ＜關鍵句

F：あれ？　このマンションって、3階も空いてるんですか。

M：ええ、ちょっと狭いですし、実はまだ居住中なんですよ。

F：ああ、今月中には引っ越したいから、じゃ、そこはだめですね。

M：駅から少し遠いんですけど、15分ぐらい歩けば[4]、こんな部屋もありますよ。このDです。そんなに古くないです。ただ、1階なので、ちょっと日当たりがよくないんですけどね。こちら、ご覧になりますか。 ＜關鍵句

F：いえ、駅の近くを見たいです[5]。この部屋、見せていただけますか。 ＜關鍵句

□ 不動産会社　房地產公司
□ 徒歩　步行，徒步
□ 日当たり　採光，向陽

女の人はどの部屋にしますか。

1　Aの部屋
2　Bの部屋
3　Cの部屋
4　Dの部屋

(3)

女士和店員正在房仲公司交談。請問女士會去參觀哪個物件呢？

M：這個Ａ物件的屋齡還不到10年，雖然離車站稍微遠了一點，但是環境清幽，很不錯喔。如果要找和車站近一點的，像這個Ｂ物件，雖然屋齡超過30年，但是室內屋況新穎，從車站走20分鐘就到了。

F：喔，這間比較新的房子從車站回去要搭巴士吧……讓我想想。

M：如果要找車站附近的，其他還有……對了，這個Ｃ物件從車站走路5分鐘到，位在五樓，沒有電梯，屋齡超過40年，不過室內屋況很好。

F：咦？這棟華廈的3樓也是空屋嗎？

M：這個嘛，那個物件有點小，而且其實裡面的住戶還沒搬走。

F：是哦，我想在這個月之內搬過來。那，這裡就不行了。

M：假如可以接受離車站遠一點點，大約走15分鐘左右，還有像這樣的物件。就是這個Ｄ。屋齡沒有那麼老舊，不過，由於位在一樓，日照稍微差了一些。您想參觀這個物件嗎？

F：不了，我想看車站附近的。這間房子可以讓我看一下嗎？

這幾間房子與車站的距離比較如下：

①Ｂ物件步行到車站要20分鐘。

②Ａ物件到車站必須搭巴士。

③Ｃ物件步行到車站要５分鐘。

④Ｄ物件步行到車站要15分鐘。

因此，女士要看的是Ｃ物件的房子。

⑤女士說想看車站附近的房子。

Answer 3

請問女士會去參觀哪個物件呢？

1　Ａ物件

2　Ｂ物件

3　Ｃ物件

4　Ｄ物件

4番

女の学生が男の学生と話しています。男の人はこれから何をしますか。

F：明日、出発だよね。

M：うん。荷物は全部自分で持っていくし、区役所にも行ったし、[1] 準備はできてるよ。〈關鍵句

F：本当？　私の時はめちゃくちゃ忙しかったよ。電気や水道、それにガスと電話を止める手続きとか、図書館に借りていた本や DVD を返したりとか、それと、持って行く本を買い込んだりね。

M：それだけじゃないんじゃない？　食べ物もずいぶん買ってたよね。

F：そうそう。ラーメンとか、お菓子とか、お米まで。あっちでどれぐらいのものが手に入るかわからなかったから、生もの以外はなんでも持って行こうとして買ったんだけど、結局は缶詰とカレーと、カップ麺ぐらいしか持って行かなかったんだ。あと、薬ね。

M：まあ、虫よけとか、かゆみ止めとか頭痛薬は持って行くか。

F：そう。じゃ薬屋に行く？

M：それぐらいは、用意してるよ。それより、頭をさっぱりしたいんだ。短くして、当分切らなくてもいいようにしたい。[2]〈關鍵句

F：ああ、それがいいよ。

□ めちゃくちゃ　亂七八糟

□ 買い込む　（大量）買進，購買

□ 生もの　生鮮

□ 虫よけ　防蚊液

□ さっぱり　清爽，俐落

男の人はこれから何をしますか。

1　荷造りをする
2　床屋へ行く
3　薬屋へ行く
4　役所に行く

(4)

女學生和男學生正在聊天。請問男學生接下來要做什麼呢？

F：明天就要出發了吧？

M：嗯。所有的行李都是自己帶走，區公所也去過了，全都準備好囉。

F：真的嗎？我那時候忙得昏頭轉向吔。不但要辦理水電瓦斯和電話的停用手續，還要歸還向圖書館借閱的書和DVD，另外，也得買要帶去的書之類的。

M：還不止那些事吧？妳那時不是還買了很多食物嗎？

F：對對對！我還買了速食麵啦、餅乾啦，連米都買了。因為不曉得那邊能夠買到哪些東西，想說除了生鮮食物以外，統統都買好帶過去，結果到最後只能帶走罐頭、咖哩塊和杯麵之類的。對了，還帶了藥！

M：也對，那我再帶些防蚊蠅蟲子的藥、止癢藥，還有頭痛藥吧。

F：一定要帶。那，要去藥局一趟嗎？

M：那些常備藥早就準備好了。更重要的是，我想理個清爽的髮型。把頭髮剃得短短的，可以撐上一陣子不必理髮也無所謂。

F：對哦，那樣比較好喔。

①男學生說所有的行李都是自己帶走。區公所也去過了。

②男學生說藥早就準備好了，並說想去理髮店剪個清爽的髮型。

Answer 2

請問男學生接下來要做什麼呢？

1 打包行李

2 去理髮廳

3 去藥局

4 去區公所

綜上所述，選項2「床屋へ行く（去理髮廳）」是正確答案。

5番

学校で、先生と母親が話しています。母親はこれから何をしますか。

F：これからどうぞよろしくお願いします。

M：きっと、転校したばかりで緊張していると思います。早く友達ができるといいですね。

F：先生、体育着とか運動靴は…。

M：それは、今まで使っていたものをそのままお使いになって結構です。もったいないですから。ただ、帽子だけはご購入ください。この門を出て、右に行ったところにある文房具店で売っています。

關鍵句

F：わかりました。帰りに行きます。[1] 体育着も運動靴もそこにあるでしょうか。少しきつくなってきたので、すぐじゃなくても買った方がよさそうなので。

M：いいえ、それはまた別の店です。[2] 隣の町の靴屋さんなんですけど、他の書類と一緒に、地図を入れて、今日、お子さんにお渡しします。[3]

關鍵句

關鍵句

F：ありがとうございます。

□ 転校　轉學

□ もったいない　浪費

□ 購入　購買

□ 文房具店　文具店

女の人は次に何をしますか。

1　子どもの転校のための書類を書く

2　体育着と運動靴を買う

3　帽子を買う

4　隣の町の靴屋に行く

(5)

老師和學生的媽媽正在學校裡交談。請問學生的媽媽接下來要做什麼呢？

F：以後麻煩老師多多照顧。

M：我想，剛剛轉學，一定很緊張。希望他能盡快交到朋友。

F：老師，請問體育服和運動鞋……？

M：穿以前的就可以了，買新的太浪費了。不過，校帽倒是需要購買。從大門出去右轉有家文具店，那裡就買得到了。

F：好的，回去時會去買。請問那裡也賣體育服和運動鞋嗎？現在的有點緊，或許過陣子還是得重買一套。

M：那裡沒有，要到其他地方才買得到。隔壁鎮有家鞋店，我今天會把那裡的地圖連同其他文件放進袋子裡，一起交給貴子弟。

F：謝謝老師。

①女士說回去時會去買校帽。

②③因為體育服和運動鞋要到其他地方才買得到，老師說今天會把那裡的地圖交給小朋友。

Answer 3

請問學生的媽媽接下來要做什麼呢？

1　填寫孩子轉學的文件
2　買體育服和運動鞋
3　買校帽
4　去隔壁鎮的鞋店

選項 1，對話中沒有提到轉學的文件。

女士接下來要做的事是選項 3「帽子を買う（買校帽）」。

選項 4，女士目前還不打算去鞋店。

6番

男の人と女の人がカタログを見ながら話しています。二人は何を注文しますか。

F：これ、災害が起こった時のために必要なものなんだけど、全部そろえたら重くて持てないんじゃない？

M：家に置いておくものと、持ち出すものと分けて考えようよ。家にあるものもあるし。まず水だね。

F：一日に一人3リットル必要だっていうから、3日分だとペットボトルあと2本。これは私がスーパーで買ってくるよ。[1] 〈關鍵句〉

M：うん。保存食は缶詰ぐらいしかないな。5年食べられるパンか…これも買っておこうよ。[2] 〈關鍵句〉

F：お湯を入れるだけで食べられるごはんもいるんじゃない？[3] 〈關鍵句〉

M：そうだね。あと、ここに大きく書いてあるラジオ付き懐中電灯は？

F：懐中電灯もラジオも小さいのが前から家にあるよ。[4] 〈關鍵句〉

M：じゃ、これはいいか。それなら、今はとりあえず…。

- □ カタログ【catalogue】商品目錄
- □ 災害 災害，天災
- □ 持ち出す 帶出去，拿出去
- □ 分ける 分開；區分
- □ リットル【（法）litre】公升
- □ 保存食 可以長期保存的食物，乾貨

二人は何を注文しますか。

1 水
2 缶詰
3 パンとごはん
4 ラジオ付き懐中電灯

(6)

男人和女人一面看型錄一面討論。請問他們要訂購哪些東西呢？

F：這些雖然是發生災害時的必備物品，可是如果全都要帶，不就重得拿不動了嗎？

M：我們把要放在家裡的，以及要隨身攜帶的分開列表吧。何況有些東西家裡本來就有了。首先該準備的是水吧。

F：這上面說，每人每天需要三公升，所以三天份的話，還需要兩支保特瓶的水。這個我去超市買就好。

M：嗯。適合長期保存的食物，大概只有罐頭之類的。這裡有保存期限是五年的麵包……我看，這個也買了吧！

F：應該還需要只沖熱水就可以吃的米飯吧？

M：有道理。另外，這邊用大字標注的具有收音機功能的手電筒呢？

F：小型的手電筒和收音機家裡本來就有了。

M：那，這個就不用了吧。這樣的話，目前先買這些……。

①女士說，水去超市買就好。

②③對話中提到要買可以保存五年的麵包和只沖熱水就可以吃的米飯。

④手電筒和收音機家裡本來就有了。

Answer 3

請問他們要訂購哪些東西呢？

1 水

2 罐頭

3 麵包和米飯

4 具有收音機功能的手電筒

因此，需要購買的是選項 3「パンとごはん（麵包和米飯）」。

選項 4，因為已經有手電筒和收音機了，所以不需要購買。

MEMO

ポイント理解

在聽取完整的會話段落之後，測驗是否能夠理解其內容（依據剛才已聽過的提示，測驗是否能夠抓住應當聽取的重點）。

考前要注意的事

作答流程 & 答題技巧

聽取說明

先仔細聽取考題說明

↓

聽取問題與內容

測驗目標是在聽取兩人對話或單人講述之後，測驗能否抓住對話的重點、理解事件裡原因、目的，或說話人的心情。選項會印在考卷上。

內容順序一般是「提問 ➡ 對話(或單人講述) ➡ 提問」預估有 7 題左右

1 提問時常用疑問詞，特別是「どうして」（為什麼）。首先必須理解問題內容，然後集中精神聽取文章中的重點，排除不需要的干擾訊息。

2 注意選項與對話中換句話說的表達方式。

↓

答題

再次仔細聆聽問題，選出正確答案

N1 聽力模擬考題　問題2　第一回

2-1

問題2では、まず質問を聞いてください。そのあと、問題用紙のせんたくしを読んでください。読む時間があります。それから話を聞いて、問題用紙の1から4の中から最もよいものを一つ選んでください。

2-2 例

【答案詳見：609 頁】

答え：1 2 3 4

1　パソコンを使い過ぎたから

2　コーヒーを飲みすぎたから

3　部長の話が長かったから

4　会議室の椅子が柔らかすぎるから

2-3 1番

答え：1 2 3 4

1　山崎先生がひげをそったから

2　山口先生がひげをそったから

3　木村君のあわてぶりが面白かったから

4　男の学生の話し方が面白かったから

2-4 2番

答え：1 2 3 4

1 反省している

2 後悔している

3 驚いている

4 心配している

2-5 3番

答え：1 2 3 4

1 美容院の床の色

2 車のソファの色

3 レストランの壁の色

4 アクセサリー店の看板の色

2-6 4番

答え：1 2 3 4

1 壊れていたから

2 吸い込む力が弱いから

3 デザインが悪いから

4 うるさいから

2-7 5番

答え：1 2 3 4

1 新しいゲームをしたいから

2 数学の宿題をやっていないから

3 数学のテストで 60 点とれそうにないから

4 父親にゲーム機を取り上げられたから

2-8 6番

答え：1 2 3 4

1 保険がきくから

2 近所だから犬の散歩のため

3 診察代が安いから

4 説明が親切だったから

2-9 7番

答え：1 2 3 4

1 明日は別の仕事をしたいから

2 打ち合わせの時間を短くしたいから

3 早く報告書を作りたいから

4 女の人がうまくできるか心配だから

問題2では、まず質問を聞いてください。そのあと、問題用紙のせんたくしを読んでください。読む時間があります。それから話を聞いて、問題用紙の1から4の中から最もよいものを一つ選んでください。

1番

大学で男の学生と女の学生が話しています。女の学生はどうして笑っているのですか。

F：ああ、おかしい（笑い声）。

M：なに？　何かおもしろいことあったの。

F：さっきね。木村君と話していたんだけど、おかしいの。私は山口先生の話をしていたの。ほら、経済学のね。

M：うん。

F：木村君、急に、先生がひげをそったから若くなったとかって言うの。

M：えっ、山口先生は、女の先生だろう？…ああ、山崎先生と間違えていたんだ。

F：そうなの。で、ちょうどそのとき山口先生がいらっしゃって、あら、楽しそうね、って。その時の木村君の顔を思い出すと…ふっふっふ [1]（笑い声）。すごく慌ててたんだよ。[2] 〈關鍵句〉

M：先生にその話、したの。

F：まさか。

□ 経済学　經濟學

□ ひげをそる　刮鬍子，剃鬍子

女の学生はどうして笑っているのですか。

1　山崎先生がひげをそったから

2　山口先生がひげをそったから

3　木村君のあわてぶりが面白かったから

4　男の学生の話し方が面白かったから

第二大題。請先聽每小題的題目，再看答案卷上的選項。此時會提供一段閱讀時間。接著聽完對話，從答案卷上的選項 1 到 4 當中，選出最佳答案。

(1)

男學生和女學生正在大學裡聊天。請問女學生為什麼在笑呢？

F：哈哈哈，好好笑喔（笑聲）！

M：怎麼了？有什麼好玩的事嗎？

F：剛才呢，我跟木村聊天，真是笑死我了！我提到了山口老師……，就是教經濟學的老師嘛。

M：嗯。

F：結果木村忽然說，老師把鬍子剃掉，看起來年輕多了。

M：嗄？山口老師不是女老師嗎？……哦，他誤以為是山崎老師了！

F：就是說啊。結果就在那個時候，山口老師恰巧走過來，還說我們聊得好開心喔。我一想起木村當時的表情……嘻嘻嘻（笑聲），他窘得都不知道該怎麼辦才好呢！

M：妳轉述給老師聽了嗎？

F：怎麼可能！

①②女同學想起木村同學慌張的表情，說「おかしい（好好笑喔）」。

Answer 3

請問女學生為什麼在笑呢？

1 因為山崎老師把鬍子剃掉了

2 因為山口老師把鬍子剃掉了

3 因為木村同學慌張的表情很好笑

4 因為男學生的說話方式很好笑

2番

会社で男の人と女の人が話しています。男の人はどんな気持ちですか。

M：本当なら今頃は完成していたはずなんですが、第１回目のシステムテストが明日になりました。

F：わかりました。本社からの指示が遅れたので、それはしかたないですよ。

M：この仕事の最終的な締め切りは、延ばしてもらえるんでしょうか。

F：むずかしいでしょうね。ただ、手が足りない場合は、何人かに手伝ってもらうように手配します。

M：何も変更がないにせよ、うちの部だけでプログラム開発を進められるわけではないので、人を増やしたところで、これから計画通り行くかどうか。1 〈關鍵句

□ システムテスト【system test】系統測試
□ 最終的 最終的，最後的
□ 延ばす 延長，推遲
□ 手配 安排，籌備
□ プログラム【program】計畫；方案
□ 開発 開發；發展

男の人はどんな気持ちですか。

1 反省している
2 後悔している
3 驚いている
4 心配している

(2)

男士和女士正在公司裡交談。請問男士是什麼樣的心情呢？

M：如果按照預定進度，現在應該已經完成了，但事實上明天才能做第一次的系統測試。

F：好。我知道你們也是不得已的，原因出在總公司的指令給得太慢。

M：這項工作的結案期限，有可能延後嗎？

F：應該不太可能。不過，人手不夠的話，我可以加派幾個人力過去幫忙。

M：光靠我部門的現有人力，即使沒有任何異動，也不足以應付系統的研發計畫，因此就算多幾個人手，我也沒有把握能夠按照既定時程進行。

①「これから計画通りに行くかどうか（我也沒有把握能夠按照既定時程進行）」表達擔心的意思。

Answer 4

請問男士是什麼樣的心情呢？

1　反省的心情
2　後悔的心情
3　驚訝的心情
4　擔心的心情

男士的話並未表現出選項1「反省（反省）」或選項2「後悔（後悔）」的意思，也沒有露出選項3「驚いて（驚訝）」的神情。

3番

パソコンのカメラとマイクを使って男の人と女の人がオンラインで話しています。二人は何について話していますか。

M：おはようございます。あのう、昨日送ったファイル、どうですか。

F：ああ、設計図ですね。ざっと目を通しましたけど、色は、結局どうしますか。

M：そうか。ちょっと待ってください。今、見本を…これ。これは一冊しかないからそちらに送れないんですよ。今、いっしょに見てもらえますか。

F：いいですよ。

M：これなんてどうでしょう、パソコンだと見にくいかな。

F：うーん、調理場[1]と同じにしてほしいっていうことでしたね。もう少し明るい方がよくないですか。昔は水に強いペンキは限られた色しかなかったけど、今はいろいろ選べるし。それに、お客さんは若い女性が多いし、メニュー[2]も若い人向けだしね。もっと軽い感じで。次のページはどうですか。見せてもらえます？ ＜關鍵句 ＜關鍵句

□ オンライン【online】線上

□ 設計図 設計圖

□ ざっと 大致的，粗略的

□ 目を通す 瀏覽，看

□ 結局 結果；到底

□ ペンキ【（荷）pek】油漆

二人は何について話していますか。

1 美容院の床の色

2 車のソファの色

3 レストランの壁の色

4 アクセサリー店の看板の色

(3)

男士和女士正在使用電腦麥克風和鏡頭透過網路進行視訊通話。請問他們在談什麼事情呢？

M：早安。請問，昨天寄去的檔案您過目了嗎？

F：喔，您是說設計圖吧？我剛才大致瀏覽了一下，配色部分怎麼安排呢？

M：您問配色嗎？請稍等一下，我找一下樣品……，找到了。這個只有一本，所以沒辦法寄給您參考，現在可以在線上一起看嗎？

F：可以呀。

M：像這樣的設計您喜歡嗎？在電腦螢幕上不知道看不看得清楚……。

F：嗯……，我之前提過希望和烹飪區統一色彩，是不是用更亮一點的色調比較好呢？以前防水漆的顏色只有少數幾種，現在已經有很多選擇了。況且主力客層是年輕女性，菜單設計也迎合年輕人的口味，所以想要更輕快一點的氛圍。下一頁呢？可以讓我看一下嗎？

①②從「調理場（烹飪區）」和「メニュー（菜單）」可以得知，兩人正在討論餐廳牆壁的顏色。

Answer 3

請問他們在談什麼事情呢？

1 美容院地板的顏色
2 車子沙發的顏色
3 餐廳牆壁的顏色
4 飾品店招牌的顏色

4番

店員と客が話しています。客が掃除機を返品したい理由は何ですか。

F：これ、昨日こちらで買った掃除機なんですけど、返品できますか。

M：はい。何か問題がありましたでしょうか。

F：きのう、うちは犬がいるから吸い込む力が強力じゃないとだめだ、って言ったら、こちらの店員さんにこれを勧められたんだけど、これ、前のより吸い込まなくて。[1] デザインはとってもおしゃれだし、軽いし、気に入っていたんですが。（關鍵句）

M：そうでしたか。ご説明が足りず、申し訳ありません。やはり、このタイプの掃除機は音が静かで、空気を汚さない分、吸い込む力が若干弱くなっておりまして。[2]（關鍵句）

F：そうですよね。とにかく選びなおしたいので、とりあえず返品してもいいですか。パワーがあるのを選び直しますから。

- □ 返品　退貨
- □ 吸い込む　吸入
- □ 強力　強力，力量大
- □ 勧める　推薦；勸
- □ 若干　若干；少許

客が品物を返品したい理由は何ですか。

1　壊れていたから
2　吸い込む力が弱いから
3　デザインが悪いから
4　うるさいから

(4)

店員和顧客正在談話。請問顧客買了吸塵器後想退貨的理由是什麼？

F：這是我昨天在這裡買的吸塵器，可以退貨嗎？

M：您好，請問有什麼問題嗎？

F：昨天我說了家裡養狗，所以需要吸力很強的機種才行，貴店的店員推薦我買這一款，結果比我家裡原來那支的吸力還要弱。雖然這一支的設計非常漂亮又輕便，我很喜歡……。

M：原來如此，非常抱歉，本店店員沒有說明清楚。這個型號的吸塵器因為沒有噪音，排氣也很乾淨，相對地吸力也會比較弱一點。

F：就是像您說的那樣。總之，我想重挑一支，可以先幫我辦理退貨嗎？我想另外選一支吸力夠強的。

①②顧客說想換一台吸力更強的吸塵器。店員也承認這一款吸塵器的吸力比較弱。

Answer 2

請問顧客買了吸塵器後想退貨的理由是什麼？

1 因為壞掉了
2 因為吸力很弱
3 因為設計很醜
4 因為有噪音

選項 3 和選項 4，由對話可知吸塵器的設計很漂亮，且店員說這款吸塵器「音が静か（沒有噪音）」。

5番

母親と男の子が話しています。男の子はどうして今日学校に行きたくないのですか。

M：ああ、行きたくない。

F：どうして。早く行かないと遅れるよ。今日、数学のテストなんでしょ。

M：約束しちゃったんだよね。70点以上取るって、お父さんと。そしたら新しいゲーム買ってくれるって。1

F：ああ、そうなの。じゃ、がんばれば。

M：無理に決まってるよ。2 まあ、それはともかく、もし60点以下だったら、ゲーム機を取り上げられるんだって。3 〈關鍵句 〈關鍵句

F：あらあら。

M：50点さえとったことないのにさ。お父さん、ひどいよ。

F：うーん、毎日10分も勉強しない方がひどいと思うけど。

□ 取る 拿取；操縱
□ 取り上げる 沒收；拿起
□ ゲーム機【game機】 遊戲機

男の子はどうして学校に行きたくないのですか。

1 新しいゲームをしたいから
2 数学の宿題をやっていないから
3 数学のテストで60点とれそうにないから
4 父親にゲーム機を取り上げられたから

(5)

媽媽和男孩正在說話。請問男孩今天為什麼不想上學呢？

M：唉唷，真不想去！

F：為什麼？再不快點去就要遲到囉？今天不是有數學小考嗎？

M：我不是和爸爸約好了要考70分以上嗎？如果分數超過了，爸爸說會買新的遊戲軟體給我。

F：哦，這樣呀。那你加油囉！

M：怎麼可能考到那種分數嘛！先別說能不能得到遊戲軟體，萬一低於60分，爸爸說要沒收遊戲機吔！

F：真的呀？

M：我根本從來沒考超過50分，爸爸好過分喔！

F：這個嘛……，媽媽覺得每天連10分鐘都不肯用功讀書的人比較過分哦。

①②數學考試考到70分以上就可以得到新的遊戲軟體，但男孩說這是不可能的。

Answer **3**

請問男孩今天為什麼不想上學呢？

1 因為想玩新遊戲

2 因為沒寫數學作業

3 因為覺得無法考到六十分

4 因為遊戲機被爸爸沒收了

對話中沒有提到選項 1 和選項 2 的內容。

遊戲機還沒被沒收，所以選項 4 不正確。

6番

男の人と女の人が動物病院で話しています。女の人がこの病院を選んだ理由は何ですか。

M：かわいい子猫ですね。まだ小さいんですか。

F：ええ。4月生まれです。あのう、この近くには結構ペットの病院がありますけど、どうしてここにいらっしゃってるんですか。

M：ああ、うちの犬は小さいころからずっとここでお世話になっててね。先生が丁寧なんですよ。[1] この前なんか、うちの孫がカメを連れてきたんだけど、ものすごく丁寧に診てくれて。 〈關鍵句

F：そうですか。よかった。ペットを飼うの初めてなんで、あちこち電話して、予防注射の値段を聞いたんです。もっと安いところもあったんですけど、ここは値段だけじゃなくて子猫の飼い方についても教えてくれて、なんか安心できそうで。[2] 〈關鍵句

M：ああ、そうでしたか。

F：やっぱり、人間と違って保険も使えないから、ずっとお世話になるなら、こんなところがいいんだろうなって思って。

M：ええ、いいと思いますよ。ここ。

□ 動物病院 動物醫院，獸醫院
□ カメ 烏龜
□ 飼う 飼養
□ 予防注射 預防針
□ 保険 保險

女の人がこの病院を選んだ理由は何ですか。

1 保険がきくから
2 近所だから犬の散歩のため
3 診察代が安いから
4 説明が親切だったから

(6)

男士和女士正在動物醫院裡聊天。請問女士選擇這家醫院的理由是什麼呢？

M：好可愛的小貓咪喔，出生沒多久吧？

F：是呀，四月生的。我想請問一下，這附近的寵物醫院蠻多家的，您為什麼來這一家呢？

M：喔，因為我家的狗從小就一直在這邊看病，這裡的醫師很細心喔。前陣子，我孫子帶了烏龜來找醫師，看診非常仔細喔。

F：這樣哦，那我就放心了！我是第一次養寵物，打了不少電話到處詢問預防注射的價格。雖然問到了其他地方比這裡便宜，不過這一家的價格還可以接受，而且也會教我養小貓的注意事項，感覺比較安心。

M：喔，這樣啊。

F：畢竟寵物和人不一樣，沒辦法使用健保，而且既然要找一家固定看診的地方，我想還是找這樣的醫院比較有保障。

M：是啊，我也覺得這裡很不錯喔。

①②男士也説醫生很細心，女士則説這家醫院會親切的説明養小貓的注意事項，感覺比較安心。

Answer 4

請問女士選擇這家醫院的理由是什麼呢？

1 因為有健保

2 因為在附近可以帶狗來散步

3 因為診料費便宜

4 因為診所會親切的説明

選項 1，對話中沒有提到不能使用健保。

選項 3，對話中提到其他醫院的診療費更便宜。

7番

男の人と女の人が会社で話しています。男の人が今打ち合わせをしたい理由は何ですか。

M：中村さん。あさっての件、打ち合わせしておきたいんだけど。

F：あ、申し訳ないんですが、あと 10 分ほどで出たいんです。差し支えなければ明日の午前中にお願いしたいんですが。

M：そうか。わかった。じゃ、明日までに報告書を見ておいてくれる？そうすれば打ち合わせの時間も短縮できるから。

F：はい、承知しました。もし問題点が見つかったら、メールでお知らせしましょうか。

M：そうですね。お願いします。

F：本当なら今日中に打ち合わせを終わらせられたらよかったのですが、申し訳ありません。 〈關鍵句

M：そうすれば明日は田中産業の仕事に時間が使[1]えるからね。まあ、いいよ。あっちは今週中にできさえす[2]ればいいと言われているし。 〈關鍵句

□ 打ち合わせ 商量，討論
□ 件 事情，事件
□ 差し支える（對工作等）妨礙；感到不方便
□ 短縮 縮短，縮減

男の人が今打ち合わせをしたい理由は何ですか。

1 明日は別の仕事をしたいから
2 打ち合わせの時間を短くしたいから
3 早く報告書を作りたいから
4 女の人がうまくできるか心配だから

(7)

男士和女士正在公司裡交談。請問男士希望現在討論的理由是什麼呢？

M：中村小姐，關於剛才那個案子，我想和妳討論一下。

F：啊，不好意思，我十分鐘後要出門。方便的話，可以約明天早上嗎？

M：這樣啊，好，那可以請妳在明天討論前先看完報告嗎？這樣就能縮短討論的時間了。

F：好，我知道了。萬一發現了問題，是不是先寫電子郵件給你呢？

M：也好，那就麻煩妳了。

F：真抱歉，其實應該在今天之內討論完才方便你做後續處理。

M：是啊，那樣的話就能把明天的時段拿來處理田中產業的案子了。不過也沒關係啦，反正老闆說那邊的工作只要這星期內可以完成就好。

①②對於女士因為自己的行程安排而無法在今天討論，男士回答：今天討論的話，就能把明天的時段拿來處理田中產業的案子了。

Answer 1

請問男士希望現在討論的理由是什麼呢？

1　因為明天想做別的工作
2　因為想縮短討論時間
3　因為想早點做好報告
4　因為女士擔心工作是否能順利完成

N1 聴力模擬考題　問題 2　第二回

(2-10)

問題 2 では、まず質問を聞いてください。そのあと、問題用紙のせんたくしを読んでください。読む時間があります。それから話を聞いて、問題用紙の 1 から 4 の中から最もよいものを一つ選んでください。

(2-11) 例

【答案詳見：609 頁】

答え：1　2　3　4

1　パソコンを使い過ぎたから

2　コーヒーを飲みすぎたから

3　部長の話が長かったから

4　会議室の椅子が柔らかすぎるから

(2-12) 1 番

答え：1　2　3　4

1　電車賃がなくて家に帰れないから

2　財布を落としたのかとられたのかわからないから

3　スマートフォンをのぞかれたから

4　クレジットカードを落としたから

2-13 2番（ばん）

答え：1 2 3 4

1　謙虚（けんきょ）だった

2　軽率（けいそつ）だった

3　勉強不足（べんきょうぶそく）だった

4　消極的（しょうきょくてき）だった

2-14 3番（ばん）

答え：1 2 3 4

1　娘（むすめ）に勧（すす）められたから

2　若（わか）い人（ひと）と知（し）り合（あ）うため

3　妻（つま）が応援（おうえん）してくれるから

4　姿勢（しせい）がよく若（わか）くなれるから

2-15 4番

答え：① ② ③ ④

1 キュウリ

2 ナス

3 ピーマン

4 トマト

2-16 5番

答え：① ② ③ ④

1 楽しくないのに楽しそうだと言われたから

2 父親が自分の誕生日を間違えたから

3 昨日父親が遅く帰ってきたから

4 プレゼントが気に入らなかったから

2-17 6番(ばん)　答え：1 2 3 4

1　定期預金(ていきよきん)

2　住宅(じゅうたく)ローン

3　保険(ほけん)

4　株(かぶ)

2-18 7番(ばん)　答え：1 2 3 4

1　希望(きぼう)の会社(かいしゃ)に就職(しゅうしょく)が決(き)まったから

2　試験(しけん)に合格(ごうかく)したのは偶然(ぐうぜん)だから

3　教授(きょうじゅ)に反対(はんたい)されたから

4　留学(りゅうがく)するお金(かね)がないから

問題2では、まず質問を聞いてください。そのあと、問題用紙のせんたくしを読んでください。読む時間があります。それから話を聞いて、問題用紙の1から4の中から最もよいものを一つ選んでください。

1番

駅で駅員と女の人が話しています。女の人はどうして困っているのですか。

M：警察に連絡をしますか。

F：どうしたらいいでしょうか。もしかしたら、定期券を出すときとかに駅で落としたのかもしれないし…。[1] 財布と定期券はいつも別々のポケットに入れていますけど。 ＜關鍵句

M：財布だけがなくなっているのなら、やはりスリにとられたのかもしれません。[2] ＜關鍵句

F：電車で立っているときに、スマートフォンを見ていて、なんだか横の人がのぞき込んでるような気がして嫌だな、と思ったんです。あ、でも、電車賃は大丈夫です。定期券がありますし。ただ、財布の中にクレジットカードが入っているので、すぐカード会社に連絡しないと。

M：それだけはすぐに連絡した方がいいですね。

F：ええ。でも、本当にどっちなのか…。ああ困った。[3] ＜關鍵句

□ スリ　扒手，小偷

□ スマートフォン【smartphone】智慧型手機

□ のぞき込む　偷窺，偷看

女の人はどうして困っているのですか。

1　電車賃がなくて家に帰れないから

2　財布を落としたのかとられたのかわからないから

3　スマートフォンをのぞかれたから

4　クレジットカードを落としたから

第二大題。請先聽每小題的題目，再看答案卷上的選項。此時會提供一段閱讀時間。接著聽完對話，從答案卷上的選項１到４當中，選出最佳答案。

(1)

站務員和女士正在車站裡談話。請問女士遇到什麼麻煩了呢？

M：要不要幫您聯絡警察呢？

F：我該怎麼辦才好呢？說不定是在掏定期票的時候掉在車站裡了……。可是我平常都把錢包和定期票分別放在不同的口袋裡。

M：既然只有錢包不見，恐怕還是被扒走了。

F：我站在電車裡的時候一直玩手機，但是旁邊有個人好像故意湊過來偷看我的螢幕畫面，那時覺得不太舒服。啊，幸好定期票沒掉，車資還付得出來。不過錢包裡有信用卡，得立刻和發卡單位聯絡才行。

M：那部分最好盡快聯繫，比較有保障。

F：您說得是。但是，到底是掉了呢，還是被扒走了呢……。唉，傷腦筋呀！

①②錢包有可能掉在車站裡，也有可能是被扒走了。

③因為不知道到底是掉了還是被扒走了，所以女士說「困った（傷腦筋）」。

Answer 2

請問女士遇到什麼麻煩了呢？

1　車資不見了回不了家
2　不知道錢包是掉了還是被扒走了
3　被偷看手機螢幕
4　信用卡掉了

選項１，因為定期票還在，所以車資還付得出來。

選項３，雖然女士說覺得有人在偷看她的手機螢幕，但這並不是造成她傷腦筋的原因。

選項４，信用卡在錢包裡，但女士不確定錢包是掉了還是被扒走了。

2番

講演会の後で女の人と男の人が話をしています。男の人は講師についてどう思っていますか。

F：時間、短かったね。

M：うん。さすが、今人気の作家だね。1時間半だったけど、あっという間だった。

F：いい小説を書く人って、人との対話も上手なのかな。内容も楽しかった。

M：ことば遣いも丁寧で、聞きやすかったね。ちょっと変な質問にも、相手の立場に立って誠実に答えていたのには感心したな。あんなに売れている作家だし、もっと偉そうな人かと思っていたけど。1 〈關鍵句

F：子どものころの話を聞くと、苦労してきたんだな、と思うけど、ぜんぜん偉そうに聞こえなくて、なんだか聞いてて元気が出ちゃった。

M：「人を敬うことが学びのはじめ」という言葉にも、反省させられたよ。あんな先生に教わっている学生たちは幸せだね。

□ 講師　講師，演講者

□ ことば遣い　用字遣詞，措辭

□ 誠実　誠實，真誠

□ 反省　反省

男の人は講師についてどう思っていますか。

1　謙虚だった

2　軽率だった

3　勉強不足だった

4　消極的だった

(2)

女士和男士於演講會結束後交談。請問男士對講師有什麼看法？

F：時間過得好快！

M：嗯，不愧是近來廣受歡迎的作家！雖然講了一個半鐘頭，卻覺得一下子就結束了。

F：小説寫得好的人，大概同樣善於和人們對話吧。演講內容也很有意思。

M：他的用字遣詞都經過深思熟慮，淺顯易懂。即使有人提出奇怪的問題，也能站在對方的立場誠懇回答，真的很不容易。以他目前在文壇的知名度，我還以為應該是個趾高氣昂的作家。

F：聽他講小時候的往事，真的是苦過來的，可是聽起來一點也不覺得誇大其詞，反而挺勵志的。

M：「尊敬，從向對方學習做起」那句話也十分發人深省。能在這樣的老師底下學習，他的學生實在很幸福。

①儘管講師是位人氣作家，但仍能站在對方的立場誠懇回答，以及不驕傲的謙虛態度，都讓男士深受感動。

Answer 1

請問男士對講師有什麼看法？

1 謙虛
2 輕率
3 學藝不精
4 消極

3番

会社で男の人と女の人が話しています。男の人がダンスを習っている理由は何ですか。

M：部長、今日はお先に失礼します。

F：ああ、お疲れさま。あ、練習の日でしたね。

M：ええ。もうすぐ大会なんですよ。そうだ、部長もよかったら、いかがですか。今、メンバーを募集中なんです。

F：私は遠慮しますよ。でも、なんで池田さんがダンス？ 前から聞きたかったんですけど。奥さんはなんて？ 怒らない？

M：ええ、応援してくれてます。大会の衣装も作ってくれたりして。

F：へえ。 關鍵句

M：姿勢がよくなって、[1] 背中がピンとするんですよ。会社ではパソコンばっかりだから。この前娘に背中が丸まってる*って言われまして、それで始めたんですが、なんだか、どんどん体が軽くなって、このままやってたら学生時代の自分を取り戻せるんじゃないかって。[2] 關鍵句

F：なるほど。なんだか私も興味がわいてきたわ！

□ 衣装 服裝

□ 背中が丸まってる 彎腰駝背

□ 取り戻せる 恢復；回收

男の人がダンスを習っている理由は何ですか。

1　娘に勧められたから

2　若い人と知り合うため

3　妻が応援してくれるから

4　姿勢がよく若くなれるから

(3)

男士和女士正在公司裡交談。請問男士為什麼學國標舞呢？

M：經理，我今天先下班了。

F：好，辛苦了。啊，今天要去練舞吧！

M：是，馬上就要比賽了。對了，經理如果有興趣，要不要一起來呢？教室目前正在招生。

F：恕我婉拒。不過，我從以前就一直想問池田先生，您為什麼想學國標舞呢？太太沒說什麼嗎？她沒生氣嗎？

M：沒有，她很贊成，就連比賽的舞衣也是她幫我做的。

F：這樣呀。

M：練舞可以端正姿勢，有助於維持抬頭挺胸喔。畢竟一整天都在公司打電腦，前陣子女兒說我彎腰駝背的，所以才開始去練舞，結果體重漸漸減少，如果持之以恒，或許就能恢復學生時代的體態了。

F：原來如此，這樣我也躍躍欲試呢！

①②對於女士詢問男士學習國標舞的理由，男士回答了「姿勢がよくなる（端正姿勢）」、「若くなれる（恢復年輕）」這兩點。

Answer 4

請問男士為什麼學國標舞呢？

1 被女兒勸説
2 為了認識年輕人
3 因為妻子的支持
4 因為可以端正姿勢、恢復年輕

選項３，男士説妻子很支持，並幫他做比賽的舞衣，但這並不是男士學國標舞的原因。

選項１，雖然女兒説男士「背中が丸まってる（彎腰駝背）」，但女兒並沒有建議男士練國標舞。

選項２的內容在對話中並沒有提到。

（＊）彎腰駝背＝背部彎曲，無法挺直的樣子。

4番

花屋で店員と客が話しています。客は何を買いますか。

F：いらっしゃいませ。

M：野菜を育ててみたいんですけど、初めてで。どんなのがいいでしょうか。

F：そうですね。キュウリやナスなんかは比較的育てやすいですよ。[1] 〈關鍵句〉

M：うん。だけど場所をとるでしょう。[2] うちはベランダなんでね。〈關鍵句〉

F：日当たりと水はけさえよければ、できないことはないですよ。あと…赤ピーマンとか。色があざやかで楽しいですよ。[3] 〈關鍵句〉

M：へえ。家で作れるの？ きれいなのはいいね。ただピーマンは苦手だからな。[4] 〈關鍵句〉

F：じゃ、これなんていかがですか。ミニトマトはいろいろ種類があるんですよ。黄色と赤、オレンジも。キュウリもナスも小さいものがあるにはあるんですけど、やっぱりスペースはいりますね。[5] 〈關鍵句〉

M：そうですよね。家で作るならおいしく食べるだけじゃなくて見ていて楽しめるのがいいな。これなら場所もそんなにとらなそうだし、うん、これにしよう。オレンジと赤と黄色のやつ、三種類ください。[6] 〈關鍵句〉

- □ キュウリ　黃瓜
- □ ナス　茄子
- □ 比較的　比較，相較之下
- □ ベランダ【veranda】陽台
- □ ピーマン【(法) piment】青椒
- □ スペース【space】空間

客は何を買いますか。

1　キュウリ
2　ナス
3　ピーマン
4　トマト

(4)

店員和顧客正在花店裡交談。請問顧客會買什麼呢？

F：歡迎光臨！

M：我想種種看蔬菜，可是從來沒試著，請問該種什麼才好呢？

F：這樣的話，我想小黃瓜和茄子比較容易栽種喔！

M：這樣哦。可是，那些需要比較大的空間吧？我家只能養在陽台上。

F：只要有陽光和水，應該沒什麼問題。其他的……譬如紅甜椒也蠻好種的，而且顏色鮮豔，長出來的時候會讓人很開心喔！

M：是哦，在家裡就養得活？顏色漂亮這點倒是不錯，不過我不敢吃青椒之類的。

F：那麼，像這樣的您喜歡嗎？小番茄有很多種類，有黃色、紅色甚至橘色的。小黃瓜和茄子雖然也有小一點的品種，但還是需要比較大的空間。

M：妳說得有道理。既然是在家裡種的菜，不僅要好吃，還要顧及賞心悅目。這種的話，似乎不需要太大的空間，嗯，就挑這個吧！請給我橘色、紅色和黃色的這三種。

①②小黃瓜和茄子的種植需要比較大的空間，所以不正確。

③④紅甜椒顏色很漂亮，但男士說他不敢吃青椒類。

⑤⑥由對話中可知，有黃色、紅色、橘色的種類，看了賞心悅目，又不需要太大空間種植的小番茄是正確答案。

Answer 4

請問顧客會買什麼呢？

1　小黃瓜
2　茄子
3　甜椒
4　番茄

5番

父親と娘が話しています。娘はどうして怒っているのですか。

F：（鼻歌を歌っている）。

M：楽しそうだね。あ、誕生日プレゼント、気に入った？

F：え？

M：ずいぶん選んだんだよ。クマの人形なんて子どもっぽいかと思ったんだけどね。お母さんとも相談して洋服とか、新しいゲームとかさんざん見て回ったんだけど。しかし、お母さん、もう渡しちゃったんだね。そうだよね、昨日だったもんな。[1]〈關鍵句〉お父さん、昨日は残業で遅かったから。

F：お父さん！

M：何？

F：ひどいよ、もう！　私の誕生日って、明日なんだけど。[2]〈關鍵句〉

M：えっ。

- □ 鼻歌　哼歌
- □ さんざん　狠狠地，嚴重地
- □ ちゃう　てしまう的口語用法

娘はどうして怒っているのですか。

1　楽しくないのに楽しそうだと言われたから
2　父親が自分の誕生日を間違えたから
3　昨日父親が遅く帰ってきたから
4　プレゼントが気に入らなかったから

(5)

爸爸和女兒正在聊天。請問女兒為什麼生氣呢？

F：（正在哼歌）。

M：看起來心情很好喔。對了，生日禮物，喜歡吧？

F：什麼？

M：爸爸可是絞盡腦汁才挑到的喔。本來想送熊寶寶，又覺得太孩子氣了。我還問過媽媽的意見，看是該送衣服，還是新上市的遊戲軟體之類的，然後到處找了很久才決定。不過，媽媽已經拿給妳了吧？是啊，昨天生日嘛，妳應該收到禮物了。爸爸昨天加班，很晚才回到家，沒能幫妳慶生。

F：爸爸！

M：怎麼了？

F：實在太過分了！明天才是我的生日。

M：什麼！

①②爸爸以為昨天是女兒的生日，但實際上是明天。女兒正為了爸爸記錯她的生日而生氣。

Answer 2

請問女兒為什麼生氣呢？

1　因為她明明不開心爸爸卻說她心情很好

2　因為爸爸記錯了她的生日

3　因為爸爸昨天很晚回家

4　因為不喜歡生日禮物

6番

銀行で銀行員と客が話しています。客は何を勧められましたか。

F：銀行口座を作りたいんですけど。

M：はい、ありがとうございます。普通でよろしいでしょうか。

F：いえ、普通の口座はあるんで定期を。

M：はい。ではこちらの用紙に、ご住所と、お名前、電話番号をお願いします。

F：はい。（間）これでよろしいですか。

M：はい。ありがとうございます。こちらは、1年でよろしいですか。

F：ええ。とりあえず。

M：…あのう、失礼ですが、こういった商品もございますが、いかがでしょうか。こちらは、病気やけがなどに備えたものでして、[1] 入院や手術の時は何回でも支給されることになっているんです。 〈關鍵句

F：ああ、今日はちょっと時間がないんで…それに、うちはみんな主人の会社の保険に入っているから。[2] 〈關鍵句

M：そうでしたか。失礼しました。一応、毎月のお支払いが2000円からと、大変お安くなっていますので、またお時間があるときにでも、ぜひご覧になってください。

□ 勧める 推薦；勸告
□ 銀行口座 銀行帳戶
□ 普通 普通，一般
□ 手術 手術，開刀
□ 一応 暫且；首先；大致
□ ぜひ 務必，一定

客は何を勧められましたか。

1 定期預金
2 住宅ローン
3 保険
4 株

(6)

行員和顧客正在銀行裡交談。請問行員向顧客推銷什麼業務項目呢？

F：我想開個戶頭。

M：好的，感謝開戶。請問是否開立活儲帳戶呢？

F：不，活儲我已經有了，要辦定存的。

M：好的，麻煩您在這張申請書上填寫住址、大名和電話號碼。

F：好。（過了一會兒）這樣可以嗎？

M：沒問題，謝謝您。請問是否辦理一年期的定存呢？

F：嗯，先存一年吧。

M：……不好意思，請問您是否有意願參考一下像這樣的理財商品呢？這一種的保障範圍包括疾病與意外傷害，住院和動手術也不限次數給付。

F：喔，我今天時間有點趕……而且，我們全家都已經在先生的公司那邊投保了。

M：了解了。不好意思，耽誤您的時間了。不過每個月僅僅只需付2,000圓，非常划算，您有空的時候不妨過目，參考看看。

請注意，要選的不是顧客前來辦理的業務，而是行員推薦顧客辦理的業務！

①銀行員以「いかがでしょうか（是否有意願）」來向顧客推薦保障範圍涵蓋疾病與意外傷害的理財商品。

②顧客將這項商品稱作「保険（保險）」，由此可知銀行員向顧客推薦的是選項 3「保険（保險）」。

Answer **3**

請問行員向顧客推銷什麼業務項目呢？

1 定期存款

2 房屋貸款

3 保險

4 股票

選項 1，顧客就是為了開立「定期存款」的帳戶才來銀行，這並不是行員所推薦的業務。

選項 2 和選項 4，對話中並沒有提到房屋貸款和股票。

7番

男の学生と女の学生が話しています。男の人が留学できない理由は何ですか。

F：あ、平野君、すごいね。大学推薦の留学生に選ばれたんだね。おめでとう。

M：ああ、ありがとう。たまたま*だよ。でも、辞退することにしたんだ。さっき、田山先生にも話してきた。先生も、残念だけどこれも運命だからしかたがないねって。

F：どうして。せっかくのチャンスなのに。奨学金も出るんでしょう。

M：うん。実は先週受けていた会社の役員面接に合格したんだ。[1]　〈關鍵句

F：ああ、そうだったの。

M：子どものころからずっと憧れていた会社だし、[2]　〈關鍵句　親の年齢を考えると、ここで就職しないで留学しても、帰ってきた時にどうなんだろうって思ってさ。

F：それは、確かに悩むよね。まあ、あの会社なら社内留学制度もあるだろうから、またチャンスはあるかもしれないしね。

□ 推薦　推薦
□ 辞退　辭退
□ 奨学金　獎學金
□ 役員　干部
□ 憧れ　憧憬，嚮往
□ 制度　制度

男の人が留学できない理由は何ですか。

1　希望の会社に就職が決まったから
2　試験に合格したのは偶然だから
3　教授に反対されたから
4　留学するお金がないから

(7)

男學生和女生正在聊天。請問男學生為什麼不去留學呢？

F：啊，平野，真厲害！你被學校甄選上大學留學生了吧？恭喜恭喜！

M：喔，謝謝，沒什麼啦。不過，我已經向校方婉拒了，剛剛也向田山老師報告了。老師也説雖然遺憾但命運如此，只能説無可奈何了。

F：為什麼？這麼難得的機會，而且還有獎學金不是嗎？

M：嗯。老實説，我上星期去那家公司參加的高階主管面試，已經通知錄取了。

F：喔，原來如此。

M：我從小就很嚮往進入那家公司，而且爸媽年紀也大了，我想，假如畢業後不上班而是出國留學，等到學成歸國，還不知道找不找得到工作。

F：確實讓人煩惱。沒關係啦，反正以那家公司的規模，應該有送員工出國進修的制度，説不定你還是有機會出國讀書的。

①②男學生説因為錄取了從小就很嚮往的公司，所以不去留學了。

Answer 1

請問男學生為什麼不去留學呢？

1 因為決定去嚮往的公司就職了
2 因為考試合格只是偶然
3 因為教授反對
4 因為沒有錢留學

選項３，對於男學生婉拒留學，教授説「しかたがない（無可奈何）」。

選項４，對話中提到去留學有獎學金，所以不是因為沒錢才無法留學。

（＊）「たまたま（沒什麼啦）」＝偶然的意思。克服了困難的人受到稱讚時可以回答這句話，表示自謙的意思。

MEMO

問題三題型

概要理解

在聽取完整的會話段落之後，測驗是否能夠理解其內容（測驗是否能夠從整段會話中理解說話者的用意與想法）。

考前要注意的事

作答流程 & 答題技巧

聽取說明

先仔細聽取考題說明

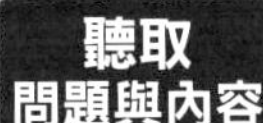

測驗目標是在聽取一人（或兩人）講述的內容之後，理解談話的主題或聽出說話者的目的和主張。選項不會印在考卷上。

內容順序一般是「提問 ➡ 單人（或兩人）講述 ➡ 提問＋選項」

預估有 6 題左右

1 文章篇幅較長，內容較抽象、具邏輯性，配分一般較高。

2 提問及選項都在錄音中，所以要邊聽邊在答案卷上作筆記，不需要太注意細節。通常答案不會只在一句話裡，因此必須歸納多個關鍵字和重點才能得到答案。

3 多次出現的詞彙多半是解題的關鍵。

答題

再次仔細聆聽問題，選出正確答案

N1 聴力模擬考題　問題3　第一回

3-1

問題3では、問題用紙に何も印刷されていません。この問題は、全体としてどんな内容かを聞く問題です。話の前に質問はありません。まず話を聞いてください。それから、質問とせんたくしを聞いて、1から4の中から、最もよいものを一つ選んでください。

3-2 れい

【答案詳見：610 頁】

答え：①②③④

- メモ -

3-3 1番

答え：①②③④

- メモ -

3-4 2番

答え：①②③④

- メモ -

3-5 3番（ばん）　答え：1 2 3 4

- メモ -

3-6 4番（ばん）　答え：1 2 3 4

- メモ -

3-7 5番（ばん）　答え：1 2 3 4

- メモ -

3-8 6番（ばん）　答え：1 2 3 4

- メモ -

問題3では、問題用紙に何も印刷されていません。この問題は、全体としてどんな内容かを聞く問題です。話の前に質問はありません。まず話を聞いてください。それから、質問とせんたくしを聞いて、1から4の中から、最もよいものを一つ選んでください。

1番

会社の会議で、男の人が話しています。

M：昨年以来、わが社の売り上げが下降していることは、皆さんご承知のとおりです。材料の値上げに加え、石油価格の上昇に伴った輸送燃料費の値上げなど、楽観的にはなれない状況ですから、社員が力を合わせて業務に取り組んでいることは頼もしく思っています。ただ、そのような中で、昨年度ののべ残業日数、時間は、かつてないほどでありました。[1]（關鍵句）これは、全社員を家族と考える私としては、危機感を抱かずにはいられません。わが社にも、家族の介護や育児などといった問題を抱えている方もおられるはずです。新入社員も例外ではありません。各課、各部署の責任者は、日頃の仕事の効率を考え、一人一人の業務の量や、能力の適正さを把握するという職務を、責任をもって果たしてもらいたいと思います。[2]（關鍵句）

- □ 介護　照顧病人或老人
- □ 上昇　上升，提高
- □ 伴う　伴隨；隨著
- □ 楽観的　樂觀的
- □ かつてない　前所未有的
- □ 部署　工作崗位，職守
- □ 効率　效率
- □ 業務　業務，工作

男の人は、誰に何を指示していますか。

1　社員に、遅刻や欠勤をしないように指示している。

2　社員に、節電をするように話している。

3　課長や係長に、もっとサービスを改善して売り上げを伸ばすように指示している。

4　課長や係長に、社員の仕事量や内容が適当かよく注意するように指示している。

第三大題。答案卷上沒有印任何圖片和文字，這一大題在測驗是否能聽出內容主旨。在說話之前，不會先提供每小題的題目。請先聽完對話，再聽問題和選項，從選項 1 到 4 當中，選出最佳答案。

(1)

男士正在公司的會議中發表意見。

M：如同各位所知，從去年開始，本公司的銷售數字持續下降。在原料漲價以及石油價格上升所伴隨而來的運輸燃料費調漲等等因素之下，導致營運現狀並不樂觀。面臨這樣的時刻，所有員工能夠通力合作為公司奮鬥，相當值得欣慰；不過也因此，前一年度的總加班日數與時數均創下歷年新高。這對於將全體員工視為家人的我而言，感受到不小的危機。本公司應該也有部分員工必須照顧罹患疾病的家人或是養育年幼的子女，即使是新進員工也不例外。希望各部門與各科室的主管務必善盡職責，能夠在考量日常工作效率的前提之下，確實掌握所有部屬的業務量，並且適才適用。

①②對於加班日數與時數過多的現象，說話者正在向「各課、各部署の責任者（各部門與各科室的主管）」下達指示，要求科長和股長應該確實掌握部屬的業務量是否適當。

Answer 4

請問男士正在對誰下達指示呢？

1 正在指示員工不可遲到及曠職。

2 正在告訴員工要節約用電。

3 正在指示科長和股長必須加強服務以促進銷售量。

4 正在指示科長和股長必須謹慎評估員工的工作量及工作內容是否恰當。

選項 1 和選項 2，對話中並沒有提到遲到或曠職，以及節約用電的相關事宜。

選項 3，雖然銷售量下降，但說話者認可員工的努力。

2番

女の人が、テレビで話しています。

F：最近、野菜ジュースを飲む人が増えているようです。コンビニでは、カップヌードルと一緒に買っている人もよく見かけます。市販の野菜ジュースの中には、ジュースにした方が摂りやすい栄養もあるのですが、気をつけなければならないのは、砂糖と塩の摂りすぎです。[1] ずいぶん砂糖が入っているものもあるし、塩で味がついているものは、野菜自体に含まれている分も含めると一日の必要量を超えてしまいます。栄養が偏る危険性もあります。[2] いくら日本人が野菜不足だからと言っても、たくさん飲めば健康にいいというわけではないのです。[3] ご家庭で作ればこの点は調整できますね。キャベツとリンゴ、トマトとオレンジなど、いろんな組み合わせも楽しいです。しかし、冷たいものは内臓を冷やすことになりますから、何事もほどほどがいちばんです。

關鍵句
關鍵句
關鍵句

- □ カップヌードル【cup noodles】 杯麵
- □ 市販 市售
- □ 調整 調整
- □ キャベツ【cabbage】 高麗菜
- □ 組み合わせ 組合
- □ 内臓 內臟
- □ ほどほど 適當的

女の人は野菜ジュースについてどう考えていますか。

1 市販の野菜ジュースの飲みすぎは、体によくない。

2 カップヌードルを食べるときは、野菜ジュースが必要だ。

3 砂糖や塩が多く含まれるので、飲まない方がいい。

4 家で作ったものなら、いくら飲んでもいい。

(2)

女士正在電視節目上發表意見。

F：最近好像有愈來愈多人飲用蔬果汁了。我常在便利商店看到民眾同時選購杯麵和蔬果汁。市售的蔬果汁中，雖然含有某些營養素是以果汁的型態攝取比較容易被身體吸收利用，但這時必須注意的是，會不會導致糖和鹽的攝取過量。有些產品加了大量的糖，而有些摻了鹽以增加風味的產品，則因為蔬菜本身也含有鹽分，加總之後超過了每日攝取量的上限，因而導致了營養不均衡的危險性。雖然統計數據顯示日本人的蔬菜攝取量不足，但並不是大量飲用蔬果汁就對健康有百利而無一害。如果在家裡自己搾蔬果汁，就不會有這樣的隱憂了。例如可以選用高麗菜和蘋果，或是番茄搭配柳橙等等，用不同的蔬果組合享受飲用的樂趣。不過要小心的是，冰冷的食物會讓內臟受寒，所以任何事都要避免過與不及。

①②③女士提醒大家注意不要過量飲用市售的蔬果汁。

Answer 1

請問女士對於蔬果汁有什麼看法呢？

1 市售的蔬果汁飲用過量將有礙健康。

2 吃杯麵的時候必須搭配蔬果汁。

3 蔬果汁含有太多糖和鹽，最好不要喝。

4 若是在家裡搾出來的蔬果汁，可以盡量喝沒關係。

選項 2，女士是説常看到民眾同時選購杯麵和蔬果汁。

選項 3，女士並沒有説「飲まない方がいい（最好不要喝）」。

選項 4，女士並沒有説「いくら飲んでもいい（盡量喝沒關係）」。

3番

駅で、駅員と女の人が話しています。

F：あのう、すみません。

M：はい。

F：たった今なんですが、電車の中に忘れ物をしてしまいまして。

M：上りの電車ですか。

F：ええ。棚の上にのせたまま降りてしまって。黒い猫の絵のバッグに入ってるバイオリンです。バッグはいいんですけど、中身は思い出のあるもので…。

M：何両目か覚えていますか。

F：ええっと…何両目の車両かはちょっと…ああ、でも前の方です。前から二両目だと思います。

M：わかりました。もしかしたら終点の駅で回収できるかもしれませんので連絡します。1 もし回収できなかったとしても、誰かが届けてくれるかもしれません。その場合は少し時間がかかります。こちらにあなたの電話番号をお書きください。あと、ご住所とお名前もお願いします。

關鍵句

□ バイオリン【violin】 小提琴

□ 車両 車廂，車輛

□ 回収 回收，收回

□ 届ける 送到，提交；申報

駅員は、これから何をしますか。

1 終点の駅に行く。

2 終点の駅から連絡が来るのを待つ。

3 終点の駅に連絡して、忘れ物を探してもらう。

4 見つけた人が連絡してくれるのを待つ。

(3)

站務員和女士正在車站裡交談。

F：不好意思，打擾一下。

M：請説。

F：我剛剛把東西忘在電車上了。

M：請問是上行電車嗎？

F：對。東西還放在置物架上沒拿就下車了。是一把小提琴，裝在有黑貓圖案的袋子裡。袋子倒是無所謂，可是裡面的東西有紀念價值……。

M：您記得是第幾車廂嗎？

F：我想想看……是第幾車廂呢……不太記得了，不過是比較靠近車頭那邊。我想應該是從前面數來的第二節車廂。

M：好的，我聯絡一下，説不定會在終點站找到您的遺失物；即使沒能找到，也可能有人會送來招領。如果是後者，需要等久一點。請將您的電話號碼登錄在這裡，還有，也請留下您的住址和大名。

①因為站務員説或許會在終點站找回遺失物，因此選項 3 是正確答案。

Answer 3

請問站務員接下來要做什麼呢？

1 去終點站。

2 等待來自終點站的聯繫。

3 和終點站那邊聯絡，請他們協尋遺失物。

4 等待撿到遺失物的人主動聯繫。

選項 1 和選項 2，對話中並沒有提到「終点の駅に行く（去終點站）」以及「終点の駅から連絡が来るのを待つ(等待來自終點站的聯繫)」。

選項 4 ，對話中雖然提到「誰かが届けてくれるかもしれない(可能有人會送來招領）」，但這並不是站務員接下來要做的事。

4番

テレビで、レポーターが話しています。

F：人工知能、すなわちAIが病気の診断を支援するシステムが、医科大学と企業の共同で開発され、昨日、都内で試験が行われました。このシステムは、患者の症状を入力すると、人工知能が病名とその確率を計算して示す仕組みになっていて、来年度から実験が始まります。どんなシステムかというと、まず、普通なら患者が紙にペンで記入する質問票は書かないで、人型ロボット相手に言葉で伝えます。その後、医師の診察が行われ、さらに患者の症状などが電子カルテに追加され、それらの情報を受けた人工知能は、患者の診療データなどを集めたデータバンクをもとに、可能性のある病名とその確率、必要な検査などを提示します。<u>このシステムが実用化されれば、見落としてはならない病気に医師が気付くことができ</u>[1]、新人の医師の経験不足を補うことも期待されます。 〈關鍵句

- □ すなわち　亦即，也就是
- □ 診断　診斷
- □ 支援　支援
- □ 開発　開發；發展
- □ 症状　症狀
- □ 仕組み　結構，構造；企畫
- □ システム【system】系統
- □ カルテ【（德）Karte】病歷

新しいシステムの開発によって、何が期待されると言っていますか

1　早く病名がわかること。
2　医師不足が解消されること。
3　今まで治らなかった病気の薬ができること。
4　病気を見逃すことが少なくなること。

(4)

播報員正在電視節目上報導。

F：人工智慧，亦即支協助疾病診斷的AI系統，目前已由醫學大學與企業共同研發完成，於昨天在東京都內進行了測試。這個系統即將於下一年度進入實驗階段，其設計概念是輸入患者的症狀，經過人工智慧計算之後顯示病名與確診率。關於系統的詳細運作模式，首先，患者不必再和目前一樣拿筆填寫紙本的初診單，而是直接口頭告知機器人即可。接下來，經過醫師的診察，將患者的症狀等相關事項繼續填列在電子病歷上，而人工智慧接收到這些資訊之後，逕行於已經彙集許多患者診療資料的資料庫中搜尋比對，然後顯示可能罹患的病名、確診率，以及必須接受的檢查項目。若是這項系統能夠廣泛運用，將可達到幫助醫師做出精準的疾病診斷，以及輔助資淺醫師經驗不足的預期目標效果。

①播報員提到「見落としてはならない病気に医師が気付くことができ（將可達到幫助醫師做出精準的疾病診斷）」，所以選項４是正確答案。

Answer 4

這段話指出，研發出來的新系統具有什麼樣的預期目標效果呢？

1 盡早得知病名。

2 解決醫師人力不足的問題。

3 能夠發明目前無法治癒的疾病的藥物。

4 能夠降低疾病的未確診率。

播報員並沒有提到選項１、２、３的內容。

5番

電車の中で、女の人と男の人が話しています。

M：久しぶり。

F：ほんと。いつ以来かな。最後に会ったの。

M：もうずいぶん前だよね。たけしの結婚式？

F：うーん、そうかなあ、同窓会じゃなかったっけ。一昨年の堀内先生が退職されるからって、集まった。

M：ああ、六年の時の担任だった堀内先生、そうか退職なんだ。みんな小学生の時、「ほりっち先生」って呼んでたよな。なつかしいなあ。俺、あの日、ちょうど出張中で行けなかったんだよ。山下は何やってんの？ 今から仕事？

〈關鍵句 1〉〈關鍵句 2〉

F：ああ、私、去年転勤したんだ。週末は実家に帰ってきてて、今から新幹線で出勤。鈴木君もこれから仕事？ 中学校で教えてるんだよね。

M：あれ？ 言ってなかったっけ。俺、去年転職しておやじの店、継いだんだ。今営業中だよ。

F：えっ、そうなんだ。知らなかった。

- □ 同窓会　同學會
- □ 退職　退職
- □ 実家　娘家；親生父母家
- □ 出勤　出門上班
- □ 転勤　轉職
- □ 継ぐ　繼承，承襲

二人は、どんな関係ですか。

1　小学生の時の同級生
2　中学生の時の同級生
3　元同僚
4　同僚

(5)

女士和男士正在電車裡聊天。

M：好久不見！

F：真的耶！我們最後一次見面是什麼時候呀？

M：已經是好久以前的事嘍……小武的婚禮上嗎？

F：呃……是嗎，還是同學會呢？就是前年為了歡送堀內老師退休，大家聚在一起辦的那一場。

M：哦，妳是說六年級的級任導師堀內老師啊。是喔，原來他退休了。讀小學的時候，我們都叫他「阿堀老師」對吧？好懷念那段時光喔。我那一天不巧出差了，沒辦法參加同學會。山下妳目前做什麼工作？現在要去上班嗎？

F：喔，我去年換工作了。週末回了老家一趟，正要搭新幹線上班。鈴木你也要去上班嗎？我記得你在中學教書吧。

M：咦？我沒告訴妳嗎？我去年轉換跑道，繼承了老爸的店，現在出來跑業務。

F：嗄，是喔？我沒聽說吔。

①②從「六年の時の担任（六年級的級任導師）」、「みんな小学生の時（大家讀小學的時候）」等對話可以得知，男士和女士是小學同學。

Answer 1

他們兩人是什麼關係呢？

1 小學同學

2 中學同學

3 之前的同事

4 同事

選項 2，女士是中學老師，但並沒有說兩人是中學同學。

選項 3，對話中沒有提到兩人在同一個地方上班。

選項 4，現在兩人並沒有從事同樣的工作。

6番(ばん)

大学(だいがく)で、先生(せんせい)と学生(がくせい)が話(はな)しています。

M：一度(いちど)先輩(せんぱい)に会(あ)いに行(い)くといいと思(おも)いますよ。

F：はい。商品開発(しょうひんかいはつ)のできるところであれば、ぜひうかがってみたいです。[1] 〈關鍵句〉

M：食品関係(しょくひんかんけい)がいいと言(い)っていたね。[2] 〈關鍵句〉卒業(そつぎょう)した中島(なかじま)さん、覚(おぼ)えていますか。お菓子(かし)を作(つく)る会社(かいしゃ)でがんばってるよ。彼女(かのじょ)なら仕事(しごと)のことも詳(くわ)しく教(おし)えてくれるでしょう。[3] 〈關鍵句〉

F：中島(なかじま)さんがいらっしゃったのは、かなり有名(ゆうめい)な企業(きぎょう)でしたが、私(わたし)の成績(せいせき)で、どうでしょうか。

M：ええと、語学(ごがく)が少(すこ)し苦手(にがて)だと言(い)っていたけど、専門科目(せんもんかもく)はがんばっていますね。確(たし)か、論文(ろんぶん)も採用(さいよう)されたんじゃなかったっけ。

F：はい。語学(ごがく)も英語(えいご)は大丈夫(だいじょうぶ)です。先生(せんせい)、中島先輩(なかじませんぱい)にぜひお話(はなし)を伺(うかが)いたいです。

M：わかった。じゃ、今日(きょう)にでも連絡(れんらく)をとってみよう。ただ、彼女(かのじょ)も忙(いそが)しいかもしれないから、自分(じぶん)でも引(ひ)き続(つづ)きがんばってください。

- □ 語学(ごがく) 外語
- □ 専門科目(せんもんかもく) 專業科目
- □ 論文(ろんぶん) 論文
- □ 採用(さいよう) 錄用；採用
- □ 引(ひ)き続(つづ)き 繼續

二人(ふたり)は、何(なに)について話(はな)していますか

1 大学(だいがく)の授業(じゅぎょう)について
2 学生(がくせい)の進学(しんがく)について
3 学生(がくせい)の就職(しゅうしょく)について
4 先輩(せんぱい)の仕事(しごと)について

(6)

老師和學生正在大學裡談話。

M：我建議妳不妨去和學姊見個面。

F：好的。只要是能夠從事商品研發的地方，我一定要去拜會一下。

M：妳之前說過希望到食品的相關企業上班吧。還記得之前畢業的那位中島同學嗎？目前在一家甜點製造商努力工作喔。只要找她，一定可以告訴妳很多工作內容。

F：中島學姊任職的是一家相當知名的企業，以我的成績，恐怕不容易被錄取吧。

M：我看看……，妳說外語不是妳的強項，但是專業科目正在認真準備吧？我記得那裡好像也會把畢業論文列入考核項目之中。

F：是的，外語雖然不擅長，但是英文我有把握。老師，我真的很想向中島學姊請益！

M：好，那麼，我今天和她聯絡看看。不過，或許她很忙，妳自己也要繼續加油。

①②③對於學生希望到「商品開発ができるところ（能夠從事商品研發的地方）」上班，老師建議她不妨去和中島學姊見個面。由此可知老師和學生在談論有關學生的就業。

Answer 3

他們兩人正在談論什麼話題呢？

1　關於大學的授課
2　關於學生的升學
3　關於學生的就業
4　關於學姊的工作

選項 4，關於學姊的工作，老師只是為了向學生說明才稍微提了一下。

N1 聽力模擬考題　問題3　第二回

3-9

問題3では、問題用紙に何も印刷されていません。この問題は、全体としてどんな内容かを聞く問題です。話の前に質問はありません。まず話を聞いてください。それから、質問とせんたくしを聞いて、1から4の中から、最もよいものを一つ選んでください。

3-10 れい

【答案詳見：610 頁】

答え：1 2 3 4

- メモ -

3-11 1番

答え：1 2 3 4

- メモ -

3-12 2番

答え：1 2 3 4

- メモ -

3-13 3番（ばん） 答え：1 2 3 4

- メモ -

3-14 4番（ばん） 答え：1 2 3 4

- メモ -

3-15 5番（ばん） 答え：1 2 3 4

- メモ -

3-16 6番（ばん） 答え：1 2 3 4

- メモ -

問題3では、問題用紙に何も印刷されていません。この問題は、全体としてどんな内容かを聞く問題です。話の前に質問はありません。まず話を聞いてください。それから、質問とせんたくしを聞いて、1から4の中から、最も よいものを一つ選んでください。

1番

テレビで、女の人が話しています。

F：着物は大きく分けると「礼装」と「礼装以外」に分けられます。礼装は、結婚式やお葬式、入学式、また、改まったパーティなどに着ていくものですから、洋服の場合と同じように、自分の好みだけではなく、守らなければならない決まりもあります。たとえば、素材や、足袋、草履などとのバランスですね。しかし「礼装以外」の、ちょっと友達と会ったり、出かけたりするときに着るものは、自分の好みで選ぶことができます。特に浴衣の着方などはだいぶ自由になってきているようです。<u>着物を選ぶうえで大事なことは、着ている姿の調和と、周囲との調和だけです。</u>[1] この二つに気をつけて、もっと多くの人に日本の伝統文化である着物を楽しんでいただきたいと思っております。

〈關鍵句

□ 着物　和服
□ 礼装　禮服
□ 葬式　喪禮
□ 素材　素材
□ 足袋　日式短襪
□ 草履　草鞋
□ 調和　調和

女の人は、着物を着るときに大切なことは何だと言っていますか。

1　礼儀を守ることと約束をやぶらないこと。
2　年齢と、時代に合っているかということ。
3　見た目のバランスと、その場に適当かどうか。
4　普段から自分の趣味に合ったものを着ること。

第三大題。答案卷上沒有印任何圖片和文字，這一大題在測驗是否能聽出內容主旨。在說話之前，不會先提供每小題的題目。請先聽完對話，再聽問題和選項，從選項 1 到 4 當中，選出最佳答案。

(1)

女士正在電視節目上發表意見。

F：和服可以大致分為「禮服」與「禮服之外」兩種。禮服指的是參加婚禮、葬禮、開學典禮，以及正式酒宴等等場合的服裝，所以與西式服裝一樣，挑選的重點不僅僅是根據自己的喜好，還必須遵循相關的服裝規範。譬如，禮服的面料、襪套及草屐都必須相互搭配。至於「禮服之外」的和服，則是與朋友見面，或是外出時的服裝，可以依照自己的喜好選擇穿著。尤其近年來在浴衣的穿著方式上，已變得相當隨興。挑選和服的原則，只要注意穿著時儀容姿態的適宜，以及與身邊人事物的融合。只要能夠把握這兩項原則，相信就能讓更多人穿上和服，享受這種日本傳統文化的優美。

女士談話內容為和服的種類、挑選方法和挑選重點

①重要的是注意穿著時儀容姿態的適宜，以及與身邊人事物的協調性；亦即是否適合自己，和是否適合穿著出席該場合。

Answer **3**

請問女士認為穿著和服時的原則是什麼？

1 遵守禮儀與謹守諾言。

2 是否合乎年齡與時代。

3 外觀上是否搭配，以及人事時地物是否合宜得體。

4 平時就該穿著適合自己喜好的服裝。

2番

男の人と女の人が、テレビで話しています。

M：最近、眼鏡はかけてないんですね。

F：ええ、私はもともと目がよくないんですけど、特に、読書用の眼鏡を使うようになってから、どんどん悪くなるような気がして、眼鏡をかけないようにしています。

M：仕事の時は困りませんか。

F：まあ、慣れですね。<u>とにかく目に悪いと思うことをなるべくやめてます。</u>1　＜關鍵句

M：ブルーベリーがいいって言いますね。

F：ただ、ブルーベリーなんて毎日そんなに食べられないじゃないですか。もっとも、食生活には結構気をつけていますよ。<u>ただ、何より目をいたわることではないでしょうか。</u>2 ごしごしこすったり、パソコンやスマートフォンを長時間使ったりせず、本を読むにしても優しい明るさの下で読むように、とか。　＜關鍵句

□ もともと　原本

□ 読書　讀書

□ 慣れ　習慣，熟習

□ ブルーベリー【blueberry】藍莓

□ ごしごし　使勁的

女の人は目を悪くしないためにいちばん大事なことは何だと考えていますか。

1　眼鏡をかけないこと。
2　食生活に気をつけること。
3　よく洗うこと。
4　目を使いすぎないこと。

(2)

男士和女士正在電視節目中談話。

M：您最近都沒戴眼鏡喔。

F：是呀，我本來視力就不太好，尤其自從配戴閱讀專用眼鏡之後，視力似乎愈來愈差，後來就不戴眼鏡了。

M：這樣工作時不會看不清楚嗎？

F：還好，習慣了。總之，盡量避免做那些有礙視力的事。

M：聽説藍莓對眼睛很好喔。

F：不過，也沒辦法天天都吃藍莓呀。還好，我一向注重飲食健康。不過最重要的是，不要做傷害眼睛的動作，比方拚命揉眼睛。還有，不要過度使用電腦和智慧型手機，看書時也要在柔和的光線下閱讀等等。

①②女士提到盡量不要做傷害眼睛的動作，要愛護眼睛。

Answer 4

請問女士認為不讓視力惡化，最重要的事情是什麼？

1 不戴眼鏡。
2 注重飲食健康。
3 洗乾淨。
4 不要用眼過度。

選項 1，雖然女士説自從戴上眼鏡之後，感覺視力變差了，但並沒有説為了不讓視力惡化，最重要的就是別戴眼鏡。

選項 2，雖然女士提到注重飲食健康，但並沒有説這是最重要的事。

選項 3 的內容在對話中並沒有提到。

3番

会社で男の人と女の人が話しています。

F：部長、新製品のパンフレットの原稿を直しましたので、目を通していただけますか。

M：ああ、もう見ましたよ。うーん、まだだめだね。まず、他社とわが社の製品との違いがはっきりわからない。しつこく書いてもよさは伝わらないけど、わが社の製品を購入する理由がわからなくては始まらないでしょう。パンフレットを読むのは親でも、この椅子を使うのは子どもなんだから、見ただけでこの椅子の特別さが伝わるように。1 〈關鍵句〉

F：写真を増やすってことですか。

M：増やすというより、目を引くようなものをしっかり選んでください。2 パッと視線を集めて、忘れないような。〈關鍵句〉

F：承知しました。あと、この商品の名前はいかがでしょう。やっぱり、片仮名の方がいいという意見も出ているんですけど。

M：片仮名にしてもひらがなにしても、どうも平凡な気がするけど、あまりわかりにくいのはいけないな。名前はこれで行きましょう。

□ パンフレット【pamphlet】宣傳冊，小冊子

□ 原稿　原稿

□ 目を通す　過目

□ 目を引く　引人注目

□ 平凡　平凡

□ イラスト【illustration之略】　插圖

男の人は女の人にどんな指示をしましたか。

1　パンフレットの文字を少なくする。
2　印象に残る写真をよく選んで使う。
3　イラストや写真の数を多くする。
4　漢字をもっと多く使うようにする。

(3)

男士和女士正在公司裡交談。

F：經理，我已經把新產品的ＤＭ改好了，可以請您過目嗎？

M：喔，我已經看過了。唔，還不行哦。最大的缺點是，沒有辦法明確分辨出其他公司和我們公司的產品有何不同。雖然即使把所有的優點詳列出來，顧客也未必能夠體會，但是如果根本不知道為何要買我們公司的產品，那就別想把產品推銷出去了。縱使看ＤＭ的人是父母，但是實際坐在這張椅子上的人是小孩，所以要讓人一眼就能看出這張椅子的特色。

F：是否要增加照片呢？

M：與其增加，不如仔細挑足以吸睛的照片。要那種一瞬間就能吸引目光，讓人看過就印在腦海裡的。

F：了解。還有，這個品名可以嗎？有些同事認為應該用片假名比較好。

M：片假名也好，平假名也罷，總覺得有點普通；話説回來，太艱澀的也不行。名稱就用這個吧。

①②男士指示女士挑選足以吸睛的照片用在ＤＭ上，讓人只要看到照片就能看出椅子的特色。

Answer 2

男士向女士下達了什麼樣的指令呢？

1 減少ＤＭ上的文字。

2 仔細選用能讓人留下印象的照片。

3 增加插圖和照片的數量。

4 使用更多漢字。

選項１和選項４，關於ＤＭ上的文字和漢字的多寡，男士並沒有下達指示。

選項３，男士並沒有説要增加照片和圖片的數量，而是要求女士挑選「目を引くような（足以吸睛）」的照片。

4番

大学で教授が話しています。

F：現代社会で子どもたちはかつてないほどのさまざまな刺激を受けています。社会の国際化が進み、デジタル化が進み、家族の在り方が変わっていくと同時に、人の価値観、道徳観も変わってきています。その中にあって、子どもは保護をうける存在であると同時に、未来を担うべき存在である、という二つの側面を踏まえて、教育の形を考えなければならないのではないでしょうか。このどちらかに偏った考え方は、この国そのものの未来をゆがめてしまうし、実際、教育に携わる人々の偏った考え方は、多くの問題をうんできました。だからこそこの授業では、時代の移り変わりの中で、この二点における我が国の教育制度がどのように作られてきたのかを学ぶことを第一の目標にしていきたい[1]と思います。 ＜關鍵句

☐ かつてない　前所未有的

☐ デジタル化【digital化】　數位化

☐ 保護　保護

☐ 在り方　型態，應有的狀態

☐ 担う　擔；承擔

☐ 側面　側面；方面

☐ 携わる　參與，參加，從事，有關係

☐ 移り変わり　變遷

どんな授業についての説明ですか。

1　教育の国際化

2　子どもの健康

3　教育制度の歴史

4　道徳教育

(4)

大學教授正在學校裡發表觀點。

F：現代社會的兒童正面臨著前所未見，來自各個層面的種種刺激。隨著社會國際化、數位化的進展，以及家庭型態的改變，人類的價值觀與道德觀亦同步有所變化。值此現況，兒童不僅是受到保護的個體，並且是肩負未來的個體，而我們是否更應該在這兩項前提之下，深思教育的形式呢？假如其中一項思考基礎有所偏頗，將會導致國家的未來無法邁向康莊大道。事實上，擔當教育重責的人士，其偏頗的思考方式，正是現今諸多問題的根源所在。因此，我期許這堂課的首要目標是，在這兩項原則的基礎之上，幫助各位學習我國的教育制度是如何在時代的變遷之中形成的。

談話主要架構為：必須從兩個面向來考慮教育的形式→有偏見的思考方式會衍生出許多問題→這堂課的目標

①以在時代變遷之中學習教育制度作為目標。也就是說，教授正在說明的是學習教育制度歷史的課程大綱。

Answer 3

請問這是關於哪一門課程的入門解說呢？

1　教育的國際化
2　兒童的健康
3　教育制度的變遷
4　道德教育

5番

車の中で、女の人と男の人が話しています。

M：まさか、こんなに降るとは思っていなかったよね。

F：ほんと。でも、助かったよ。乗せてもらって。タクシーの列すごく長かったから。でも、お酒飲めないね。

M：ああ、もともとアルコールは苦手なんだ。それに今日はこの後仕事でさ。

F：そうなんだ。実は私も上海に出張で、今朝戻ったんだ。

M：運がよかったね。今はこの雪でもう飛行機は飛んでないよ。北海道からくる佐藤先生とか、大丈夫かな。健二、スピーチを頼んだらしいよ。

F：うん。まなみは優しいから、昨日からみんなのこと心配してると思う。今もきっと、真っ白なドレス着って、[1] 關鍵句 立ったり座ったりしてるよ。

M：健二はまなみのそういうところが好きなんだろうな。

F：きっといい夫婦になるね。[2] 關鍵句 よかったね。

□ もともと　原本
□ 夫婦　夫婦，夫妻
□ 同窓会　同學會

二人は、どこへ行きますか。

1　会議
2　同窓会
3　コンサート
4　結婚式

(5)

女士和男士正在車中聊天。

M：真沒想到居然下得那麼大！

F：就是說嘛。謝謝你載我去喔！排隊等計程車的人實在太多了。不過，這樣就不能喝酒囉！

M：喔，反正我本來就不喜歡喝酒，而且等一下還有工作。

F：這樣呀。其實我也剛去上海出差，今天早上才回來。

M：妳很幸運喔。像現在這樣的大雪，班機都停飛了。從北海道出發的佐藤老師，不知道能不能飛過來。健二好像有請他上台致詞。

F：嗯，真奈美很體貼，從昨天就開始擔心大家能不能順利出席了。想必她現在一定穿著純白的禮服，坐也不是站也不是的。

M：我想，健二就是喜歡真奈美這樣的個性吧。

F：他們一定能白頭偕老！真是太好了。

男士讓女士搭乘他的車。這是兩人在車中的對話。

①②從「真っ白なドレス着て…（穿著純白的禮服…）」和「きっといい夫婦になるね（一定能白頭偕老）」可知，男士和女士正要去參加朋友健二和真奈美的婚禮。

Answer 4

請問他們兩人要去哪裡呢？

1　會議
2　同學會
3　演唱會
4　婚禮

6番

道で、警察官と女の人が話しています。

F：あっ、あぶない（自転車の倒れる音）。

M：大丈夫ですか。けがはなかったですか。

F：ええ、大丈夫です。でも、ひどい、あの自転車。その角から急に曲がって来たかと思ったら。私のバッグを…。

M：盗られたんですね。

F：ええ。でも、たいしたものは入っていませんでしたけどね。財布もポケットだったし。すごい速さで坂を下りてったけど…こわい！

M：何かほかに気付いたことはありませんか。

F：子どもでしたよ。高校生かな。なんか、見たことのある顔だったけど、思い出せないです。

M：お手数ですが、被害届けを出しに来ていただきたいんですが…。[1]〈關鍵句

F：特にけがはないですけど、…ああ、だんだん腹が立ってきた。まったくあぶない。何てことをするんでしょ。いいですよ。行きます。[2]〈關鍵句

- □ 下りる　下降
- □ 思い出す　回憶起
- □ 被害届　受害申報
- □ 腹が立つ　氣憤
- □ 警察署　警察局

女の人はこれからどこへ行きますか。

1　警察署
2　自宅
3　病院
4　子どもの家

(6)

警官和女士正在路邊交談。

F：啊，危險！（腳踏車傾倒聲）

M：您沒事吧？有沒有受傷？

F：我還好，沒受傷。可是，那個騎腳踏車的人實在太可惡了！突然從那個拐角急轉過來，接著就把我的皮包……。

M：搶走了嗎？

F：是呀，幸好裡面沒什麼值錢的東西，錢包還在我身上的口袋裡。他用非常快的速度衝下坡道了……好恐怖！

M：還有其他的線索嗎？

F：那還是個孩子呢！大概是高中生吧。好像在哪裡看過他，可是想不起來。

M：不好意思，可以麻煩您來一趟警局做個筆錄嗎……？

F：身上倒是沒什麼傷口……哎，愈想愈氣！真是太危險了！怎麼會有人做這麼危險的事呢？好，沒問題，我跟您去！

這是一位女士和警察的對話。女士被貌是高中生的孩子搶走了皮包。

①②對於警察希望女士到警察局來做筆錄，女士回答「いいですよ。行きます。（好，沒問題，我跟您去！）」

Answer 1

請問女士接下來要去哪裡呢？

1 警局

2 自宅

3 醫院

4 小孩的家

選項 3，因為女士說身上沒什麼傷口，所以不是去醫院。

MEMO

即時応答

在聽完簡短的詢問之後，測驗是否能夠選擇適切的應答。

考前要注意的事

作答流程 & 答題技巧

聽取說明
先仔細聽取考題說明

聽取問題與內容
這是全新的題型。測驗目標是在聽取詢問、委託等短句後，立即判斷合適的回答。選項不會印在考卷上。

預估有 13 題左右

1 提問及選項都在錄音中，而且都很簡短，因此要集中精神聽取會話中的表達方式，馬上理解是誰要做什麼事。作答要當機立斷，答後立即進入下一題。

2 掌握發音變化和語調高低是解題的關鍵。

答題
再次仔細聆聽問題，選出正確答案

▼ 前ページで解法テクニックを確認したら、次の演習問題にチャレンジしてください。▼

N1 聴力模擬考題　問題4　第一回

4-1

問題4では、問題用紙に何も印刷されていません。まず文を聞いてください。それから、それに対する返事を聞いて、1から3の中から、最もよいものを一つ選んでください。

4-2 れい

【答案詳見：611 頁】

答え：1 2 3 4

- メモ -

4-3 1ばん

答え：1 2 3 4

- メモ -

4-4 2ばん

答え：1 2 3 4

- メモ -

4-5 3ばん

答え：1 2 3 4

- メモ -

4-6 4ばん

答え：1 2 3 4

- メモ -

4-7 5ばん

答え：1 2 3 4

- メモ -

4-8 6ばん

答え： 1 2 3 4

- メモ -

4-9 7ばん

答え： 1 2 3 4

- メモ -

4-10 8ばん

答え： 1 2 3 4

- メモ -

4-11 9ばん

答え： 1 2 3 4

- メモ -

(4-12) **10 ばん** 答え：1 2 3 4

- メモ -

(4-13) **11 ばん** 答え：1 2 3 4

- メモ -

(4-14) **12 ばん** 答え：1 2 3 4

- メモ -

(4-15) **13 ばん** 答え：1 2 3 4

- メモ -

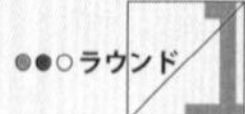

翻譯與解題 (1)～(3)

4-1

問題4では、問題用紙に何も印刷されていません。まず文を聞いてください。それから、それに対する返事を聞いて、1から3の中から、最もよいものを一つ選んでください。

4-3 Answer 1

1番

M：弱いチームだからって、なめちゃだめだよ。

F：1　はい。もちろん、全力で戦います。

　　2　はい。もちろん、自信を持ちます。

　　3　はい、もちろん、あきらめます。

(1)

M：雖說那支隊伍實力不強，千萬別疏忽大意喔！

F：1　了解，當然會全力奮戰！

　　2　了解，當然有信心！

　　3　了解，當然不會放棄！

4-4 Answer 3

2番

M：どうしたの。（└吃驚）げっそりして。

F：1　最近、休みが多くて。

　　2　最近、太っちゃって。

　　3　最近、残業ばかりで。

(2)

M：怎麼了？一副無精打采的樣子。

F：1　最近休息太久了。

　　2　最近變胖了。

　　3　最近老是加班。

4-5 Answer 2

3番

M：そういうことは、あらかじめ言ってよ。（└抱怨）

F：1　ありがとう。助かる。

　　2　そうだね。（└同意）ごめん、ぎりぎりになって。

　　3　いいよ。私が言っておくよ。

(3)

M：那種事拜託一開始先講啦！

F：1　謝謝，真的幫了大忙！

　　2　你說得對。抱歉，事到臨頭了才來找你。

　　3　算了，我自己去講吧。

解題攻略

第四大題。答案卷上沒有印任何圖片和文字。請先聽完主文，再聽回答，從選項 1 到 3 當中，選出最佳答案。

解題攻略

這裡的「なめる（疏忽大意）」是瞧不起的意思。男士是說即使對手的隊伍實力不強，也不能因為瞧不起對方而疏忽大意。

選項 2 是當對方說「拿出自信上吧！」時的回答。

選項 3 是當因為對手的實力遠遠超乎己方而被勸退時的回答。

| □ なめる　輕視；舔

「げっそり（無精打采）」是指因為疲勞而消瘦、沒精神的樣子。男士看見女士無精打采的樣子，正在詢問原因。

選項 1 和選項 2，休息太久或變胖都不是造成無精打采的理由。

| □ げっそり　無精打采

「あらかじめ（事先）」是事前預先的意思。

男士說拜託一開始先講，這是男士在對女士抱怨，所以女士應該道歉。

選項 1，「ありがとう（謝謝）」是道謝的用語。

選項 3 的內容不適合作為當對方說「あらかじめ言って（拜託一開始先講）」時的回答。

| □ あらかじめ　事先，預先

2

4番

M：君は本当に恵まれてると思うよ。

F：1　そうですか。気をつけます。

2　はい。自分でも感謝しています。

3　いいえ。まだまだです。

(4)

M：我覺得你真的很幸運喔。

F：1　是嗎？以後我會小心。

2　是的，我也同樣心懷感激。

3　不，我還差得遠呢。

1

5番

F：このファイルの名前、まぎらわしいね。

M：1　そうですか。じゃ、はっきりわかるようにします。（ようにします：目的）

2　そうですか。じゃ、もっと短くします。

3　そうですか。じゃ、もっと長くします。

(5)

F：這個檔案的名稱太複雜了。

M：1　這樣哦？那，我把它寫清楚一點。

2　這樣哦？那，我改短一點。

3　這樣哦？那，我改長一點。

2

6番

M：君がやってくれたらありがたいんだけど。

F：1　いいえ、それは結構です。（結構：拒絕）

2　わかりました。何とかやってみます。

3　こちらこそ、ありがとうございます。（こそ：強調）

(6)

M：如果你能來，那就太好了。

F：1　不，我不用了。

2　知道了。我會想辦法試一試。

3　不敢當，承蒙您的邀約。

解題攻略

「恵まれている（很幸運）」是指各種不同情況下從別處得到了好運的意思。由於這是應該感謝的事情，所以選項2是正確答案。

選項1是用於自己的過錯受到指責時的回答。

□ 恵（めぐ）まれる 受到恩惠

女士說檔案的名稱「まぎらわしい（複雜）」，也就是太相似而不容易區分的意思。

對於女士的意見，選項1是最適當的答案。

選項2是當對方抱怨檔案名稱太長時的回答。選項3是當對方抱怨檔案名稱太短時的回答。

□ まぎらわしい 不易分辨的

選項1「結構（好的、不用了）」這個詞語有許多用法。例如，在提議「誰かに、その仕事を手伝うように言おうか（去拜託誰來幫忙這項工作吧！）」的情況下，回答「結構」表示「いいです／好」的意思。

選項3是當對方表示感謝時的回答。

□ 結構（けっこう） 不必了；好的

4-9 Answer 1

7番(ばん)

F：今日(きょう)は一段(いちだん)と冷(ひ)えますね。

M：1　うん（贊同）、春(はる)はまだ遠(とお)いね。

　　2　うん、昨日(きのう)ほどではないね。

　　3　いや（否定）、昨日(きのう)よりは寒(さむ)いよ。

(7)

F：今天特別冷呢。

M：1　嗯，還要等很久春天才會來。

　　2　嗯，沒有昨天那麼冷吧。

　　3　不，比昨天更冷哦。

4-10 Answer 2

8番(ばん)

M：この部屋(へや)、ちょっと窮屈(きゅうくつ)になってきたね。

F：1　ああ、もう古(ふる)いですからね。

　　2　ああ（感嘆、肯定）、人(ひと)が増(ふ)えましたからね。

　　3　ああ、掃除(そうじ)しないとだめですね。

(8)

M：這個房間變得有點擁擠喔。

F：1　是啊，已經是老房子嘍。

　　2　是啊，因為住的人增加嘍。

　　3　是啊，不打掃不行嘍。

4-11 Answer 1

9番(ばん)

F：これは外部(がいぶ)には漏(も)らさないでください。

M：1　承知(しょうち)しました。情報管理(じょうほうかんり)を徹底(てってい)します。

　　2　承知(しょうち)しました。窓(まど)を閉(し)めておきます。

　　3　承知(しょうち)しました。ビニールシートを用意(ようい)します。

(9)

F：這東西千萬不能外洩！

M：1　了解。我會嚴格保密。

　　2　了解。我會把窗戶關上。

　　3　了解。我會準備塑膠袋。

解題攻略

「一段と冷える（特別冷）」是特別寒冷的意思。如果贊同這句話，可以回答「うん（嗯）」、「はい（是）」、「ええ（對啊）」等等，並且接著說表示贊同之意的話。「春はまだ遠い（還要等很久春天才會來）」的意思是目前仍然很冷，不知還要等多久春天才會到來。

選項２如果是「いや、……（不，……）」則正確。

選項３如果是「うん、昨日よりは寒いよ。（嗯，比昨天更冷哦。）」則正確。

□ 一段（いちだん） 更加

男士的意思是以人數來說，房間彷彿變小了。

選項１是當對方說房屋老舊損壞而住起來不舒服時的回答。

□ 窮屈（きゅうくつ） 狹窄

對話的情況是被拜託保守機密，不能向外人洩漏內部的情報。選項１是表示自己會嚴守機密的回答。

選項２和選項３，把窗戶關上、準備塑膠袋都是用於不讓物體漏洩出去的處理方法。

□ 漏（も）る 洩漏；漏出

4-12 Answer 2

10番

F：自分さえよければいいのね？（└批評）

M：1　そうだよ。いっしょにがんばろうよ。

2　そんなことないよ。みんなのことだって考えてるよ。

3　いいよ。そんなに無理しなくても。

(10)

F：你只顧自己，對吧？

M：1　是啊，我們一起努力吧！

2　你多慮了，我同樣重視全體團隊。

3　夠了啦，不必那樣勉強自己。

11番

F：部長のことだから、何か計画があるのでしょう。

M：1　自分のことだから、きっと考えがあるよ。

2　そうだね。（└同意）考え深い人だからね。

3　うん。みんな部長のために何か考えているはずだよ。

(11)

F：以經理的作風，想必已有定見。

M：1　畢竟事關自己，他一定做好打算了。

2　是啊，畢竟他深謀遠慮。

3　嗯，大家應該會為經理著想吧。

12番

M：木村さんに頼まないことには何も始まらないよ。

F：1　だから、頼まなければよかったのに。（└後悔）

2　じゃあ、すぐ頼んでみるよ。

3　頼んだことがないよ。

(12)

M：不拜託木村小姐就什麼事都做不成了。

F：1　就説嘛，不拜託不就得了！

2　那麼，我馬上去拜託看看。

3　我沒拜託過呀。

13番

M：新人ならいざ知らず、山口さんがこんなミスをするなんて驚いたよ。

F：1　ええ、山口さんは入社したばかりですからね。

2　ああ、きっと、新人社員はまだ知らないんですね。

3　ええ、山口さんらしくないですね。

(13)

M：如果是新進員工也就算了，沒想到山口先生居然會犯下這種錯誤，實在令人意外！

F：1　是呀，畢竟山口先生才剛進公司不久嘛。

2　唉，一定是新進員工還不懂吧。

3　是呀，一點都不像山口先生的作風呀。

解題攻略

這是女士在批評男士的言行舉止十分自私的狀況。

選項 1 和選項 2 是當對方說「がんばらなければ（必須努力）」、「がんばろうと思う（我想盡我所能）」時的回答。

| □ さえ　只要…就行

女士的意思是「あの部長だから、きっと計画があるはずだ（畢竟是那位經理，他心裡一定有計畫了）」，因為她了解經理的個性，所以才會這麼說。而男士也同意女士的看法。

選項 1，女士的意思並不是指「～のことだから（因為是～的事情）」。

選項 3，考慮計畫的是經理，並非大家。

| □ はずだ　應該，一定會

「始まらない（做不成）」的意思是「何の役にも立たない。無駄だ（無濟於事、無能為力）」。

男士是說，如果不去拜託木村小姐，就什麼事都無法完成。

選項 1 這是當對方說後悔拜託了木村小姐時的回答。

選項 3 這是當對方詢問是否拜託過木村小姐時的回答。

| □ じゃあ　那麼

「～はいざ知らず（如果是～就算了）」的意思是「～はどうだかわからないが（我雖然不知道會不會～）」。例句：「昔の人はいざ知らず、現代人は砂糖のとりすぎである（姑且不論以前的人，但現代人的糖分攝取過量）」。

男士說「新人ならどうだか知らないが〈無理もないことかもしれないが〉（如果是新人還情有可原〈也許是理所當然〉）」，也就是說他對山口先生所犯的錯誤感到意外。

選項 1，山口先生並非剛進公司。

選項 2，男士在說的是山口先生。而且山口先生並非新進員工。

| □ ～ならいざ知(し)らず　如果是～就算了

N1 聽力模擬考題　問題4　第二回

4-16

問題4では、問題用紙に何も印刷されていません。まず文を聞いてください。それから、それに対する返事を聞いて、1から3の中から、最も よいものを一つ選んでください。

4-17 **れい**　【答案詳見：611 頁】　答え：1 2 3 4

- メモ -

4-18 **1ばん**　答え：1 2 3 4

- メモ -

4-19 **2ばん**　答え：1 2 3 4

- メモ -

4-20 **3ばん** 答え：1 2 3 4

- メモ -

4-21 **4ばん** 答え：1 2 3 4

- メモ -

4-22 **5ばん** 答え：1 2 3 4

- メモ -

4-23 6ばん

答え：1 2 3 4

- メモ -

4-24 7ばん

答え：1 2 3 4

- メモ -

4-25 8ばん

答え：1 2 3 4

- メモ -

4-26 9ばん

答え：1 2 3 4

- メモ -

4-27 10 ばん

答え：1 2 3 4

- メモ -

4-28 11 ばん

答え：1 2 3 4

- メモ -

4-29 12 ばん

答え：1 2 3 4

- メモ -

4-30 13 ばん

答え：1 2 3 4

- メモ -

翻譯與解題 (1)～(3)

4-16

問題4では、問題用紙に何も印刷されていません。まず文を聞いてください。それから、それに対する返事を聞いて、1から3の中から、最もよいものを一つ選んでください。

4-18 Answer **2**

1番

M：新人なんだから、もっと温かい目で見てあげたら。（└建議）

F：1　そうね。もっと大きい声で言う。

　　2　そうね。厳しく言い過ぎたかも。（└同意）

　　3　そうね。もっと厳しく教えなきゃね。

(1)

M：畢竟是菜鳥，別那麼嚴厲吧。

F：1　也對，以後要提高嗓門糾正！

　　2　也對，或許我訓得有點過火了。

　　3　也對，以後得更嚴格教他才行！

4-19 Answer **1**

2番

M：僕が約束をやぶったなんて、人聞きの悪い*こと言わないでよ。（└禁止）あの日はひどい熱だったんだから。

F：1　ごめん、ごめん。

　　2　そんなに遠慮しないで。

　　3　心から感謝してるよ。（└感謝）

(2)

M：別說什麼我放妳鴿子，講得那麼難聽！那天是因為發高燒才沒去啊。

F：1　抱歉抱歉！

　　2　別那麼客氣。

　　3　我打從心底感謝你喔！

4-20 Answer **3**

3番

M：やっと テストが終わったけど、難しいなんてもんじゃなかった*よ。

F：1　簡単でよかったね。

　　2　それならきっと合格できるね。

　　3　えーっ、どうするの。合格できなかったら。（└擔心）

(3)

M：終於考完了，簡直難得要命！

F：1　題目簡單真是太好了！

　　2　既然如此，一定可以通過測驗吧！

　　3　噢，萬一沒通過，該怎麼辦？

解題攻略

第四大題。答案卷上沒有印任何圖片和文字。請先聽完主文，再聽回答，從選項 1 到 3 當中，選出最佳答案。

解題攻略

對話的背景是男士看到女士對「新人（生手、菜鳥）」太嚴厲而提醒女士。

女士聽到這番話，坦率的反省了。

選項 1 是當對方說自己聲音太小時的回答。

選項 3 是當對方說自己對菜鳥太好時的回答。

□ 言い過ぎ（いいすぎ） 說得過火

對話的背景是男士正在解釋自己由於發燒而無法赴約，希望女士不要說他沒有遵守約定，這樣的重話「人聞きが悪い（難聽）」。女士知道是自己不對，坦率的道歉。

選項 2　這是對客氣的人說的話。

選項 3　這是用來道謝的話。

（＊）難聽＝不好的名聲。別人聽了會有負面的感覺。

□ 人聞き（ひとぎき） 名聲

這是當女士聽到男士說考題很難時，擔心若是沒有合格的話要怎麼辦的狀況。

選項 1 和選項 2 都是當對方說考題很簡單時的回答。

（＊）難得要命＝難度高到光是以「難しい（困難）」來形容還不夠。

範例：「痛いなんてもんじゃなく、気を失いそうだったよ。（痛得要命，幾乎要休克了。）」

□ それなら 要是那樣

4-21 Answer 2

4番

M：そんなに口やかましく*1言わないほうがいいんじゃない。
└建議、提醒

F：1　そうね。簡単すぎるよね。
2　そうね。ガミガミ*2言い過ぎたかも。
3　そうね。甘やかしすぎたかも。

(4)

M：不要那麼嘮嘮叨叨的比較好吧。

F：1　也對，太簡單了吧。
2　也對，或許罵得太兇了。
3　也對，或許寵過頭了。

4-22 Answer 1

5番

F：田中君、さっき会ったとき、なんかそっけない態度だったんだけどどうしたのかな。
└冷淡

M：1　なんかひどいこと言ったんじゃない。
2　今日はひまだからじゃない。
└確認
3　話したいことがたくさんあるからだよ。

(5)

F：剛才碰到田中的時候，他對我似乎有點愛理不理的，怎麼回事呀？

M：1　是不是對他說了什麼過分的話？
2　是不是因為今天太閒了呢？
3　因為有太多話想說了。

4-23 Answer 3

6番

M：このドラマも、もう打ち切り*だね。最初は注目されてたのに。

F：1　うん。楽しみだね。
2　うん。人気があるからね。
3　うん。つまらないからね。
└同意

(6)

M：這部影集決定提前下檔了。一開始可是備受矚目呢！

F：1　嗯，很期待喔！
2　嗯，因為很紅嘛！
3　嗯，實在太難看了。

解題攻略

這是男士看到女士一直對某人嘮叨，因而出言提醒的情況。

選項 1，這是當對方說某事太簡單時的回答。

選項 3，這是當對方說自己太溺愛時的回答。

（＊１）嘮嘮叨叨＝喋喋不休，近乎煩人的狀態。

（＊２）罵得太兇＝大聲訓人的樣子。

□ 口(くち)やかましい　嘮叨，囉嗦

這是女士在猜測造成田中愛理不理的態度的原因。所以要選可以表達出愛理不理的原因的選項。

選項 2 和選項 3 和態度冷淡並不相關。

□ そっけない　愛理不理，冷淡

這是正在觀賞不好看的影集時的對話。要選能表達提前下檔的原因的選項。

選項 1 和選項 2，如果是「楽しみ（很期待）」、「人気がある（很紅）」的影集，就不會提前下檔。

（＊）下檔＝因為內容乏善可陳，所以被提前結束了。

□ 打(う)ち切(き)り　中止，結束

4-24 Answer 1

7番

F：今日ね。タカシにねだられて、これ…。

M：1　また*、ずいぶん高いものを買ったね。

2　あーあ。修理しないとだめだね。

3　もらったの？（確認）　タカシはやさしいね。

(7)

F：今天呢，小隆一直纏著要這個，結果就……。

M：1　就算這樣，還是買了那麼貴的東西！

2　唉，不修理不行了。

3　人家送的？小隆真善良。

8番

M：いくらかっとしたからって、それを言ったらおしまい*だよ。

F：1　そうね。もう話し続けないようにする。

2　うん。これからは冷静に話すよ。

3　えっ？もう終わりなの？

(8)

M：就算火冒三丈，一旦脱口說出那種話，場面就不可收拾了。

F：1　有道理，我會把話打斷。

2　嗯，以後會冷靜下來和對方溝通。

3　嗄？已經結束啦？

9番

F：こんな大まかな説明で、ご理解いただけたでしょうか。

M：1　ええ。だいたいわかりました。詳細は後日お知らせください。

2　はい。はっきり聞こえました。

3　そうですね。少し大げさですね。

(9)

F：大致說明如上，不曉得您是否了解內容了？

M：1　是，大概都懂了。進一步的細節請於日後賜知。

2　是，聲音聽得很清楚。

3　是啊，確實有些誇張。

解題攻略

對話的背景是將小隆纏鬧而只好買下的東西拿給男士看。要選男士看見這樣東西之後所說的話。

選項 2 是看見損壞了的物品時的回答。

選項 3 是看見小隆送的禮物時的回答。

（＊）就算這樣＝不是「ふたたび（再次）」的意思，而是「それにしても（即便如此）」的意思。例句：「また、今日はずいぶんおしゃれしているね。（話説回來，今天打扮得很漂亮呢。）」

□ ねだる　賴著要求；纏著，強求

「かっとする（火冒三丈）」是指變得情緒化。這是男士開口提醒女士不要因為情緒化而説話傷人的狀況。

選項 1 是被人説自己發言冗長時的回答。

選項 3 是話題突然結束時説的話。

（＊）一旦説出那種話，場面就不可收拾了＝「おしまい（不可收拾）」是無法挽回的意思。例如，因憤怒而不小心脱口而出「別れよう（分手吧）」之類的話，於是兩個人的關係就無法挽救了。

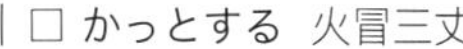

□ かっとする　火冒三丈

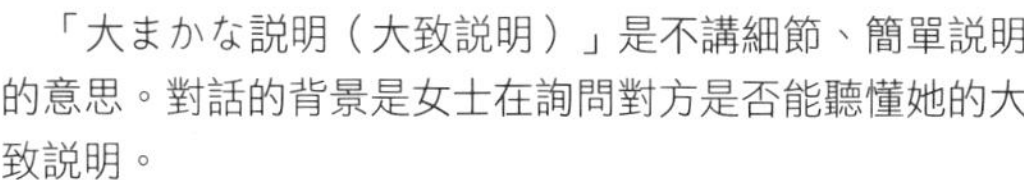

「大まかな説明（大致説明）」是不講細節、簡單説明的意思。對話的背景是女士在詢問對方是否能聽懂她的大致説明。

選項 2 是對方詢問是否聽得清楚時的回答。

選項 3 是對方詢問不會太誇張了嗎的回答。

□ 詳細（しょうさい）　詳細

4-27 Answer 2

10番

M：あ、まつげになんか付いてるよ。取るからちょっとじっとしてて。

F：1　うん。すぐ疲れちゃうんだ。ごめん。

2　えっ、ほんと？　ありがとう。

3　よく見えなくて。こすってみるよ。

(10)

M：啊，好像有睫毛沾在那裡了！我幫妳拿掉，不要動喔！

F：1　嗯，一下子就累了，抱歉。

2　啊，真的嗎？謝謝。

3　看不太清楚，試著揉揉眼睛喔。

4-28 Answer 3

11番

F：あの人、言っていることがあやふやだね。

M：1　うん。信頼できそうで安心したよ。

2　うん。すごくユーモアがあるね。

3　うん。もう一度別の人に確認してみようか。（提議）

(11)

F：那個人講話不清不楚的。

M：1　嗯，看起來值得信賴，讓人放心呢。

2　嗯，很風趣喔。

3　嗯，要不要找別人再確認一下？

4-29 Answer 1

12番

F：そんな見え透いたお世辞言われても、何も出ないから。

M：1　いや、本当にすごくきれいだよ。

2　見えなくても、少しは出してよ。

3　信じてくれて、ありがとう。

(12)

F：就算講這種恭維話，也沒什麼甜頭可嚐。

M：1　沒的事，妳真的很漂亮啊！

2　就算看不到，多多少少給點甜頭吧。

3　謝謝妳相信我。

4-30 Answer 2

13番

M：こんな仕事をさせられるとわかっていたら、もっと動きやすい服を着てきたのに。（後悔）

F：1　ああ、スーツを着て来てよかったね。（慶幸）

2　ああ、ジーンズとTシャツで来てもよかったね。

3　ああ、ネクタイをして来ればよかったね。

(13)

M：早知道要來做這種苦工，我就會穿更容易活動的衣服了。

F：1　唉，幸好穿套裝來了。

2　唉，其實穿牛仔褲和Ｔ恤來就可以了。

3　唉，早知道就打領帶來了。

解題攻略

這是男士發現女士的睫毛上似乎沾上東西了，說要幫她拿掉的狀況。

選項１用在被詢問「疲れたの？（累了嗎？）」的情況下。

選項３，因為本人無法看見沾在睫毛上的東西，所以這個回答不合理。

□ まつげ　睫毛

在這裡的情況，「あやふや（不明確、曖昧）」是說法含糊、說不清楚的意思。

女士正在抱怨，所以要選擇能回應女士抱怨的回答。

選項１是當對方說「あの人しっかりしてるね（那個人真可靠呢）」時的回答。

選項２是對方是一個有趣的人的意思。

□ あやふや　態度不明確的；靠不住的樣子；含混的；曖昧的

「見え透いた（看穿）」是謊言馬上就會被拆穿的意思。女士的意思是「そんな、嘘とわかるようなお世辞を言っても、何にもお礼はしないよ。（就算說了這種馬上會被拆穿的恭維話，也不會得到任何好處哦。）」，所以要選在這種情形下，男士該怎麼回答的選項。

□ 見（み）え透（す）く　看穿

男士正為沒有穿容易活動的衣服而後悔，所以要選擇表示贊同男士看法的回答。

選項１，西裝不是容易活動的衣服。

選項３，領帶也不適合需要做大幅度動作的工作。

MEMO

総合理解

在聽完較長的會話段落之後，測驗是否能夠將之綜合比較並且理解其內容。

考前要注意的事

作答流程 & 答題技巧

聽取說明：先仔細聽取考題說明

聽取問題與內容：測驗目標是聽取內容較長的文章，一邊比較、整合大量的資訊，一邊理解談話內容。「1 番、2 番」選項不會印在考卷上，「3 番」選項會印在考卷上。

預估有 4 題左右

1 這大題題型多為針對兩人以上的談話內容作答，或是兩人針對新聞主播或推銷員等談論的某事進行討論，再根據討論的內容作答。

2 由於資訊量大，請邊聽每個說話者意見的相異點，邊聆聽邊做筆記。

答題：再次仔細聆聽問題，選出正確答案

▼ 前ページで解法テクニックを確認したら、次の演習問題にチャレンジしてください。▼

N1 聴力模擬考題　問題5　第一回

5-1

問題5では、長めの話を聞きます。この問題には練習がありません。メモをとってもかまいません。

1番、2番

問題用紙に何も印刷されていません。まず話を聞いてください。それから、質問とせんたくしを聞いて、1から4の中から、最もよいものを一つ選んでください。

5-2　1番

答え：1　2　3　4

- メモ -

5-3　2番

答え：1　2　3　4

- メモ -

3番

(5-4)

まず話を聞いてください。それから、二つの質問を聞いて、それぞれ問題用紙の１から４の中から、最もよいものを一つ選んでください。

(5-5) 3番

答え：1　2　3　4

質問1

1　みんなで違うものが食べたいとき

2　デートをするとき

3　静かなところで勉強したいとき

4　甘いものを食べたいとき

質問2

1　一休みするには便利だ

2　安いので便利だ

3　家族がコンビニに寄って帰ると遅くなるので困る

4　たびたび利用するとお金がかかる

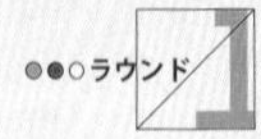

問題用紙に何も印刷されていません。まず話を聞いてください。それから、質問とせんたくしを聞いて、1から4の中から、最もよいものを一つ選んでください。

1番

電話で男の人と女の人が話しています。

F：ノートパソコンの画面にひびが入ったということですが、原因はどのようなことでしょうか。

M：床に落としてしまったんです。

F：もう見えない状態ですか。

M：いえ、映りますし、操作もできます。ただ、見づらいし、このまま使うのもいやなので。

F：そうしますと、保証対象外になりますが。

M：はい、しょうがないですね。修理代はいくらになりますか。

F：弊社のホームページからオーダーしていただくと、クレジットカード払いで 28, 000 円、電話で承りますと他にコンビニ払い、銀行振り込み、代金引換が選択できて、30, 000 円と、プラス、それぞれの手数料になります。

M：けっこうしますね。ちょっと考えてみます*。[1] ＜關鍵句 あ、日数はどうですか。

F：工場の予定もありますので、なんとも申し上げられないのですが、通常ですと、ご注文をいただいてから二週間から一か月でお届けできるかと思います。

M：仕事で使ってるんで少しでも早い方がいいから、サイトから自分で今やります。[2] ＜關鍵句

- □ 画面　畫面
- □ 見づらい　看不清楚
- □ 保証対象外　不在保固範圍
- □ 振り込み　轉帳
- □ 代金引換　取貨付款
- □ 通常　通常，普通

男の人は、どうすることにしましたか。

1　自分で修理する

2　インターネットで修理を注文する

3　電話で修理を頼む

4　工場にパソコンを持っていく

答案卷上沒有印任何圖片和文字。請先聽完對話，再聽問題和選項，從選項 1 到 4 當中，選出最佳答案。

(1)

男士和女士正在通電話。

F：您說筆記型電腦的螢幕出現了裂縫，請問是什麼原因造成的呢？

M：它掉到地上了。

F：目前的狀態是什麼都看不到了嗎？

M：不，還是有畫面，也可以操作。只是視覺上不舒服，我也不想將就著繼續用。

F：這樣的話，恐怕無法使用保固。

M：我知道，這也是沒辦法的事。請問修理費大概多少錢呢？

F：如果是自行上本公司的官網申請修理，以信用卡支付28,000圓即可；若是由電話客服申請，那麼付費方式包括便利商店轉帳、銀行匯款，以及貨到付款，總金額是30,000圓外加不同支付方式的手續費。

M：費用蠻高的，讓我考慮一下。對了，送修需要幾天呢？

F：這必須看工廠那邊的接單狀況而定，沒有辦法向您保證，不過一般來說，大約從接單後的兩星期到一個月左右可以送回您手上。

M：這台是工作用的，希望能盡快修好，我現在就上官網自己申請。

①男士在電話中詢問修理電腦的相關事宜，但由於修理費太貴，他說要再考慮看看。

②最後，他決定上網申請修理。

Answer **2**

請問男士決定怎麼做呢？

1 自己修理
2 從官網上申請修理
3 透過電話客服申請修理
4 把電腦送去工廠

對話中沒有提到有關於選項 1 和選項 4 的內容。

（＊）考慮一下＝用在無法馬上決定、暫且婉拒的情形。

2番

会社で、社員がパソコンを見ながら同僚の結婚祝いについて話しています。

M：市川さんって料理はほとんどしない、ラーメンさえ作らないって言ってたよね。

F1：そう。あ、じゃあ、缶詰のセットなんてどうかな。ふつうの缶詰じゃなくて、世界中のおいしいものを集めたセットになってるやつ。

F2：楽しいと思うけど、缶詰って、どうかなあ。一応、結婚祝いだよ。もうちょっと夢があるものにしない。

M：缶詰、僕だったらうれしいけどね。じゃ、そうだ、料理を保存できる入れものってどう？

F2：だから、料理はしないんだって。

M：ああ、そうか。それじゃ何にもならないね。

F1：ねえねえ、でもさ、ご主人はどうなのかな。意外と料理、好きだったりして。

M：そうだよね。

F2：ねえねえ、ちょっとこれ見て。二人で仲良く協力して料理ができるように、こんなの、どう。 〈關鍵句

F1：ああ、いいね。あの二人なら似合いそう。[1] 〈關鍵句

M：ああ、ピンクと白か。[2] いかにも新婚って感じだね。[3] いいんじゃない。 〈關鍵句

□ 缶詰　罐頭

□ 似合い　相配，合適

□ ワイングラス【wineglass】紅酒杯

3人は何を贈ることにしましたか。

1　高級食器のセット

2　おそろいのエプロンセット

3　ペアのワイングラス

4　キッチンに飾る写真

(2)

職員們在公司裡一面看著電腦，一面討論該送什麼結婚賀禮給同事。

M：市川小姐說過自己幾乎不下廚，連速食麵也不會煮呢。

F1：對。啊，那麼，送罐頭禮盒如何？不是那種常見的罐頭，而是從世界各地蒐集來的山珍海味禮盒。

F2：這主意蠻有意思的，可是送罐頭好嗎？畢竟是結婚賀禮，應該送浪漫一點的東西才好吧。

M：換做是我收到罐頭，一定很開心。那，對了，送可以保存食物的收納容器怎麼樣？

F2：剛才不是說過了，她不煮飯嘛！

M：喔，對哦。這樣的話，送她也沒用。

F1：欸，可是呀，她先生說不定用得著喔！或許她先生很喜歡做菜。

M：有道理。

F2：欸，你們看一下這個。像這種可以讓夫妻倆甜甜蜜蜜一起下廚的，你們覺得好不好？

F1：哇，這個好！看起來很適合他們兩個！

M：喔，粉紅色和白色，真有新婚夫妻的感覺。就挑這個吧。

①②③因為兩人一起下廚時可以使用，而且顏色是粉紅色和白色，感覺很適合新婚夫妻。

從以上這幾點，可以推測出正確答案應是選項2成套的圍裙。

Answer 2

他們三人最後決定送什麼呢？

1 高級餐具組
2 成套的圍裙
3 一對紅酒杯
4 掛在廚房的相片

選項1、3、4均不符合①②③的前提。

まず話を聞いてください。それから、二つの質問を聞いて、それぞれ問題用紙の1から4の中から、最もよいものを一つ選んでください。

3番

テレビで、コンビニエンスストアの変化について話しています。

M：コンビニの売り上げ競争が激しくなってきています。ラーメン、うどん、スパゲティの種類を増やしたり、ケーキやシュークリーム、ドーナツなどのデザートに力を入れたりしている店が増えています。これは、じわじわと値段が上がっている5000億円のラーメン市場、昔からほぼ値段の変わらない2500億円のピザ市場を狙ったもので、コンビニならこれらの値段設定より安くできるのです。また最近は、店内で飲食ができるイートインコーナーを設ける店も増えており、外食産業も改革を迫られています。

M1：もちろん高校生はコンビニに行くよ。だって、ラーメン屋は高いもん。

M2：そりゃそうだけど、うまいのか。

M1：味はわかんないけどさ。みんなで食べるときは便利だよ。[1] ラーメン嫌いなやつもいるし。 關鍵句

F：ああ、女の子がいっしょだと特にそうかもね。

M1：女子とは行かないけど、男子もラーメンよりドーナッツとコーヒーとかっていうやつ、多いよ。[2] 關鍵句

F：ふうん。

M1：僕は、塾の前にちょっと宿題やりたいときも行くよ。コーラ飲みながらとか。

M2：ああ、それは便利だね。書類を確認したいときや、喫茶店に入るほど時間がないけど、ちょっとひと休みしたいとき、便利だな。だけど、おいしいものを食べたいときは、入らないよ。

F：二人とも帰りが遅いときは、コンビニに行っているわけね。でも、安いからってしょっちゅう行くと、レストランで食べるより高くついたりするから気をつけてね。[3] 關鍵句

請先聽完對話，接著聆聽兩道問題，並分別從答案卷上的選項 1 到 4 當中，選出最佳答案。

(3)

電視節目正在報導便利商店的改變。

M：便利商店的銷售競爭愈趨白熱化。不僅增加了拉麵、烏龍麵和義大利麵的品項，還有愈來愈多店鋪還特別著重在蛋糕、泡芙、甜甜圈等甜點上。這些都是便利商店鎖定了逐漸漲價的5,000億圓拉麵市場，以及一直幾乎沒漲過價的2,500億圓披薩市場，這些品項在便利商店的訂價能夠更為便宜。此外，近來也有些店鋪增設了店內飲食區，迫使外食產業不得不因應改革。

M1：高中生當然都去便利商店啊！因為拉麵店實在太貴了。

M2：話是這麼説，但是好吃嗎？

M1：我是不知道好不好吃啦。不過一群人一起吃東西時很方便啊，難免有些傢伙討厭吃拉麵。

F：喔，女孩子聚在一起的時候，或許會遇到那樣的情況。

M1：未必只有女生會那樣，也有很多男生比較喜歡吃甜甜圈配咖啡，而不是拉麵喔。

F：是哦。

M1：我上補習班前想先做作業的時候，也會去啊。一面喝可樂一面寫。

M2：是啊，那樣很方便。比如有時候想檢查文件，或是想稍微休息一下，但又沒有充裕的時間進咖啡廳，這種時候就很方便。不過，我如果想吃好吃的東西，就不會去那裡喔。

F：原來你們兩個晚回家時，都是待在便利商店裡了。但是要小心喔，不要以為便宜就常去光顧，説不定算下來反而比上餐廳吃大餐還要貴呢。

Answer 1

質問1

息子は、どんな時にコンビニを利用すると言っていますか。

1 みんなで違うものが食べたいとき
2 デートをするとき
3 静かなところで勉強したいとき
4 甘いものを食べたいとき

Answer 4

質問2

母親は、コンビニについてどう考えていますか。

1 一休みするには便利だ
2 安いので便利だ
3 家族がコンビニに寄って帰ると遅くなるので困る
4 たびたび利用するとお金がかかる

□ コンビニエンスストア【conveniencestore】 便利商店
□ スパゲティ【（意）spaghetti】 義大利麵
□ シュークリーム【（法）choualacreme】 泡芙
□ 狙う 瞄準
□ 設定 設定，制定
□ 設ける 設立；準備
□ 改革 改革

提問 1

請問兒子說自己什麼時候會上便利商店呢？

1　想一群人吃不同東西時
2　約會的時候
3　想安靜念書的時候
4　想吃甜食的時候

①②拉麵店裡只有拉麵，但對話中提到「ラーメン嫌いなやつもいるし（難免有些傢伙討厭吃拉麵）」、「ドーナッツとコーヒーとかっていうやつ、多い（也有很多男生喜歡吃甜甜圈配咖啡）」。

提問 2

請問媽媽對便利商店有什麼看法呢？

1　想稍微休息時很方便
2　因為便宜所以很方便
3　因為家人先去便利商店再回家的話會很晚，所以很困擾
4　常常去光顧的話會花很多錢

③媽媽說便利商店雖然便宜，但要是經常光顧，反而會花更多錢。

N1 聽力模擬考題　問題5　第二回

5-6

問題5では、長めの話を聞きます。この問題には練習がありません。メモをとってもかまいません。

1番、2番

問題用紙に何も印刷されていません。まず話を聞いてください。それから、質問とせんたくしを聞いて、1から4の中から、最もよいものを一つ選んでください。

5-7 1番

答え：1 2 3 4

- メモ -

5-8 2番

答え：1 2 3 4

- メモ -

3番

5-9

まず話を聞いてください。それから、二つの質問を聞いて、それぞれ問題用紙の1から4の中から、最もよいものを一つ選んでください。

5-10 **3番** 答え：1 2 3 4

質問1

1 こんな会社が増えてほしい

2 社員にストレスを与えるだけだ

3 自分の会社でも提案したい

4 おもしろそうだが行ってみたいとは思わない

質問2

1 役員が働くのは嫌だ

2 男の人は遠慮をしすぎている

3 いいシステムだ

4 何の効果もないはずだ

問題用紙に何も印刷されていません。まず話を聞いてください。それから、質問とせんたくしを聞いて、1から4の中から、最もよいものを一つ選んでください。

1番

会社で、男の人と女の人が話をしています。

F：スポーツ大会は、どんな競技を入れましょうか。

M：冷房が効いた体育館だから、たいていのものはできるよ。

F：バレーボールは外しときませんか。[1]【關鍵句】みんなが同じレベルで楽しめるように。

M：うん。社内にクラブがあるからね。チームワークが試されるものを入れて、日頃交流のない社員でチームを作るようにしたら、社内でのコミュニケーションに役立つんじゃない？バスケットボールや、バドミントンなんか。ただ、バドミントンと卓球は一度に競技できる人数が少ないよね。

F：まあそうですけど、みんなで誰かを応援するっていうのもいいんじゃないですか。

M：審判はどうする。審判がいないと話にならないよ。

F：私、中、高とやってたんで、バドミントンのルールならわかります。[2]【關鍵句】

M：バスケは山崎君がわかるよ。[3]【關鍵句】高校の時、県大会に出たって。じゃ、これでいい？

F：うーん、なんかちょっともの足りないような。綱引きはどうですか。

M：いいね。審判はだれでもできるし、それこそ、チームワークだよ。賛成。[4]【關鍵句】

- □ 競技 體育比賽（項目）
- □ 交流 交流
- □ 審判 審判
- □ もの足りない 感到不足
- □ 綱引き 拔河
- □ 賛成 贊成，同意

スポーツ大会の競技はどれにしますか。

1 バレーボール、バスケットボール、バドミントン

2 卓球、バスケットボール、綱引き

3 バドミントン、バスケットボール、綱引き

4 バドミントン、バスケットボール、卓球

答案卷上沒有印任何圖片和文字。請先聽完對話，再聽問題和選項，從選項 1 到 4 當中，選出最佳答案。

(1)

男士和女士正在公司裡討論。

F：運動會該提列哪些比賽項目呢？

M：反正是在有冷氣的體育館裡舉辦的，大部分的比賽項目都沒問題吧。

F：可以剔除排球嗎？挑選大家程度差不多的運動才能同樂。

M：嗯，畢竟公司裡有排球隊嘛。如果能在這次的運動會中，安排可增進團隊合作的運動，讓平常沒有互動的員工組成隊伍，應該有助於公司內部的交流吧？例如籃球或羽毛球之類的。不過，羽毛球和桌球的每場出賽人數太少了吧。

F：雖然出賽人數少，但是大家一起為選手加油也不錯呀！

M：裁判該怎麼安排？沒有裁判就沒辦法比賽了。

F：我中學和高中時都打羽毛球，所以懂這個項目的規則。

M：籃球的話，山崎一定懂規則，他說高中時參加過縣運會。那，這樣就行了吧？

F：呃，項目似乎不太夠……，拔河怎麼樣？

M：好極了！這個項目任何人都能當裁判，而且是最能展現團隊合作的比賽了！我贊成！

①排球不正確。

②③因為羽毛球和籃球有能擔任裁判的人，所以正確。

④因為任何人都能擔任拔河的裁判，又能展現團隊合作，所以正確。

Answer **3**

運動會安排了哪些比賽項目呢？

1 排球、籃球、羽毛球。

2 桌球、籃球、拔河。

3 羽毛球、籃球、拔河。

4 羽毛球、籃球、桌球。

因此，正確答案是選項 3 。

2番

大学で学生が新入生歓迎会について話しています。

F1：今年の新入生歓迎会、どこにする？

M：駅の南口の焼き鳥屋でいいんじゃない。

F1：今年は女子が多いから、焼き鳥屋って感じでもないような。

F2：ご飯ものとかデザートとかが充実してればいいんだけどね。

F1：そうそう。公園のところにできたカフェみたいなところはどうかな。

M：ああ、だけどあそこ、ランチでもめちゃくちゃお金がかかるよ。ピザ屋はどうかな。ほら、二つ目のバス停の。

F2：時間制限があるけど大丈夫？ きっちり2時間。あと、セット料金が意外と高いよ。

M：うーん、いっそ、ここまで届けてもらおうか。[1] 飲み物はこっちで買ってきて。6時から始めるんだったら授業が終わってすぐだから、出席者も多いよ、きっと。 〈關鍵句〉

F1：それ、いいんじゃない。三階の学生ルーム、予約できないか聞いてみるよ。[2] お酒はだめだけど、まあ、それは終わってから自由に行けばいいし。カフェやら寿司屋やら、駅に行けばいくらでもあるよ。 〈關鍵句〉

F2：そうするとかえって高くなるんじゃない？

F1：でも、最近はあまり飲まない人が多いよ。男子でもノンアルコール頼む人が結構いる。それに、新入生は未成年だから、お酒、だめだしね、元々。

M：よし、今年は配達。それで行こう。[3] 〈關鍵句〉

□ 焼き鳥屋　串烤店，串燒店
□ 充実　充實
□ 制限　限制；極限
□ きっちり　精準地，緊緊地

歓迎会の場所はどこになりましたか。

1　焼き鳥屋
2　新しいカフェ
3　ピザ屋
4　大学の学生ルーム

(2)

大學生正在學校裡討論迎新會。

F1：今年的迎新會，要在哪裡辦？

M：去車站南口的串烤店就好了啊！

F1：今年女生比較多，串烤店似乎不太適合。

F2：我覺得只要飯類和甜點品項夠多的地方就可以了。

F1：沒錯沒錯！公園那邊有家新開的像是咖啡廳的地方，你們覺得如何？

M：喔，可是那裡就算是午餐時段也貴得要命吔！披薩店怎麼樣？公車搭兩站下車就到了的那一家？

F2：那裡有用餐時間限制，行嗎？只能待兩小時而已。還有，套餐的價格其實蠻貴的喔。

M：是哦。那乾脆叫外送，在這裡辦好了。飲料也由我們去買回來。六點開始的話，剛好一下課就馬上過來，這樣參加的人數一定比較多！

F1：這主意不錯吔！我去問問看三樓的學生交誼廳能不能預約借用。但是這樣就不能喝酒了。其實也沒關係，迎新會結束之後，想去的人約到校外喝就好了。不管想去咖啡廳或是壽司店，車站那一帶就有很多店家，任君選擇。

F2：這樣一來，不是反而花更多錢嗎？

F1：可是最近有很多人都不太能喝酒呀。即使是男生，也有很多人都點無酒精的飲料。何況新生還未成年，本來就不能喝酒嘛。

M：好，今年就叫外賣！就這樣決定了！

> 選項 1 因為女生比較多，所以不適合。

> 選項 2 因為價格太貴所以遭到反對。

> 選項 3 有時間限制，而且套餐也太貴了。

> ①②③結果決定在三樓的學生交誼廳舉辦。

Answer 4

最後決定在什麼地方舉行迎新會呢？

1　串烤店
2　新開幕的咖啡廳
3　披薩店
4　大學校園裡的學生交誼廳

まず話を聞いてください。それから、二つの質問を聞いて、それぞれ問題用紙の1から4の中から、最もよいものを一つ選んでください。

3番

テレビでレポーターが話をしています。

M：今日は、会社の株価の動きに合わせて、イベントや、メニューが変わるというユニークな社員食堂を紹介したいと思います。こちらは、ある食品メーカーの社員食堂です。普段は、そばや寿司、ラーメンコーナー、洋食コーナーなどが設けられ、IC カードで注文するメニューのほか、羊の肉の丸焼きや北京ダック、バーベキューなどのイベントも行われる、充実した食堂です。働く人も 100 人近く、ということです。しかし、なんと驚いたことに、会社の売り上げが下がったときは、メニューがカレーややきそば、定食など簡単なものばかりになります。さらに社長以下、部長までの役員たちが、社員にごはんやみそ汁、おかずをよそって、配膳を行うのです。社員たちはとても恐縮してしまい、食べた気にならないと言った声も聞かれるようですが、なんともおもしろい仕組みですね。

M：これは嫌だな。絶対嫌だ。 1 〈關鍵句〉

F1：なんで？ 面白くていいじゃない。 2 うちの会社はそもそも社員食堂なんてないから、うらやましいよ。〈關鍵句〉

F2：うちもないけど、これはおもしろいし、いい仕組みだね。 3 会社の売り上げが下がったら、上の責任を問うというところが気に入ったな。〈關鍵句〉

M：役員たちの責任だと考えるなら、社員に食事ぐらいはのんびり普通に食べさせてほしいよ。部長にご飯をよそってもらうなんて冗談じゃない。かたくなっちゃって、ろくにのどに通らないよ。 4 〈關鍵句〉

F2：そこまで上の人に気を遣ってるってことなんだね。私はないな、それは。だって業績の悪化はやっぱり上の責任だと考えてほしい。

F1：上の人の責任と見せて、そうさせたのはお前たちだぞっていう、心理的なプレッシャーを与える効果もあるってことかな。

請先聽完對話，接著聆聽兩道問題，並分別從答案卷上的選項1到4當中，選出最佳答案。

(3)

特派記者正在電視節目裡報導。

M：今天想為各位介紹一間很特別的員工餐廳，這裡會隨著公司當日的股價波動而推出特別的餐點，或是調整菜色。我目前的所在位置，就是某家食品製造公司的員工餐廳。平常這裡設有蕎麥麵、壽司和拉麵的供餐區，以及西式餐食供餐區，員工可用IC卡點餐；除此之外，有時還會推出烤全羊、北平烤鴨、BBQ等等特別的餐點，可說是菜色非常豐富的員工餐廳。在這裡上班的員工將近一百人。不過，最令人驚訝的是，當公司的營業額減少的時候，這裡會改成只供應咖哩飯、炒麵和套餐之類的簡單菜色。不僅如此，從經理到總經理的董事階級，都要來這裡打菜，為員工添飯夾菜和盛味噌湯。儘管有些員工覺得擔當不起，飯菜難以下嚥，總而言之，這樣的制度實在太有趣了！

M：換做是我才不要咧！絕對不要！

F1：為什麼？很好玩呀。我們公司連員工餐廳都沒有，很羨慕呢。

F2：我們公司也沒有員工餐廳，不過這種方式很有意思，蠻好的喔！如果公司的營業額減少，該由上面的人負起責任，這個想法我喜歡！

M：假如真的認為該由董事階級負起責任，那就讓員工安安穩穩地吃一頓飯嘛。由經理幫我添飯，開什麼玩笑啊！我一定渾身不對勁，飯菜連吞都吞不下去哩！

F2：那表示你太顧慮上面的人了，我一點都沒那樣想哦。我希望大家能夠認清，業績惡化終歸是上面的人該負的責任。

F1：他們那樣做，或許表面上是由上面的人承擔責任，實際上則是希望藉此對員工施予心理壓力——這一切都怪你們工作不力！

Answer 2

質問 1

男の人は、この社員食堂についてどう考えていますか

1 こんな会社が増えてほしい
2 社員にストレスを与えるだけだ
3 自分の会社でも提案したい
4 おもしろそうだが行ってみたいとは思わない

Answer 3

質問 2

女の人たちのこの社員食堂に対する共通した意見はどれですか

1 役員が働くのは嫌だ
2 男の人は遠慮をしすぎている
3 いいシステムだ
4 何の効果もないはずだ

□ 株価 股票價格
□ 充実 充實
□ おかず 菜餚
□ 配膳 將飯菜配給客人
□ 仕組み 結構，策劃，安排
□ 業績 業績
□ 悪化 惡化
□ プレッシャー【pressure】 壓力

提問 1

男士對這間員工餐廳有什麼看法？

1　希望這樣的公司可以增加
2　認為這只會給員工增加壓力
3　也想建議自己的公司跟進
4　雖然很有趣但並不想嘗試

①④男士認為這種員工餐廳只會帶給員工更大的壓力，所以反對。

提問 2

女士們對這間員工餐廳的共通意見為以下何者？

1　不喜歡由董事負責添飯夾菜
2　認為男士顧慮太多
3　認為這是很好的制度
4　認為應該不會有任何效果

②③女士們認為這個員工餐廳很有趣，並且覺得這是很好的方式。

問題 1

例

Answer **2**

男の人と女の人が話をしています。二人はこれから何をしますか。

M：ごめんごめん。もうみんな、始めてるよね。

F：（少し怒って）もう。きっとおなかすかせて待ってるよ。飲み物がなくちゃ乾杯できないじゃない。私たちが買って行くことになってたのに。

M：電車が止まっちゃって隣の駅からタクシーだったんだよ。なんか、人身事故だって。

F：ああ、そうだったんだ。また寝坊でもしたんじゃないかと思ったよ。

M：ええっ。それはないよ。朝は早く起きて、見てよ、これ。

F：すごい。佐藤君、ケーキなんて作れたんだ。

M：まあね。とにかく急ごう。あのスーパーならいろいろありそうだよ。

二人はこれからまず何をしますか。

1　タクシーに乗る

2　飲み物を買う

3　パーティに行く

4　ケーキを作る

問題 1

範例

男士和女士正在談話。請問他們接下來要做什麼呢？

M：抱歉抱歉，大家已經開始了吧？

F：（有點生氣）真是的，大家一定都餓著肚子等我們去啦！沒有飲料要怎麼乾杯呀？我們可是負責買飲料的吔！

M：我搭的那班電車中途停駛，只好從前一站搭計程車趕過來。聽說發生了落軌意外。

F：哦，原來是這樣喔，我還以為你又睡過頭了。

M：什麼？我才沒有睡過頭咧！一大早就起床了，妳看這個就知道了啊。

F：佐藤，你太厲害了，居然還會做蛋糕！

M：好說好說。總之，我們快點去買吧，那家超市的品項應該很齊全喔。

請問他們接下來要做的第一件事是什麼呢？

1 搭計程車　**2** 買飲料　**3** 去派對　**4** 做蛋糕

問題 2

例

Answer **4**

男の人と女の人が話しています。男の人はどうして肩がこったと言っていますか。

M：ああ肩がこった。

F：パソコン、使いすぎなんじゃないの？

M：今日は 2 時間もやってないよ。30 分ごとにコーヒー飲んでるし。

F：ええ？　何杯飲んだの？

M：これで 4 杯めかな。眼鏡だって新しいのに変えてから調子いいんだ。ただ、さっきまで会議だったんだけど、部長の話が長くてきつかったよ。コーヒーのおかげで目が覚めたけど。あの会議室は椅子がだめだね。

F：そうなのよ。私もあそこで会議をした後、必ず背中や肩が痛くなるの。椅子は柔らかければいいというわけじゃないね。

M：そうそう。だから会議の後は、みんな肩がこるんだよ。

男の人はどうして肩がこったと言っていますか。

1　パソコンを使い過ぎたから

2　コーヒーを飲みすぎたから

3　部長の話が長かったから

4　会議室の椅子が柔らかすぎるから

問題 2

範例

男士和女士正在聊天。請問男士為什麼說自己肩膀酸痛呢？

M：唉，肩膀酸痛。

F：是不是電腦用太久了？

M：今天還用不到兩小時吧！而且每半小時就去喝一杯咖啡。

F：什麼？你喝幾杯了？

M：這是第四杯吧。還有，自從換了一副新眼鏡以後，不必往前湊就看得很清楚。不過，我才剛開完會，經理講了很久，聽得很累。幸好喝了咖啡，還能保持清醒。那間會議室裡的椅子坐起來很難受。

F：就是說啊。我也一樣，每次在那裡開完會後，不是背痛就是肩痛。椅子並不是柔軟，坐起來就舒服。

M：對啊對啊，所以開完會以後，大家都肩膀酸痛呢！

請問男士為什麼說自己肩膀酸痛呢？

1　電腦用太久　　**2**　喝過多的咖啡

3　經理話講太久　　**4**　會議室的椅子太不柔軟

問題 3

例

Answer **3**

テレビで男の人が話しています。

M：ここ 2、30 年のデザインの変化は著しいですよ。例えば、一般的な 4 ドアのセダンだと、これが日本とアメリカ、ドイツとロシアの 20 年前の形と比較したものなんですけど、ほら、形がかなりなだらかな曲線になっています。フロントガラスの形も変わってきていますね。これ、同じ種類なんです。それと、もう一つの大きい変化は、使うガソリンの量が減ったことです。中にはほとんど変わらないものもあるんですが、ガソリン 1 リットルで走れる距離がこんなに伸びている種類があります。今は各社が新しい燃料を使うタイプの開発を競争していますから、消費者としては、環境問題にも注目して選びたいものです。

男の人は、どんな製品について話していますか。

1　パソコン

2　エアコン

3　自動車

4　オートバイ

問題 3

範例

男士正在電視節目上發表意見。

M：近二、三十年來的設計有顯著的變化。以常見的四門轎車來舉例，把日本的外型拿來和美國、德國及俄羅斯二十年前的做比較，可以發現，車體呈現相當流暢的曲線，而且前擋風玻璃的樣式也出現了變化喔。您看這裡，這是屬於同一種車款的。此外，還有一個很大的變化就是變得更省油了。雖然有些車款的耗油量幾乎和從前一樣，但也有另外幾種的每公升汽油行駛距離增加了許多。目前各車廠競相研發使用新式燃料的車款，希望消費者也能在講求環保的前提之下選購產品。

請問男士正在敘述什麼樣的產品呢？

1　電腦
2　空調機
3　汽車
4　摩托車

問題4

例

Answer **1**

M：張り切ってるね。

F：1　ええ。初めての仕事ですから。
2　ええ。疲れました。
3　ええ。自信がなくて。

問題 4

範例

M：瞧妳幹勁十足的模樣！

F：1　是呀，畢竟是第一份工作！
2　是呀，好累喔。
3　是呀，我實在沒有信心。

精修版
新制日檢 絕對合格 N1 N2 N3 N4 N5 必背聽力大全

【日檢大全50】

[25K＋MP3]

■ 發行人／林德勝

■ 著者／山田社日檢題庫小組、吉松由美、西村惠子、田中陽子

■ 出版發行／山田社文化事業有限公司
地址 臺北市大安區安和路一段112巷17號7樓
電話 02-2755-7622 02-2755-7628
傳真 02-2700-1887

■ 郵政劃撥／19867160號 大原文化事業有限公司

■ 總經銷／聯合發行股份有限公司
地址 新北市新店區寶橋路235巷6弄6號2樓
電話 02-2917-8022
傳真 02-2915-6275

■ 印刷／上鎰數位科技印刷有限公司

■ 法律顧問／林長振法律事務所 林長振律師

■ 書＋MP3／定價 新台幣649元

■ 初版／2021年5月

© ISBN : 978-986-246-612-4

STS
山田社
S S

STS
山田社

STS
山田社
S
S

STS
山田社